Malas lenguas

ALAN PAULS
Malas lenguas

RANDOM HOUSE

Primera edición: mayo de 2026

© 2026, Alan Pauls
Todos los derechos reservados
© 2026, Penguin Random House, S. A., Buenos Aires
© 2026, Penguin Random House Grupo Editorial, S. A. U.
Travessera de Gràcia, 47-49. 08021 Barcelona

Printed in Spain – Impreso en España

ISBN: 978-84-397-4689-8
Depósito legal: B-4.213-2026

Impreso en Gómez Aparicio, S. L.
Casarrubuelos (Madrid))

RH 4 6 8 9 A

Toda frase fue alguna vez un animal.

BRIAN DILLON

La carne entre ellos —me confió—
había callado hace tiempo.

SALVADOR NOVO, *La estatua de sal*

1

Bernal, a quien conocimos en el capítulo doce, tenía poca experiencia en bibliotecas. Tan poca en realidad como en volar o el planchado a seco, pero mientras la idea de ser piloto o atender una tintorería jamás se le habría cruzado por la cabeza, a las diez en punto de esa mañana de otoño estaba preguntando por Baldó en el hall central de la biblioteca Naldoni. Se había bañado y afeitado y tenía unos lamparones feos en hombros y rodillas, porque aunque había salido con paraguas, el más sensato de sus anacronismos, algo, quizá su misma condición anacrónica, le había hecho olvidar que lo tenía, de modo que lo había llevado sin abrir todo el camino hasta la biblioteca. Registramos la mención porque el nombre —Bernal— no nos deja indiferentes: apenas suena sentimos la clase de vibración, de sinestesia prosaica que nos asalta cuando oímos nombres de lugares aplicados a personas y viceversa. Pero decir que lo conocimos sería exagerar. Lo que cuenta de él ese puñado de renglones a esa altura del libro es poco y es superficial, y si nos descuidamos puede que hasta lo hayamos leído antes referido a otro. Además están entre paréntesis, como agregados a último momento, sugerencia de un revisor con escrúpulos que quizá no estuviera incluido en el plan original.

Cuesta no preguntarse a qué se debe la parquedad de la mención, si al descuido de la autora, por lo general tan perspicaz, tan proclive a entrar en detalles, o si al mismo Bernal y su vocación retráctil, su temor a importunar. Sabemos qué contestaría la autora, y con qué tono: "Yo escribí la vida de Baldó. Lo demás está ahí porque se rozó con esa vida, no por mérito propio". Lejos de estas frivolidades, Bernal, que acaso las hubiera disfrutado, esperaba. La bóveda, los arcos, la lámpara con su larga cadena y su aire medieval, la paloma que miraba hacia abajo mientras picoteaba el aire, como eligiendo un blanco propicio... Cómo sobresalen y brillan, cómo nos soplan ahora secretos al oído los divinos detalles que nos habría gustado leer en este libro. Qué podía hacer Bernal sino esperar, desperdiciar un par de esos largos minutos estériles que componían las mañanas para un trasnochador como él, confiado en que al final, como la imagen en el papel fotográfico que hace la plancha en un piletón de ácido, su cuerpo se materializaría y el empleado que revolvía un cajón hurgándose una oreja con la punta del lápiz terminaría por notar su presencia. Toser, golpear el piso con la punta del paraguas, librarse con grandes gestos del abrigo mojado: había muchas maneras de hacerse notar, las conocía bien, podía ejecutarlas con naturalidad y razonable eficacia. Pero esa mañana, por alguna razón, parecía decidido a llevar su invisibilidad hasta las últimas consecuencias.

Y sin embargo, qué presente estaba él para él mismo mientras esperaba. Aunque había desayunado, una víspera de náusea le revoloteaba en la boca del estómago. Sentía la cabeza demasiado grande, hinchada o forrada por fuera con una membrana acolchada que le daba calor, como le pasaba cuando dormía poco o se creía afiebrado. Empezaba a picarle el dorso de las manos, en particular la horqueta formada por el pulgar y el índice, con ese sobrante de piel lleno de pliegues que no podía evitar roerse cuando el escozor se le volvía insoportable. Cuanto menos lo miraban, más recrudecían su cuerpo y sus cosas, de pronto exaltados, como chicos que se ponen a saltar sobre los sillones no bien los dejan solos. Sin embargo, ese racimo de molestias diversas —que un observador menos entrenado habría interpretado como síntomas de inquietud, de cierto malestar— pasa inadvertido para el ojo de nuestra autora, que prefiere detenerse en una, quizá la menos relevante: el rosa *roast beef* matizado, crepuscular, de un resto de llaga que tarda en cicatrizar a un costado de la falange medial del dedo mayor de la mano derecha, fruto de un error de cálculo —el tamaño de plato equivocado— al dar vuelta una tortilla de acelga que, por lo demás, esto refrendado por alguien que tuvo el privilegio de probarla, resultaría todo un éxito.

2

Necesitaba trabajo. Al parecer con algún apuro, aunque las personas que se desesperan cuando están sin trabajo suelen ser las que acostumbran trabajar, y hacía rato que a Bernal no se le conocían responsabilidades de ese tipo. Tampoco es que anduviera por ahí pidiéndolo. Era demasiado orgulloso para eso. O quizá pensara, como muchos talentos improductivos, que el trabajo que estuviera a la altura de sus méritos nunca lo encontraría pidiéndolo; simplemente le llegaría, en virtud de esas coincidencias mágicas que es inútil buscar y ridículo prever. Actuaba con una confianza plena, como si tuviera todo el tiempo del mundo. Pero a la vez, no se sabe bien cómo, sembraba en quienes lo trataban, que no eran tantos, una especie de zozobra compasiva o de preocupación, la sospecha de que los coágulos de polenta fría y la salchicha de ayer con que desayunaba, los dobladillos de los pantalones que arrastraba o los restos de cigarrillos ajenos que fumaba no eran los placeres peculiares que proclamaba que eran sino indicios, tal vez, de una incipiente indigencia. A simple vista no tenía necesidades, sólo lujos, pero los lujos que puede darse un mendigo una noche fría bajo el puente, mientras se rasca. ¿Cómo sobrevivía? ¿En qué gastaba el dinero que ganaba dónde? ¿Era pobre? Puede que sí, puede que no, qué importancia tiene. No es el libro de nuestra autora el que nos dará las respuestas, y no necesariamente porque ella no las conozca. Lo que importa es que la siembra funcionó: alguien, una *connaissance* más o menos reciente, digamos, entendió que las semillas eran algo serio, un pedido de auxilio, no el reflejo de coquetería que fastidiaba a la mayoría, y tomó cartas en el asunto.

Socorrer a una criatura orgullosa es un arte. Cualquier brusquedad puede arruinarlo todo, y todo puede ser una brusquedad. La ayuda, si quiere prosperar, no debe ser frontal; debe delegarse en intervenciones parciales, indirectas, y en terceros episódicos, en lo posible anónimos. Así, fruto de una ingeniería mundana escrupulosa, el auxilio pareció venir de un contacto, un satélite más bien, uno de esos personajes que viven en la órbita de otros, moviéndose al capricho de circunstancias que aprovechan y desaprovechan sin saber cómo ni por qué, siempre guiados por algún interés apasionado, tan secreto como persistente, que, si sale a la luz, sale a la luz recién al final, cuando se satisface o queda claro que no se satisfará jamás. Ya que la autora lo pasa por alto, como si Bernal hubiera llegado a la Naldoni por casualidad, o leyendo los avisos clasificados, llamémoslo Dolce. Es un buen nombre, corto y eficaz; bien pronunciado tiene su encanto, y encanto era más de lo que podía pedir tener alguien que por entonces no era nadie, y por lo tanto tenía razones para entrar en una maniobra de esa clase. Si entró, pues, debió querer salir con algo más, algo que no llevaba consigo al entrar. No, no amor, y no sin duda el amor de Bernal, porque aunque casi no se conocían estaba enterado, igual que nuestra autora, de la naturaleza atípica de su corazón. ¿Su cuerpo, entonces? Quién sabe. No en ese primer momento, en todo caso. Incluso un mercado de carne en baja como el que nos ocupa ofrecía entonces opciones más tentadoras que Bernal, con su altura de jirafa, sus dos metros cuadrados de pálida piel lampiña, su red de venas prominentes, sus piernas valgas de cómoda escandinava. Ni amor ni carne, pues; una deuda, a lo mejor. Puede que Dolce se conformara con eso. Quizá fuera un compromiso de gratitud —una ración de tiempo— lo que confiaba en merecer con su gesto. Como si conseguirle una recomendación para la sección Manuscritos Raros de la biblioteca Naldoni fuera forzarlo a aceptar una insolvencia vaga, de duración indefinida, que Dolce podía decidir no ejecutar pero que, como constaba en el contrato, seguiría teniendo su peso: Bernal podría reconocerla y hasta retribuirla, pero difícilmente la agotaría.

Por supuesto, Bernal no recibió la oferta del propio Dolce sino de un tercero, uno de esos satélites de satélites cuyos rostros y nombres rara vez recordamos o tendemos a confundir con otros, siempre menos importantes, pero que son la savia de la vida social. Se presentó ante Bernal como un simple intercesor, un mensajero —qué deliciosamente arcaica es la mundanidad cuando quiere—, y recién soltó el nombre de Dolce a último momento, muy a regañadientes, alegando que revelarlo le costaría caro. Tanta reticencia no podía no surtir efecto aun en alguien remiso como Bernal, que aceptó la proposición sin más. No creía conocer a Dolce ("Nadie lo conoce", le hizo observar el mensajero al despedirse, con su caída de ojos más descarada), pero, temiendo ser descortés, dijo que le sonaba su nombre.

Días más tarde, para terminar de convencerse, lo maceraría un largo rato en la boca y lo pronunciaría mucho, bastante más de lo necesario, con el propósito extra de sumarse sin despertar sospechas a una conversación que llevaba un rato ignorándolo. Fue en la Casa Tencio, que relanzaba su colección de clásicos bilingües. La bebida, mala, como de costumbre, corría a la velocidad de los chismes, y Bernal se aburría hasta por los codos, hasta la penuria física —otra vez el pliegue de piel de la horqueta de la mano. La jugada era audaz pero no le salió mal: mechó cuatro o cinco Dolces en una anécdota con varios decorados y saltos de tiempo, confusa pero con la dosis justa de maligna lujuria, y al rato ya pasaba por una especie de alma gemela de Dolce, un nuevo fogonero de la espuma social, con la particularidad de que era difícil decidir si decía poco porque lo que sabía no valía gran cosa, y en ese caso lo decía todo, o porque se reservaba la mejor parte, la que esperaban escuchar los demás, para una oportunidad más redituable. "A un cierto punto", como le gustaba decir a Tencio padre, y no por el alcohol, porque estaba en uno de sus períodos de abstinencia forzosa, cuando sus interlocutores ya daban por sentado que el personaje que invocaba existía, Bernal sintió un sacudón de vértigo, como si su vida de segundón, hasta entonces tan cómoda, estuviera al borde de convertirse en una de embustero o de impostor, preñada de peripecias y aventuras que lo excedían. ¡Dolce, Dolce, Dolce! Era como si la repetición lo hubiera hiperventilado. Por suerte para él —no tanto para el resto—, en ese momento empezaron los discursos, y se apartó del grupo sin llamar la atención, dio unos pasos desorientados, hizo trizas una copa —la bandeja pasó más rápido de lo que pensó— y dejó que su mirada se perdiera en el vacío de una generalidad confusa, uno de esos oasis que brotan a veces en el corazón de una noche poblada, donde la sorprendí yo, que no estaba muy lejos. Había seguido la conversación desde atrás de una versión gigantográfica de Grottone, el Grottone de barba, bufanda y lentes de ciego —mina de oro del imperio Tencio—, mientras simulaba interesarme por una calumnia sin gracia con la que alguien pretendía probar mi lealtad. (Yo también había contribuido alguna vez al catálogo *bellettriste* de la casa, un aporte que la familia Tencio —en especial Cosme, porque a la loca de Mabel le tenían vedadas la contabilidad y las listas de invitados— seguía retribuyéndome con invitaciones y ejemplares fallados). Podría jurar que había oído la voz de Bernal abrirse paso hasta el corrillo donde me fumaban en la cara otros idiotas éditos. Ahora, sin embargo, lo veo más que oírlo. Lo veo como si fuera ayer. Viste su uniforme de salir, la misma elegancia apolillada que luciría en la entrevista con Baldó en la Naldoni: pulóver de cuello alto, pantalones oscuros de corderoy grueso, todo dos talles más grandes que el suyo. Invisible pero *oversized*.

¡Bernal!

3

Lo tomaron. Como dije, como apunta nuestra autora con algún sarcasmo, sus antecedentes en materia bibliotecológica eran nulos. Pero era o había sido escritor, de la clase de los precoces, y aunque sus tres primeros libros —si no los mejores, los más descarados— languidecían en cajones de librerías de usados, las brasas del cuarto y último seguían tibias, en parte gracias al respirador de una versión para cine poco escrupulosa, que malentendía el espíritu del libro pero había tenido la astucia de confiar —de entregar, como dijo alguien con justa maldad— el mesianismo sacrificado de su heroína a Yuyi Falasca, que por entonces, recién egresada de la clínica Facco, estaba en uno de sus picos de popularidad. Al revés que el público, Bernal no avaló la decisión, pero qué podía hacer. Vendidos los derechos, había perdido voz y voto. Conservaba tres cosas, sin embargo: una especie de fe obtusa, ensimismada —capaz de explicar, entre otras cosas, que dedicara unos buenos cientos de páginas a una oscura amotinada de provincias del siglo XIX—, una memoria precisa pero caprichosa y diez dedos larguísimos, de una delicadeza crustácea, capaces de desplegar las contorsiones más acrobáticas en los espacios más reducidos. Las dos primeras, más el impulso de la recomendación de Dolce, hicieron que Baldó no descartara el nombre del candidato cuando se lo propusieron. Pero fue la tercera —que le llegó en ese orden, como un golpe de gracia— la que lo decidió a bajar a recibirlo esa mañana en la biblioteca, contra los consejos de su cadera artrítica.

Difícilmente habría bajado por su currículum, una página tipeada a doble espacio con una máquina de escribir que pronto se quedaría sin tinta. Incluía cinco renglones de noticia biográfica y una lista poco impresionante de títulos, editoriales, fechas de publicación, con mayúsculas y minúsculas que se alternaban siguiendo un patrón opaco, como pasa en las cartas de intención con que ciertos lunáticos con ínfulas de genios se postulan para cargos o premios que nunca obtendrán, gracias a Dios. Me ha tocado leer algunas y no tienen desperdicio. Pero no era apuro sino desdén, puro amor propio y desdén, lo que explicaba la desidia. En casos así, me consta, es inútil ir contra la corriente, salvo que uno tenga ganas de ahogarse. Antes de leerlo, si es que llegó a leerlo —la autora, una vez más, no da pistas al respecto—, Baldó sin duda levantó el teléfono, pidió que se lo resumieran (lo que no era difícil) y preguntó si el chico valía la pena. La voz del otro lado hizo lo que tenía que hacer: puso por las nubes su convicción y la memoria del aspirante y deslizó al pasar, como una nota al pie de color, una infidencia sobre su prodigiosa digitación, las destrezas inusuales de las que era capaz, y Baldó, que ya se dormía, pegó un respingo y pidió detalles, muchos detalles. El que le dieron debió ser un parte muy específico, por no decir exagerado. Digan lo que digan, ningún ardid táctil abre las puertas de ningún paraíso en treinta segundos. Aunque quizá las exigencias de Baldó, su particular constitución sensual, exigieran inflar un poco el globo, lo que en ese caso no sería una muestra de torpeza sino de inteligencia. En este contexto —mañana lluviosa de otoño, hall desolado de la biblioteca, edecán, auxiliar, ordenanza (nunca supe los nombres ni las funciones de toda esa gente cabizbaja que vegeta en esos mausoleos públicos) que se escarba la oreja con el lápiz, etc.—, da especialmente que pensar que nuestra autora, que dedica a Bernal una mención tan escuálida, repare en el rosado de la llaga y omita los factores decisivos de la situación, se abisme en contingencias y pase por alto lo que cualquiera con dos dedos de frente pondría en letras de molde. Da que pensar pero no sorprende, porque a la altura del capítulo doce la suerte del libro está echada: cada desliz es una decisión, cada laguna el fruto de una voluntad que no osa confesar su nombre. Lo cierto es que fueron los dedos los que decidieron su destino esa mañana, al menos en cuanto a la fuente de ingresos con la que contaría en el futuro inmediato. Los dedos de Bernal, tijeritas pálidas, álgidas.

4

De modo que es un hecho: está adentro.

Es una frase que por algún motivo siempre me conmovió, que siempre quise decir como veía que la decían en las películas de espías: de noche, desde la cabina telefónica de una calle desierta, ahuecando la mano enguantada sobre la bocina del teléfono para evitar que el espía enemigo que se había deslizado conmigo en la cabina —sin duda emisario de un país superpoderoso porque era invisible, mientras que la invisibilidad, para mi pobre patria, seguía siendo un desvarío de la ciencia ficción— leyera —¡leyera!— el mensaje en clave que me tocaba trasmitir: "El gorrión está en la jaula", "El violinista en el tejado", "El guardián en el centeno" o algo por el estilo, algo que ya no sería la frase que siempre me conmovió sino, con suerte, el título de uno de esos bodoques de quinientas páginas que se compran en la estación de tren para las vacaciones y quedan olvidados en un parador de playa, con un reguero de migas de calamares fritos haciendo de señalador en la página equivocada. La frase no me tocó; no en este caso. Pero fue tal el deseo que tuve de decirla que la sentí vibrar en el aire, como si existiera. La escuché. No fui la voz que la pronunciaba en plena noche; fui el oído que la recibió, en la misma noche pero lejos, del otro lado. Y, cualquiera sea la cumbre de placer que me hubiera proporcionado decirla, debo decir que fue muy agradable escucharla.

Una maniobra ingeniosa, reconozcámoslo. Difícil que saliera mal, a menos que la ejecutaran los artífices inapropiados. A pesar del lugar más bien pálido que le concede nuestra autora, Bernal era un candidato inobjetable. Y Baldó, que tenía sus debilidades, tampoco desvariaba. Se había hecho traer el ejemplar del *Derqui* de la biblioteca, traspapelado, cuándo no, entre manuales de agricultura indígena, y aunque el libro no lo impresionó, algo se le encendió cuando llegó a las ilustraciones, al rostro de la insurrecta detrás de los barrotes, llorando, con el pelo rapado, pero sobre todo a los facsímiles que el libro difundía por primera vez, todos encontrados y reunidos por el mismo novato que ahora golpeaba a su puerta. Así, a través de los ojos que esa mañana admiraron las largas manos de Bernal —en su versión aterida, porque hacía frío además de llover, un frío insidioso, que la escala y la piedra como de cripta de la Naldoni multiplicaban sin piedad—, el que evaluaba no era sólo el libertino septuagenario despertando de una hibernación prolongada. Era el funcionario y el especialista también, con su *expertise* y sus exigencias. Después de todo, más allá de los beneficios secundarios que prometían —un adelanto de los cuales Baldó tuvo de inmediato mientras bajaba la escalera, cuando vio que Bernal, en una especie de *continuum* lisérgico de gestos, peinaba una de esas cejas rebeldes que tenía, se pellizcaba el lóbulo de una oreja y prendía uno de sus pestilentes cigarrillos negros con el zippo cromado del que no se separaba—, esos dedos eran los mismos que habían exhumado los papeles de la Derqui, las cartas, el diario, hasta el plan de operaciones. Y exhumado literalmente, no en ese fácil sentido figurado en el que se amparan ciertos fantoches de nuestra disciplina para sostener que investigar la vida de otros es *de por sí* excavar, romperse las uñas, desenterrar, cuando los tesoros que encuentran, si es que son tesoros, y si es que encuentran algo que no hayan encontrado otros antes (el caso du Molinet, para nombrar un ejemplo que quizá nuestra autora no haya olvidado del todo), tienen tanto que ver con las profundidades de la tierra como el polvo que junta una sala de archivo municipal, copada por los ácaros pero ventilada una vez por mes, con las fosas perfumadas donde se pudren un Bardi, una Lajoue, un Bartolomeo Bimbi.

Bernal, en cambio, se había arremangado, como se dice. Hay en el *Derqui* una foto donde está con boina y barro hasta las pantorrillas, las manos cruzadas sobre el pubis, con esa rigidez mesiánica que sólo exhiben los anarquistas de principios de siglo, ya no recuerdo cuál. Eso solo —y el contraste de su *pathos* de compromiso y arrojo con tanta investigación a distancia, tanta biografía de escritorio, con té caliente y leños que arden cerca, mientras una legión de esclavos mal pagos se encarga del trabajo sucio— alcanzaría para explicar el desconcierto, incluso el malestar que produce el papel insignificante que le asigna el libro de nuestra autora. Sí: Bernal se arremangó, le arrebató la pala al palurdo que papaba moscas a su lado (que una mano piadosa suprimió de la foto), cavó como un poseso, se zambulló en la fosa y, haciendo palanca con la llave que había tenido la previsión de traerse de su coche, un Fortunio celeste metalizado, abrió la tapa del cajón él mismo —él, Bernal, el tímido, el siempre en segundo plano— y rescató para la posteridad los papeles borrados del mapa por la runfla de jueces venales de Orr. Ese era Bernal. Ese —con algunos años más y el vigor intacto— es el Bernal que nuestra autora describe como "un joven pálido, algo excéntrico y sin mayor experiencia en el área, a la que había llegado por vías misteriosas". Ese es el Bernal que el libro, páginas más adelante, no se sabe bien en calidad de qué, incluye en la confusa serie de "desengaños" que habrían precipitado el final de Baldó. Un Baldó ya exhausto, como la misma autora reconoce, consumido por "la voracidad de la Naldoni, la institución a la que había entregado los mejores últimos años de su vida, además de su salud y, a título póstumo, unos cinco mil volúmenes de su biblioteca personal".

Esa parece haber sido la idea, en efecto. Digamos —para matizar un poco las cosas— que la puesta en orden de la donación se interrumpió a poco de empezar, minada por una serie de rencillas entre los responsables de llevarla a cabo. Aparte de Martinengo, que mal que mal había trabajado con Baldó en la biblioteca, saltando de puesto en puesto hasta acomodarse como secretario personal del director, ¿eran los otros dos sobrinos las personas idóneas para la empresa? La carta con la última voluntad de Baldó nunca apareció, y la que apareció era tan falsa que daba risa. Cierta llave se extravió y los libros quedaron presos en un altillo de la quinta de Hurlingham —que, recién vendida, estaba en manos de una oscura fundación católica—, a merced de ratas, filtraciones y la cuadrilla de peones encargada de convertirla en un instituto religioso. Era ahí donde después, cuando tiraron la puerta abajo, tendrían que haber estado los famosos incunables —el núcleo duro de la donación—, pero las cajas no aparecieron y los libros, unos pocos, en realidad, resucitaron meses después en el quincho de cierto afamado disoluto, debajo de una pila de leña. Pero digamos que sí: Bernal entró en la Naldoni a principios de mayo (estrenaba zapatos); el infarto de Baldó fue en febrero, el más tórrido en décadas, durante la última, hórrida semana del receso de vacaciones, que Baldó, según su costumbre, pasó chocho de la vida en su despacho de la biblioteca, gozando de los salones desiertos y el fresco tétrico del edificio.

Pero ¿desengaños? La palabra, me temo, implica engaños o promesas que dudo que existieran. Bernal vivía en su mundo pero tenía modales. En ningún momento escondió su gratitud. Zárate, el ordenanza, responsable de subirle a Baldó el termo con té y los gajos de manzana con cáscara, estuvo ahí la mañana en que su jefe recibió a Bernal y se formalizó la contratación. Pudo ver las sonrisas, el largo apretón de manos, y oyó palabras de agradecimiento convencionales pero sentidas, que Baldó quiso pero no pudo rechazar y terminó agradeciendo a su vez, incómodo, mientras la uña de su dedo meñique luchaba con un resto de cáscara atorado entre dos implantes. El testigo, el único de primera mano que hubo, no oyó promesa alguna, nada que justificara otra esperanza que la de asistir al renacimiento de Manuscritos Raros, una de las secciones a las que la biblioteca debía su antigua fama, últimamente tan de capa caída. Trabajo, dedicación, lealtad, posiblemente: dado lo mucho que le costaban la ambición, el afán de persuadir a cualquiera de cualquier cosa pero especialmente de sus propios méritos, dudo que Bernal prometiera esa mañana mucho más que eso.

¿Por qué lo del desengaño, entonces? Nuestra autora no lo explica. Tira la bomba y se llama a silencio, a esa forma aviesa de silencio en que incurren los biógrafos cuando cambian de tema y pasan a otra cosa, un viaje, una indisposición, una mudanza, un nuevo incidente con la corte de sobrinos, esta vez a propósito de un reloj de oro que Baldó no encuentra en el cajón donde debería estar. Nuestra autora se olvida del asunto. Se olvida pero el mal ya está hecho: Baldó es el santo, Bernal el ingrato, el que promete y no cumple. Y todo por esos segundos de más que las manos del jefe y el empleado permanecen estrechadas, como posando para un escudo patrio.

5

Supongamos que fue así. Supongamos que esa persistencia en el contacto alentó ciertas expectativas. Tampoco sería tan raro, como lo sabemos bien quienes, aun manteniendo gachas, castas, las cabezas, pastamos en el mundo académico. No en vano reputadas universidades del extranjero, menos cándidas que las nuestras, advierten a profesores y estudiantes de la necesidad de evitar todo contacto visual que supere el plazo de dos segundos, o cuatro, o seis, ya me olvidé, un número par, en todo caso, que dicho en frío parece nada, algo que sólo podría escandalizar a una monja de clausura. Pero en el fragor de la situación, cuando se tiene frente a sí a un metro noventa de fibrosa carne de color, saludable y joven como una gacela joven, de la misma edad inconcebible que tenía Bernal esa mañana, con dos diamantes turquesa a modo de ojos y una sonrisa que habría iluminado sola el sótano entero de la biblioteca, tan preñado de secretas posibilidades, seis segundos pueden durar lo que una radiante, salvaje eternidad. Supongamos que Baldó se conmovió, que dio por hecho que esa primera fricción se prolongaría más adelante, una vez relajado el decoro de la relación laboral y lejos de la mirada del ordenanza, cuya fidelidad apreciaba pero no tanto en ese momento particular. ¿Es ese tipo de promesa el que insinúa nuestra autora? ¿Ese tipo de desengaño? ¿El que remunera con una moneda digna pero insípida —trabajo, abnegación, ahínco, lealtad— una confianza que en lo más íntimo sueña con otra clase de gratitud, más dulce y más lánguida? Supongamos que sí, con la salvedad de que no estamos aquí para suponer sino para corregir, rectificar, enmendar, cosa de evitar que el error, o más bien la perversidad, recrudezca y haga perder de vista el camino principal. ¿Por qué la culpa del desengaño recaería en Bernal? ¿Por qué no atribuírsela a Baldó, que fue quizá quien alentó las expectativas? ¿No es acaso la ilusión misma, con su potencia de engaño y desfiguración, la que decepciona al iluso mucho más que la realidad, que se limita a ser lo que es y la desmiente por definición, sin proponérselo? Sabemos que se dieron la mano un rato, pero no quién apretaba la mano de quién, quién presionaba y quién cedía, hasta qué punto era recíproca la cosa, consensuada, y hasta qué punto no. Es un enigma perdido, que Baldó decidió llevarse a la tumba, y apuesto lo que no tengo, que a esta altura es mucho, que lo inconsulto de la decisión alimenta parte del despecho que corre por las venas de nuestra autora o de su libro.

Ambos estaban en su derecho de esperar algo. Baldó, por ver en Bernal la sangre joven que necesitaba para revitalizarse y despabilar un área de la Naldoni que llevaba años marchitándose; Bernal, por ver en Baldó la posibilidad de un porvenir inmediato sustentable, seguro, a prueba de turbulencias. Eran sus vidas, después de todo: un jirón pequeño, modestísimo pero crucial, de sus vidas, ese abismo al que los biógrafos, intrusos de trasnoche, solemos asomarnos demasiado tarde, cuando sabemos que el abismo no podrá o no querrá contestarnos. Alguna vez alguien a quien no alcancé a distinguir bien porque la coordinadora del programa de conferencias, una entusiasta insufrible, había insistido en "poner en valor" —una sandez muy de moda por entonces— la ronda de *q&a* mediante el método Guantánamo, iluminando el estrado con una tiara de reflectores criminales, quiso incomodarme o congraciarse conmigo —dos cosas que por entonces me costaba discriminar— preguntándome con tono suspicaz si *no poder* y *no querer* querían decir lo mismo. No me gustó el tono pero sí la voz, que según calculé venía de uno de esos ángulos remotos, un estrapontín, quizás, halagador pero injustificado, porque no más de unas quince personas dispersas decoraban la platea, donde suelen atrincherarse los impuntuales y los tímidos. Así que cuando estaba a punto de ceder a la tentación y al cansancio, a punto de hacer lo de siempre, contar la enésima versión del eczema de della Robbia, invocar a Miseroni y de Boodt, condenados a comparecer siempre juntos, pobres, desde el libro que escribieron sobre el exilio de los Quiccheberg, algo me detuvo. Fue un segundo apenas, pero bastó para que la coordinadora, que estaba a mi lado, perfectamente ociosa, por otra parte, desde el comienzo del evento, volviera hacia mí la inquietud frívola, estival, de sus gafas de sol. De modo que improvisé, algo que los académicos no solemos hacer y mucho menos en público, y mucho menos habiendo detectado entre el público una voz apetecible. Dije que, a los efectos de lo que se discutía —el acceso a la fortaleza privada que es la vida de otro—, no veía mayor diferencia entre la reticencia de un genio que llevaba un rato engordando gusanos bajo tierra y la de otro que prefería dormir la siesta, escuchar cumbia base a todo trapo o reenviarme promociones de elongadores peneanos en vez de contestar la lista de preguntas que tenía para hacerle. Eso en términos generales, cuando el silencio operaba como un blindaje; no tenía sentido, no desmentía ni concedía nada: sólo se interponía entre el Grial que perseguíamos y el filo mellado de las zarpas con que pretendíamos desenterrarlo. Distinto es lo que pasa con los silencios parciales, me encontré alegando más tarde en el New Morning, el tugurio donde solían terminar de naufragar las conferencias de aquel bendito programa. Ya tenía el cheque en el bolsillo, la coordinadora había desertado y la voz apetecible tenía cara por fin, una cara cercana, tibia, de una palidez casi kabukiana y el pecho chato de una estrella de la gimnasia artística, y dorsos de manos sedosos donde tomaba nota como afiebrada de la bibliografía que yo iba sacando de la galera para abonar una tesis en la que había dejado de creer: la cantinela del silencio como síntoma, moribunda pero aún en pie. Nuestro informante, que ha aceptado informar, nos recibe en su casa, nos invita a sentarnos, nos sirve té y sándwiches y unas masas secas algo secas, sobras posibles de un encuentro con el ave de rapiña que se nos adelantó, y en un momento dado, ante la mención de cierto nombre propio, cierta fecha, cierta carta no respondida, cierta citación judicial, frunce el ceño y enmudece, elige un alfajorcito de maicena, lo mira y lo deja otra vez en la bandeja, y de pronto recuerda que olvidó que tenía algo que hacer —algo de vida o muerte— y nos echa amablemente a la calle, y ahí estamos otra vez, atónitos, con el anotador abierto y con frío, porque con la precipitación de la retirada nos hemos olvidado el pulóver en una esquina del sillón, donde ya debe estar cubriéndose de pelos de gato. Algo habla en ese callar. El silencio-huella, los detectores de verdad, el primer von Schlosser, la escuela de Giambologna: declamé todo eso que la voz apetecible seguro se habría aprendido de memoria y ya había olvidado a la madrugada siguiente, cuando aprovechó que yo dormía para irse en puntas de pie, privándome de su exquisita timidez, dos racimos de uvas verdes sin semillas —cortesía del hotel— y mi cheque, bastante más modesto que el que había cobrado Pilone un mes antes por perorar quince minutos menos que yo.

Francamente no sé de qué otro modo tomar la palabra desengaño. ¿Profesional, quizás? Harían falta pruebas. Pero para qué buscarlas, si ni siquiera aparecen en las páginas de nuestra autora, que sin embargo las sobreentendía. En el libro, de hecho, Bernal nunca llega tarde, ni traspapela cartas, ni se olvida de ponerse los guantes, ni levanta la voz, ni da calce a ninguna de las tentaciones que le llegan del depósito del segundo subsuelo de la biblioteca, donde Tortós y Toletino, ahora con algún recato, perpetúan los comercios *non sanctos* que en su momento le costaron el puesto a Lanteiro. Eso es lo que deduciría cualquiera del hecho de que Bernal no vuelva a aparecer en todo el libro. *No news, good news.* En cambio, podemos intuir lo mucho que tenía para aportar en los apuntes con que la autora va dando cuenta del cambio de clima que se vive en la Naldoni desde su incorporación, desde el concurrido capítulo doce. El gusto por las fórmulas más convencionales no facilita las cosas, pero cada vez que se topa con cosas como "Un sol radiante golpeaba la fachada de la biblioteca", o "Baldó mejoraba, la psoriasis retrocedía", o "La Naldoni se reincorporaba al programa de excursiones de la enseñanza primaria", o "Baldó redescubría sus pasatiempos: la esgrima, las postergadas mamushkas, el sánscrito y los versos, tan sensibles, tan a mano alzada...", el lector imagina la sombra de Bernal animando todas esas postales de lenta convalecencia, afilando sus lápices cada mañana y guardándolos por la tarde en el cajón junto a los guantes, repartiendo rapé entre compañeros estupefactos, preparando el exquisito café quemado que era su especialidad... ¡Tantas cosas! (Ya llegaré —todo a su tiempo— a las "buenas noticias" que Baldó, dice nuestra autora, empieza a recibir de la sección Manuscritos Raros). Yo me la imagino —yo, que no tengo nada que ocultar. Pero ¿y la autora? ¿Hasta qué punto no hay en esa omisión de Bernal una intención puntual, un plan? ¿Y cuál podría ser la fuerza que los mueve? El valioso Bernal asoma la cabeza y se retira del libro casi sonrojado, como esos chicos que llegan tarde a la escuela y abren la puerta del aula equivocada. Mientras tanto, nuestra autora se regodea con una celebridad de las lenguas muertas devenida funcionario público, de la que se propone, según anuncia en la introducción, contárnoslo todo.

6

¿Quién soy yo, quién es cualquiera para objetar cómo alguien elige sobre quién escribir, a qué réprobo repatriar del olvido, qué pavo real bajar del pedestal de un hondazo, suponiendo que haya alguien tan insano para andar repartiendo hondazos durante cuatrocientas páginas? Si hay una virtud que aborrezco es la facilidad con que proveo de argumentos a mis enemigos, pero ¿por qué Baldó no y sí, por ejemplo, ahí está: una Norton, un Lecumberri? ¿Porque Baldó tenía piernas combadas y usaba sacos entallados con escuditos del club de remo en el ojal y escribió siempre para sí, como un divertimento de puertas adentro, anteponiendo a su poesía —con bastante buen tino, a juzgar por los pocos versos que reproduce el libro— una carrera de académico y personaje público, mientras que a Norton y Lecumberri los sigue promoviendo el plumaje romántico de la poesía, además de una serie de escándalos sobrevalorados? ¿Qué virtud, qué bien, qué hazaña deciden que alguien merezca sobrevivir entre las tapas de un libro? ¿Fama? ¿Poder? ¿Aventuras? ¿Una vida atormentada? ¿El brillo de la excentricidad? ¿Alguna estrambótica conversión existencial? Yo, sin ir más lejos —y qué lejos podría llegar yo si me pusiera a hablar de mí: ¿por qué las mellizas Stoppio y no, no sé, Dohrn, Améndola, Balocchi, con cuyas vidas infames me permití coquetear más de una vez?

Podría seguir así horas, frases enteras, mientras afuera, en la copa de un árbol, la luz contaría las perlas de su collar y un pájaro cuyo nombre nunca sabré cruzaría apurado un paño de cielo limpio. Está bien: Baldó. Después de todo, hace rato que los biógrafos aceptaron que el mundo no consta sólo de héroes, emperadores, filósofos, generales de a caballo; que los gestos de un tornero o las devociones de una criada merecen tanta atención y tinta como las proezas del mártir, el artista de genio o la inteligencia que revierte una batalla con un enroque magistral. Es cierto, siempre queda la duda —que en su momento hice pública en un pasquín menor, bajo el primer seudónimo que se me ocurrió, y no tuvo el menor eco— de si necesitábamos una ponchada de páginas sobre alguien como Baldó, alguien que sólo era alguien para unos pocos carcamanes cortos de combustible, cansados hasta para animar las intrigas de palacio que maquinan, y que ni siquiera comprarían el libro, porque el solo hecho de ocupar un asiento en la academia les daba derecho a un ejemplar sin costo. Etcétera. Pasaría por alto este asunto, el de los méritos de Baldó para aspirar a setecientas páginas (no hay caso: el número se me va, se me va siempre, y no tengo mi ejemplar a mano) de inmortalidad y las muchas otras reservas que se me ocurren si nuestra autora no incurriera en un abuso que, doy fe, domina como nadie: la lengua fácil.

Dice que se propone contarlo todo, y sabemos lo mucho que rinden este tipo de bravuconadas en el mercado de las vidas ajenas. Pero si realmente quisiera *contarlo todo*, lo único que debería contar es lo que no cuenta: que si Baldó dejó tras de sí algo más que una placa con su nombre en la puerta de la sala pequeña de la academia que presidió y otra, ya desleída, en el dorso de una de sus sillas, fue gracias a criaturas como Bernal, el mismo Bernal que el libro hace pasar por uno de esos entrometidos que arruinan las fotos de viaje. Me temo que no compartimos el mismo concepto de *todo*. Yo lo entiendo como una obsesión, el sueño que nos quita el sueño; nuestra amiga, más prosaica, como un conjunto informe, sin pies ni cabeza, el cajón de sastre donde se agolpan —elijo al azar— la línea 126 que Baldó tomaba para ir a la Naldoni; el maxikiosco Del'Oro (hoy locutorio Marlenis) donde compraba pañuelos de papel, pastillas de eucalipto y billetes de lotería; las frasecitas campechanas, un poco descaradas, que usaba para congraciarse con los mendigos de la cuadra de la biblioteca, todos muy jovencitos, los únicos por los que se dignaba abrir su monedero de malla de plata; las cosas, en fin, que "lo distinguían y lo hacían feliz", con nombre y apellido: trajes de Sequeira, estilográficas Ott, orquídeas de Isnard, colonia Louche, quesos de Punzetto; y aforismos, en especial los del Góñiz místico, el del final del exilio, que ya casi no hablaba y sólo comía las sobras que le seleccionaba el *sous-chef* del Obanbo, un tunecino muy jugador que terminó decapitado por un helicóptero cuando hacía de doble de riesgo de Alessandro Allori. La película no llegó a estrenarse, pero no me consta que haya sido por esa tragedia.

Se me dirá que mal no le fue. Después de todo, este revoltijo fue lo que celebró el jurado del premio Cannistrà cuando dijo que el libro era de una "exhaustividad diabólica". La gansada, típica de Pasutto (yo ya la había oído antes en el fallo del premio Curupí, otro de sus kioscos, a propósito de la crónica de Bartesaghi sobre el sauce criollo, que por suerte no ganó), aludía supongo al ritmo de vértigo con que ese tipo de pequeñeces se multiplican a lo largo del libro. No fue el primer papelón del Cannistrà, y tampoco sería el último.

7

El 126, de acuerdo. Pero ¿por qué detallar su recorrido, las calles y avenidas por las que se abre paso, las tiendas que deja atrás, los embotellamientos que lo frenan, todas cosas (feas, inútiles) que existen y están ahí, en efecto, pero que existirían y seguirían ahí incluso si Baldó, disuadido por una migraña o el brío mañanero de un sobrino, optara por no tomar el ómnibus; por qué gastar pólvora en chimangos y en cambio pasar por alto el hecho, tan minúsculo como los demás pero cuánto más singular y enigmático, de que Baldó recién decidía tomarlo cuando un vistazo experto lanzado desde la parada le confirmaba que su asiento —el último de la última fila de atrás, el esquinero, desde donde podía dominar el panorama y detectar al vuelo sus presas— estaba disponible? El maxikiosco Del'Oro. Bien, bien: una parada obligada, el valor sedativo de la rutina, transacciones livianas para animar la vida senil. Nadie (yo menos que nadie) tendría nada contra las chucherías que le gustaba comprar a Baldó en el kiosco si no supiera hasta qué punto las compraba para distraer, para evitar llamar la atención. Y he aquí que nuestra autora la biógrafa exhaustiva compra la cortina de humo, la compra por completo, con todos sus accesorios, incluida la farsa de regateos en la que se enzarza Baldó a propósito del vuelto que el kiosquero se resiste a darle, y se queda de *este lado* del maxikiosco, donde Baldó se guarda las chucherías en un bolsillo y deja caer una moneda, un cospel de subte, cualquier cosa capaz de caer al piso y tintinear y echarse a rodar hacia al interior del local, y de obligar a Baldó, que bien podría ignorarlo, poniéndolo a cuenta del trapicheo en el que ha vuelto a dejarse perjudicar por el kiosquero, a entrar al kiosco en su busca y, ya adentro, escuchar la indicación que le susurran, box tal, máquina tal o cual, señal de que ya puede dejar de perder tiempo con el cospel y acomodarse en el puesto más protegido del local —los privilegios de ser cliente—, frente a la pantalla un poco sucia donde pronto desfilará, llegado de los cuatro rincones del mundo, su elenco de acompañantes en celo. Y podría seguir: los mendigos y las frasecitas, pequeño ceremonial de devoción interclase donde las pastillas de eucaliptus vuelven a entrar en escena y desde el fondo de un bolsillo, recónditas y ofrecidas a la vez, invitan a las manos harapientas a tantear, hurgar, rozar... Podría seguir, pero ¿para qué? Volveríamos al principio. Es lo que pasa siempre con el realismo, incluso con el que embelesa a Pasutto y arrasa con el premio Cannistrà.

En el extraño, elástico mundo de nuestra autora, ciento cincuenta eternas páginas le llevan al director de la Naldoni mudarse, hacerse extirpar un par de lunares benignos, viajar dos veces a cierta capital de provincia, sufrir y sortear un par de sórdidas escaramuzas ministeriales, hacer la *laudatio* fúnebre de un colega (el malogrado Popolizio) y adoptar a dos de sus sobrinos más fieles, o más fornidos, inaugurar el pabellón Palumbo de la biblioteca (cuando el Olloqui llevaba ¿cuánto? ¿seis años esperando, tapiado de andamios?), renovar el paño de las mesas de la sala de lectura principal, sacrificar (volveremos sobre esto, sí, ya lo creo que volveremos) a Tilde, su viejo dálmata ciego, bautizado así en honor al Tilde de *Te veo en Bottai*, etcétera. Pobre Bernal, perdido entre tanta pequeñez. Mejor hubiera sido que ni lo nombraran. Pero hasta esa clemencia le niega nuestra autora. Lo nombra en el famoso capítulo doce y la mención, que podría ser una señal de reconocimiento, es el primer paso para suprimirlo, esfumarlo en la niebla Baldó: medianía, insulsez, futilidad. Hace con Bernal lo mismo —en versión pérfida y vengativa— que Bernal tenía la costumbre de hacer consigo: mimetizarse con la nada. En otras palabras: le paga con la moneda de su propio karma. Con lo que mata dos pájaros de un tiro: lo degrada y se exculpa, lo manda al muere y se absuelve: "¿Yo? Yo no hice nada. Así será él: un imitador del aire". *Chapeau.*

(*Karma* se llamaba, ahora que lo pienso, la revista en la que Bernal estrenó su vocación de poeta y de imperceptible. Una *brochure* ilegible y suntuosa, ilustrada con viñetas lascivas color pastel, que unos muchachos sin mayores compromisos repartían gratis en las galerías de arte (las librerías les parecían cosa pasada del pasado), convencidos de que la promiscuidad tipográfica y usar abotinados sin medias en verano les daba chapa de artistas. Duró dos números; el segundo, si no recuerdo mal, corregía imaginativamente las erratas del primero. Bernal firmaba la traducción (que no había hecho él) de un soneto sobre joyas, leyes, callos, Courtonne, seguramente, o quizá Fantappiè, y cedía la autoría de la que sí a Saint-Lô, la arribista descarada que lo cortejaba entonces, responsable de las viñetas y principal inversora de la publicación. A medida que la banda se acercaba a las galerías, envalentonada por esas mezclas de alcoholes baratos que hacían furor entre la juventud acomodada, Bernal, intimidado, iba rezagándose, hasta que el grupo lo dejaba atrás como a un niño que anda en babia por la vida. Se quedaba afuera, en la puerta, montando guardia, como me dijo un día en que se le dio por confesar cosas, y yo no supe si se ruborizaba por el pudor que le daban esas aventuras juveniles o por cierto tic que tenía yo por entonces, que a veces se prestaba a malentendidos.

Así pasó por todas las aduanas que la época le impuso a su generación: revistas, grupos de teatro, cenáculos, células políticas. Así vivió, siempre presente, siempre inadvertido. "Habría que avisarle a Bernal", se acordaba de golpe alguien en una reunión. Y él, en silencio, fantasma solícito, salía de la sombra y metía un codo, una rodilla, dentro del campo visual del alma caritativa que se había acordado de él, sólo para hacerle saber que estaba ahí y que podían contar con él para el ensayo, el cierre del número, la reunión previa a la marcha, la imprenta, lo que fuera que estuvieran considerando avisarle. Y a veces ni siquiera eso. Si total después, una vez allí, pensaba Bernal quieto en su nube, todo se repetiría idéntico: "¿Y Bernal? ¿Estaba avisado Bernal? ¿Qué pasa con Bernal, que no aparece?".

8

Como quedará claro, espero, a esta altura del partido, lo que me desvela a mí no es Baldó, a quien por cierto no tuve que esperar las seiscientas y pico de páginas del libro de nuestra autora para conocer. También era joven, yo, la primera vez que me lo topé. Fue en la facultad, a la entrada del aula donde daba clases, un sótano sucio, sin ventanas, que se salvaba de la clausura sólo por la obcecación de Baldó —decía que el efecto catacumba favorecía la concentración que exigía su enseñanza— y en el que solía irrumpir impetuoso como un gladiador, con el pecho expandido y unas inhalaciones atronadoras, como quien entra en un paraíso de fragante estimulación. Nadie tuvo que contarme nada: yo lo tuve cerca, tan cerca de mí como este blíster de pastillas, que pronto tendré que reponer. Olí de primera mano el vaho dulzón de sus colonias, compradas en esas viejas perfumerías que pululan alrededor de las estaciones de tren. Estudié algún tiempo con él, lo suficiente para llegar a apreciar un repertorio de encantos no necesariamente apreciable: su gastado portafolio de cuero, su rotacismo, los ejemplos estrafalarios que solía sacar de la galera, tan oscuros como las leyes que se suponía que ilustraban. Tenía esa mala fama fácil —arbitrariedad, despotismo, mal aliento— que hacen correr los zánganos y los pusilánimes. A mí me caía bien; me enternecía incluso. Lo veía moverse en el estrado como a un actor viejo en una película mal conservada, cuyos decorados necesitan un plumero. Creo que yo le caía bien. Eso intentaba, al menos: me sentaba en primera fila, memorizaba más versos de los que reclamaba el examen, me interesaba por temas, títulos, décadas que no figuraban en el programa, me mostraba como un elemento académicamente aprovechable, recogía cosas que se le caían, bufandas que se olvidaba, tarjetas o programas de cine con números de teléfono, y todo se lo devolvía con tímida aprensión, como si su autoridad fuera demasiado imponente para irle con esas tonterías terrenales. Hasta que un día, en un arranque de volubilidad, me dejé raptar por un colega rival, que enseñaba a pasos de ahí la misma materia para un público cuatro veces más numeroso, al que mantenía más o menos en vilo con una fórmula de chispa y etimologías soeces bastante inaudita para el natural mustio de la disciplina. Quizás un horario menos inhumano, las modas del momento, seguir los pasos de una compañera que acababa de desertar, con cuyos hombros, lacerados por los breteles de un corpiño, me distraía a menudo: no me acuerdo qué motivo me llevó a dejarlo, más allá del vértigo ruin de la traición. Tal vez la sensación de haberlo hecho todo, de que —más allá de un puestito miserable, sin dinero ni horizontes— el círculo de Baldó ya no tenía mucho que ofrecerme. La cima, de hecho, la había rozado tiempo atrás, cuando me tocó asistir a una de las *soirées* de canto, espumante tibio y películas en super 8 que Baldó sabía dar en primavera y duraban tres veces lo que sus clases magistrales. Aclaro que la iniciativa no fue mía: me reclutó muy a último momento una de las dos o tres alumnas, todas preciosas, que Baldó y su comité de festejos tenían la precaución de invitar para alejar ciertos rumores maliciosos. Acepté por debilidad; soy sensible a las promesas de último momento, sobre todo cuando conjuran un destino de sábanas frías y solitarias como el que me esperaba esa noche.

Apenas llegamos me arrepentí. El departamento era un pañuelo. Yo no sé qué les ven a esas moles racionalistas: tiran tres sillones de cuerina color guinda en *lobbies* grandes como piletas olímpicas y después apretujan a una familia numerosa en un departamento de un ambiente y medio. El ascensor era tan lento y estrecho que no tuve más remedio que toquetearme un poco con mi reclutadora. Arriba, apostado en la puerta, un sobrino de Baldó repartía antifaces de cotillón, espantasuegras, burbujeros de plástico y un programa de la velada fotocopiado en las mismas fotocopiadoras de la facultad que reproducían los teóricos del profesor. Todo olía un poco mal, a pis de gato y a lavanda. La música —el canto prometido por el programa— eran versiones obscenas de canciones de cuna y zarzuelas con las que una criatura obesa disfrazada de Nerón o de Cleopatra nos inciensaba *a capella* mientras hacía eses entre botellas vacías. En el fondo, es decir

—dado lo minúsculo del lugar— a dos pasos de la entrada, otro sobrino, seguramente de algún rango superior, custodiaba una puerta plegadiza angosta, como de box de enfermería, que varias manos jóvenes con profusión de joyas de pacotilla amagaban abrir y volvían a cerrar desde adentro. Bebí y fumé todo lo que me ofrecieron, incluido un tronchito dulce, supuestamente egipcio, que me hizo dar vueltas la cabeza y toser, toser hasta ahogarme, hasta que acudió en mi socorro una enmascarada con bigotes que resultó ser jefa de trabajos prácticos de Filosofía Analítica. La reconocí por la voz, bastante más grave y rasposa de lo que sonaba en clase. Le acepté el vaso de agua, no la oferta que me susurró a continuación, que incluía un modelo nuevo de correas Dalcq, con escamas y una especie de uñas, y cierta suma de dinero, más bien una propina. Alguien recitó versos verdes, Jahn, Di Fazio, uno de esos alejandrinos, cuyas rimas le corrigió otro a los gritos. A Baldó no llegué a verlo, pero por el movimiento que se intuía del otro lado de la puerta acordeón y la ralea de chicos que entraban y salían debía estar ahí, ese debía ser el epicentro de la fiesta, donde proyectaban los super 8 que nadie había visto pero de los que todo el mundo hablaba. Más tarde, cuando las opciones eran mandarme mudar o poner un poco de presión, me planté ante la puerta, que estaba sin custodio, y quise abrirla. Una mano firme y una voz con acento extranjero, sin duda confundiéndome con otra persona, me la cerraron en la cara. Quedé pagando entre los escombros de la fiesta, mientras las chicas limpiaban el fondo de las copas con sus lenguas saurópsidas y un maleducado nos arreaba hacia el ascensor. Un trago amargo pero providencial, a la vista de lo que vendría. Desde el *affaire* Lladó no se veía un despliegue tan espectacular.

Me tocó seguirlo desde la vereda de enfrente, bajo el toldo de un kiosco que me protegía de la llovizna pero no del olor a chipá, al parecer una de las especialidades del local, que terminó dándome hambre y convenciéndome de comprar media docena que me fui comiendo de a uno, de a dos, como trufas carísimas, mientras un batallón de vehementes policías de civil escoltaban a la comparsa de viciosos hasta los camiones y otros se encargaban de la utilería secuestrada, una bolsa de arpillera llena de máscaras, látigos, fustas, cilicios, arneses. Cerraba la caravana otro oficial, el más joven de la brigada, bastante atractivo, con el proyector de super 8, sin darse cuenta de que arrastraba por el piso la colita de la película. Ni noticias de Baldó, tampoco de sus sobrinos. Alertados por el portero del edificio, seguramente se habrían escabullido por la puerta de servicio.

Menciono el episodio sin ánimo de censura, sólo para destacar el chispazo de osadía que hace brillar, por un momento, una existencia no especialmente llamada a dejar huellas, salvo las de polvo de ladrillo que estampaba en los pasillos siempre que iba a dar clase directo del club, y que permitían reconstruir sus pasos por la facultad. Como sea, el sabor que me dejó la velada debió ser menos amargo de lo que pensé, porque semanas después de la razzia dejé la cátedra enemiga y me reintegré al debilitado redil de Baldó. Volví porque me di cuenta de lo limitada que era la oferta de su rival: dentro de las aulas, donde podía pasarse una clase entera escandiendo mal y a los gritos una misma estrofa, y también afuera, en especial en la oficina de ordenanzas, incómoda pero por alguna razón, quizás un oportuno soborno, bastante disponible, donde tardaba horas en encontrar lo que buscaba y hacer lo que decía que quería hacerme y rellenaba los irritantes tiempos muertos con chismes sobre Baldó, no todos antojadizos, como yo podía dar fe, pero aun así despreciables, porque lo que los inspiraba no era un reflejo de decencia o el deleite de una buena calumnia sino el placer de serrucharle el piso. Fue horrible. Todos los días aparecía un petitorio nuevo pidiendo la cabeza del depravado. No firmé ninguno, ni siquiera cuando me invitó a hacerlo —con los ardides que yo ya conocía, sólo que mejorados— la jefa de prácticos que había querido comprar mis favores durante la *soirée*, al parecer llena de despecho porque nadie la había alertado de la razzia y se había pasado dos días con sus noches en una celda de comisaría vestida de vinilo, rodeada de rateros y borrachos ruidosos, a veces cantores. La recordaba más linda con máscara, francamente. Pasillos, aulas después de clase, bar, biblioteca, baños, sobre todo baños, en particular el del primer piso, con su falso aviso de fuera de servicio: cualquier lugar era bueno para el complot, la caza de brujas. Jamás di el brazo a torcer. Mientras muchos devotos históricos de Baldó dudaban, se hacían los distraídos o desertaban, yo no; yo seguí en mi puesto en modo soldado, con mis lagañas, mi *flat white,* mis marcadores de colores y mi cuaderno sediento de las perlas inútiles que sólo prometen las lenguas muertas, con adentro, bien disimulados entre las hojas, los poemas de Don'Anna, el diario de Palepoli, lo que fuera que leyera entonces para ayudarme a llegar al final de aquellas mañanas difíciles.

Aprobé, con la nota máxima. Baldó, que, aunque el horno no estaba para bollos, sobreactuaba su severidad de examinador para reafirmar su inocencia, pretendió acorralarme en el final con diez versos de Lucano que yo ni siquiera había mirado. Me conmovió esa intransigencia, como de general dispuesto a morir con las botas puestas. Me incliné un poco —no sé por qué porque estábamos solos: los colegas, sobre todo en época de exámenes, huían del réprobo como de la peste— y para mi sorpresa con bastante afinación, dadas la hora de la mañana y mi natural poco melódico, le canturreé al oído una de las piezas que había entonado aquel cetáceo lírico en ocasión de la velada. Lo vi ruborizarse y palidecer, todo al mismo tiempo, espástica, estroboscópicamente, y luego dibujarme un diez elegante, con aquella cursiva llena de rulos que tenía, apartar de sí, más que empujarla hacia mí, mi libreta universitaria, y cubrirse la cara con el pañuelo para atajar un estornudo que ni siquiera explotó.

9

Reconforta ver lo que hace nuestra autora con esa velada festiva. Si su prioridad fueran la precaución, el terreno seguro, podría haberla suprimido sin más y el libro no sufriría demasiado. Sería más aburrido, eso sí, y la etapa universitaria de Baldó, uno de los caballitos de batalla en los que se monta su biógrafa para enaltecer su figura, perdería quizás una de esas frutas abrillantadas (me consta que hubo otras, aún más sabrosas, aunque yo no tuve la suerte de presenciarlas) que dan color a la masa más árida y los lectores, sobre todo los de pan dulce, suelen agradecer. Es este episodio particular, pasado por el tamiz de nuestra autora, el que curiosa, paradójicamente consolida la autoridad de Baldó como pedagogo, y quizá también su carisma, no del todo obvio pero que tuvo su descendencia. Rigor, distancia, desapego, incluso desdén o crueldad: al lado de esa noche de farra, con sus mascaritas, su ponche, sus invitados estrafalarios, las cualidades del catedrático eminente parecen brillar más, no menos, o brillar mejor, como si los cristales de los que están hechas tuvieran dos lados, no uno, y uno mirara hacia la luz y el otro a la sombra, y fuera la alternancia de ambos, al girar, la que irradiara ese fulgor tan especial. Reconstruida por nuestra autora, la razzia se reduce ahora a un simple patrullero convocado por unos vecinos irascibles, y el operativo de moralidad a un caso de ruidos molestos y reglamento de copropiedad desoído. No es toda la verdad, es cierto, pero la parte velada por nuestra autora sigue presente en algún lado, invisible pero activa, haciendo presión, preñando, tiñendo de un color oblicuo lo que leemos en la superficie del libro. Y después están los detalles con que nuestra autora ambienta la parranda: los cortinados obispo de la *garçonnière*; las curiosas manchas en la alfombra (que una facción de los invitados, lo recuerdo bien, jugaba a identificar con países); los antifaces, las túnicas, las capas; el menú, sofisticado pero escaso (a tal punto que en un momento me encontré en la cocina robando de una alacena unos paquetes de galletitas de agua, en compañía de un fauno con acento italiano y manos muy rápidas). No hay tiempo para la adulación ni para remembranzas difusas: nuestra autora parece por fin tener algo que contar, y lo que cuenta tiende a aparecérsenos en vivo, con lunares, arrugas, nervaduras mínimas, la clase de señas particulares que, bien captadas, vertidas con atención y gracia, permiten reconocer una época, un contexto, una manera de vivir, y sobre todo al personaje que los encarna, con su cuerpo y su espíritu y su estilo propios, su manera inconfundible de habitarlos y hasta de tropezar. Leo estas páginas y digo, quizá por primera y única vez: *eso* es Baldó. Eso es para mí, que lo conocí y orbité en su presencia, su magisterio, sus mórbidas propensiones, y yo no tengo la costumbre de comprar buzones —salvo que vengan con documentos comprometedores o cartas subidas de tono. Si esos detalles captan mi atención y me arrebatan es porque son de primera mano, y la primera mano que los recabó es mía. Yo reparé en ellos, yo los recorté con fruición y cuidado de la persona que los lucía, yo los archivé en el altillo donde se aburrían mis días de estudiante. Y así como los archivé me tomé el trabajo de buscarlos, y los encontré, y me hicieron estornudar mientras los desempolvaba. ¿Y todo para qué? Para dárselos a quien menos se los merecía. ¿Por qué, por dios? ¿Por qué tuve que hablar? ¿Por qué atendí ese teléfono?

10

En esa época yo estaba en guerra con el teléfono. Aborrecía la impertinencia del timbre, la impasibilidad bovina con que el aparato —un modelo solemne y cursi, regalo de un amigo aficionado a las chaquetas de toreros— me miraba cada vez que astillaba el vacío de la mañana y yo, fuera de mí, me le tiraba encima, menos para hablar con el idiota de turno que para que dejara de sonar. Pero todavía atendía; entre otras cosas, porque mis Stoppio acababan de aparecer, de aparecer y desaparecer (así de parpadeantes son a veces las alegrías en nuestro pequeño mundo), y yo alentaba la idea, sugerida por una editora joven con afán de reconfortarme, de que algún idiota ocasional, de alguna misteriosa manera, dadas las indigencias con que llenaban espacio en los suplementos literarios, podía contribuir a posponer un poco la extinción del libro, lo suficiente, al menos, para demostrarme que existía como existen los libros, en el mundo, y no encerrados en esas cajas de cartón en que los devuelven (si no los guillotinan) las editoriales, y con las que los autores viven tropezándose durante meses en sus departamentos.

Así que atendí, y sin pensar en la cosecha que había obtenido hasta entonces (la reseña de Di Fazio, que estropeaba con erratas todos los nombres propios de la única cita textual que se dignaba hacer del libro; la columna de Requena, que le daba primero una bienvenida cordial, aparentemente sincera, para olvidárselo después en un pelotón de colegas indignos, como un regalo equivocado), me bastó sentir cierto anhelo en la voz, una tenue señal de interés del otro lado de la línea, para deponer toda pretensión, y renuncié a lo que en circunstancias menos dramáticas habría exigido sin piedad ni remordimiento: fijar el día de la entrevista (fue un viernes, mi día de retiro y rehabilitación, puesto que por entonces solía salir los jueves), la hora (fue de mañana, cuando hasta los zorzales son un martirio para mí), la extensión (una hora eterna que al final, con la coda imprevista, se iría a dos), el lugar (mi casa, donde había jurado no volver a atender a la prensa desde el asunto Balcarce). Cedí en todo. Y si no ofrecí en ese momento lo demás, la gama de agasajos a los que habían terminado sucumbiendo Requena y Di Fazio —Di Fazio un poco a regañadientes, alegando una condición médica que opté por desoír—, fue porque preferí guardármelos para cuando los necesitara en serio, si las ideas que me habían quedado en el tintero sobre las gemelitas no resultaban suficientes.

No resultaron. No por previsibles o insípidas, quiero creer, sino porque no hubo tiempo de desarrollarlas. Que se me entienda bien: todo sucedió a las nueve y veinte, diez minutos antes de lo pactado, y de una mañana como elegida por el demonio, lluviosa, con baja presión, y a mí se me partía la cabeza —un clásico de los viernes—, y uno de los dos responsables de que se me partiera la cabeza había volado de mi cama en plena madrugada (al otro conseguí meterlo en el último taxi), aprovechando que yo buscaba en el baño, con media mano hasta las amígdalas, un alivio que nunca llegó. Y de pronto la que aparece es nuestra autora: impuntual, impune, impúdica, alta incluso para mí, que tengo experiencia con altas. No sé si antes o después de saludar, sacude esos hombros rectos con una especie de escalofrío y deja deslizar por su espalda el impermeable que trae en modo capa, estilo dandy friolenta. Lo recogí antes de que tocara el piso. Pese a los taladros que se ensañaban con mi pavimento mental, seguía teniendo muy buenos reflejos, y ella muy buenos tobillos.

Qué cosa extraña es una persona desconocida. Cuánto más extraña se vuelve cuando, una vez que la hemos conocido, y que ya nada de ella puede sorprendernos, ni siquiera lo nuevo que tiene para dar, hacemos memoria y la vemos otra vez en esa cápsula de inocencia a la que nunca volverá. También ella estuvo allí, y yo no ganaría nada con negarlo.

Pero eso fue antes —en el edén que es todo alguna vez, incluso lo más triste y lo más sórdido—, antes de que su nombre quedara asociado para mí con el baldío Baldó, páramo de prosa desanimada donde hasta perlitas como los tiradores, los sacos ajustados, la heráldica de los remeros y el Rotary Club, el revoleo de ojos por efecto de una *trouvaille* etimológica suenan forzadas y hasta risibles, igual que la peluca, el falso lunar o la renguera con que un actor sin luces trata de dar vida a un personaje que no entiende. Cómo me equivoqué al abrirle la puerta esa mañana y ofrecerle lo poco que tenía en materia de hospitalidad formal: un té.

—Gracias. ¿Verde tenés?

Era buena. Para incomodarme con su incomodidad, sin duda, buscó lugar en el sillón superpoblado y lo encontró en la apretada esquina que había dejado libre, inexplicablemente, la parva de carpetas, fotocopias, listas de alumnos, bibliografía de exámenes, números viejos de cierto suplemento literario que dejaría de aparecer diez días más tarde, después de que su editor, un dipsómano amigo de la casa, se diera a la fuga con los viáticos de una semana en el salón del libro de Coquimbo. Era muy buena. Torció las rodillas a un lado, una pose, según me confesaría después, ya relajado el protocolo, que había descubierto en la publicidad doméstica de los años 50, investigando la relación entre cuerpo y tecnología electrodoméstica o algo por el estilo. No sé si lo hizo a propósito o algún hada aviesa le dio una mano, pero un broche cedió y los labios de su horrible cartera de charol se entreabrieron en una especie de mueca, dejando ver la parte superior —con la foto de esa deslumbrante venus atrapamoscas que tanto me había costado encontrar— de la tapa de mi libro sobre las Stoppio.

No, verde no tenía. Ni siquiera sabía que existiera el té verde. Le serví uno cualquiera, en hebras, medio seco, que dejé infusionar más de la cuenta y que más de dos horas después se iría sin haber tocado, aunque una huella rojo mate en el borde de la taza probaba lo cerca que había estado de complacerme. No grabó, que yo recuerde. Pero no me habría sorprendido que uno de esos alevosos aparatos en miniatura lo estuviera archivando todo en el fondo de su cartera mientras ella, en la superficie, atareada en ofrecerme su mejor perfil, con el que el chorro de lechosa luz que entraba por la ventana se llevaba especialmente bien, parecía abandonarse a la improvisación del momento. Leyéndola —es un decir, porque a esta altura del partido no creo que tenga nada que ofrecerme, y mi ejemplar de su Baldó no aparece por ningún lado—, me sorprende su memoria.

Estuvo un cuarto de hora con las manos sobre la cartera, cruzadas en devota cruz y apoyadas en la tapa de mis gemelitas, apoyadas apenas, con la misma delicadeza levitante con que las manos de las santas de la pintura sacra se apoyan en la fontanela del niño Jesús o el lomo de un cordero. Aduló en general, sin dar precisiones, pero aduló donde había que adular, de modo de embriagar a la vez que anestesiaba, sin dar tiempo ni lugar para la resistencia o la sospecha. Hubo las dos o tres preguntas de rigor: cómo se me había ocurrido la idea del libro; qué edad tenía yo cuando el caso de las Stoppio salió a la luz; si había consultado el libro de Popescu. Estaba a punto de destrozar al pobre Popescu —siempre empiezo por ahí, es otro vicio que tengo— cuando una especie de niebla me envolvió, como el efecto retardado de un veneno muy caro. Ahora lo veo: fue entonces cuando el enroque sucedió. Ella había dejado de trabajar para mí (si es que alguna vez lo había hecho); yo empezaba a trabajar para ella, para ella y su libro, y cómo, con qué afán, con que dedicación concienzuda. En menos de un cuarto de hora mis gemelitas quedaron atrás, olvidadas, con la sola, mala compañía del interés que nuestra amiga había fingido tener en ellas, y yo ya era otra cosa, eso que la hidráulica de la información —y los biógrafos que la van de responsables— llama una fuente. Con la salvedad de que una fuente suele ser consciente de que lo es y yo, en pleno embrujo, no estaba en condiciones de saber nada. No, era más que muy buena; era de temer. Su arte —todo el arte del que carecería su libro, o que su libro supliría con astucia, omisiones deliberadas, embellecimientos gratuitos— consistía en el ejercicio de un extractivismo denodado, irresistible: hacerme hablar de lo que ella quería, el Baldó profesor —con sus tiradores, su pañuelito al cuello, su escudo del Boating, etc.—, haciéndome creer que seguíamos hablando de mí, de mi dorada juventud, mi formación, mis años locos universitarios.

¿Había leído mi libro? Lo dudo. O sólo la página, los párrafos, las líneas imprescindibles para hacerme creer que sí. Salvo la nota al pie que le dedico al gabinete de curiosidades de Izzo, que pasteuricé para evitar represalias y dejé por razones estrictamente venales, dudo que el gótico estrafalario del mundo de las Stoppio echara luz o rimara con una vida como la de Baldó. Leído de oídas, a lo mejor. Puede que no lo desconociera, o que le hubieran hablado de él. Algo así me insinuó una fuente (una de las mías) que por aquella época regaba mis plantas y sábanas a menudo. Parece que Durazzo le había encargado a nuestra amiga reseñarlo y que ella aceptó, pero que horas antes del *deadline* hizo llamar para dar parte de enferma (había hecho correr el rumor de que era endometriósica, como la menor de las Stoppio) y dejó colgada la página central de bibliográficas, que creo terminaron llenando con algo sobre el *Container* de Tottel & Spampinato, lo que dice mucho de la parrilla de notas de la gestión Durazzo. Nunca supe cómo tomar su defección, si como un desaire o una cortesía, porque mi fuente me dijo que junto con la orden de escribir, nuestra amiga había recibido la de hacerme polvo. No me extrañaría, viniendo de Durazzo. Me la tenía jurada desde el episodio Barbosa. No me perdonó que lo entrevistara, menos todavía que publicaran la entrevista mientras estaba afuera, veraneando en Michelena, y para colmo completa, con el tramo sobre los contratos con el grupo Sprudel (cuya prensa Durazzo llevaba años haciendo en secreto).

Pero volvamos, volvamos. Puede que nuestra amiga sólo hubiera leído la contratapa, que recogía algunas de las frases escandalosas con que me había instado a sembrar el libro mi editor. Lo cierto es que cuando por fin sacó el libro de la cartera —uno de esos gestos sencillos pero extraordinariamente significativos en los que converge de pronto, como en un embudo, todo lo que los precedió, que los prefiguraba sin delatarlos—, no tuve la impresión, por el modo en que lo manipulaba, de que lo hubiera tenido mucho en las manos. Demasiado pesado, demasiado grande, demasiado resbaladizo. Gracias a la torpeza lenta de la operación, sin embargo, pude descubrir, y admirar, el prodigio que eran sus uñas, unos largos apéndices de color púrpura que prolongaban sus dedos afinándolos en rayos delicadísimos, de una fragilidad alarmante. Casi me dolió cuando las vi que rozaban la sobrecubierta plastificada del libro, y creo que ella se dio cuenta. Escribía como una secretaria de actas, pero tenía una sensibilidad medio sobrenatural para todo lo que fueran tropismos íntimos: escalofríos, enfriamientos súbitos, vértigos de inquietud o de éxtasis. Cuando me repuse, ella ya estaba de pie, con el libro en una mano y una de esas inconcebibles biromes de muchos colores en la otra, debidamente amartillada. Me pidió que se lo autografiara. Quise negarme, le mostré, abriendo las manos desconsoladas, el desorden que nos rodeaba, los papeles que lo cubrían todo, y cuando me disculpaba, ella me ofreció su espalda a manera de mesa. Apenas lo apoyé, el libro, tan arisco en sus manos, hizo clac entre sus omóplatos, como hecho a medida.

11

Fue entonces, me acuerdo, cuando me di cuenta de que esa no era la primera vez que nos veíamos. Se incorporó —vértebra por vértebra: sabía muy bien lo que hacía—, y cuando se volvió hacia mí para recuperar su ejemplar firmado, ruborizada y sonriendo, como quien acaba de descubrir cuánto lo enardece ahora el fustazo que solía hacerlo sufrir, la vi emerger del ramillete de mosquitas muertas de la facultad entre las que siempre se había guarecido, con la cara que tenía a los veinte, idéntica pero más luminosa, sin ese rodete ridículo coronándole la cabeza, pero con la misma falta de criterio para vestirse, pintarse, enjoyarse, apocada, ansiosa, y desde una distancia prudencial —porque nuestros mundos eran contiguos pero tenían prohibido tocarse— la vi ejecutar exactamente el mismo rito servil que acababa de ejecutar conmigo, esta vez para congraciarse con cierto escritor joven con fama de agreste, tan desaseado como ella, que una cátedra con ínfulas de avanzada había invitado una mañana a conversar con los estudiantes. Todo cerraba de algún modo. Por remota que fuera, esa astilla de pasado común explicaba que ella supiera lo que yo sabía sobre Baldó y hubiese venido a extraérmelo en persona, y explicaba también la comedia de idas y vueltas, tanteos y provocaciones, en que se nos iba esa mañana sofocante. Pero también podía estar equivocándome. No habría sido la primera vez que abrazaba con efusión a perfectos desconocidos y desairaba mirando para otro lado a personas con las que había compartido ropa interior, viajes en funicular, cepillos de dientes, tardes eternas de retozar y dormitar. Al pasado le gustan los espejismos. Así que miré mejor y lo que vi entonces ahí, a apenas un pasillo (y un cesto lleno de ropa sucia) de distancia de una cama deshecha, que es como debe esperar una cama cuando no se la necesita para dormir, me interesó, me interesó mucho, fuera o no la versión madura de la chirusa de anteojos que acababa de despertarse en mi memoria.

La carne es débil, repite el ocurrente matarife que se roba la novela de Sánchez-Sahenz. Pero más débil que la carne es el alma de la carne, presa fácil del desaliento cuando el fruto publicado de seis largos años de trabajo —incluida una temporada de rehabilitación muy onerosa en las sierras de Yacobazzo— sólo ha sido advertido y (mal) paladeado por gente vulgar, profana, de un mal gusto desesperante. La carne de mi alma era débil esa mañana, y ella era flexible, entusiasta, una acróbata vistosa e inútil. Una máquina de ocurrencias, a cual más estrafalaria; pero bastaba que pusiera una en marcha para perder interés y pasar a la siguiente, que se desangraba también al instante. Divertido pero agotador. Olía bastante mal: el típico tufo arrogante de los que no piden permiso. Es todo lo que voy a decir. Eso, y que los estremecimientos producidos por las estalactitas de sus uñas (que en su versión universitaria aparecían roídas hasta la cutícula) eran bastante particulares, neurálgicos, y que tenía un extraño talento para darles usos inesperados a cables de teléfono, desodorantes sólidos, bufandas, broches para colgar la ropa, cosas que yo a duras penas me daba cuenta de que existían y, en varios casos, ni siquiera sabía cómo usar en sentido propio. Así, entre una cosa y otra, se nos fue la mañana. Soberbia, indiferencia, impunidad: todo le perdoné en esa última, espasmódica media hora que ella, por decirlo de una manera vulgar, siguió usando para sacarme el jugo que ni yo sabía que tenía. ¡Qué tesoros descubrimos que encerramos cuando hurgan en nosotros con la llave apropiada! Le perdoné el desaire del té, la mirada de irritado desconcierto que había posado sobre mis cosas, en especial mi colección de cactus, y hasta el subterfugio que usó —rebuscado, pretencioso, casi tanto como la especie de nido que remataba su peinado, tan incómodo de deshacer— para poner en evidencia, con el propósito evidente de humillarme, que la L de mi biblioteca, con su elenco de Lablaches, Lalannes y Licetis, pasaba olímpicamente por alto a Lugli, *todo* Lugli, no sólo las *Decrepita* (que ella, después de todo, tampoco tenía en gran estima) sino las *Cartas*, el *Memorial de Bedi* y las *Últimas recetas*, su preferido. Más me chumbaba ella, más me convencía yo de que le interesaba, de que deseaba lo que yo tenía. Cultivaba una manera de desdeñar adorable —sacada también, supongo, de esas películas viejas donde todas las casas tienen las mismas persianas y la misma luz tableada—, que consistía simplemente en mirar un segundo el cenicero, la lámpara de pie, el almohadón, el frutero con sus frutas, lo que fuera que pretendía desacreditar, y apartar los ojos al mismo tiempo que los cerraba, en una simultaneidad muy estudiada. Ser lenta entre mis cosas era su injuria. Pero cada una de sus chicanas era una señal de necesidad y de avidez.

No recuerdo bien qué nos detuvo, por qué en algún momento de la mañana nos pareció que había que pasar a otra cosa, no sé si a otra posición, porque yo mi repertorio ya lo había agotado, quizás ella a vestirse y yo a poner orden, lavarme un poco, hacerme unos buches. Llamaron a la puerta, fui a abrir, era otro de esos paquetes para otros que el correo se empeñaba entonces en dejar en mis manos, que nadie reclamaba y seguían ahí durante meses, hasta que se los regalaba al portero o los usaba como atención, para premiar cierto tipo de servicios. Cuando volví la encontré sentada en el mismo brazo del mismo sillón, ya vestida, maquillada, peinada, perfectamente compuesta y me pareció que media hora —*esa* media hora— más joven, salvo porque el libro que tenía en las manos llevaba en la página de títulos una dosis de tinta —sólo mi firma, sin "para" ni "con el cariño de" ni mención de lugar o de fecha, ninguna de esas mariconadas— que no tenía antes, y en su mentón y la punta de su preciosa nariz y algunas otras áreas menos obvias de su persona asomaba un conato de sarpullido que yo no había notado antes en su cuerpo, puedo dar fe, aunque no sabría decir si tampoco en su fantasía, su ambición, su sed de maquinar, que sin duda ya funcionaban a pleno cuando puso los pies en mi casa. Estúpidamente, quise retenerla. Le dije —mentira indigna hasta de mí— que los Luglis —incluida una edición de autor de *Máscaras verdaderas*, un mamarracho eminente aunque bastante bien conservado— estaban en la biblioteca de mi oficina (de la que me habían echado hacía dos años, sede actual de una importadora de artículos de pirotecnia), y que ahora que lo pensaba tenía un Bedi de más, con el *ex libris* original, que me había regalado su albacea, un hijo de calabreses al que más de una vez me había regodeado imaginando en situaciones escabrosas. Esto último no lo dije, sólo lo recordé. Pero por el modo en que se sonrojó y bajó la vista la reminiscencia debió ser ostensible. Le ofrecí el ejemplar extra, que se negó a aceptar, y cuando se llevó un par de dedos al tobillo para rascárselo, un reflejo típico de pudor, vi que tenía la media gastada, casi a punto de abrirse, y adiviné que el paso siguiente sería guardar mi libro en la cartera y ponerse de pie y, medio atragantándome, llevando la inversión de nuestros papeles a una escala vergonzosa, le pregunté a boca de jarro en qué andaba, si por casualidad estaba leyendo algo que valiera la pena que yo leyera también, preferiblemente a la par que ella, dado el *timing* más que virtuoso de nuestra ejercitación matutina. La pregunta la contrarió, o quizá la distrajo de la escena más inocua, menos comprometedora, que tenía prevista. Así que infló la boca con un discreto suspiro de impaciencia, metió la mano en la carte-ra —todo el brazo, en realidad— y sacó el *Derqui* de Bernal.

12

Fue tal como digo. Sacó el Bernal de esa cartera de millonaria vieja que usaba y esto fue lo que yo vi. Primero vi la tapa del libro: la cara de la Derqui en pleno aullido, desencajada, con su prognatismo de esperanza rapaz recrudecido por el arrojo y la bandana, la eterna bandana de arpillera teñida, arengando a las internas desde su barricada —estamos en pleno motín, a diez minutos del incendio del penal, pero una guardia (Rísquez, como corrige Bernal en una nota al pie, no la Rivodó, que ese día tenía franco) vio la imagen de la insurrecta, quiso que no se perdiera y la retrató—, y luego el nombre de Bernal en letras finas, rojas, contra un fondo de insólito cyan, encogido en un rincón con aire incómodo, como uno de esos testigos involuntarios que darían cualquier cosa por estar en otra parte, otra tapa, otro libro.

No sé qué me pasó. Fue ver Bernal, el apellido solo, sin nombre, como firmaba siempre desde que firmaba cosas, según me enteré después, y querer a toda costa conocerle la cara, como pasa a veces al leer una frase inspirada en una página que no la hacía prever, pensando que la cara del autor acaso explique el misterio. Ella debió notarlo, porque interrumpió el movimiento de guardar el libro y se detuvo un segundo a mirarlo, como si temiera haberse perdido algo importante, algo que siempre había estado a la vista, y por fin me lo alcanzó. Lo transportó hasta mí acostado en las palmas de sus dos manos juntas, según ese ardid japonés que hace que cualquier porquería —flor, plato de comida, puñal, prenda íntima— tenga visos y eficacia de ofrenda, y así lo puso en mis manos. "Hay una foto en la solapa", dijo, contestando lo que leía que decía mi pensamiento, y haciendo con un dedo infantil unos círculos rápidos en el aire, como de tirabuzón, me invitó a abrir el libro y, supongo, a darle la razón. "Tiene sus años, pero es una foto". Años, nueva: qué ineptas sonaban esas cosas aplicadas a Bernal, que no había cumplido los veinticinco. Una insensatez tan capciosa como reprocharle patas de gallo a una efímera. El problema no era ese, desde luego. Era que el fotógrafo (que resultó ser fotógrafa, una cero a la izquierda con ínfulas de artista), tentado por el encanto fácil del retrato bifronte, había apostado los pocos cartuchos con los que contaba al espejo del armario de roble que había a la izquierda de su modelo, dejando en un charco de sombra la mitad derecha de la cara. Del resto se encargaban el blanco y negro poco contrastado y la impresión rudimentaria.

Curioso cómo un vulgar retrato puede alentar toda clase de falsas impresiones. Ese Bernal tenía la impronta arrogante y como poseída de esos vanguardistas del pasado que parecían venir del futuro, siempre bien vestidos, concentrados, rodeados de discípulas jóvenes que adoraban las polleras tableadas, dominaban el arte de cruzar las piernas y eran más geniales que ellos y morían ahogadas en un arroyo, al término de una fiesta de disfraces alocada, o desaparecían del mapa. Ya usaba los lentes Itten, tenía cejas muy pobladas y una sonrisa inconclusa muy desconcertante, fruto quién sabe si del pudor, la impaciencia o algún súbito malestar estomacal. Desfigurado y todo, ese fue para mí el primer Bernal, el que no esperaba, el que me sorprendió con la guardia baja. Naturalmente, mordí. Pero por el crujido que se oyó al morder entendí que yo era la fruta, madura, todavía jugosa, como nuestra amiga podía dar fe, y él el colmillo que se clavaba. Él, Bernal y su juventud divina. (Ya llegaré a las consideraciones dentales).

Veinticinco años. La cifra no da siquiera una idea de lo que era ese prodigio, y menos de la manera mágica en que se ejercía, su valor de emanación. Que se me entienda bien: no hablo de firmeza, vigor, elasticidad, resiliencia, valores que aprecio y he tenido más oportunidades de disfrutar de lo que se dignan admitir mis detractores. Cualquiera que haya pasado por la experiencia de enseñar sabe de qué clase de asombros estoy hablando. Nada cotiza tan alto como la carne joven; lo sé y lo digo por haber pertenecido a los dos bandos, el de quienes tasan y el de los tasados. (Hubo un interregno milagroso, fugacísimo, en el que me tocó pertenecer a los dos a la vez, y fue tan pero tan intenso que si un Dios cruel bajara a la Tierra y me lo ofreciera de nuevo lo rechazaría). Pero tarde o temprano hasta el más verde de los estudiantes pisará el palito y dará señales de afán, será ambicioso u obsecuente y echará a perder el arrobamiento inocente con que nos devoran sus ojos, colmillos de luz, mientras vamos y venimos en el estrado con sueño y hambre y los hombros manchados de tiza. Nada de eso afeaba a Bernal, ni lo amenazaba. Era joven sin voluntad, sin esfuerzo, como sólo lo son los que se mueren por ser viejos. Los libros —el páramo exigente que se chupaba la firmeza de nuestras carnes, nuestras fuerzas, nuestra rapidez mental—, que en los demás hacían de la juventud un simple instrumento, en él la preservaban y adoraban, diosa única y distraída en ese altar de páginas.

13

Hablando de colmillos, fueron sus dientes, sin embargo, lo primero que me impresionó cuando lo vi en persona, unos meses después. Desparejos, encimados, con las junturas selladas por emparches de un sarro alquitranado, les faltaba poco, muy poco para pudrirse, quizás una o dos semanas más de la dieta con la que venía alimentándose, si se puede decir así, desde los dieciséis años: café quemado, tabaco negro sin filtro, riñones asados a punto carbón, queso fresco y dulce de membrillo, fernet, un vino tinto abominable, en envase de cartón, que reservaba exclusivamente para él la dueña del supermercado chino que tenía frente al antro donde decía que vivía, y unos chupetines de algo que sólo él podía atreverse a llamar regaliz, en su opinión mil veces más sabroso que el regaliz, flacos y largos como grisines —otra de sus debilidades—, que atesoraba en cajas debajo de su cama, chupaba durante horas y hacía saltar de una comisura de la boca a la otra sin más ayuda que la invisible de su lengua, malabarismo que probablemente cultivara para encubrir su calamitosa condición dental.

Lo hizo, de hecho, la primera vez que lo vi en carne y hueso, como se dice, aunque carne, en su caso, había más bien poca. Lo hizo ante mí, "conmigo", y ese sutil desliz gramatical fue más hipnótico que cualquier caída de ojos. El efecto fue instantáneo, parecido al que mi imaginación sigue atribuyéndoles a esos elixires endovenosos embriagadores que nunca nadie me ofreció, quizá porque jamás los habría aceptado. Hizo su truco del chupetín y me gustó, aun con los chispazos de saliva que provocó, pero vi de todos modos el triste cordón de sus dientes irregulares, mellados, y él me vio verlos, yo me di cuenta, y retrocedió un par de pasos como buscando que se lo tragara una sombra, con tanta mala suerte que la plancha de hueso que era su espalda embistió la espalda de LaCapra —Dominic, no Simón, que por entonces seguía de cónsul en Ceilán— y le hizo volcar encima la copa que el autor de *Pistachos* llevaba un cuarto de hora sin poder probar, arruinándole el saco de lino italiano tan ponderado por su corte de genuflexos. Típico *faux-pas* de cóctel en el palacio Donn'Anna, donde a cierta hora, si el evento no es un fracaso, no queda espacio ni para pestañear. Fue entonces cuando nuestra amiga se rio, con esa risa linda que tenía cuando quería, descarada, contagiosa, no del todo armónica —la escala de notas turbadas, un poco disonantes, que una aprendiz de pianista le saca a su instrumento mientras su pequinés le lame la planta de los pies con frenesí—, y riéndose envolvió y selló el programa de pequeñas acciones, gestos, frases, que hizo en la fracción de segundo inmediatamente posterior, no sucesivos sino simultáneos, como la funambulista que era cuando serlo le era vital, no siempre, no cuando se inclinaba a abrocharse la hebilla de una sandalia, por ejemplo, y perdía el equilibrio: reír (qué sano y pérfido floreció el árbol de su risa en mis noches de insomnio); apoyarse apenas en nosotros, una mano en el antebrazo de Bernal, la otra en el mío; echarse hacia atrás y de algún modo misterioso inducirnos a acercarnos uno al otro ocupando el espacio que ella liberaba al recular, mientras decía sin dejar de reír, en su estéreo altivo: "Ustedes dos (por Bernal y por mí), ustedes dos sí que deberían conocerse".

La palabra técnica es pase. Así llaman, me enteré por casualidad tiempo después, de madrugada, en una *boîte,* de boca de un antropólogo pasado de copas que pretendía que nos lanzáramos juntos al karaoke, la maniobra a primera vista casual pero altamente ritualizada por la que las caciques de cierta tribu de Mindanao se sacan de encima las parejas con las que convivieron durante las últimas seis cosechas para endosárselas a otras caciques de la misma edad pero de un rango inferior, a quienes se han tomado el trabajo de elegir pero no de consultar y que, en virtud de ese mismo acto de cesión, pasan a ser sus sucesoras, sus más enconadas enemigas, y muy pronto, armadas hasta los dientes, destruirán sus telares y las esclavizarán. Después de enredarse con el cable del micrófono, el antropólogo, mejor informante que cantor, tuvo que colgarse de mí para mantenerse en pie, y antes de que lo viera abrir la boca me regó la pechera de la camisa con dos salvas de un vómito incoloro, sorprendentemente insípido, bastante más amable que la salva de vino que aquella noche —porque el cóctel, para asombro de todos pero más de los organizadores, se prolongó más de la cuenta— había deshonrado el lino del saco de LaCapra.

Recuerdo todo con cierta claridad, incluso esos ridículos discos de plástico negro que mantenían las copas unidas a los platos, de modo de dejar libre una mano para operar en simultáneo con tenedores o cigarrillos —todo menos a quién o qué se homenajeaba. Quién sabe dónde guarda mi cabeza esas cosas. Pero si era en el Donn'Anna y estaba LaCapra con su claque —la claque completa, incluso con Galdo, Caldo, como se llamara el matoncito irascible y retacón que por entonces le cuidaba las espaldas—, las opciones no son muchas: o bien lanzaba algún bodrio MilleMilione, la editorial que había asilado a LaCapra tras la quiebra de Bolkonski, o los verdugos de Bolkonski, Dispis & Duff, agasajaban a uno de los forasteros ignotos en los que lavaban la plata, y en ese caso LaCapra y su séquito habían asistido en plan provocar y sabotear, cosa que si ocurrió ocurrió después, cuando ya nosotros habíamos abandonado el barco.

Qué rara estaba la noche, con algo de resaca o de tormenta. No sé por qué me gustó que Bernal fuera adelante, un poco desentendido de mí, arrastrando las suelas de sus mocasines pasados de moda. Tenía las manos muy metidas en los bolsillos, como si disimulara alguna trapisonda. El aire olía mal, a río, a flores podridas, y yo en un momento creo que me mareé. Era puro hueso pero fuerte, Bernal: aguantaba. Me sostuvo pero sin mirarme, como si todavía no le hubieran llegado los permisos de rigor. "Creo que ahora voy a tener que besarte", me oí decirle. Mientras me acercaba le vi algo oscuro en el labio. No me frené, y del beso largo, un poco torpe, me traje una hebra de tabaco negro de regalo, el más barato, ofrenda pionera de las muchas que me llegarían después de su boca: restos de perejil (idolatraba la provenzal), picaduras de pimienta, piel en escamas, costras de pequeñas lastimaduras que él mismo se hacía al morderse, incluso parte de un herpes que él atribuyó al sol pero yo le vi después en rincones suyos que siempre habían vivido a la sombra. Ninguna tuvo el sabor de la primera.

En una bocacalle se paró, me hizo una media reverencia versallesca, como despidiéndose, y cuando se daba vuelta con la intención de alejarse recordó en voz alta que había olvidado o perdido unas llaves. Funcionaba un poco así, como si respondiera a las órdenes que le impartían desde su cabeza dos comandos simultáneos pero contradictorios. Mi idea, humilde y esperanzada, era que no tenía donde caerse muerto. La casa de nuestra amiga no era al parecer una opción, no esa noche al menos, y el tugurio heredado de sus padres donde a veces se atrincheraba, inhóspito incluso para las cajas de falso regaliz, llevaba meses clausurado por unas fugas de gas. Esa noche durmió en el viejo *couch* del living, con la cabeza calzada en el ángulo donde antes había encajado sus caderas nuestra amiga. Ese *couch*. Era la menos inepta de las porquerías que me había endosado un director de teatro chileno, que lo había usado en una versión musical —todos desnudos, incluso los acomodadores— del *Orzuelo en llamas* de Pumpel. Pese a que le insistí, dada la escala de su cuerpo, Bernal no quiso hacerlo cama. Lo lamenté, porque aunque el colchón estaba manchado, me gustaba mucho abrirlo y ver cómo sus articulados miembros de metal se desplegaban y apoyaban en el piso todos juntos, al mismo tiempo, como si el sillón alunizara. No me agradeció; tenía la dignidad hipersensible de un refugiado. Pero tampoco me pidió nada. Creo que ni siquiera usó el baño. Todo lo que hizo fue fumarse dos cigarrillos al hilo de pie, casi sin moverse, salvo para ladear boca y cabeza y escupir el humo para un costado. En un momento nos quedamos callados y él bajó la vista hacia sus mocasines (nos sorprendió que todavía los tuviera puestos), y yo entendí que me pedía que lo dejara solo. Hice bien en tardar en dormirme, porque lo oí dar vueltas y el *couch* soltó por fin esos quejidos que me gustaban tanto, aun cuando no se los arrancara yo. En ese duelo de tensa displicencia habremos estado media hora, hasta que a mí me durmieron la excitación y el cansancio. Empezaba a amanecer cuando lo sentí meterse en la cama y en mí, sigiloso y sucio, y darme a probar algo de la sabiduría de sus dedos, portento que el pobre de Baldó esperaría en vano.

14

Bernal estaba adentro, otra vez —y la frase ahora era mía, sí, sólo mía. Si no llegué a pronunciarla fue porque esa madrugada larga y lenta preferí tener la boca ocupada en otras cosas. Sonreír, sin ir más lejos, o cantar canciones que había olvidado que recordaba, melodías románticas, como se las llamaba en la infancia de discos, revistas, golosinas y televisión monocroma que me enseñó a adorarlas, que Bernal, para mi regocijado asombro, se sabía de memoria. Pometta, Consonni, Della Longa: las glorias de Eurovisión, el Olimpo del festival de San Remo. Todas las cantó, todas con el temblor, la sed desesperada, el acento justos. No tenía mala voz, pero la impostación de reciedumbre embriagada con que atacaba los versos —parodia de la mala vida de puerto que había llevado— pegaba mal con su fragilidad. Por lo demás, para cantar tenía que abrir la boca; si a plena luz hedían, es difícil describir lo que hacían sus dientes a primera hora de una mañana cualquiera. Yo dormí un rato más. ¡Ah, los posfacios del amor, tanto menos cargosos que los de los libros! Apenas abrí los ojos me di cuenta de que algo faltaba. La casa estaba vacía —sin él, quiero decir: más vacía, ya entonces, de lo que habría estado sin mí. Pero le gustaba dejar huellas, como a casi todo huésped atento, y durante unos días toleré y conviví con las suyas (restos de un tallo del seudo regaliz mordisqueado al pie del *couch*, hebras de tabaco por todas partes, un pañuelo manchado de sangre cuyas iniciales —tenía monograma— no correspondían con las de su nombre) manteniendo una distancia respetuosa pero atenta, como con un enfermo, un perro muy viejo o una escena de crimen.

Uno de mis pasajes favoritos del *Derqui* es la carta en la que Rísquez le confiesa a Rivodó que está enamorada del Monstruo, que estuvo enamorada del Monstruo siempre, desde el día uno, desde que la vio bajar del tren engrillada, toda tintineos, como un cencerro, y se dijo: la llamaré Monstruo. Le dieron la orden de quitarle el muñón de cigarrillo que llevaba apagado entre los labios. Rísquez la ejecutó y Derqui le escupió en plena cara, precisamente la clase de desprecio de la que ninguna guardia quería ser víctima, y menos en presencia de las demás. Me gusta que el libro reproduzca la carta entera, con todas esas tonterías sobre la huerta, las pantuflas y la regla dolorosa intactas. Alguien menos sensible o más torpe —nuestra amiga, sin ir más lejos— las habría suprimido, ansioso por ir al grano. Me gusta incluso la alevosa impertinencia, tan objetada en su momento por los talibanes del género, de reproducirla manuscrita, en facsímil, en el corazón mismo de la sección bibliográfica, como una florescencia de vida artesanal en pleno feudo tipográfico, exhibiendo sus negligencias ortográficas, el previsible *senserro*, el delicioso *tintinero* (que rima con el *repiquetero* del renglón inferior). Pero es mi pasaje favorito (de un libro que no lo es) porque la carta llega demasiado tarde, cuando su destinataria ya no está en condiciones de leerla ni su remitente de aprovechar la libertad que conquistará confesando, porque la Derqui, el objeto de su amor, por primera vez reconocido públicamente, está muerta. Qué aguda conciencia tiene Bernal de todo el asunto. Si no la tuviera, si semejante despliegue de golpes bajos fuera pura espontaneidad, ¿por qué pone la carta donde la pone? ¿Por qué al final del libro, cuando ya no queda nada por agregar, polizón inesperado de ese último vagón donde las biografías serviles amontonan los regalitos que dicta el protocolo, notas, apéndices, reconocimiento de deudas, índices? Llega tarde en la vida de esas mujeres —es la carta más sola del universo— y llega tarde en el libro, cuando creíamos que la suerte estaba echada, la historia contada, el caso cerrado —un poco como esas escenas que las películas, sobre todo las malas, no sacan de la galera hasta que los créditos finales terminan de desfilar, el volumen de la música empieza a decrecer y todos los espectadores han abandonado la sala, todos menos la media docena de tercos o clarividentes que resisten en sus butacas, los únicos que se enterarán de que el planeta que llevó tres largas horas devastar todavía palpita, la especie a primera vista aniquilada subsiste en un huevo que está a punto de crujir y una pequeña porción de la tierra con que se ha cubierto el cuerpo ametrallado del villano se pone a temblar.

Yo no "tengo recuerdos"; no almaceno postales, ni estampas de santos, ni chistes recortados de una revista con una tijerita escolar. Pero una vez creo que le dije... Sí: estaba casi en la vereda del sueño, con el cuerpo encajado en el confortable ataúd de sus huesos, cuando le pregunté por esa carta. Un *impromptu* de fan, lo reconozco. Pero no era tanto la curiosidad como el deseo, la ilusión de dormirme escuchando su voz, la lluvia de su arrullo. Bernal se estremeció apenas, sobresaltado, y sentí cómo crujía el exoesqueleto que me abrigaba. "Qué carta", dijo, o eso creí entender yo, porque entre la boca de Bernal y mi oído había no sólo cierta distancia y un par de dedos suyos —tenía un después muy oral, en especial cuando la actividad digital había sido intensa— sino piel mía, piel de mi nuca, y también un pedazo de sábana, de modo que todo lo que decía entonces corría peligros diversos. Y además, como buen goloso, le gustaba mucho paladear, siempre estaba como saboreando algo, especialmente cuando parábamos para reponer energías, y lo que decía en esos casos nunca llegaba a escucharse bien, perdido como estaba entre chasquidos y crepitaciones. Así que hice un esfuerzo y se la resumí, le cité hasta el número de página, terminé recitándosela entera —y ahí fue cuando me di cuenta de que me la sabía de memoria, y que ese ruido como de flema bajando a los tumbos por una cañería muy vieja que empezaba a ensordecerme no venía de arriba, del piso de Nogués, que solía usarlo para darme a entender que estaba disponible, sino del mismo Bernal, que roncaba. Roncaba como un tísico, un tísico blando, reblandecido por tres semanas de cura a la intemperie serrana. Alguna vez, más tarde, en los primeros tiempos de nuestra accidentada convivencia, hablando no sé de qué pero seguro que no del tema, que es como suelen surgir esas perlas que los biógrafos recién se convencen de haber encontrado cuando las ven impresas, Bernal me confirmó que sí, que había sido tísico, tísico y sifilítico, en ese orden y con menos meses de intervalo que lo aconsejable, pero que en su caso el paquete de infecciosas no había venido con un sanatorio serrano —por suerte, porque aborrecía las sierras, el mar, el aire libre, todo lo que propagara los beneficios de una naturaleza virtuosa, no tocada por lenguaje humano alguno— sino de la mano de un destacamento naval perdido en la costa patagónica, con sus típicas ofertas de sordidez, promiscuidad y holganza prosti-bularia, *highlight* de una vocación castrense descubierta a los once años de manera algo abrupta, tras pasar cinco como re-hén en una escuela primaria piloto de la capital, a merced de su pintoresca pareja de fundadores, el discípulo díscolo de un californiano desquiciado y la heredera de un prolífico inven-tor de los Balcanes. Pretendía convencerme, esa misma vez u otra, del hilo secreto que unía enfermedades y esdrújulas, pero algo lo desalentó antes de empezar, quizás el hecho de que yo le dijera enseguida que sí, que yo también lo había pensado y que sería una pena que se nos secaran los filets de panga que se cocinaban en el horno.

Esa noche dormimos como ángeles, pero sin arrullo ni revelaciones. La carta era lo que era. Deliberadamente o no, el silencio de Bernal —su ronquido atronador, más bien— me enrostraba una evidencia que nadie que se dedique a las vidas de los otros podía desconocer, a tal punto estaba siempre ahí, al acecho, lista para venírsenos encima y pulverizar nues-tra ambición cuando más cerca creíamos estar de alcanzarla. Nuestra ambición de sentido, quiero decir, o de verdad, y no uso mayúsculas porque, a diferencia de nuestra amiga, por poner un ejemplo a mano, sé lo que digo y puedo decirlo con franqueza, sin camuflar con gestos grandilocuentes una ignorancia que por otro lado no sufro. Es la redundancia, bestia opaca y sin forma, mitad orgánica, mitad nada, mitad obcecación, lo que nos espera al final del camino. ¿Qué tendría esto de desolador, qué de decepcionante, si la carta de Rísquez, ahora que sé que dice lo que dice y nada más, sigue siendo para mí el flechazo que fue cuando la leí por primera vez, a las cinco y veinticinco de la mañana, seis semanas después de que nuestra amiga, embriagada por los caireles de su propia risa, diera aquel paso atrás en el palacio Donn'Anna y nos dejara solos en medio de la muchedumbre?

15

Números, números. Nada de este oficio me desmoraliza tanto. Puedo darlos si son estrictamente indispensables. ¿O no manejamos las líneas de tiempo como el tahúr los naipes? ¿No es ese nuestro arte, si hay alguno en lo que hacemos: contar un transcurso, contraer y dilatar la duración de una vida, borrar el límite entre los minutos y las décadas? Hay en el Baldó de nuestra amiga una idea agradable, seguramente robada: una cronología discontinua, que no avanza por años, de manera regular, progresiva, sino un poco a los saltos, sin medida común alguna, de modo que puede referir en dos páginas los treinta segundos de un sueño premonitorio, en seis renglones un largo año de postración, en tres un cambio de casa, de peinado, de milenio, de manera que el fluir de una vida se parece menos a un río —uno de esos riachos medio secretos que Baldó conocía tan bien, donde le gustaba dejarse pasear por algún remero joven mientras declamaba a Cancio o a Trebonio— que al caos espasmódico de un corazón fibrilado. Una idea simpática, sí, pero improcedente, que la vida de Baldó no honra y nuestra amiga, quizá por no entenderla del todo —algo que pasa a menudo con las ideas robadas—, descarta y olvida enseguida, como a un zapato lindo que nos queda chico.

Números: seis semanas desde el palacio Donn'Anna; doce desde la mañana pringosa, tan propicia para el amor, en que nuestra amiga vino a tocarme el timbre con su farsa de entrevista bajo el brazo y, luego de quedarse con todo lo que yo ignoraba que estaba dándole, me ofreció su espalda, se mofó de mi colección de cactus, manchó mi cama y me sirvió en bandeja la cara de Bernal; dieciocho semanas desde que mi libro sobre las Stoppio vio la luz, brilló para los pocos que podían apreciarlo, se obnubiló y corrió a refugiarse en un oscuro depósito de libros suburbano, donde la editorial que lo publicó pero nunca lo quiso eligió unos cuantos, que me envió en cajas mientras pasaba el resto por la guillotina; veintidós años desde que frecuentamos con nuestra amiga las mismas aulas, los mismos pasillos, los mismos bares universitarios sin sentir la curiosidad de darnos la hora para entender por qué teníamos derecho al mutuo desprecio o a la amistad, o quizás al híbrido de amistad y desprecio al que llegamos de común acuerdo esa mañana. A todas estas cifras que consigno aquí para cumplir, no porque signifiquen gran cosa, el contador atento que duerme la siesta en todo biógrafo agregaría un tiempo extra, más breve, el único en el fondo que hace que todos estos ejercicios contables suenen menos burdos de lo que son, porque es el tiempo que nos atraviesa y nos cambia sin que nos demos cuenta, el tiempo que algo más poderoso que nosotros nos roba y se lleva consigo: los cuatro días de reclusión, fiebre y ayuno en que me devoré —más números— las seiscientas setenta y tantas páginas del Derqui. Cuatro que podrían haber sido dos, o incluso uno y medio, si el coloquio Teodorescu no se hubiera metido en mi camino.

Yo hacía rato que me había bajado de la ola Teodorescu. Esas camisolas como de pirata, con la pechera llena de volados, de acuerdo; veinte años sin cortarse las uñas, genial; desplantes en vivo en el plató del programa de Bolettino, *chapeau*. Así y todo era ropa vieja, otra camorrera profesional que se hundía en el pasado y hundía con ella su obra, todos esos tomitos oscuros, afectados, inútiles, salvo quizá *Los atriles* (donde aparecen por primera vez Náñez y su secta) y *Electromagnética*, que tan buena compañía me había hecho un verano especialmente caluroso en la costa Dimó, donde lo leímos a voz en cuello con unos hermanos filipinos que daban la vuelta al mundo juntando groserías para un diccionario global de la injuria. A veces, actualizando mi currículum —un consejo que sigo desde siempre, desde la mañana de lunes, dedicada a Marcial y el ablativo absoluto, en que nos lo dio Baldó—, tropezaba con los artículos que había escrito sobre ella y me costaba reconocerlos como míos. Era un momento de extrañeza profunda, como si una mano ajena estuviera alterando mi vida pasada, o como si la mano fuera mía pero estuviera dormida, haciendo su vida, y me asombraba que todo eso hubiera nacido de alguien tan poco trascendente como la Teodorescu.

Llevaba las de perder y lo sabía, pero aun así tuve que ir. Acababa de empezar con el *Derqui*, un ejemplar maltratado, con páginas pegadas por la humedad y hasta hongos, que había salido a buscar días después de la visita de nuestra amiga y terminé encontrando en la trastienda de la librería de los Astete, esos crápulas. Llevaba leídas ciento ochenta páginas al hilo, como en un tren bala, cuando entra un correo con el mensaje: "Tengo tu boleto. ¿En dos horas en la estación Dacosta? Andén 7. Traé malla". El golpe de gracia fue el membrete que remataba el recordatorio: *Centenario Teodorescu*. Los cabos se ataron solos: dos, tres años atrás, aprovechando una debilidad nocturna —una de las tantas que apuntalaban por entonces mi reputación—, alguien cuyo nombre no me pareció necesario retener —sin duda la misma recaudadora de subsidios cuyo apodo de fantasía firmaba el ultimátum del andén 7— había conseguido que aceptara participar del coloquio y además presidirlo. Dos días de pesadilla en un hotel de la costa; dos días con sus noches, gracias al talante de la chica Ultimátum, tenaz como el de un bivalvo, y a precio preferencial, dado que no estábamos en temporada sino en época de vientos y avispas y había marea roja y unas olas altas como paredes, lo que no la disuadió de lucir su *bombshell vintage* estampado de leopardo y meterse en el mar. Al hotel, que parecía a punto de derrumbarse, le crecían de noche toda clase de escaleras espectrales, que no llevaban a ninguna parte o morían en el comedor, un oscuro patio techado donde una empleada con cara de pocos amigos, la misma para todos los servicios —el coloquio incluía pensión completa—, anunció compungida que el cocinero había dado parte de enfermo y repartió los *vouchers* que reventamos en la parrilla de la estación de servicio de la ruta, la única abierta en todo el balneario. Del coloquio en sí me quedan sombras, vahos, el sedimento que dejan en el alma horas y horas de una resaca plagada de frases de un tedio criminal. A la primera sesión debo haber asistido seguro, porque la presidía y tuvo lugar —hay una transcripción bastante pintoresca en las actas del coloquio que publicó Vavazzori— y yo leí la *laudatio* de la homenajeada —que Vavazzori no reproduce completa, supongo que por miedo—, y entiendo que fue ahí cuando hice ese cráter en la tapa de madera del podio, que ya estaba bastante podrida, digamos las cosas como son, cuando la golpeé, declarando inaugurado el coloquio, con el viejo micrófono de cable cedido por el hotel para el encuentro.

Pero yo lo que quería era leer. ¡Leer!, ¡leer! Era un manojo de nervios, un pozo sin fondo, una llaga. Yo sólo quería leer, pero mi ejemplar del *Derqui* se había volatilizado. Me había pasado las cuatro horas y media de tren con los ojos abducidos por el libro, en catatonia, mientras la laguna Egman, la cuenca Rodó, el paso Bosanquet, todos los clásicos de la geografía provincial —varios de los cuales aparecían mencionados en el libro, embellecidos por la sensibilidad puntillista de Bernal—, pasaban sin pena ni gloria del otro lado de la ventanilla, el resto de la delegación arengaba a copar el vagón comedor (que estaba clausurado) y una ventosa trémula, húmeda, áspera —que recién al bajar, al verlos tan pálidos y solos, comprendí que eran los labios de la chica Ultimátum— asediaba reptando las pocas zonas de piel que había aceptado no vestir. Me di cuenta de que el libro había desaparecido cuando hacíamos cola en la recepción del hotel. Casi me da un ataque. Me dio un ataque pero implosivo: los otros nunca son el infierno que son cuando es pleno invierno, en un hotel de playa. ¿Me lo habría olvidado en el tren? Pero ¿cómo? ¿Quién se deja olvidado su propio corazón? (Algo por el estilo pero menos romántico, ahora que lo pienso, le contesta a Rízquez Rivodó, que era cornuda pero no idiota, nada idiota, y escribía bastante bien). Me puse a buscar el libro, a añorarlo, a alucinarlo. Creí reconocerlo en la portada, el lomo, el canto de las páginas, cualquier cosa que ese parador gagá me ofreciera con forma de libro, la guía telefónica del distrito, el tratado sobre médanos, faros y dunas de Desjeux. Nada. Era como si lo hubiera soñado. (De hecho lo soñé: dos veces lo soñé esa única noche que pasé en el hotel, supongo que en una de las pocas treguas que la chica Ultimátum aceptó incluir en su apretado programa de actividades nocturnas: en el primer sueño, con un encarnizamiento cerril, luchaba por meter el libro en el bolsillo interno de un abrigo, un bolsillo de red, apto para el tipo de billeteras que yo usaba entonces pero no para el tamaño del libro; en el segundo, yo lo leía y no podía entenderlo: las frases estaban ahí, yo sabía que eran del *Derqui* pero sonaban como dichas en otro idioma, un revoltijo de dígrafos y geminadas parecido al que el dueño del hotel usaba para burlarse de sus huéspedes y maltratar a su personal, todas mujeres, todas hermosas y asustadizas, como rescatadas de la mazmorra de un castillo medieval. Estaba por gritar cuando mi compañera de cuarto me rescató con alguna necesidad impostergable). El misterio se develó el domingo, poco antes de emprender el regreso. Al borde del colapso, yo venía del baño, de regar la bella y vieja loza del inodoro con mis últimas, escuálidas babas biliares, cuando me llevé por delante el bolso de playa de la chica Ultimátum. Ahí estaba, sepultado bajo el par de paletas de madera que habíamos dejado sin estrenar. Celos, desde luego. No se canjean sin costo las solicitudes de una ventosa ávida por unas horas de ensimismamiento lector. Celos. He leído y escrito sobre ellos. Con De Donno, que dios lo tenga en la gloria, yo podría decir que he pasado horas intensas dejándome mecer por su oleaje. En el fondo, nunca los he soportado: tan altivos, tan intelectuales. Prefiero la envidia; es áspera, no tiene pretensiones ni límites.

16

Pero ya oigo el odioso rumor del reparo. Dado el tiempo récord en que lo liquidé, ¿con qué cara digo que el *Derqui* no estaba entre mis favoritos? ¿Con qué cara osé decírselo a su autor en la cara? Es cierto que entre las lagañas y el vapor no se veía mucho: habíamos dormido hasta tarde, nos duchábamos. Por un aire vago de incomodidad, el modo en que se enredó con la cortina y el asombro con que se quedó mirando el jabón mientras se le ablandaba en la palma de la mano, por no hablar del orden peculiar en el que se enjabonaba una vez que volvía en sí —pies, axilas, pies, genitales, pies—, me di cuenta de que bañarse no era algo que formara parte de la rutina de Bernal. Pero la cálida bruma nos envolvía, entrecerrábamos los ojos bajo el azote de la lluvia, yo llegaba tarde a algún lado y algo en mí, no yo: la irritación, esa especie de rencor que dejan los deleites de los que sabemos que nos costará mucho abstenernos, o quizá simplemente la turbina de perversidad que ponen en marcha ciertos trances de bienestar inesperado, me hizo creer que era un buen momento para decírselo. Hubiera encontrado más eco de haber hablado para los azulejos, la jabonera rota, el zócalo que siempre me tenía a maltraer. No hubo reacción; no visible, al menos, porque no creo que la tumescencia que se izó de pronto en medio de la espuma blanca tuviera nada que ver con el asunto. Quizá no me oyó. Prefiero creer que le era indiferente. Tenía una relación particular con lo que escribía: o no lo consideraba y hacía como si no lo hubiera escrito, o hablaba con distancia, en términos muy generales, como quien mira algo sin anteojos y no quiere equivocarse al juzgar, o contestaba con monosílabos, a regañadientes, como protegiendo un tesoro de una intrusión inoportuna. O quizás oía raro, otras cosas que yo y que todos. Le daba igual en qué escalafón tuviera yo al *Derqui*. Pero cierta vez, en uno de esos bancos de languidez donde nos encalla el placer, dije así, al pasar, *la* Derqui —como identificaba en privado a la protagonista de su libro— y Bernal lanzó una especie de bufido, como un estornudo de perro, saltó del *couch* que habíamos estado una buena hora y media martirizando —siempre en modo sofá, nunca cama, siempre a medio vestir, nunca desnudos— y se fue dando un portazo.

Desapareció durante cuatro días, que yo aproveché para limpiar y ventilar la casa y procurarme sus otros libros, y leerlos. Después de todo, el *Derqui*, mi no favorito, era lo único de él que había leído. Tenía una deuda pendiente. ¿Me sentía culpable? Sí. ¿Me arrepentía? No. Era un reflejo, feo pero bastante eficaz, al menos hasta que el blindaje de Bernal demostró que no era infalible, que arrastraba como una renguera de mi época de reseñista: escribir sobre escritores, entrevistarlos, comentar y hasta elogiar sus libros, pero jamás, en ningún caso, coincidir con ellos, nunca estar de acuerdo, nunca darles el gusto. Desmerecer por principio sus hazañas, sus logros, todos sus motivos de orgullo, y rescatar en cambio pecados de juventud, balbuceos olvidados, intentos que nadie hubiera leído nunca y que los avergonzaran. Subestimar todo lo que los llenaba de satisfacción y exaltar lo que no veían la hora de dejar atrás; leer sus éxitos como traiciones y descubrirlos puros, intactos, auténticos, en todo lo que ya no reconocían como propio. Y viceversa, por supuesto. (Para ser realmente funcional, todo método debe incluir siempre una cláusula viceversa). Era cruel pero divertido, y sobre todo útil: no sé de qué otro modo hubiera sobrevivido en ese mundo.

Eran pocos libros, por suerte. *Tornado* lo conseguí enseguida, también en lo de los Astete. Estaba dentro de un lote que resultó ser parte —una parte bastante poco atractiva, por lo visto— de la biblioteca de Fabio Falcó, que su único heredero, un fisioterapeuta carismático, además de carísimo, había estado meses amagando con donar (nada menos que a la Naldoni, donde Baldó, dice nuestra amiga, lo esperaba con alfombra roja, un bol de pistachos y una botella de medio y medio traída de Rocha) y terminó malvendiendo, que es como se venden las cosas cuando las compran canallas como los Astete. Regateamos. Perdí. Ya me había pasado con el *Derqui*, así que no lo sufrí tanto; o sí, porque cuando salía de la librería, en venganza, me llevé un cuadernillo sobre aljibes, torcazas y tranqueras sin ningún interés pero tres veces más caro de lo que me habían sacado por el Bernal. *Vello* y *Dame una señal y voy y subo* no fueron tan fáciles. Tuve que activar la pequeña, dinámica red de sabuesos que suele asistirme en estos casos: gente joven, cultivada, a la que no hay que explicarle nada, que me debe fidelidad y algún favor y sabe en qué moneda pagarme. En menos de veinticuatro horas tenía los libros en casa. Me los vino a traer un muchacho sencillo, de pecho hundido, con una especie de barba rojiza en las mejillas, cuyo cuerpo crecía y se ensanchaba hacia abajo como una pera. No me pareció mal, después de la temporada en huesolandia que me acababa de hacer pasar Bernal. No recordaba al chico de antes, pero me causó una impresión inmejorable. Estaba perfectamente informado del protocolo de la entrega, así que todo fue rápido y silencioso. La luz de la escalera de servicio —desgracia con suerte— estaba quemada.

No leí los libros con la ilusión de retractarme. Irresponsable o no, mi veredicto había sido dado y no tenía retorno. Si los leí fue para que también fuera consistente, tanto si confirmaba mi bravuconada como si la contradecía. Eran cositas cortas, afiebradas, con historias que nunca terminaban de despegar y personajes —más bien dínamos humanos— que no sobrevivían más allá de una página o dos, lapso durante el cual no paraban de moverse y cometían toda clase de dislates absortos, desde hervir unas botas de gamuza en nafta hasta descuartizar la correspondencia completa de Sorondo con una sierra de carnicería. A su manera, con su crueldad hiperquinética y frívola, los tres coqueteaban ya con la monstruosidad, gran toro *gore* que Bernal tomaría por las astas en el *Derqui*. Dos horas me llevó leerlos y tres horas de siesta hermética, abismal, reponerme.

No aprendí gran cosa; poco o nada cambió de mi imagen del Bernal poeta. Me gustó leerlos de todos modos. Me llamó la atención la dedicatoria manuscrita del ejemplar de *Tornado* —más el aura de la letra de Bernal y la tinta azul lavable que las palabras en sí, tan de manual de poeta cachorro, y que los *besos* (así, en plural) y el reguero de corazoncitos que le prodigaba al dedicatario. Conocí a Falcó bastante, aunque no tan bien como a su fisioterapeuta, y reconozco el tipo de gratitud que las promesas de su pequeño imperio editorial podían despertar en gente de talento o de ambición. Cuando me tocó a mí, de hecho, porque Falcó ofreció el guindado de una de sus librerías para el lanzamiento de mis *Stoppio*, yo usé menos palabras pero más grandes y tinta adulta, es decir negra, y no escribí la dedicatoria en la portadilla sino en la portada, en el blanco entre el título y el nombre del sello, donde mi número de teléfono cabía cómodo. No me sorprendería que el ejemplar resucitara uno de estos días en lo de Astete. (De

Falcó no tuve noticias hasta que leí la necrológica, pero una madrugada me llamó de su parte alguien que lo conocía poco o sólo de paso, como había sido también mi intención al darle mi número, y después de pedirme que le describiera qué ropa tenía puesta me propuso un negocio con pieles y arneses que no entendí bien, pero cuyos porcentajes no me sonaron convenientes).

Sé que parece infantil, pero cuando terminé de leerlos fue como si tuviera en mi poder un documento único, muy privado, que no revelaba nada pero ofrecía —me ofrecía a mí, que hubiera dado todo por tenerlos— los rastros que Bernal les había dejado impresos, rastros concretos, íntimos, la presión de su mano en la hoja al escribir, células de su piel, su olor, de los que él, si la había tenido alguna vez, ya no tenía ninguna conciencia. Vi esos libritos desvalidos como reliquias, como los devotos del prepucio de un santo o las crenchas de una mártir. Los vi como evidencias forenses. Algo así eran, en el fondo, aun siendo libros y no originales: ninguna de las tres tiradas superaba el centenar de ejemplares.

17

Mientras tanto, Bernal no aparecía. Con el tiempo, a fuerza de repetirse, esa compulsión a hacerse humo me resultaría tan familiar como cualquiera de sus extravagancias, salvo tal vez la dental, cuya magnitud de hecatombe nunca dejó de sorprenderme. Pero llevábamos seis semanas juntos, si se puede decir así, y en seis semanas es raro que algo resulte familiar, más en casos de ósmosis divergente como el nuestro. Estábamos juntos todo el día, compartiendo un mismo escenario de espacio y tiempo, pero fuera de las de la carne, por diversas, fusionales y prolongadas que fueran, rara vez coincidíamos en una actividad común. Él dormía cuando yo trabajaba, yo regaba las plantas cuando él miraba porquerías por televisión, él fumaba en el balcón cuando yo me bañaba, yo hablaba por teléfono mientras él leía, él escribía cuando yo elongaba. Todo era nuevo, nimio y nuevo, todo el tiempo.

En realidad, más que su ausencia —que después de todo me permitía extrañarlo y lavar la parte de su ropa, ínfima, que merecía salvarse del fuego—, me alarmó el incidente del nombre. Actuaba como si lo que escribía fuera de otro, pero el agregado de un artículo afectuoso al apellido de su protagonista lo sacaba de quicio, como si algo sagrado hubiera sido objeto de un ultraje. No fue tan grave como inesperado; sobre todo viniendo de él, a quien, quizás apresuradamente, yo había imaginado inmune a las heridas del amor propio. Por entonces, con un afán más bien experimental, me gustaba concebir problemas, obstáculos, posibles incompatibilidades entre los dos, todas esas exasperantes bombas de tiempo que tengo entendido que los enamorados plantan —ellos mismos, con sus propias manos— en el corazón de sus designios sentimentales, a menudo desde el comienzo y —he aquí la exquisitez del asunto— a menudo disfrazándolas de encantos, gracias, magias fascinantes, de modo que al final, en medio de los escombros, cuando todo se ha derrumbado y llega la hora de repartir culpas, los responsables del desastre son los mismos que los del hechizo inaugural. Di con unas cuantas, todas igualmente cómicas, catastróficas. Pero la susceptibilidad no estaba entre ellas, y menos aún una lo suficientemente quisquillosa para dejarse lastimar por la costumbre, casi el reflejo íntimo, en mi caso, de rebautizar personas y cosas de manera más o menos personal.

Al tiempo me cansé de esperar; no, no de esperar: de prescindir de él, de hacer en calma y naturalmente y hasta con placer todo lo que hacía en un día cualquiera antes de conocerlo, compartir cama, ducha y alicate de uñas con él, leerlo. La noción de día cualquiera me ofendió. Algo había quedado pendiente, además, entre el chico de los mandados con forma de pera y yo, algo que no habíamos tenido tiempo ni quizá valor de hacer cuando nos vimos y que de todos modos por la luz, o la falta de luz de la escalera de servicio, más bien, no habríamos podido hacer. Así que aproveché que el asunto de los libros lo había puesto en mi órbita, igual que al resto de la red, y les encargué la misión de traerme noticias de Bernal, por quien me pareció prudente demostrar un interés estrictamente profesional. Vino el chico mismo a traérmelas, él en persona, aunque las habían recabado dos de los otros, menos jóvenes, más experimentados en cosechar información y por supuesto más aburridos, con uno de los cuales sin embargo había tenido un *tête-à-tête* bastante estrambótico en la sala de maquetas del Instituto Lorz, la sede del puerto, en oportunidad de su inauguración. Yo trataba de librarme de una vieja pareja de becarios cuando llegó. Nos pusimos al día en la cocina, bastante confortablemente, debo decir, contra todo lo malo que opino en general de mi cocina. Quedó para una próxima vez la operación completa, aunque no lo lamenté. Era claro que su condición peculiar rendía mejor con un contacto superficial que con una intromisión a fondo. Me pasó el informe sobre Bernal y le pagué, aclarando bien qué parte del dinero iba para la red y qué parte para él. Me gustó que siendo tan joven tuviera el gusto de los pormenores.

18

Desde luego, Bernal había estado bebiendo; vino de caja en el sótano Caldas, de donde se lo llevó un taxi pagado por la casa, y varias de las mezclas aberrantes que sirven o servían antes de la clausura en el Feisé, donde recitó un par de poemas de Arratia, al parecer con cierto garbo, hasta que alguien del público osó pedirle otra cosa, sin precisar qué, y Bernal se le fue al humo. Volaron sillas, hubo que sacarlo a la fuerza. Había pasado horas en el zoológico, o en lo que queda de él, embadurnándose de mierda de mandril las suelas de los mocasines y distrayendo el estómago con los paquetes de galletitas vencidas que todavía ofrecen los viejos *dispensers* del predio; horas también en las cabinas porno de la galería Pandone, donde se quedó dormido y al parecer lo asaltaron, no supe bien con qué consecuencias, porque cuando se fue de casa lo único que tenía en los bolsillos eran monedas y de otro país, creo que Paraguay, una ristra de condones que le había endosado una promotora callejera muy pertinaz y su viejo, fiel, maltrecho zippo, que aunque ya no prendiera seguía manejando en modo manco, con una sola mano. Había estado mirando animales en el Hospital Veterinario y comido fideos de arroz en la única fonda de su barrio que todavía aceptaba fiarle. Se había visto con dos extras de la película sobre la Derqui que le debían dinero (y no se lo pagaron, agachada de la que se resarció quedándose con la tarjeta de crédito del que más avergonzado estaba) y había esperado en vano, fernet tras fernet, a otro, quizás el más importante, conocido, según mis sabuesos, por traer mercadería química de última generación de un país limítrofe que no era Paraguay. Se había comprado ropa, barata, no muy oportuna, dada la temperatura del año (una bufanda, un pulóver de cuello alto, guantes), y había elegido para ponérsela el baño de un hotel tradicional del centro que estaba en remodelación, en cuyo bar venido a menos hizo tiempo comiendo aceitunas, escupiendo los carozos en los canteros, entre plantas muertas, y poniendo canciones horrendas en la rocola, hasta que de golpe la puerta se abrió y una espiralada ráfaga de viento irrumpió arreando papeles, hojas secas, vasos de plástico, enredándose con las patas de sillas y mesas, y a la cola de la ráfaga, como un jinete inesperado y pintoresco, luchando un poco demasiado con la puerta que se le cerraba encima, el echarpe que la ahorcaba, la boina gris que se le ladeaba, entró nuestra amiga hecha una furia, puntual, vestida con el mal gusto de siempre.

El informe no iba más lejos; de haberlo hecho habría tenido que ir solo, sin mí. La escena, con su pátina de melodrama, era suficiente; cualquier diálogo la habría arruinado, más aún un diálogo verdadero, documental, para usar la extraña palabra que usó el chico esa tarde en la cocina de casa, no me acuerdo a propósito de qué, mientras luchaba por calzarse aquellos horribles zapatos con hebilla, regalo, seguramente, de algún cliente maduro aficionado a las rarezas cutáneas. Por supuesto que imaginé la conversación, sus preliminares titubeantes, sus réplicas y contrarréplicas, y con un ahínco que la situación no merecía. Pero aun en mi imaginación los dos estaban demasiado lejos, y otras conversaciones vecinas se solapaban con la de ellos, ruidos de vasos, el sonido de un televisor también, de modo que no alcancé a entender lo que se decían y olvidé todo en el acto. En rigor, lo hice más por deformación profesional que por intriga, morbo o celos. Biografía y cine mudo nunca han hecho buena pareja. No hay nada que un cazador de vidas ajenas tolere menos que una escena con dos personajes hablando sin sonido. Y sin embargo —paradojas del oficio—, nada reclama tanto y tan urgentemente el instinto carroñero del biógrafo como esas lagunas que horadan la superficie de los hechos. Así que hablaron, se dijeron lo que tenían que decirse, fumaron de más (sobre todo Bernal), se emborracharon, tuvo que pagar ella. El resto, que tiende a crecer como las enredaderas, es tiempo ocioso mal aprovechado. Me consta, porque me lo dijo un pajarito con forma de chico con forma de pera, demasiado encariñado conmigo como para dejar de serme útil tan rápido, que esa noche durmieron juntos.

19

Como le comenté alguna vez a un amigo porfiado pero bastante animal, para quien Leidi era una marca de medias de mujer y Brulotte un corte de carne —se me dio por comentárselo en el momento exacto en que Ossott volteaba a Pocaterra y se quedaba con el título mundial de la categoría mosca, es decir cuando mi amigo no estaba en condiciones de prestar la atención de por sí débil que en circunstancias normales concedía a esta clase de cosas—, hay pasajes nada desdeñables en el libro de nuestra amiga. Serán páginas, renglones, da igual: la sorpresa siempre es un chispazo, no una cuenta de banco. Uno de mis preferidos está al comienzo del libro. Quizá por eso, por la nitidez con que se recorta contra esos primeros, toscos balbuceos, sea imposible pasarlo por alto. Baldó todavía es un niño, uno de los muchos que parece haber sido, no sólo de niño sino también después, mucho después, cuando, tanteando siempre los bordes de la ley, que ya le ha perdonado un par de deslices adolescentes, él siga explorando las provincias más recónditas de la república polimorfa. Todos los eneros durante años, años que apenas pueda aborrecerá y seguirá aborreciendo hasta darse cuenta de todo lo que le inculcaron, es un niño desarraigado, una criatura de ciudad trasplantada al campo, igual, dicho sea de paso, que el molino que lo despierta de noche con su música de lata, los corrales que huelen mal, los tractores a los que no se atreve a subir. No es que no le guste el campo. Le gusta, pero los placeres no le duran. Leer a la sombra de un árbol, escrutar con una lupa el contorno fractal de hojas extrañas, sentarse a la orilla del arroyo con una ramita entre los dientes, cosechar piedras con forma de islas —las mismas que admira de noche, mientras todos duermen, en el atlas inmenso cuyas tapas duras usan en la cocina para picar verduras—, todos los pasatiempos a que lo empuja su naturaleza son demasiado distendidos para la cultura rural, viril, en la que pretenden que se forme; no tanto su madre, a quien todo le da más o menos lo mismo, siempre y cuando tenga a tiro su vaso de vino con soda y sus cigarrillos mentolados en la galería de la casa, como a su empecinado padrastro. Lee pero lo interrumpen. Apenas mete los pies en el arroyo lo reclama algún tedioso menester: embolsar maíz, vacunar novillos, reparar un alambrado. Se pierde en el monte, feliz de la vida, y al rato le mandan los perros, que lo encuentran y le ladran, y tras ellos llega el viejo capataz rojizo, desdentado, con las órdenes del patrón: es hora de desempantanar la F-100, pintar el tinglado, esquilar ovejas. Todas las obligaciones lo fastidian menos ver carnear; chanchos, corderos, le da lo mismo mientras haya sangre y cuchillos y alaridos agónicos. Pero es precisamente la que el padrastro le tiene prohibida, porque dice que no es espectáculo para chicos. De modo que lo manda a madrugar, hachar, desmalezar montes que ni sabía que existían.

En esa colonia penitenciaria cumple condena (la figura es mía, no de nuestra amiga) cuando aparece un día una carreta, y la carreta cruza la tranquera y de la carreta bajan un chico y una chica y de las bocas del chico y la chica brotan unos nombres que Baldó nunca escuchó pero que le hacen gracia. Son los sobrinos del capataz, o eso le cuentan. El chico tiene su edad; es esquivo, malhablado, muy ducho en el uso del cortaplumas. Un crápula en miniatura. La chica, algo más grande, tiene los incisivos diastémicos, labios muy finos sombreados por un bigotito y unas ojeras negras como hematomas que no se le van nunca, ni siquiera con el sol del verano, y endulzan todavía más el color miel café de sus ojos. El *coup de foudre* es inevitable, tan primaveral (aunque estemos en verano) y tan cándido (aunque el sinvergüenza ya tiene su prontuario) que ni siquiera lo empañan los detalles con que pretende explicarlo nuestra amiga, todos fríos, como de autopsia, todos excavados de un pasado (o de dos, porque parece que la chica también carga con el suyo) que no le interesa a nadie, al pequeño y deslumbrado Baldó menos que a nadie. Y sin embargo, así como pifia al atiborrar esa fulgurante primera vez de *flashbacks*, verdadero cáncer del género, cuando todo lo que queremos saber y sentir de la escena está a la vista, en el instante único en que esas tres vidas acaban de converger —el aire ardiente del mediodía, los álamos, el bufido del caballo que espera, las nubes de polvo que empiezan a disiparse, las moscas que volaron de las ancas del caballo para zumbar alrededor de los chicos—, sin embargo, qué bien, con qué perspicacia ve nuestra amiga el cónclave, primero de una serie, que los tres desconocidos celebran unos días después, cuando ya son inseparables, a la vera del arroyo, recostados en una vieja, urticante frazada de lana que Baldó encontró en el galpón, debajo de su sauce favorito, mirándose y ruborizándose uno al otro en cadena, mientras los víveres que atinaron a saquear de la cocina —huevos duros, duraznos, queso, pan viejo, leche— se recalientan olvidados al sol. La languidez de las posturas, la torpeza precisa de los gestos, la conversación fantasiosa y pedante, como de eruditos mal dormidos, en la que el trío no tarda en embarcarse y desbarrancar, hasta que, mareados por ese dedo de ginebra que el crápula cachorro ha contrabandeado en los vasos de leche, la reemplazan por el juego de chicanas y pechazos al que no veían la hora de llegar. Se miden, se desafían. Se abofetean con todo lo que tienen a mano y creen que los otros dos no saben, temen, no sabrían cómo nombrar, menos para humillarse recíprocamente que para hacer por turnos lo que juntos perdería su efecto: exagerar. Todo en el idioma lírico y sobresaltado de la edad y la siesta.

Qué bien lee esos labios nuestra amiga. (Eso es en suma lo que le comentaba aquella vez a mi amigo iletrado, que lo ignoró, desde luego, porque junto con las ilusiones del pobre Pocaterra veía cómo se esfumaba también el dinero que había apostado por él, y no estaba de humor para escenas de campo). Los lee tan bien que es casi como si los escuchara, como si estuviera ahí, otra niña más espiando detrás de un árbol, tomando notas, tan absorta en lo que ve que hasta nos tienen sin cuidado sus *quid pro quos* de bicho de ciudad, arado por cosechadora, azadón por alicate de castrar, vado por badén, esas pavadas, que más bien nos gustan porque nos hacen reír, y si no reír soñar, y qué más puede pedírsele a un libro. Hasta que los tres se ponen de pie de un salto, llamados por la misma voz perentoria, los tres al mismo tiempo, soldaditos del deseo, y empiezan a desvestirse, decididos por fin a averiguar qué son y para qué sirven esas cosas que les entran, les cuelgan, se les pliegan y encogen y humectan por sí solas entre las piernas, y que en verano —estamos en el verano del capítulo dos— tienden siempre a cubrírseles de unos molestos sarpullidos color chicle.

Es fácil deducir qué clase de secuelas dejó en Baldó este seminario de desfloración a tres bandas, bucólico y precoz, cuyas sesiones tienen lugar a orillas del mismo arroyo, mientras el presunto tío de la pareja de chicos, razonablemente alarmado, los busca a los gritos y al galope por el galpón de las máquinas, los corrales, la huerta, el cañaveral, todos los lugares que Baldó aborrecía y donde sabía que serían buscados. Es lo de menos, de todas formas, y la devoción que Baldó termina desarrollando por la copa de los sauces llorones —dos muy buenos ejemplares de los cuales mandó plantar cuarenta años después en la quinta de Hurlingham, donde los liquidó un parásito— es mucho más íntima que la que lo llevaría a rastrillar suburbios sórdidos en busca de las presas reclamadas por su deseo, y no sólo porque las presas, para merecer su ardor, tuvieran que tener el pelo lacio y largo de los sauces. Esta es la clase de distinción fina que se le da mal a nuestra amiga, aun en el capítulo donde acaba de ofrecernos lo mejor de sí, la pizca de un oído perspicaz que de aquí en más sólo añoraremos.

Lo suyo son las minucias del novelón realista: las rachas de tos de perro que sacuden a la madre de Baldó, que pronto quedará inválida; el episodio confuso —animales sacrificados, envenenamientos, incendio— que pone fin a los veranos de campo; el *putsch* agrario con que Rabetta, chacarero ambicioso y desleal, destrona al ingenuo de Balistreri y se queda con la intendencia de Villa Lluch, un episodio tan payasesco que ni los anales de esa aldea deben registrarlo. Disipada su voz adorable, cuya ronquera hace juego con sus bigotes, la niña gaucha forastera desaparece rápido, sin dejar rastros, como una chaperona convertida en lastre por el rumbo feliz que ha tomado el baile. En cuanto al chico, una nota al pie —¡otra!— lo ubica unas décadas después, con menos pelo pero el cuerpo magro y fibroso de los nueve años, preguntando por Baldó en la mesa de entradas de un canal de televisión. Para redondear los ingresos de su vida de profesor, Baldó integra el jurado de un programa para adolescentes de los llamados ómnibus, que premia con una estadía en algún paraje nevado a la división escolar capaz de sortear una maratón de pruebas humillantes, la última de las cuales, fiscalizada por Baldó, es un concurso de preguntas y respuestas de interés general. Por alguna razón, quizá la insolencia con que el chico apoya contra el canto del escritorio el hueso de la cadera, que asoma desnudo un centímetro por encima de la línea del pantalón, nadie del canal lo disuade, nadie lo echa. Baldó no tarda en llegar, arrastrando el oprobio de traje que lo obligan a ponerse. Lo reconoce apenas lo ve, porque lo que ve primero que nada es el hueso de la cadera y, al lado, como la punta de un relámpago, el cabo plateado de una cicatriz, la misma que seguro le tocó recorrer con la punta de la lengua a la sombra del sauce. Nada se reanuda, sin embargo, quizá porque Baldó pasa por una fase de cierta notoriedad y por lo tanto de prudencia. Pero el chico insiste y fuerza una escaramuza algo apurada en la playa de estacionamiento del canal, contra la puerta trasera de un camión de exteriores. Con el espíritu previsor del que carecerá años después, cuando le haga realmente falta, Baldó se anticipa a la jugada que tiene en mente el *ragazzo di vita* y se lo lleva a Hurlingham, donde será un sobrino —el más inútil, sin duda, del enjambre de vividores de los que Baldó se rodeará durante los siguientes treinta años de su vida. Pero pasa el tiempo, no mucho, y lleva meses borrado de la corte de Hurlingham cuando lo encuentran muerto, degollado, en el hoyo siete de la cancha del golf club de la localidad, entre unos yuyos, adonde dicen que había ido a atender a un cliente.

20

Esa fue la tónica durante un tiempo, unas semanas, ya no me acuerdo cuántas. Bernal iba y venía. Iba contrariado, bufando por pavadas, con el entrecejo superpoblado de arrugas; venía arisco, taciturno, siempre con un bolsito, una valija de mano, una bolsa de supermercado con, adentro, uno o dos trastos inexplicables, generalmente sucios o rotos, que con el tiempo aprendí a tolerar y acepté que quedaran en mi casa siempre y cuando no salieran del viejo cesto para la ropa sucia que les destiné, y finalmente, un poco a mi pesar, llegaría a querer. Una balancita, un mazo de cartas españolas, un microscopio, una abrochadora, una calculadora digital. Eran "sus cosas". Bernal se las traía de su antiguo paradero, la casa de nuestra amiga, siempre en raciones mínimas, como si así burlara algún tipo de vigilancia o cumpliera con algún requisito indispensable para poder llevárselas. No sé cómo las elegía; sin duda no por necesidad, porque lo primero que hacía cuando llegaba, antes incluso de saludarme o abalanzarse sobre la heladera, después de una semana sin dar señales de vida, era dejarlas caer en el cesto de mimbre, donde languidecían sin sobresaltos hasta el día en que, en un arrebato de conciencia higiénica, las sometía a una rápida revisión, elegía tres o cuatro víctimas sacrificiales que embutía en la basura orgánica con unos desagradables movimientos de tirabuzón y dejaba el resto en el fondo del cesto, a la espera de la próxima requisa. Nunca me pregunté tampoco con qué intención, además de repatriar en cuentagotas su patrimonio personal, se veía con nuestra amiga. Dudo que nada demasiado lúbrico, a la luz del modo famélico en que se me tiraba encima apenas se deshacía de sus baratijas. Tal vez la calmaba, o se calmaban uno al otro, o ella se vengaba de su traición haciéndolo llorar durante horas (¡si habré encremado esos párpados enrojecidos!) o lastimándolo (raspones, rasguños, uno que otro moretón mal disimulado con maquillaje barato en una mejilla). Tal vez se despedían, simplemente, entregándose a uno de esos rituales estériles, exasperantemente lentos, con que la humanidad civilizada se vanagloria de haber sustituido al emparedamiento, la lapidación o cualquier otra forma drástica de decirle adiós a algo valioso y único que gente más impaciente que nosotros haya adoptado en otros tiempos.

No los juzgué. Pasarse horas contemplando fotos en cuclillas, hasta acalambrarse; releer cartas en voz alta, entre lágrimas, y de golpe reírse al descubrir el nombre propio que alguna vez nos enterneció, la errata cómica que dejamos pasar, la gota de café que manchó la frase desafiante; reunir los despojos del amor, las pocas reliquias invalorables, para repartírselas, y enseguida arrepentirse, y apretarlas contra el pecho y volver a llorar, ya sin pañuelos secos a mano, y volver a llenar de inmundo licor el dúo de copitas compradas por monedas en aquel mercado de pulgas que ya no existe... Me ha tocado probar esa clase de deleites. Como los probé, sé lo poco que duran, lo lejos que queremos estar de ellos cuando se acaban.

Yo aproveché para dormir. Dormí mucho, a cualquier hora, hasta cualquier hora, sin añorar el alcohol ni el regusto amargo de las pastillas, oyendo desde la cama cómo sonaban el timbre y el teléfono sin que se me moviera un pelo. Puse al día cosas, desidias, trabajo atrasado. Qué agradable resultaba de pronto pagar deudas, sabiendo que la cuenta regresiva había comenzado y que Bernal, dondequiera que lo tuviera cautivo nuestra amiga, estaba cada vez menos lejos de mí. Con ese pálpito me bastaba. Obligaciones que normalmente me irritaban tenían ahora la gracia de una travesura clandestina. Redactar informes y recomendaciones, actualizar currículums, bibliografías, todas esas mierdas secas, áridas, ariscas, me despertaban una excitación escabrosa. Vivía en cueros mordisqueando frutas, limpiándome los dedos pegoteados en las nalgas, mientras llenaba papeles, cambiaba fechas, agregaba títulos de artículos que jamás escribiría. Cada tanto el pálpito me volvía, Bernal se me aparecía, inoportuno, molesto como una pestaña suelta, y tenía que parar, y en menos de un minuto, con las piernas bien abiertas y las plantas de los pies contra el canto del escritorio, me desahogaba con un largo, estrepitoso aullido de bestia lastimada.

En ese estado de borrasca salvaje me descubrí releyendo sus primeros libritos. Entre los tres sumaban ciento veintidós páginas, contando las veinte con las acuarelas de Carnicé, agregadas con afán evidente de engordar el volumen. Creo que eso, mucho más que el despecho, justificó una segunda lectura cuando la primera seguía tan fresca. Sin el encandilamiento de aquella vez, me pareció pescar ahora referencias, insinuaciones, perfidias que no había visto o cuyos destinatarios se me habían escapado. Vi pasar en segundo plano, con disfraces de cotillón, a varios de sus viejos camaradas de *Karma*, pasar, hacer unas monerías y esfumarse. Ya en plan policial, una debilidad a la que sólo cedo en circunstancias muy especiales, detecté huellas de Boboc, un par de chistes robados a Finardi, retruécanos que si no eran de Lepore pegaban en el palo, y en el terceto rarísimo que cierra *Ocaso y cóxis: una alucinación*, que se corta justo cuando debería pasar al cuarteto, la alusión obvia a Labrot me llamó menos la atención que el uso de las mayúsculas, una estridencia muy de Cuzzoni, a quien dudo que hubiera leído, o del D'Alloca del desahucio, el de las *Quejas de provincia*. En fin, cosas por el estilo, que agregaban poco a la obra pero completaban de un modo extraño, un poco caricaturesco, como esos rasgos separables —narices prominentes, bigotes antiguos, cejas tupidas— que van poblando el rostro en blanco al que se adhieren con una base imantada, el retrato que yo necesitaba hacerme de su autor.

Me di cuenta de que lo releía con el afán de destronarlo, como si bajándolo del pedestal donde lo había puesto pudiera probarme que lo que estaba en juego no era un simple hechizo, ni yo una simple víctima. Si, una vez destronado, quedaba algo en pie, ese resto, por insignificante que fuera, sería lo suficientemente cierto y poderoso para mantener el hechizo con vida. Derrocado y todo, seguía siendo bueno, aun con toda su pereza, aun con esos raptos pirotécnicos a los que cedía con facilidad, como el poeta que se mira desnudo, cada vez que puede, en el espejo de sus versos. Yo no leo en voz alta. No me leen en voz alta. Una vez, cierta amiguita insistente que todavía tiene el tupé de reclamarme cosas pretendió imponer la costumbre al despertar, antes del cepillo de dientes, del café, incluso del primer cigarrillo del día, y aunque no me resultó fácil —tenía una oscuridad y un par de cicatrices que me caían simpáticas— tuve que darle salida. Con el jovencísimo Bernal no sé qué me pasó. Fue más fuerte que yo. Canté líneas enteras, no siempre las mejores. *Supuran las supérstites, las salaces...* Quién sabe qué o quién estaría detrás de esa mecánica sibilante. ¡Y eso que era prosa!

Bernal no volvía y yo me quedaba sin recursos. Ante la capitulación, ¿qué podía hacer sino escribir sobre él? Dio la casualidad de que alguien por esos días me llamara para proponérmelo. Se oía mal. El nombre no me dijo nada y tampoco me sonó la voz, pero acepté de todos modos. Ni siquiera pregunté cuánto pagaban (si es que pagaban). ¿Qué podía importarme? Hubiera escrito de todos modos. Tenía la impresión, que tantas veces lleva por mal camino, de que sólo escribiendo sobre esos escuálidos pecados de juventud conseguiría ordenar, entender, domesticar un poco los efectos que provocaban, y con ellos el que ejercía sobre mí, ahora en ausencia, el adolescente iluminado que los había escrito. Lo escribí en un cuarto de hora, en modo karaoke, o *playback*, o como se llamen hoy esos ejercicios de ventriloquia. Aunque siempre desconfié de las cosas escritas sin esfuerzo, no creo haber desvariado esa vez, escribiendo en trance, más de lo que desvarié otras que me hicieron sudar. Si las recuerdo bien, y aquí sólo pongo en el fuego la mano que usé para escribirlas, porque —otra sorpresa— las escribí a mano, violando uno de los pocos principios que me exaspera violar, algunas conclusiones a las que llegué entonces siguen hoy en pie, importa poco si son justas o no, si el joven Bernal las merecía y por qué, si por las virtudes de su prosa porosa (un hallazgo del que sigo enorgulleciéndome, tanto que lo usé después en un par de prosistas más) o por destrezas más táctiles, más confidenciales, algunas de las cuales empezaban a hacerme falta. Unos años antes no me lo hubiera tomado con tanta sangre fría; hubiera salido a buscar esas satisfacciones con desesperación, sobre todo si sabía que las estaba aprovechando otro. Pero el tiempo no pasa en vano, ni siquiera para mí. Esta vez, si hice algo bien fue no apurarme, no acecharlas, esperar que llegaran cuando tuvieran que llegar.

Así que mordí el anzuelo, aproveché no sé qué coyuntura fortuita —alguna de las muchas semanas líricas en que se dividía el calendario por aquella época— y mandé mis ochenta atormentadas líneas un lunes, creo que para sacármelas de encima, porque ya no soportaba convivir con ellas. Dos días después me enteré de que habían gustado, que encajarían muy bien en la tapa del suplemento, acompañadas por un retrato de Bernal a la manera de Vernengo, con ese estilo identikit judicial tan simpático y tan desatinado, y tuve también la sospecha de que no se publicarían, ni ese sábado ni nunca. Me di cuenta por los términos con que me las ensalzaron por teléfono, tan vulgares que no los habrían usado para defenestrar el peor adefesio. Vi la escena (ni siquiera tuve que imaginármela): el canallita —el mismo que me las encargó, probablemente— cuelga y lee mis páginas en voz alta, para el comité de lacayos que le festejan el escarnio. Apenas termina, después de enterrarlas en el tercer cajón del escritorio, de donde no saldrán, llama a la eminencia gris de toda la operación y le confirma la noticia: la farsa se ha consumado. Así vi la escena y así —salvo por el detalle del tercer cajón, que la expeditiva realidad había canjeado por un tacho de basura de plástico— me contó mi fiel sabueso periforme que sucedió, a juzgar por los testigos que aceptaron hablar con él.

No era la verdad, por supuesto, lo que me interesaba. En el fondo yo ya la conocía. Sólo quería que su informe de los hechos (era notable lo rápido que hacía todo) me ayudara a ponerle un rostro y un nombre, que ya conocía también pero necesitaba ver, ver a la luz, a la luz blanca y mala de un tubo fluorescente, sólo para saber con qué clase de bueyes araba. No bien me proporcionó lo que quería —incluida la risita de maquiavélica satisfacción que soltó la muy miserable apenas la pusieron al tanto de todo—, mi sabueso procedió a desvestirse, otra cosa que hacía como una luz, favorecido, creo, por todo ese velcro que usaba, que emitía esos chasquidos tan agradables cuando se arrancaba la ropa. Lástima que sudara como una mampara de baño en plena ducha. "Qué brillo peculiar, tornasolado, / le daba el sudor a su piel, / como de aceite soleado...". ¿De dónde era eso? ¿De *Cóxis*? ¿*Orilla en veremos*? ¿*Jueves o viernes*? No voy a decir que la confirmación no me afectó, sobre todo a la luz de la magnanimidad con que yo toleraba las correrías de Bernal por aquellos guindados

de segunda. Pero me afectó menos de lo que esperaba el crápula minúsculo que me humilló por teléfono, y cien veces
menos de lo que hubiera querido que me afectara nuestra
amiga, que tuvo la idea de encargarme la reseña y luego, una
vez que mordí el anzuelo, la de cajonearla para siempre. Al
primero, nada, ni siquiera mi desdén. Se llamaba Budi, Bufi,
Blini; como a cualquiera, a mi sabueso no le era fácil hablar
con la boca llena, y yo no pensaba interrumpir mi deleite por
un apellido que olvidaría en el acto. Era un advenedizo sin
luces; había llegado a editor no por mérito propio sino por el
pólipo que había postrado a su jefe en la clínica Pambianco,
de donde saldría místico y con unos metros de víscera menos.
La segunda (con la que Blufi debía tener una deuda importante)... La segunda sí. No la culpo. No sé si yo en su lugar (¡yo
en su lugar!) no hubiera hecho lo mismo.

21

Bernal, en todo caso, no tardó en resucitar. El Bernal de carne
y hueso, quiero decir, en cuyo rostro nuestra pobre amiga
habría leído en esos días, los últimos que lo disfrutó, la cuenta
regresiva de su desgracia. Yo tenía al autor, tenía sus encabri-
tadas primeras prosas toscamente encuadernadas en mi mesa
de luz: ¿cuánto podía afligirme que mi pasión por ellas, por
compleja y matizada que fuera, hubiera sido proscripta de un
suplemento que leían cuatro gatos? Era tarde; una pena que
esa clase de cosas nunca sucedan a la luz del día. Yo estaba
en ropa interior, redactando en la cocina un par de informes
académicos envenenados, cuando me alertó un ruido raro,
como de insecto que escarba, que venía de la puerta. El pobre, esperado pero todavía no bendecido por la posesión de
una llave, trataba de abrirla con lo que tenía a mano, llaves de
otra casa, una birome con el cabo roído, una traba de corbata,

un escarbadientes. Lo sé porque cuando abrí y lo vi, Bernal se enderezó de un salto, con esa atlética vivacidad que su cuerpo atesoraba en alguna parte y sólo exhibía en ese tipo de situaciones, donde adquiría un brillo particular, como de *slapstick*, y entró sin decir una palabra, y yo me encontré con ese arsenal de ganzúas improvisadas a mis pies, repartidas en semicírculo, como piezas de algún ritual de magia negra.

En un ratito le haría entrega de una llave (me pareció que era hora y que sería benéfico), pero antes vi qué clase de Bernal era el que me devolvían. Engominado, perdido en el interior de un gabán verde oliva que le llegaba hasta los tobillos, parecía un vampiro indigente. Volví a la cocina, a inyectarle una dosis extra de maldad a mi segundo informe —cuyo destinatario, que la tenía bien merecida, nunca me la perdonaría—, y de pronto lo sentí junto a mí, muy cerca, irradiando esa fuerza de palpitante urgencia que producía de la cintura para abajo, sobre todo cuando estaba sobreabrigado. Olía a ajo, a alguna de esas especias coloniales que adoraba, a manta húmeda. El gabán era la manta húmeda. Cuando se lo abrió, con los fines inconfesables de siempre y la pompa exagerada de los exhibicionistas de los chistes, sus bordes raídos se apartaron con un susurro solemne, de capa o de telón de teatro lírico. Me crucificó boca abajo sobre la mesa, sin tomarse el trabajo de apartar los papeles. Yo no estaba muy de acuerdo —una mezcla de desgano, pereza y la pretensión de que escarmentara un poco, después de todo—, pero me dejé hacer. Fue rápido, quizá demasiado, pero inspirador: mientras me trabajaba, escarbándome con una mano y aplastándome con la otra la cara contra la mesa, un ojo mío, el ojo que nunca puede estar sin hacer nada, releyó las loas equívocas que acababa de escribir y el toque de toxicidad que le faltaba me vino a la mente sin esfuerzo, como una gota de lluvia que se cae de madura de una rama.

22

Sabía que entre los efectos personales de Bernal que quedaban en lo de nuestra amiga podía haber piezas insólitas, pero me costaba creer que el gabán, la gomina y ese aire general de enterrador lascivo vinieran de allí, y sobre todo que vinieran de allí el sueño y el hambre con los que volvía, y esa especie de emoción incontinente, llena de temblores y de hipos, que parecía poseerlo por completo, una novedad algo agobiante pero que estaba en las antípodas del malhumor que era su costumbre. De pronto era una criatura sin piel, pura neuralgia. Cualquier cosa lo ponía al borde del llanto. Descubría el tajito de nada que me había hecho picando puerros y soltaba un gemido de dolor. Mis libretas de notas lo hacían sonreír, sonreír y temblar, temblar de embeleso, y cualquier basura con una vaga forma musical —la canción que se colaba por la radio de la cocina mientras yo redactaba cartas de recomendación, por ejemplo— le inspiraba ensoñaciones extrañas y persistentes. Más tarde, después de bañarse —otro efecto secundario inaudito de esta nueva racha de ausencias—, cuando me pedía que lo secara y me tocaba verlo desnudo, de cuerpo entero, venoso y pálido como los toxicómanos vieneses que veneraba, se me revelaba por fin el lado be de toda esa apoteosis hipersensible: estaba lastimado, lleno de hematomas, la piel cruzada por arañazos y raspones.

¿De qué bosque arisco venía? Me lo pregunto todavía ahora, que conozco la respuesta. Por entonces no me lo preguntaba. Quizá temiera que sabiéndolo perdería todo eso tan insólito, tan dulce, que encontraba en él cuando volvía a mí. Así que lo secaba y curaba con bálsamos y savias, pero nunca me atreví a preguntárselo. Y probablemente nunca habría sabido la respuesta si unas semanas después, aprovechando que había salido, según él a cumplir con una serie de entrevistas de trabajo que, por lo que me tocó ver, no dieron mayores resultados, salvo el aliento bactericida con el que volvía, no se me hubiera ocurrido salir también a mí, recoger antes una invitación de las muchas que acopiaba el revistero del bayut de la entrada, una al azar, una a ciegas, y aceptarla. Terminé en el Pabellón Sobalvarro viendo *Puerto estupor*, la marina sensación de la subasta de Mille & Madaloni, que Labrot había pintado con los dedos en una pared de la habitación de la clínica Di Norscio, en algún momento entre el accidente de moto y el brote caníbal —viéndola *bien*, quiero decir, de cerca, porque de lejos ya la había visto antes, a poco de llegar al Pabellón, de pasada, huyendo del latoso de Grassini, que pretendía venderme no sé qué primicia rancia sobre los premios nacionales, cuando yo lo único que quería era encontrar la mesa de los tragos, ese viejo talón de Aquiles del Sobalvarro. Las muestras no están mal, a veces incluso bien y hasta muy bien —y no lo digo porque en este caso el rutilante ensayito del catálogo llevara mi firma—, pero mojarse los labios suele ser un perno: la mesa de bebidas siempre está lejos y siempre en un lugar distinto, los mozos son pocos, malos, lentos y mucho más santurrones que los del Palacio Sizzi, el espumante muy del montón.

Me perdió el escrúpulo, la compulsión a aprovechar. Estaba ahí —¿qué iba a hacer? ¿Derrochar? Así que repartí sin mucho mirar unos saludos, eludí un par de bultos de traje y me arrimé al cuadro. Cuando me inclinaba para examinar el detalle de la polémica, no con ánimo de verificar ni reconsiderar nada porque mi posición era indefectible y pública —la orden de restauración figuraba en el testamento de Labrot, y no tiene la menor importancia que la ejecutaran a las apuradas, salteándose todos los protocolos de rigor, una viuda codiciosa y un abogado sin escrúpulos. Punto y aparte—, sólo para volver a admirar el mamarracho de ese púrpura hipnótico cubriendo a medias la firma, sentí en mi espalda, en la base de la nuca, mejor dicho, donde el algodón de la camisa termina y empieza la piel, el peso conocido de una mano conocida y al unísono, envolviéndome, el *écharpe* ordinario de su voz, con la que llevaba algún dichoso tiempo sin soñar. No pasó de una descarga. No son raras las descargas en el Sobalvarro, donde hasta las moscas son de material sintético. Yo para colmo estrenaba unos zapatos llenos de correas y hebillas, tan nuevos que en sus ocho centímetros de suela había más caucho fresco que en toda la selva amazónica. Giré mientras me incorporaba. Para qué lo voy a negar: la vi fresca, mucho más en forma de lo que me imaginaba cada vez que veía a Bernal volver a mi lado viniendo del suyo, con las manos de pintura justas, vestida con un gusto que no era el de ella pero no le quedaba mal, en especial las joyas, bastante más decentes que las gangas que traía (una de las cuales, de hecho, se había olvidado en mi cama, como me hizo notar, quitándose de la nalga el aro con forma de signo de interrogación que se le había clavado, un esporádico compañero de juegos) la tarde en que me emboscó en mi propia casa. Tuvo los modales, la precaución de halagarme el texto del catálogo, y cuando yo le agradecía sonriendo ella me sonrió a su vez (un intruso verde espinaca me guiñó un ojo, colgado de su incisivo izquierdo) y se disculpó. En realidad no lo había leído; ojalá hubiera tenido tiempo: trabajaba en tres proyectos simultáneos y no daba abasto; sólo se hacía eco de algo, ni siquiera de alguien, oído al pasar cuando entraba al Pabellón. Y así, sin solución de continuidad, mientras fingía ponderar el Labrot: "¿Qué tal Bernal? ¿Otra vez de gira por las barracas?".

No había cambiado; le gustaba ir al grano, sin preámbulos ni adornos. Me pidió que la acompañara al guardarropas, pero apenas acepté se me colgó de un brazo y me arrastró en el sentido contrario, hacia una zona en penumbras donde el *vernissage* se extinguía, el pabellón volvía a oler a humedad y unos mozos y mucamas con aire disconforme fumaban en voz alta, caminando de un lado al otro como sonámbulos. Sorteamos puertas batientes, pilas de alfombras enrolladas, un cerco hecho de sillas idénticas, todas defectuosas. Así como se ve, con ese rococó santurrón, como de torta de cumpleaños de quince, tenía sus secretos el Sobalvarro, y ella parecía conocerlos bien, de primera mano en todo caso. No podría decir dónde terminamos porque no lo sé, porque había caído la noche y estaba oscuro, oscuro como la tumba donde yace mi amigo, según tuvo el tino algo achispado de citarme al oído, y no quiso prender la luz ni que la prendiera yo, y encima cerró la puerta, que usó después para apoyar las plantas de los pies y tomar impulso. Era menos que un cuarto y más que un armario, eso seguro; hacía un frío polar y olía a desinfectante, a pis de gato, a frambuesas, a una especie de amoníaco dulzón que medio me narcotizó.

Por lo que entendí de lo que me contó, un poco exigida por las medidas del espacio pero con ese talento para cuchichear que tenía en las situaciones íntimas, no había bosque en el paraje adonde le gustaba fugarse a Bernal. Lo más parecido a un bosque eran unos leños de fresno que alimentaban los fuegos, proporcionados a bajo precio por un sereno que además se encargaba de otros suministros, otras dádivas cálidas, y había bosque también en el cuadrito de Miroir, el Acteón devorado por sus propios sabuesos que un ex camarada de armas de Bernal, veterinario en la vida civil, había pegado con cinta adhesiva en una pared de la barraca. Tengo muy presente la descripción del cuadro que me proporcionó, aprovechando que se le había atorado el cierre de la pollera. El banquete empezó hace rato y queda poco ya del cazador: media mano acá, un poco de torso allá, dedos sueltos, una oreja entera, limpia. Lo que llama la atención, además del orillado carmesí de los despojos, tan *naïf*, típico de Miroir, es la arboleda, tan frondosa y sombría que parece dar un paso adelante y ocupar el primer plano, tapiarlo casi, como un telón de teatro un escenario, de manera que los jirones del pobre Acteón parpadean contra la espesura negra como estrellitas contra un terciopelo de cartón pintado. Todo muy mágico, pero el lugar, al menos cuando le había tocado verlo a ella (no le pedí detalles: también a mí se me resistía el cierre), era la acampada de una banda de mendigos: un oasis trash de chapas acanaladas, tirantes de hierro, bloques de hormigón, catres en ruinas, vidrios hechos pedazos, basura, escombros de algo que alguna vez había sido un barracón militar y ahora era un salón (la palabra es de Bernal), escenario de unas tertulias (habla ahora nuestra amiga) que Bernal celebraba de tanto en tanto con los promedios más altos de su camada del Liceo Naval, casi todos desertores.

(Me tocó conocer a un solo ejemplar de esa fauna, no muy memorable, difícil de encajar, en todo caso, en el perfil maléfico evocado por las heridas que se traía Bernal de sus reuniones de egresados. —Ah, la imaginación: qué juego de niños sería todo este circo penoso si pudiésemos apagarla en la vida con sólo parpadear, como hacemos cuando escribimos hechos, cualquier hecho, siempre que sea real o venga de la vida de otros—. Salíamos de algún consultorio odontológico, el cuarto o el quinto, ya no me acuerdo, porque Bernal, a medida que se le iban deteriorando los dientes, descartaba mis propuestas de dentistas en masa y por los motivos más extravagantes, en un caso por la música, porque podía soportar cualquier tipo de dolor, y me consta que así era —más de una vez lo hice sangrar, nunca lo oí gritar—, pero no al trío Belnome haciendo "*A far l'amore comincia tu*" por el sistema de megafonía, en otro por las uñas de la asistente del endodoncista, roídas hasta la carne y aun así sucias, en otro porque el friso de las molduras del techo, espectáculo obligado cuando rebatían el sillón hasta la posición cama, lo hundía en trances de trepidante lisergia. No recuerdo de qué bobada se trató esa vez: un resto de barro en la *moquette* del consultorio, un vocablo extranjero mal pronunciado, el vaho del coliflor hervido metiéndose por una ventana... Lo cierto es que estábamos en la calle y discutíamos —él desechaba dentistas, yo los tachaba de mi agenda— y Bernal, con la boca medio dormida por la anestesia, luchaba por articular la exuberante llamarada de insultos que solían ser sus alegatos. Cometí el error de ofrecerle la botellita de agua que había estado tomando en la sala de espera, mientras hacían lo posible por atenderlo. Quiso hablar, agradecerme quizás el gesto, y unos ríos de agua le chorrearon de los labios. En ese paso de comedia estábamos, yo tratando de disculparme, él incontinente, cuando se interpuso entre nosotros algo que primero tomé por un niño corpulento, un enano, un pordiosero con joroba, que alzaba a lo alto, en nuestra dirección, su mano de pedir, y un segundo después, apenas reconocido por Bernal, que gritó su nombre —rociándolo de agua— y lo obligó a incorporarse, por lo que era en realidad, un pordiosero alto, altísimo, casi tanto como Bernal —la estatura álamo parecía ser el denominador común de la camada—, que con el propósito de mendigar, a sabiendas de que con mirar desde abajo, en modo perro, ya se aseguraba media limosna, vagaba por las calles plegado sobre sí mismo, como la preciosa lámpara Baruzzi que me regaló Bernal con el primer y creo que único sueldo que le pagaría la viuda de Chauliac. El mismo gabán militar, los mismos modales, la misma inocencia en los ojos, la misma delicadeza incongruente, sólo que recrudecidos por meses de vida mala, intemperie, eczemas. No retuve su nombre. Me dio la impresión, al tenerlos un instante en la mano, cuando Bernal nos presentó, y sentir el temor súbito de rompérselos, de que hasta sus dedos eran como los de Bernal, igual de irresistibles. Entonces se largó a llover y se pusieron a recitar a dúo, Plotkin, Esborni, uno de la escuela molecular, turnándose con las estrofas. Parecían más borrachos sobrios, escandiendo dísticos bajo la lluvia, de lo que habrían estado en el barracón con seis botellas de esa caña inmunda que tomaban, *souvenir* de sus farras en el sur, único alcohol autorizado por el reglamento grupal. No volví a saber del cadete. Hasta que un día, filtrando la pulpa de un jugo de pomelo rosado, un gusto matutino que nunca compartí, y que él aprovechaba que yo no estaba mirando para cargar con unos chorritos de caña, Bernal me contó que lo habían encontrado en Capitán Frosio, en la terminal de ómnibus, medio escondido tras una expendedora de bebidas descompuesta. Más muerto, dijo, que la pija de Tutankamón).

No le pregunté, no la acusé, no le reproché nada. Me dejé hacer mientras unos palos de madera caían sobre mí, escobas, probablemente, y mis codos aguantaban el peso de mi cuerpo hundiéndose en una superficie blanda, acolchada, donde persistían los restos amables del calor de una plancha. En un momento, idea loca, de adolescente, quise averiguar en términos directos, quiero decir carnales, si las visitas últimas de Bernal habían dejado algo en ella, algo que no se hubiera mezclado todavía con ella y que yo pudiera reconocer como de él, sólo de él, y quizá llevarme como un tesoro secreto. Me dio pereza. ¡Las maniobras que hubiéramos tenido que hacer! Quién sabe si ella, además, no habría sentido conmigo un impulso similar sólo que invertido, y el propósito de nuestra escaramuza en aquel cubículo gélido fuera enviarle un mensaje a Bernal a través de mí, sembrar en mí el tesoro secreto que sólo Bernal estaría en condiciones de reconocer. Todo llevó dos minutos, a lo sumo tres, incluido el epílogo higiénico, que a oscuras no me produjo la tristeza de otras veces. Limpiarse, acomodarse la ropa, toda esa cosa cabizbaja, ensimismada... Desandamos el camino casi sin hablar, hasta que el rumor de la velada nos alcanzó con su nube y por unos segundos nos abrimos paso arrogantes, con esa sensación de íntima superioridad que da el haberse desahogado a escondidas en una situación pública, hasta que nos envolvieron las copas, la charla y las risas, y por encima de toda esa espuma, como una cresta flúo, sonó el vozarrón de Zaldívar, que volvía a la carga contra la viuda de Labrot. ¿Eso era todo, entonces? ¿Yo iría para un lado, ella para el otro y nos perderíamos en la pequeña multitud ebria, entre escotes fragantes, canapés, intrigas de museos enemigos? La vi de pronto interceptar una bandeja, quedarse con dos copas. No lo pensé, me salió interpretarlo como un gesto lindo, de hidalguía. Pero eran las dos para ella y se las tomó al hilo, sin respirar, y sacudida por un ataque de hipo, entre dos espasmos, lamentó —fue el verbo que usó— la canallada que me habían hecho Boffi y su mafia en el diario con la reseña.

23

Si los cálculos no me fallan, si algo de lo que declaró a la prensa en ocasión del premio Cannistrà fue veraz, y no la caterva de fatuidades que arruinaría mis cálculos, por los días de la muestra de Labrot nuestra amiga debía andar por el capítulo cuatro de su libro y Baldó por sus veinte años, dictando de mañana y de noche su cátedra en la universidad y de día, de 12 a 6, digamos, cumpliendo con su servicio militar, o con la versión de servicio militar que él mismo se había diseñado a medida con la anuencia del coronel Ujueta, su mentor en el arma, por no decir su salvador. El programa, además de la carga horaria insólita, contemplaba sesiones de entrenamiento especiales, menos orientadas a incrementar la fuerza o la resistencia que la elasticidad y la armonía muscular, tardes enteras consagradas a la lectura, acceso irrestricto a todas las bibliotecas militares y un pase de cartulina plastificada muy vistoso, con su foto y su nombre y hasta el *nom de guerre* que le había puesto Ujueta (que nuestra amiga omite), gracias al cual hubiera podido comer en la cantina del casino de oficiales si su frugalidad de faquir y sus modales no hubieran llamado tanto la atención. Aunque Baldó volvía a dormir a su casa todas las noches, su mentor, por si las moscas, había rehabilitado para él una dependencia del regimiento pequeña pero confortable, con cama matrimonial, dos sillas, un escritorio en miniatura, como de casa de muñecas gigantes, y una lámpara de pie roja, o que la mantilla española o china que cubría a menudo su pantalla volvía roja cuando la prendían. Había también un artefacto cromado curioso, teóricamente articulable, entre silla de ruedas y camilla obstétrica, cuyo funcionamiento intentaron desentrañar juntos sin éxito, aunque con algunos percances bastante divertidos. Y había también un Labrot, una acuarela chiquita, una especie de mangrullo, torreta o faro borrosos, envueltos en bruma, que parecen empequeñecerse ante el marco que se cierne sobre él, una verdadera guarangada de oro. Nuestra amiga lo menciona al pasar, como otra de las curiosidades que enorgullecían a Ujueta y a su regimiento, tan dado a los simulacros bélicos como a la ópera y otros pasatiempos nocturnos. Se limita a decir que el cuadrito —igual que el artefacto cromado— era un recuerdo del exinquilino de la dependencia, un piloto de apellido Spadavecchia que aterrizó en el regimiento (no se sabe si literalmente o en sentido figurado) con algún fin pedagógico, que remontó vuelo seis meses después, habiéndolo llevado a cabo con éxito, para desconsuelo de la tropa de discípulos que lo despedía en tierra, y que 45 minutos más tarde, coronando una serie de acrobacias fuera de programa, se desplomó en picada en el arroyo Echenagusia, de donde lo sacaron muerto, hecho sopa, con su famosa sahariana de sarga forrada de billetes de mil pesos.

Increíble cómo con tan poco puede alguien irse tan lejos, perder de vista lo esencial. ¿Estaba ese Labrot en la muestra esa tarde en el Sovalbarro? Yo no recuerdo haberlo visto. Pero no vi ese ni ningún otro, salvo la marina de la polémica y hasta ahí, porque estaba en eso cuando me emboscó nuestra amiga y después de nuestro *clinch* en el cuartucho de la limpieza me fui, me fui en efecto por mi lado, rumbo a la esquina de Sazón con Tilve, mientras ella se iba por el suyo, Sazón con Martinola. Antes no tuve tiempo; después no quise ver nada; no tenía lugar. Quién sabe ella. Quién sabe la acuarela estaba y ella, que escribía por entonces el capítulo cuatro, había ido al Sovalbarro para verlo, quién sabe era esa torre o faro lo que buscaba, con su marco de oro, eso y no a mí, como se me ocurrió pensar mientras salía y me iba, y las piernas me temblaban todavía, y los árboles afuera inclinaban sus copas a mi paso, altas, tupidas, como en una reverencia de melenas serviles. Ahora bien: si ella lo vio no la habrá impresionado mucho, porque el único rastro que dejó fue ese entretelón luctuoso de catástrofe aérea.

Es raro, porque escrupulosidad no le faltaba. Creo haberlo apuntado ya, pero una vez que tenía enfrente lo que quería, su misión, que aceptaba siempre, era agotarlo. Lo digo por experiencia propia. Aun en situaciones delicadas, con el peligro de que uno de esos mozos malhumorados, en busca de un escobillón, una pala o una ración de lavandina, nos sorprendiera —lo que sin duda habría sucedido si nuestra refriega hubiera tenido lugar diez minutos más tarde, cuando Zaldívar, fuera de control, quiso rematar su alegato antiviuda con uno de esos giros principescos que le gustaban tanto, quiso girar y giró, y quedó de frente, a medio metro de la viuda, que tenía entre los labios uno de esos cigarrillitos turcos que fumaba con boquilla, y giró con tan mala fortuna que cacheteó con el dorso fofo de la mano el batallón entero de copas vacías que un mozo procuraba llevarse para rellenar sin lavarlas, como era costumbre en el pabellón, en la cocina—, aun en esas condiciones, digo, no había punto, área, resorte o tecla que no estuviera dispuesta a tocar. Y no por hedonismo. He conocido hedonistas: se distraen fácil. Malcriados por el placer, no es el éxtasis, que igual persiguen, lo que los arruina, sino su posteridad, esa distensión, esa cosa reblandecida del después. Ella era concienzuda; hacendosa, como se decía antaño con un desdén que nunca compartí: quería agotar su objeto con la misma saña con que el pianista mediocre quiere tocar todas las notas, con que el mozo malhumorado —o la moza enviada por el mozo malhumorado, más malhumorada todavía— barre todas y cada una y hasta la última esquirla de cristal desparramada en la sala por la torpeza de Zaldívar.

(Tiempo después, yo, que no soy de tocar todas las notas, hice los deberes por ella, sin proponérmelo. Nos aburríamos con Bernal en una playa pobre, bastante al sur, adonde se ve que lo arrastraba su pasado naval. Podía quedarse horas parado como una estaca en el viento, haciendo no sé qué, aguantando, supongo, mientras la cara se le cubría de escamas de sal que yo le lamía después en la cama. Una vez tuvo un pájaro enorme posado en un hombro como diez minutos y ni se dio cuenta. También recitaba —Bergo, Ciseaux: tenía un repertorio *ad hoc* para agasajar a esa clase de páramos—; al divino botón, porque el viento se llevaba todos sus versos. Creo que le gustaba eso del sur: que nada dejara huellas. Agotados el chiringuito de pescado —que sólo ofrecía buñuelos de algas y una tortilla de papas incomible, porque con ese viento los pescadores no se animaban a salir—, el bar, con sus ventanales sucios de sal, y el kiosco de la parada de ómnibus, donde nos vendieron unos gajos de droga y un mazo de cartas expurgado, sin las obscenas sotas, empezamos a impacientarnos. La droga estaba vieja pero cumplió. Lo de las cartas nos pareció demasiado. Cuando fuimos a devolverlas había atendiendo una chica, una belleza dura y huraña como ese arbusto local, puro pinche, que no consigo recordar cómo se llama, que dijo que nunca habían vendido naipes en ese kiosco y nos preguntó, a tal punto tendríamos el tedio pintado en la cara, si ya habíamos ido al cabo Cotugno. Y completó la oferta con unas instrucciones. Quisimos resistir pero terminamos yendo. Después de caminar dos horas, completamente empapados, no sé si porque lloviznaba o porque el viento, que había vuelto a cambiar, traía el agua del mar y la volcaba toda sobre nosotros, vimos a lo lejos una mancha oscura, más bien vertical, que temblaba un poco en la bruma. Bernal dijo que era un cartel, o una carpa. Yo no tenía fuerzas para abrir la boca. A medida que seguimos caminando, la mancha fue un mirador de bañero, un edificio de departamentos, un tacho de basura. Era un faro: el faro Cotugno. El faro del Labrot. No pudimos subir; nos interceptaron abajo, apenas entramos, y nos dijeron que estaba prohibido subir y sacar fotos, aunque bajaba ruido por la escalera de caracol, voces y risotadas como de juerga, que el tipo que nos detuvo justificó diciendo que eran la familia y unos amigos que estaban de visita. Vestía un uniforme que hasta a mí me resultó sospechoso. Bernal, como para ablandarlo, tiró un par de joyas del glosario naval, que el tipo no devolvió pero dieron lugar a una especie de conversación. Di unas vueltas por la zona, menos por curiosidad —aunque la escalera de caracol tenía lo suyo— que para entrar un poco en calor, y lo vi, vi el Labrot pegado en una pared con un pedazo de cinta adhesiva. Lo habían arrancado de una revista de viajes, donde ilustraba un artículo sobre arte y turismo).

24

Días después del episodio Sovalbarro fuimos a llevarnos las últimas cosas de Bernal. No sé de quién fue la iniciativa ni qué clase de negociaciones implicó. Yo, en todo caso, no participé. Pero una tarde de viento entró Bernal y en un fragor de postigos desatados anunció que había arreglado para ir mañana. Arreglado qué, ir adónde, ir quiénes, para qué... El anuncio, voceado como una amenaza, incluía demasiadas incógnitas para aceptarlo tal cual, sin indagaciones complementarias, pero Bernal tenía el pelo todo volcado para atrás, tan chato que parecía pintado, y yo uno de esos dolores de cabeza salvajes que me hacían ver unos romboides brillantes, como aros de oro, que giraban colgados de unos hilitos invisibles muy cerca de los ojos, así que dije que sí, me di vuelta en la cama y seguí durmiendo, con la secreta ilusión de que ni la migraña ni el proyecto de rescate del patrimonio de Bernal sobrevivirían a unas buenas horas de sueño. Me pregunto dónde tenía la cabeza. El mismo íncubo odioso que me había tumbado en la cama siguió martirizándome mientras dormí, ahora bajo la forma de una pesadilla horriblemente escrita donde un desconocido insistía en venderme algo sospechoso, una póliza de seguro, un viaje, una caja de seguridad, mientras yo trataba de curar con una especie de talco las ampollas que me habían sacado unas medias nuevas, demasiado grandes para mis pies.

Quizá por eso elegí con cuidado las que me puse para ir a lo de nuestra amiga. Bernal tenía uno de sus ataques de alergia; sus estornudos retumbaban como truenos. No quiso mi pañuelo, y eso que estaba limpio. Se sonaba la nariz con unas servilletitas de confitería que iba sacando del bolsillo, en una de las cuales alcancé a leer, escrito en una cursiva cursi, un nombre rancio, algo como Savoy, Godoy, Moloy, que me pareció haber escuchado antes en algún lado, en una canción, quizás en uno de los partes de mi fiel sabueso periforme sobre las correrías de Bernal a mis espaldas. La pérdida de altura —lágrimas de amor por mocos— me gustó, lo tomé como un buen augurio y supongo que me encomendé a él y me distraje, y mi cabeza se abocó a inquietudes más perentorias como no dudar, no ceder si nos tocaba encontrarnos con nuestra amiga, no sufrir si veía resucitar entre Bernal y ella la llama de un fervor pasado, cualquiera fuera, incluso el regocijo modesto de reconocer que el otro, que ya es de otro, sigue usando la prenda fea que le vimos ponerse una mañana cuando todavía era nuestro.

Nada de eso pasó. El ascensor era estrecho; la puerta, la última al final de un pasillo largo, oscuro, revestido de una madera falsa que tendía a hincharse como un vientre enfermo. La cara que nos abrió la puerta no me dijo nada, pero la vi bajar los ojos cuando reconoció a Bernal y apartarse para dejarlo pasar, cosa que él hizo con una lentitud de oruga, sin sacarle los ojos de encima. Era una mujer menuda, fibrosa, que medio se perdía en uno de esos cárdigans estirados por el uso que terminan colgando a la altura de las rodillas. Una de las tres o cuatro asistentes rotativas de nuestra amiga, según me cuchicheó Bernal después. Había en el aire olor a comida reciente y música, un barullo metálico, con clavecines y címbalos, que no reconocí. Sonaba demasiado alto incluso para la mujer, que tuvo que levantar la voz para anunciar compungida lo que yo había temido y deseado, que nuestra amiga no llegaría. Un contratiempo de último momento la había retenido en algún sótano municipal, donde seguía la pista de no sé qué testamento, carta o catastro capitales para el libro que tenía entre manos. El suspiro que soltó después fue tan largo que tuve miedo de que se vaciara por completo; pero se repuso y, recogiendo el ruedo del cárdigan como si fuera un vestido, para no pisárselo, nos guio hasta un exbalcón en falsa escuadra que habían vidriado a las apuradas y, por alguna razón, decidido no limpiar, porque daba a la calle y eran las tres de la tarde y las luces —la bombita pelada que colgaba mustia de la pared— estaban prendidas. En ese depósito de trastos estaban las cosas de Bernal, en un baúl de piratas que flotaba con la tapa abierta entre cajas de cartón, libros húmedos, pilas de revistas viejas, canastos llenos de ropa, zapatos, un par de jaulitas diminutas, como de pájaros, el cuadro oxidado y sin ruedas de una bicicleta. Las reconocí enseguida, aunque nunca antes las hubiera visto: tenían ese aire ansioso que tienen los objetos cuando terminan siendo rehenes de alguna controversia sentimental. La mujer dio media vuelta y desapareció en silencio, con su andar de geisha y sus pantuflas. Bernal, arrodillándose junto al baúl, sacó dos bolsas de basura de sus bolsillos y las abrió sacudiéndolas en el aire, como un profesional. Algo de todo eso —el chasquido que emitieron las bolsas, o la determinación con que Bernal llevó a cabo una acción que nunca antes le había visto hacer, tan limpia y competente que parecía abrir en su vida una dimensión nueva— me encendió en el acto, de manera inapelable, como si el deseo no naciera de mí, como si me lo inyectaran —o quizá fuera el aire viciado de aquel trastero donde fermentaban las ruinas de una vida desairada. De pie junto a Bernal, que ya había abierto las fauces de las bolsas y hundía las manos en el baúl, le sujeté la cabeza —qué sucio tenía el pelo, dios mío— y me froté contra su nariz, su boca, su hermoso mentón prominente, arriba y abajo, muchas veces, rabiosa y frenéticamente. Con eso bastó; a mí, por lo menos. Teníamos ese pacto inusual: nos atraíamos, pero a la hora de gozar no nos debíamos nada, nunca. Me lo saqué de encima y lo dejé a solas con sus cosas: no quería que me pidiera consejos que no podía darle. Me vino de pronto una sed tremenda y busqué un baño, la cocina, a la mujer que nos había abierto la puerta. Se había hecho humo, junto con la música y las fragancias del almuerzo. Me la imaginé refugiada en la habitación que su patrona le habría cedido para casos como ese, en que el sueldo de hambre que cobraba la obligaba a dar la cara por ella en bretes que no le daba el cuero para enfrentar, un cuarto pequeño, probablemente el de servicio, con una ventana ciega y un televisor blanco y negro eternamente prendido, desde donde estaría vigilando ahora que no nos lleváramos alguna joya vecina, las perchas, por ejemplo, o una melódica verde agua, seguramente rota, que vi que Bernal había mirado con codicia. Pensé en buscarla. Me hicieron desistir la imagen del cárdigan y la sensación, más bien la seguridad absoluta, de que si la encontraba la vería llevarse una mano a uno de los puños para sacar el pañuelo con el que se secaría las lágrimas que por nada del mundo quería mostrar en público, y menos ante mí, rival de su jefa. Así, a la deriva en el departamento —era más grande, mucho más deprimente de lo que parecía—, me salió al cruce una hilacha de luz que rayaba el pasillo y empujé la puerta y me encontré en lo que debía ser el estudio de nuestra amiga, su cuartel general, como la escuché llamarlo en alguna entrevista. Había libros por todas partes; crecían de abajo para arriba como troncos y no se caían de milagro. Y en medio del bosque de libros, como en un altar, iluminada por una Baruzzi antigua, no tan linda y menos cara que la que Bernal me regalaría a mí, la famosa Daggert a margarita con la que decía haber escrito el Baldó, que estaba prendida, me pareció, y tenía una página a medio escribir en el rodillo, la más joven, fresca y desvalida de la pila de páginas que montaban guardia bien formadas a un costado. Creo que dejé de respirar. No había más de media docena de pasos hasta aquel aparato que zumbaba. Pasos comunes, terrenales, que cualquier par de pies, aun los míos, habría dado en ¿cuánto? ¿Tres segundos? ¿Cinco?

25

Digamos que le perdoné la vida. Esas fueron, de hecho, las palabras que usó Bernal esa tarde, cuando bajábamos comprimidos en el ascensor, él, yo y las dos bolsas negras llenas hasta reventar, de una de las cuales sobresalía la manga de una camisa bordó inadmisible, y le conté mi excursión, todavía temblando. Pero sería mucho decir. No lo hice por magnanimidad, tampoco por compasión. Todo lo que quería lo tenía conmigo en ese ascensor: Bernal y su dote, su ajuar, su caterva de chucherías, repatriadas por fin, no importa cuánto me hiciera despotricar cuando esos tesoros, sembrados como trampas por mi casa, me hicieran tropezar, se me enredaran en los tobillos o simplemente hirieran mi sensibilidad. Estaba feliz, y en la felicidad no hay lugar para abscesos como la venganza (que, dicho sea de paso, siempre me resultó una pasión ajena, de profesionales). De haber cedido, de haber dado esos seis pasos y robado o destruido esas páginas —digo que no lo hice, no que no lo pensé, no que no pensé en llevármelas y dejar una sola, la que ya estaba en el rodillo, infectada con una frase más, una frase mía, de despedida—, lo habría hecho menos contra nuestra amiga que por la sombra de mujer que le oficiaba de asistente. Nunca volvió a aparecer esa mañana, ni siquiera cuando Bernal, intrigado por una enciclopedia juvenil, desplegó su cuerpo de grúa para alcanzar un tomo y tumbó una lámpara de hierro que aplastó algo frágil, unos platos, creo. Recién la vimos de refilón cuando nos íbamos, encorvada sobre una taza que humeaba en la cocina, con un repasador sucio en un puño y un aire de abstraída serenidad que nos preocupó.

Aunque tal vez exageráramos. Exagerar —desplegar, amplificar, hacer resonar más allá de cualquier límite razonable— era otra de las cosas que sólo hacíamos bien, con entusiasmo y una alegría ciega, a toda prueba, cuando estábamos juntos, solos. Entrábamos en el trance con timidez, cediéndole al otro el honor del primer despropósito, pero dos minutos después chapoteábamos como chanchos en el chiquero de la hipérbole, y cómo nos maldecíamos si uno de los dos, por razones casi siempre vanas, el escrúpulo, o un apego a la verdad que rara vez sentíamos, desistía de ir hasta el final. Hace un tiempo, de hecho, volví a encontrarme con esta mujer en la subasta de la colección Canaletto. Era otra persona. Estaba renovada, transfundida, casi tan preñada de vida como la preciosura de vestido rojo que tenía a su lado, leyéndole al oído el catálogo del remate. Dejé de mirarla porque mis cervicales protestaron y apagaban las luces. Volvimos a cruzarnos en uno de los intervalos, con la sala en shock por la fortuna que había pagado

Nogebro por el manojo de cochinadas sin imaginación con el que Canaletto había saboteado el idilio de Babb y Botturini. Fue cerca de los baños, un área que la mansión Lissajoux sigue teniendo el tino de mantener en penumbras, aunque no había mucha acción esta vez. Yo había quedado con alguien, a quien finalmente no vi pero que estaba, sólo que en el piso de arriba, matando bastante alegremente el tiempo, el mismo tiempo que al día siguiente me dijo de muy mal modo que había estado esperándome en vano. Vi primero a la chica de rojo: tenía una pierna flexionada y la planta del pie apoyada contra la pared, y se burlaba del cartel de prohibido fumar con un charutito fétido que chupaba hasta quemarse los dedos. Después la vi a ella, que salía del baño y olía muy bien y no me reconoció.

En la calle pasó lo inevitable: una de las bolsas reventó, y recién ahí vi qué calaña de botín estábamos recuperando. No quiero recordar los objetos en sí, uno por uno, salvo por supuesto el responsable del destripamiento, un cortapapeles de temática taurina traído de Toledo por un compañero de armas. Pero la ropa no se me borra: abotinados de charol, boina de tweed, tres pares de guantes, un increíble chaquetón austríaco (con sus ribetes rojos y sus franjas en cruz sobre los bolsillos), juegos de medias de una lana áspera y dura, como de frazada soviética, y un amplio lote de camisas y pantalones de poliéster descoloridos, como de feria americana de sindicato, que Bernal me confesó que compraba en una tienda muy mal ventilada de la recova de la estación Tagarró. Todo rancio, desolador: ropa de muerto, ropa que ni un muerto se animaría a usar.

Salvo una o dos que me han dado algún resultado, no tengo supersticiones, pero me pareció de mal agüero meter esa sarta de despojos en mi casa y el colmo de la sordidez, además de la temeridad, convivir con ellas en un coche, incluso en uno ya bastante insalubre como el taxi que vino a buscarnos, manejado para colmo por uno de esos faunos extrovertidos que se deleitan haciendo muecas lúbricas por el espejo retrovisor. Propuse una solución salomónica: quedarnos con la bolsa sana (sin indagar qué había adentro) y deshacernos del resto, y para apuntalar la propuesta señalé el *container* que rebosaba escombros al pie del edificio de nuestra amiga. Lo vi aguantar la respiración, dilatar las fosas nasales y alzar los ojos hacia la panza gris del cielo mientras cruzaba las manos a la espalda, todas señales de una erupción inminente. Cuando las reconocí ya era tarde. Se echó sobre un hombro un echarpe o una capa invisibles, supongo que para manifestar escándalo, o amor propio agraviado, o alguna forma aristocrática de indiferencia, tiró dentro del taxi las dos bolsas, la sana y las vísceras de la otra, y se zambulló tras ellas cerrando la puerta, todo —cosa asombrosa— en un mismo movimiento. El taxi arrancó, expectoró un humo pardo, frenó, las tres cosas sin mí. Sólo por hacer algo, para entretenerme (un largo minuto le llevó al taxista encontrar la marcha atrás, otro minuto y medio retroceder hasta donde me habían dejado), levanté la vista y busqué como quien no quiere la cosa el departamento de nuestra amiga, con la súbita sospecha de que había estado ahí todo el tiempo, quizás atrincherada en el cuartito que le había cedido a su asistente, retándola de paso por lo desordenado que lo tenía, y del que se habría animado por fin a salir para gozar de nuestra retirada desde el balcón, oculta entre los bambúes rojos que tanto le gustaban. Más tarde, a la hora dulce de la reconciliación, Bernal, a quien la chaqueta austríaca, al menos desnudo, le quedaba pintada, me dijo que el departamento daba al contrafrente, y que lo de los bambúes era una patraña.

26

Si no me equivoco, esa fue la chaqueta que Bernal eligió ponerse para la entrevista con la viuda de Chauliac. Una cosa horrenda, muy de bárbaros. Si al menos le hubiera dado por los Lederhosen, que hoy día, me cuentan, siguen vigentes y vienen en modelos muy prácticos, llenos de broches, rellenos mullidos, bolsillos con troneras. Pero yo no quería discutir —nunca quiero discutir—, lo que degeneró una vez más en cuarenta eternos minutos de discusión tortuosa, desesperante, al cabo de los cuales capitulé, como era de prever, me tragué en seco dos triptanes de doscientos y me encerré en el cuarto, en el desastre todavía tibio en el que habíamos convertido el cuarto esa mañana, y Bernal partió a su entrevista de trabajo disfrazado de tirolés. Cuando me desperté, dos horas más tarde, fui como pude al baño y me topé con la notita encantadora que me había dejado en el espejo, en verso, muy de amor, porque entre otras cosas me evitó mirar de frente la catástrofe que era mi cara.

¿De qué formol sacaba esas galanterías? A veces, en el embeleso en que me sumían un ramo de flores, un regalo sin razón, un piropo rimado, me imaginaba a Bernal como uno de esos amnésicos de novela a quienes un accidente terrible priva de la vida que tenían, plena, exuberante y feliz, para reemplazarla por otra, que no está mal, es agradable y hasta digna de celebrar si no tuviera en el centro el hueco helado que tiene, hasta que la otra vida, la primera, se cansa y decide resucitar al azar, de vez en cuando, disparada quién sabe por qué gatillo anodino de la vida segunda, y proyectar unos pocos haces de su luz incomprensible sobre el lienzo vacío del presente. Quizás en esa otra vida Bernal fuera considerado, caballeroso, audaz, y menos propenso a enrojecer, menos renuente a los roces del amor en público y más dispuesto a devolverlos. Quizás en esa otra vida —de la que sus dedos mágicos eran un poco los sobrevivientes, en todo caso los únicos que habían aceptado vivir en esta, su tierra de exilio— Bernal fuera un joven semidiós sonriente y diáfano, sin dobles fondos ni tormentos tácitos, capaz de apreciar los tesoros que la vida ponía en su camino, serles fiel y honrarlos como se lo merecían, y, en lo posible, rendirse a ellos. Quizás entonces, quizás allí, los cuellos de sus camisas juntaran menos mugre, sus medias menos agujeros y él más ganas de jabón y de duchas.

Lo cierto es que esa tarde volvió y volvió con el trabajo, exultante aunque sin la chaqueta. Noté algo raro enseguida, apenas entró, al verlo en camisa, blanca, para colmo, y algo arrugada, y con las mangas enrolladas a la altura de los codos. Él ni siquiera se había dado cuenta. Al parecer, intrigada por la prenda, la viuda le preguntó de dónde era y le pidió que se acercara para verla mejor, para palpar ella misma la tela, lana, paño o felpa de que estuviera hecha, y Bernal prefirió quitársela, y ahí empezaron a conversar sobre trabajo, tareas, horarios, retribución, hasta que ella, cambiando bruscamente de tema, quiso saber de él, quién era, de dónde venía, qué había estudiado y con quién, cómo era que siendo el joven alto, interesante e inquieto que daba la impresión de ser nunca lo había visto por ahí, en el café Rivera, los tés japoneses del Biltró o las veladas de poesía y escapismo que había animado en su *petit hôtel* de Stegmann. ¿Quién, con toda esa cháchara, se iba a acordar de la chaqueta? Bernal seguro que no. La viuda lo había puesto a trabajar enseguida; le dio guantes, unos cubrepuños antiguos, muy estrafalarios —que se quitó porque le apretaban—, un pilón de fichas en blanco, sin renglones, y un par de lápices negros nuevos, durísimos, que apenas escribían y casi agujereaban las fichas, y lo encerró en la incómoda habitación de la casa —un viejo vestidor, en realidad, según le dijo después, mientras esperaban que hirviera la pava, una empleada doméstica en la cocina— donde dormía la colección de libros antiguos del malogrado Chauliac. Lo encerró literalmente, con llave, me contó Bernal, y me pareció que un chispazo de divertido escándalo iluminaba sus ojos cansados.

La chaqueta nunca apareció: la viuda no la devolvió, Bernal nunca la reclamó y yo no insistí. Más de una vez se me cruzó por la mente esa empleada doméstica, pero fue apenas una sombra. Bernal sólo dijo que el té que le sirvió estaba lavado, pero creo que algo en la manera de nombrarla, el hecho mismo de que la nombrara, incluso, impactó en la sensible placa metálica del detector de pistas que hay en mí, que por lo visto insiste en jugarme malas pasadas. Después de todo, la chaqueta era intragable. Me gustó, sin embargo, reconocer a una hermana gemela, una sosías, un duplicado —como quiera que se llamen esos ecos estériles— en la chaqueta de paño que Baldó (página 422) le trae de una de sus *tournées* austríacas al sobrino que menos está en condiciones de apreciarla, un rufián sin luces pero ancho de hombros, de dedos muy peludos y torso más o menos famoso que acaba de incorporarse al séquito, y que a la primera de cambio se deshace de ella —detalle que nuestra amiga no divulga— canjeándola por alguna especie más inmediatamente satisfactoria.

27

Siguieron unas semanas de paz. Bernal se iba temprano y volvía a media tarde, a menudo cargado con manjares que compraba a la vuelta del palacete de la viuda, en lo de Lachâtre, y que rara vez conseguía terminar. Se saciaba con dosis mínimas, al menos en materia de comida, o con atracones seguidos de ayunos prolongados. A veces era incapaz siquiera de probar lo que traía, satisfecho quizá por la millonada que le había costado, que más que indignarlo, como a mí, lo hundía en una especie de saciedad voluptuosa. O quizás era el efecto que le hacían los dulzores del esnobismo, de hechizo y hastío casi simultáneos, tan típico de educaciones inconsecuentes como la suya, capaces de viajar sin escalas de la poesía rapsódica al moscato más tóxico, la salacidad de un Pilenga o los chicles de papa. Iba de deslumbramiento en deslumbramiento, pero cada flash le duraba nada, menos que una de esas cuotas de feltrinol con chicha que se administraba con sus compañeros de armas para resistir las guardias en la noche patagónica. Un desperdicio. Yo lo recibía feliz, lo acompañaba, pero esas delicias no eran lo mío, y si alguna de ellas, bendecida por la forma peculiar que le había dado el repostero —de cañón grueso y blando, relleno de una pasta densa que con la presión tendía a derretirse—, no nos hubiera prestado los servicios que nos prestó en un contexto muy distinto, probablemente todas, incluidos *éclairs*, *verrines* y magdalenas glaseadas, habrían desaparecido de mi vista sin dejar rastros, y supongo que de la suya también.

Otro enigma era cómo, con qué las pagaba. No sé qué clase de plata habría arreglado con la viuda. A mí, por entonces, me bastó con saber que le pagarían, con esperar que por un tiempo, al menos, y para los gastos chicos, Bernal le daría un respiro a mi billetera. Supongo que poca. En eso, y en las uñas y dientes con que defendía su legado, al punto de desgarrar a veces la membrana que lo protegía, la viuda seguía siendo leal al amarrete famoso de su marido, aun cuando —o precisamente porque— la pasión despiadada de no gastar, y no las negligencias de su vesícula, lo hubiera llevado a la tumba, como era un secreto a voces. Es cierto que cuando se le declaró el cuadro estaban en el chalecito de Tornquist, lejos de la capital, de vacaciones, y Chauliac odiaba la urgencia casi tanto como la cuerina raída de los asientos del ramal oeste del ferrocarril, único medio de transporte disponible, y estaba claro que la clínica Larramendy no saldría una ganga, mucho menos si tomaba el caso Scalabrino, el cirujano que proponía la Asociación de Bibliómanos. La peor combinación posible. Así que se quedaron en Tornquist. Chauliac entró el 14 a la mañana en el centro municipal de salud, en ayunas, y esa misma tarde en una sala de operaciones modesta pero bastante funcional, montada en una ex sala de secado de la curtiembre

Plazaola donde todavía se respiraba tanino. La vesícula salió limpia, casi sin salpicar, pero una septicemia brutal se lo llevó en menos de veinte horas. ¡Ah, la fruición forense de las biografías!

Para Baldó fue un mazazo. Ese es al menos el veredicto al que llega el libro de nuestra amiga, y no hay que ser demasiado suspicaz para detectar cierta sorda satisfacción en el tono de pesadumbre con que narra el episodio. En un sentido —no el más empático para con la viuda, que llora a un costado mientras fuma sin parar, iluminada por el fluorescente del pasillo del hospital, vestida, cuándo no, con una de esas curiosas túnicas de colores que se traía de Túnez, Tánger, Tanzania, dondequiera que fuera a disfrutar de las aficiones que su marido se empeñaba en negarle—, la muerte de Chauliac es lo que se podría llamar una desgracia con suerte, porque una página antes de que irrumpa en el libro, la vida de Baldó lleva un buen rato haciendo lo que hace siempre que queda librada a sí misma, estancarse y languidecer, y otro tanto hace el libro mismo, por más *flashbacks*, documentos autógrafos y cartas de la época con que trate de reanimarlo su autora. El pobre cirujano de Tornquist sale a anunciar lo peor, que el paciente no aguantó, que se les fue, y algo en el libro, esa especie de pulso misterioso que late en todos, aun los más anémicos, se despereza y sacude como un perro que sale del mar, y Baldó, que se relamía en su flamante despacho de la Naldoni, todavía embriagado por las novedades del puesto, el retumbar de los pasos en el mármol, los sellos, la pinotea que cruje, el rodillo secante, las ventanas esmeriladas, el sibilino, azulejado, lapislazulino subsuelo con vestuario y duchas pegado al depósito, del que alguna vez oyó hablar en los corrillos confidenciales del Mirador Monegasco y del que siempre descreyó, a tal punto sonaba demasiado soñado, se pone en movimiento. Redacta un comunicado para la prensa, viaja a Tornquist, consuela y se trae a la viuda, monta un velorio a la altura de las circunstancias en la sala Morandi de la biblioteca y menos de catorce horas después de firmada el acta de defunción, donde el apellido figura *Chaliac*, sin la *u* intermedia, como el de mi vieja amiga la traductora de Gobbo, recita de memoria el largo, sobresaltado elogio fúnebre del muerto y ficha para Manuscritos Raros media docena de cajas de papeles personales que el muerto, en un arranque profético, había precintado con sus propias manos.

28

Bernal, que accedería después a esos papeles, me dijo que no eran para tanto. Ese "vasto montón de polvo resplandeciente" fue de hecho lo primero que quiso ver cuando entró a trabajar en la Naldoni, azuzado, como tantos otros, por el halo entre sacro y maldito en que los había envuelto Baldó, en parte para justificar lo que había pagado por ellos —una suma que adulteraba según las circunstancias, engordándola para poner de relieve la compra, adelgazándola para darse corte de negociador afilado—, en parte para devolverle vida a una sección de la biblioteca bastante maltrecha. Resmas de croquis, esbozos, escorzos; el original de *Dura y de obsidiana*, con los dos capítulos que la viuda le había prohibido publicar; una colección de sonetos licenciosos; borradores de *laudatios* satíricas y libelos disfrazados de agradecimientos que nunca pronunció; las cartas que recibió durante años de un corresponsal muy efusivo, supuestamente anónimo, desde alguna clase de instalación deportiva, un dojo, probablemente, o un club de remo; y toda clase de listas: de películas, de colores exóticos, de carcinomas, de tinturas para pelo, de pintoras sin éxito, de razas de perro, de somníferos, de nombres propios. Ese tipo de cosas, sólo que en cantidad, muchas de ellas en la papelería exquisita de Caruso & Bergadá, redactadas con ese rococó desolador del que se jactaba hasta cuando hacía listas. Lo mejor, según Bernal, era la de nombres. Estaba en clave, si se entiende por clave uno de esos códigos rudimentarios que vienen incluidos en los kits de detective para niños, entre la caja de la lupa y la lapicera de tinta invisible y el sobre con el polvo para revelar huellas dactilares, y reunía a la *crème de la crème* del Mirador Monegasco. Bernal la descifró sin problemas, con la ayuda de unas pocas, toscas permutaciones que recordaba de las clases de criptografía del Liceo Naval, dictadas por un sujeto con cara de pájaro, políglota fraudulento, que Bernal tenía toda la intención de convertir en su *maître-à-penser* cuando se hizo humo de un día para el otro, tras un confuso episodio en la sala de mapas con el jefe del arsenal y una munición 70 milímetros para falconete muy bien conservada. Hizo los malabarismos del caso, intercambió iniciales, repuso consonantes donde había vocales, números donde había letras y viceversa, en un sentido y en otro, para arriba y para abajo, al cabo de lo cual tenía ante sí los nombres verdaderos con todas las letras y, a modo de resto —porque siempre hay un sobrante en esa clase de operaciones—, un galimatías del que sacó un par de poemas bastante ingeniosos, lamentablemente perdidos. Con la información que le proporcioné yo, más la que le había sacado a la viuda, casi siempre sin saberlo, mientras ponía en orden la biblioteca, Bernal pudo reconocer a los faunos de siempre, curiosamente repartidos en los mismos grupitos que formaban para moverse por el Mirador, y a una fracción menor de *parvenus*, todos muy jóvenes, todos con nombres tan cómicos que no podían ser sino seudónimos.

Por supuesto, nada de todo esto aparece en el libro de nuestra amiga. Nada por ejemplo del placer autista, de niño prodigio, con que Bernal enfundaba sus dedos hechiceros en los guantes de barata sarga blanca antes de entrar a la sección, un ritual que me costó meses y una serie de ruegos y concesiones más o menos degradantes conseguir que reprodujera conmigo con fines recreativos. No, ella y su libro siguen ensimismados en ese teatro insípido, hecho a la medida de su protagonista, donde Baldó va y viene a sus anchas, mecido como un pachá por alguno de sus solícitos sobrinos, y se lleva todos los créditos, mientras en alguno de los muchos mundos paralelos que la autora, por indiferencia o recato, se empeña en ignorar, todos más reales que el que describe, Chauliac, por ejemplo, tendido en un crematorio de suburbios, se encamina hacia su flamígera última morada y su viuda... bueno, su viuda sigue llorando, frunciendo la boca con esos pucheros exquisitos que le conocemos tan bien, y se sienta a olvidar, que es lo que hacen tarde o temprano todas las viudas, algunas con más suerte que otras.

Entiendo que para el mes que Bernal estuvo a sus órdenes, el trabajo del olvido ya había sido completado. O quizá lo completó el mismo Bernal sin saberlo, al poner en orden la colección de incunables del muerto, la única porción del legado Chauliac de la que su viuda no había querido desprenderse. Salvo a la hora de menstruar, o para el ritmo cósmico de la luna, un mes no es nada. Aunque puede que los libros tampoco fueran tantos. En eso era raro Bernal: siempre estaba entre el tormento de Sísifo y la indolencia del *bon vivant*. Me desconcertaba. A veces volvía de lo de la viuda hecho un trapo, como si lo que hubiera hecho ese día fuera mucho, muchísimo, pero casi nada comparado con lo que le quedaba por hacer. Otras volvía silbando, chocho como un cartero en día feriado, y yo tenía que recordarle de dónde volvía para que aceptara contar algo de su día dichoso, y lo que contaba era lo mismo que nada, puro monosílabo, vacilación, punto suspensivo. Ni siquiera sé si llegó a terminar el encargo. Una noche yo penaba en casa con un *dossier* insufrible y fui a buscar un tomo de Tamagno a la biblioteca. No lo agarré bien, calculé mal lo que pesaba, no sé: la cosa es que el libro cayó boca abajo, abierto pero no del todo, y quedó en esa posición de invitante descaro en la que quedan a veces ciertas criaturas inanimadas, y cuando me agaché a levantarlo vi que algo habían dejado escapar sus páginas al abrirse. Era una ficha, una de las que usaba Bernal para clasificar en lo de la viuda, blanca y rayada, usada. La letra era de él. Tenía una S mayúscula escrita en una esquina y sobre el primer renglón, el más marcado, el título del clásico de ortopedia libertina de Signac, con lugar de impresión, editor, año, número de páginas, etc.; más abajo, en lápiz, a modo de muestra (qué tesoro), una serie de pequeñas viñetas apenas esbozadas, una más indecente que la otra, que Bernal seguramente había copiado del Signac. Una vez le pregunté si se había decidido por el orden alfabético y me contestó que sí, vagamente. Conociéndolo, no me extrañaría que al fichar siguiera criterios menos convencionales, el caprichoso interés, por ejemplo, o el morbo, dos chispas que el Signac sin duda debió despertarle, poco importa si ya había terminado con la R o no. La viuda, me consta, no quedó del todo insatisfecha. Me la encontré una noche en lo de Parisot —la sede vieja, antes de que el balcón aplastara al cetrino primor que estacionaba los coches y la clausuraran—, en ocasión del agasajo a Balletti por el Premio Nacional. Estaba espléndida con su papada papal, su boquilla, sus várices maquilladas. Había bebido de más, pero me pareció que las flores que le tiraba a Bernal, todas un poco pasadas, le salían del corazón. De la chaqueta no dijo una palabra. No sé por qué porque me tenía sin cuidado, pero estaba a punto de sacarle el tema cuando me pidió que la acompañara hasta el bar, que le vaciara un dedal de droga en la bebida (temblaba tanto que temía errarle a la copa), y mientras le hacía al *bartender* unos ojitos de escándalo, a tal punto que una pestaña postiza se le desprendió y quedó pegada a un pómulo, como un alpinista colgado de un risco, bajó la voz y me dijo que dos días más tarde, por un asuntillo vulgar pero bastante imperioso, se vería con nuestra amiga en el café Mompelio, el del parque Facco, y que la aprovechara como correo si tenía o teníamos algo importante que enviarle, o decirle, o hacerle, algo a lo que no tuviéramos tiempo o ganas de dedicarnos en persona.

29

En algún momento algo pasó, porque los horarios de Bernal cambiaron. Estuvo unos días yendo y viniendo, escribiendo de pie, cuando estaba en casa, en unas libretas diminutas, supongo que a razón de una palabra por página porque tenía una letra gigante, bañándose más de la cuenta o durmiendo siestas cortísimas a horas insólitas, y cada tanto volvía de la calle con regalos que me ofrendaba con los brazos extendidos, a la japonesa, y una sonrisa orgullosa de perro concienzudo. Por ahí los debo tener, todos con sus etiquetas. No sé si los robaba o qué, pero tenía talento para desatinar. No daba en el blanco nunca, ni siquiera con la ropa interior, un rubro que sabía que venero con un eclecticismo ecuménico y que aparecía a menudo entre sus ofrendas, representado por ejemplares de un mal gusto insultante. Pero había algo en su manera de equivocarse que me conmovía, una especie de entusiasmo o de fe gratuitos, completamente desperdiciados, que me parecía que si no eran una provocación sólo podían significar amor. Cuando me quise dar cuenta ya lo tenía en casa todo el día otra vez, en calzoncillos, siempre precedido por el sonido zombi de sus largos pies planos arrastrándose por el piso, y recién entonces yo comprendía dónde estaban las pantuflas que me había pasado la mañana buscando entre rezongos mientras él, impávido, preparaba tragos con vodka en la cocina, esculpía garzas de papel o hacía anillos de humo en serie, perfectos, hay que decirlo, frente al espejo. En esas babias artesanales entraba cuando le sobraba el tiempo, y de buenas a primeras le interesaban mucho los escarbadientes, los fósforos, los alfileres de gancho, y la casa, poblada de pronto de atalayas, collares, laberintos, se convertía en un mercado de pulgas. Las monedas —en especial las de veinte centavos, con el Barbirot de bigotes y anteojos, que en épocas normales dejaba tiradas por todas partes— le inspiraban las ideas más estrambóticas. Me acuerdo de la primera vez que vi los minitótems que hacía apilándolas, empaquetándolas con cinta scotch o curitas usadas, y que encontré una tarde extrañamente distribuidos por la casa en bajoventanas, jaboneras, cajones de medias. Cuando las vi pensé que eran mierda, mierda de rata o de murciélago, y llamé al exterminador, un muchacho muy expeditivo que me había sacado antes de apuros.

30

Una noche tomábamos algo en el Binario Tredici y los dos levantamos nuestras copas a la vez y nos quedamos un segundo quietos, como en una acuarela de Pastrana, mirando por la misma ventana lo mismo, un perro vagabundo de pelo muy largo, tan sucio que se enredaba en nudos y trenzas complejísimos, o al vagabundo que hundía una mano en esa selva de pelos para rascarle la panza. Me sorprendió, ahora que los veía pegados a la copa transparente, que Bernal tuviera los dedos tan manchados. Se los toqué, y cuando retiré los míos estaban sucios también, sucios de tinta, la tinta azul lavable que juraba que nunca dejaría de usar, y por la solemnidad con que lo proclamaba era como si alguien muy poderoso, un magnate de la tinta negra, por ejemplo, tuviera un interés particular en impedirle que se saliera con la suya. Cuando escribía, Bernal escribía con lápiz, unos lapicitos mochos, liliputienses, del tamaño de una de sus falanges, que guardaba en un estuche de hisopos que me había robado y cuyas puntas tallaba con pelapapas. ¿De dónde diablos salía toda esa tinta?

(Más tarde la descubriría en bolsillos y puños de camisas, en corbatas, hasta en uno de esos *foulards* absurdos que usaba, con dos o tres estampados barrocos superpuestos, como de viejo sodomita de capital imperial en decadencia). ¿De qué lapiceras venía? ¿Y dónde estaban los poemas, las cartas, las biografías, las novelas, las esquelas de amor, todas esas obras maestras por las que aceptaba mancharse y andar así de sucio por la vida, ajeno por completo a su propia suciedad, como esos niños que vemos caminar por la calle doblegados por el peso de sus mochilas, con el delantal hecho un asco y una sonrisa de beatitud en la cara?

Había que hacer algo; lo hice. Por una amistad remota pero fructífera, bastante desorientada en materia de moda y juguetes íntimos —no en vano los dos rubros en que la asesoraba el truhán de Zuzunaga— y muy bien informada en todo lo demás, en especial las ofertas de esa cartelera donde el *petit monde* cuelga sus necesidades una vez agotada toda posibilidad formal de satisfacerlas, me enteré de que el viejo Zardi estaba mal, con el glaucoma a toda máquina y sin oftalmólogo; que empezaba a ver todo verde moho, ya no escribía y en cuestión de días dejaría de leer. Zardi era rico; tenía mucamas, jardineros, choferes, abogados, masajistas para tirar al techo. ¿Por qué no agregar a ese cortejo servil una figurita más, quizá la única que realmente le hacía falta: un lector? Ah, leerle a otro. De todas las actividades pasibles de ser rentadas, ¿hay acaso alguna más irreprochable, más desinteresada, más materna? Yo lo había hecho de joven, en mis épocas de estudiante. ¿Por qué no lo haría Bernal, con esa voz magnífica que tenía, con lo mucho que le gustaba leerme de noche, en la cama, sobre todo guarradas, para mantenerme en vela?

Por peor que le fuera, duraría más de lo que duré yo con la Emma Calvé. Dos semanas, si no recuerdo mal. Pero qué dura mucho cuando se es joven. Yo leía y medio me dormía a medida que la Calvé se despertaba, haciendo crujir la vieja mecedora thonet en la que le gustaba recibirme. Tenía cierto renombre como historiadora, pero la fama que realmente la precedía era la de sus verrugas, que le rodeaban como un collar el cuello, y sus ojos, probablemente verdes, a juzgar por el débil destello esmeralda que palpitaba tras el velo de las cataratas. El dato me lo había pasado una jefa de trabajos prácticos con la que cursaba entonces, una verduga bastante incompetente pero con unos muslos de acero y una libreta de contactos llena de piedras preciosas. Leíamos a Calenfels, a Cadeac, a Bottegari, cosas que la Calvé se empeñaba en escoger y sacar ella misma de su biblioteca, derribando en el camino macetas, vasos y unas tallas de madera en miniatura muy particulares, dioses o ídolos de alguna isla de Oceanía, creo, todos en estado de alborozada erección, que nunca se rompían. Sí, me dormía. Y eso que era joven y me sobraba el vigor, una parte importante del cual se me iba en asistir a las clases de Baldó, tomar notas, tratar —sin gran éxito— de transcribir los ejemplos que lanzaba desde el estrado y detectar cuál de las criaturas que cabeceaban a mi alrededor cumplía los requisitos exigidos por mi vocación predadora, nunca tan rapaz, no sé por qué, como cuando cursaba en el turno mañana.

Estamos hablando de la página 220 o 221 del libro de nuestra amiga. (Sigo sin encontrar mi ejemplar, y dudo que a esta altura del partido salga a buscar un reemplazo). Ahí está el tenebroso templo gótico de la vieja facultad y ahí estoy yo, por si alguien se toma el trabajo de atar los cabos de las fechas y buscarme. Soy ese contorno flaco, encorvado como un signo de interrogación, que se recorta contra la ventana más mugrienta del aula, la 606, y ha ocupado una porción abusiva del largo pupitre común con su colección de apuntes, fotocopias, libros abiertos, y recién levanta la cabeza, interrumpiendo el duelo sin cuartel que libraba con una cutícula, cuando golpean a la puerta del aula. Sea lo que sea que está leyendo, o parafraseando —nuestra amiga dice que Ledroit, la entrada sobre las termas públicas del Trastevere del *Diccionario enciclopédico*, y la verdad es que me suena—, Baldó se para en seco, mete un dedo sucio de tiza entre las páginas del libro y cierra los ojos con un suspiro de fastidio.

Nada lo contrariaba más que esa clase de percances. Era raro que sucedieran —por eso nuestra amiga dedica dos páginas a rescatar uno—, pero Baldó siempre parecía esperarlos en guardia, anticipando el escándalo, la indignación, la erupción de ira con que los repelería. "¡Adelante!", dice por fin, aprovechando la estela del suspiro, con esa voz rústica que ponía para decir cosas que no quería decir, y el alguien que entra es un funcionario menor con ganas de hacer méritos, el secretario administrativo, digamos —nuestra amiga dice Gángoli, para mí ya estábamos en la gestión Troboncino—, alguien que sube al estrado temblando (conoce muy bien la susceptibilidad de Baldó a las interrupciones) y le susurra al oído la novedad fatídica que le ordenó comunicar un superior pusilánime. Es todo un error grotesco, como lo descubrimos enseguida al modo Muybridge, fotograma por fotograma, viendo cómo Baldó, que se inclina hacia el secretario como si fuera sordo, no porque le lleve una cabeza, pasa de la inquietud ("una infausta noticia") al desconcierto ("su señora esposa, un accidente de tráfico") y a la carcajada ("nuestras sentidas condolencias, profesor Quickelberg"). Como la de la mayoría de los pasos de comedia que alegraban esas mañanas, sobre todo en invierno, de ventanas sin vidrios y radiadores lentos como tortugas, la explicación del *quid pro quo* era de una simplicidad fascinante: algo tan idiota como un clavo flojo, que se había caído sin avisar —Baldó lo encontró en el piso y se lo calzó al secretario en el ojal del bolsillo de la camisa—, provocando una de esas estúpidas reacciones en cadena que derivan en catástrofes: sin su sostén, el segundo 6 del número de la puerta del aula se había convertido en un 9, el aula 606 en la 609 y Baldó, predador atlético de suburbios, en el profesor Quickelberg, titular de Gramática I y marido ejemplar, monógamo, a quien un minuto y medio más tarde sorprenderían con la noticia en medio de un caso de subordinada concesiva muy problemático.

Así que más o menos por la página 220 del libro de nuestra amiga yo salgo de clase de Baldó y me voy corriendo a lo de la Calvé, que me espera enjoyada, con té negro, escones tibios (que detesto, que voy tirando, desmenuzados, en un par de macetas que piden agua) y una avidez rara, una especie de asma, que dudo —algo tarde, quizá— que se deba sólo a la pila de libros que espera que le lea. Algo de todo esto debió operar en Bernal cuando se lo conté, porque aceptó en el acto su nueva misión. Ni siquiera tuve que pasarle las señas; ya las tenía. Ocioso, Zardi vivía en babia; no la babia pastel, inofensiva, donde florecen el candor, las canciones, los bostezos, sino uno de esos limbos tétricos, barrocos, donde poetas y pintores de días más gloriosos se encerraban a concebir sus cosas, porquerías geniales que no le gustaban a nadie y se pudrían en la oscuridad. Pero cuando algo le interesaba en serio emergía de la catacumba y plantaba los pies en el mundo sin pestañear, con los puños en la cintura, como un cazador de recompensas cuyas vacaciones ya han durado demasiado. Le di las señas igual, junto con la cifra que le pagarían. "No me esperes", me dijo cuando se iba la mañana de su primer día. Después de tres semanas de tenerlo en la casa como un fantasma, me pareció una buena señal. Creo que hasta se había engominado.

31

Otra vez, no duró. Atando cabos llegué a la conclusión de que el Bernal que se había cansado de leerle al viejo Zardi tenía la misma edad, meses más, meses menos, que tenía yo cuando le leí a la Calvé. Una edad insolente, como todas las que nos desairan abandonándonos. Ya no me acuerdo qué alegó él para justificar haber renunciado tan rápido. Probablemente nada. Yo ya estaba al tanto de algunos atenuantes (que había tenido la precaución de ocultarle) por la conocida que me había pasado el dato. Zardi vivía en Rivarol: el viaje era largo, las conexiones poco fluidas; había que atravesar puentes de hierro, enormes baldíos con columnas de humo, galpones abandonados, todo muy en el estilo de los andurriales donde Baldó, por esa misma época, andaría a la pesca de sus dosis vitales de carne. De todos modos, dudo que esa clase de incomodidades lo afectaran demasiado. A juzgar por los trofeos con que volvía, parecían estimular en cambio esa compulsión por las *delikatessen* locales, en particular las comestibles, que me llamaba la atención siempre y muy rara vez me satisfacía. Queso de chancho, mortadelas, tripas desecadas, aceitunas... En dos semanas era un rivarolista de primera cepa. Fue más bien el mundo Zardi, su suficiencia decadente, lo que lo dejó afuera; todas esas glorietas, esos *putti*, esos galgos dormidos, esa banda sonora de telas caras que se rozan, rotas, esa mezcla de cuchicheo con ruido de cubiertos de plata. Supongo también que no habría muchas chicas en las inmediaciones, un ingrediente paisajístico que podría haber ayudado. Por lo demás, Zardi tenía ese buen gusto obtuso, desconfiado, de quienes se han cultivado en un mundo de alarmas y prohibiciones. Quizá no fue la mejor idea empezar por la correspondencia del Padre Robilardo. Quién sabe qué deudas arrastraba el viejo con ese bufarrón emplumado. Bernal me dijo que le había sugerido —muy educadamente— dejarlo para más adelante, pero que Zardi se había puesto como loco. El avance de la ceguera, además de torpe, lo había vuelto irascible. Era difícil saber si lo que el viejo destrozaba lo destrozaba por ciego o por ofuscado, pero más de una vez Bernal esquivó cosas, proyectiles fortuitos, que por poco no le sacan un ojo. Él mismo recogía los pedazos del piso al término de las sesiones de lectura, no fuera que alguien, uno de los jóvenes obreros que deambulaban por la casa sin hacer nada, con toda clase de herramientas colgadas de la ropa, se lastimara al pisarlas. En una ocasión especialmente tumultuosa, tuvo hasta el gesto de juntar los despojos de una tetera en la bandeja de plata en la que habían servido el té. Cuando se los entregó, el ama de llaves le comunicó que la porcelana era Lamireaux y que se la descontarían del sueldo.

Hubo luego más fracasos, más prematuros. Me ahorro los detalles. A lo largo de meses, Bernal fue traductor de cables, profesor particular de francés e italiano, corrector de estilo de una especie de banquero, redactor de los catálogos de la casa de subastas Abattini & Capirola y también, para Capirola solo, porque Abattini vivía en rehabilitación, y sólo en casos de urgencia, según me confesó, chofer y proveedor de estimulantes, parte de los cuales, sustraída por Bernal en dosis homeopáticas, prolongó más de una vez nuestras ya interminables noches. Yo creo que no quería que trabajara; ni siquiera que trajera dinero. Simplemente quería tenerlo lejos, fuera de mi campo visual, al menos por unas horas. Y no tanto porque me robara las pantuflas, llenara la casa de humo o matara el tiempo con virtuosismos estériles, lastres con los que a fin de cuentas ya me había tocado cargar otras veces, con parásitos mucho menos carismáticos que Bernal y sin sus dedos mágicos. Lo quería lejos —el problema de siempre con los altos, las actrices, los barítonos, las enfermas y esos percheros con curvas y patas que amenazan con ponerse a caminar en cualquier momento— porque ocupaba demasiado lugar; porque si estaba presente me era imposible no pensar en él, no mirarlo, no abalanzarme y sembrar de moretones la palidez desvergonzada de su cuerpo, y sobre todo no hablarle, no contestar la seguidilla de preguntas que lo oía hacerse en voz alta mientras deambulaba por la casa, la mayoría retóricas, o a mitad de camino entre el monólogo interior y la transmisión radial, en vivo, del quehacer cotidiano, ese plano intermedio, absolutamente enloquecedor, en el que hablan los viejos y algunos niños.

Además, bastaba que Bernal se alejara para que pasaran cosas. Era como si algo se destrabara, o una ventana se abriera de golpe por un sopapo del viento: un fenómeno químico, molecular o tal vez sólo animal, como cuando un depredador abandona frustrado el territorio que estuvo acechando en vano y, apenas se pierde de vista, todas las presas que acechaba vuelven a asomar la cabeza. De hecho, hacia el final de la temporada que Bernal estuvo afuera, rebotando entre changas, se metieron en la casa un pájaro, un ratón y un moscardón de esos redondos, peludos, del tamaño de una pelota de ping pong, que ensordecían cierta casa de veraneo en la que fui especialmente feliz de muy joven, uno de los cuales, de una paciencia extraordinaria, se pasaba el día taladrando el techo del altillo que me gustaba mirar desde la cama, mientras me dejaba curiosear por una vecina muy tenaz, que me despertaba siempre de la siesta para venderme un dulce hecho con algún fruto local. Conviví un rato con los tres intrusos, sucesiva y, a un cierto punto, como decía Tencio, simultáneamente, cuando, sospechando quizá el regreso inminente de Bernal, decidieron unir fuerzas y durante una media hora de locos estuvieron yendo y viniendo por la casa como en ácido. Suena increíble, pero bastó que Bernal, con su poca puntería de siempre, metiera su llave en la cerradura con la ferocidad de un destripador para que los bichos se hicieran humo con la misma rapidez, el mismo olfato para los buenos escondites que muestran los amantes de los chistes gráficos, con las mejillas arrebatadas y los calzones por los tobillos, un segundo antes de que irrumpa el marido cornudo. El pájaro —creo que un zorzal, porque cantaba como una calandria— se fue por las suyas, aprovechando que yo aprovechaba que Bernal había salido a buscar fernet para ventilar, por la misma ventana por la que había entrado. Al ratón lo quise y lo festejé mucho, hasta que lo sorprendí mordisqueando la más linda de las naturalezas muertas de Solozábal, la del repasador a cuadros azules y rojos, y después de distraerlo con un pedazo de queso verdadero, más grande pero menos apetecible que el que se empeñaba en roer en el cuadro, lo eché al pasillo usando un zapato de Bernal, uno de los Dolce color aceituna, que tenía el taco flojo pero sirvió igual. Con el moscardón no sé qué pasó: lo encontré muerto una mañana cuando me metía en la ducha y lo pisé, cosa que no le recomiendo a nadie.

Entre las cosas que pasaban cuando el viento abría una ventana incluyo por supuesto la regeneración instantánea del aire, cuya calidad, lejos de las axilas, pies y boca de Bernal, aumentaba en forma exponencial. Incluyo también algunas satisfacciones profesionales, de esas que sólo nos damos cuenta de que necesitábamos cuando nos llegan: un par de propuestas de juradorías (que acepté a mi pesar, sin pensar, antes de saber los honorarios y los nombres de los colegas que me acompañarían, con la única esperanza de descargar en un montoncito de cabezas inocentes cierto capital de despecho acumulado); el encargo de la reseña del último Rottoli (a quien ensalcé durante cuarenta líneas y hundí en la última, con una cita muy certera de su archienemigo Lecubarri); la invitación a escribir: una *memoir* (dos mil quinientas palabras) sobre el paraje de la casa de veraneo y la vendedora de jalea de grosella (donde el moscardón terminó haciendo un cameo) y la presentación de la reedición del panfleto de Cuñat contra los niños, que no escribí, que al final improvisé la noche misma del evento en un monólogo larguísimo, muy accidentado, del que Bernal, que se ofendió por algo y no había querido ir, me rescataría a último momento. Incluyo también las cartas de nuestra amiga, escritas con aquella caligrafía tan particular, que empezaron a llegarme por esa época.

32

Las B mayúsculas, por ejemplo, con ese rulo barroco en la punta superior del tallo y esas dos panzas grotescas, como de luchador de sumo, que embestían a la inocente minúscula que tenían a su lado; o las colas de las zetas, las efes, las ges, ramas de enredadera que bajaban a enroscarse con las palabras del renglón inferior. Todo muy desconcertante. Había trazos duros, casi góticos, que de pronto se suavizaban y afinaban y se ponían a bailar sobre la línea como babas del diablo. Pero bastaba la pausa de un espacio entre palabras para que el dibujo retomara toda su rigidez, su aspereza marcial, y la calígrafa delicada de hacía un rato, con sus caderas de varoncito y sus tobillos de cristal, reencarnara en su antipática antagonista, una copista de uniforme y fusta y mentón con pelos entrenada en algún sombrío instituto alemán para burócratas.

Algo de este desvarío gráfico aparecía ya en el sobre, aunque las mayúsculas de imprenta mantenían cierta compostura. Me impresionó ver mi nombre escrito con esos palotes desequilibrados. Pero, como es obvio, la letra no fue lo que más me llamó la atención; ni la letra ni el sobre, que era cuadrado y pequeño, como una miniatura de sueño, y estaba salpicado de pequeñas manchas parduzcas, té, lo más probable, o puede que sangre, el goteo que suelta la yema de un dedo cuando la pincha un alfiler traicionero. O lo había pensado todo, cada detalle, con el escrúpulo que ya le conocía, o no había sido capaz de pensar nada —nada que no fueran las veinte líneas asombrosas que me esperaban adentro— y la carta había llegado hasta mí un poco por inercia, empujada por la diligencia de terceros que todavía le eran leales. Nada de correo postal, por supuesto. Cada carta me fue entregada en mano, no sé si obedeciendo instrucciones precisas o porque así de concienzudos eran los emisarios con que contaba nuestra amiga. Ninguno se fue sin verme antes abrir el sobre. Yo conocía a uno solo, el primero que se presentó, razón principal por la que lo recuerdo, porque en otros órdenes dejaba bastante que desear. Los demás me sonaban. Más o menos cortados por la misma tijera, no me costó imaginar dónde los había reclutado y por qué, y con qué cuota de desfalleciente entusiasmo los consumía. Me impresionó, me dio hasta envidia que se tomaran la misión tan a pecho.

Quien haya pasado por la experiencia sabrá el escozor que se siente al abrir una carta delante de la persona que acaba de traerla. No es la persona que la escribió —no en este caso, al menos—, pero ese detalle, que debería aliviar la presión, es precisamente el que la aumenta, porque su presencia, al no ser ya necesaria, se vuelve una aberración, un escándalo gratuito, y siempre lo gratuito es lo que nos cuesta. Digamos que está entre sacarse una camisa en público y cortarse las uñas con la puerta del baño abierta; entre hablar en voz alta creyéndose a solas (y descubrir que alguien lleva un rato dando vueltas por la casa) y darse cuenta de que el nombre que se ha estado repitiendo en una conversación muy animada no es el del interlocutor al que se quería impresionar. Todo es lícito en esos momentos, no sólo ruborizarse. Yo sorteé el aprieto como pude, como me salió: hice pasar al correo humano con algún pretexto indigno, acorde con su ensayada timidez —un vago interés por la lengua tatuada que le asomaba por debajo de la manga de la remera, siguiendo el curso protuberante de una vena—, y le ofrecí cosas que me pareció que podían caerle bien: unos minutos de descanso, una ración de una de esas pócimas infectas con las que Bernal desayunaba en esos días, que fermentaban rápido y apestaban la heladera, duplicarle la propina que ya pensaba darle si hacía por mí en ese mismo momento, las once de la mañana, mi hora pico, como la llamaba Bernal cuando se disponía a aplacarla, algo que quizá no estuviera en sus planes ni en los de nuestra amiga pero que yo sabía de buena fuente que no le costaría demasiado conceder. Se tomó su tiempo, como creo haber dicho. Es notable cómo cundían entonces esos simulacros de reticencia. Al final resultó ser más lánguido, más desprolijo de lo que prometía. Pero limpió todo, incluso las migas, la ceniza y el reguero de gotas que había dejado Bernal esa mañana, y antes de irse —deferencia galante, que me juré comentarle a nuestra amiga si alguna vez contestaba su carta— me ofreció repetir con la mano lo que le había costado un poco conseguir con la boca. Me tentó, pero no acepté.

Fueron seis cartas, todas escritas al parecer en el mismo banco de la misma glorieta del mismo jardín, como llamaba ella en la segunda a la mezcla de monte, canil y asilo de árboles muertos que Bernal me diría más tarde que era —Bernal, que era tan sensible al paisaje como yo a los deportes náuticos. El estupor, y una pizca de maligna vanidad estrábica, dirigida a él y a ella a la vez, me convencieron de compartir las cartas con él, cuando tenía todo el derecho del mundo de llevármelas a la tumba. En una me pasaba una receta de musaka con nuez moscada, infalible, decía, para cuando Bernal amanecía con el pie izquierdo, atribulado por un mal sueño, y andaba como bola sin manija todo el día, al acecho de los títeres de la noche para ajustar cuentas. Otra traía la fórmula de un remedio doméstico para las dispepsias, su mal más leal, con la dirección y el apodo de la dueña del chiringuito boliviano donde, si invocaba su nombre, encontraría paico y paja cedrón. En otra, vendiéndomelas como afrodisíacos culturales, transcribía unas estrofas de Malrieu y una escena entera de *Tentación Te-Tuan*, la película póstuma de Bela Biava, subterfugios de uso esporádico que nunca les habían fallado. Había también tips, artimañas, recaudos para evitar males enojosos, frases idóneas para situaciones comprometidas, telas, sabores, materiales benéficos, mentiras, arengas, incluso figuras retóricas aptas para obtener uno u otro resultado, arrancarle tal o cual prebenda, avivarle áreas, recodos, puntos álgidos que por hache o por be tuviera bloqueados o me negara. Lo sorprendente es que, aun explayándose a sus anchas, no se arrogaba nada, no pretendía hablar con autoridad; *ofrecía* —con la modestia y la fe con que el don nadie menos pensado abre su baúl de pócimas caseras para el enfermo que lo ha probado todo sin éxito. Es cierto: ella no era precisamente un don nadie. Lo confirmé cuando vi con qué sonrisa de gratitud descubría Bernal su piyama prolijamente doblado bajo la almohada (una costumbre importada del Liceo Naval, según me informaba nuestra amiga, y que como tal, igual que vestirse en 150 segundos o dormir de pie, nunca sabía muy bien cómo tomar, pero que, traducida al idioma de la convivencia burguesa, lo conmovía, sobre todo si el trabajo de doblar el piyama recaía sobre otro), o la mueca de súbito deseo que lo asaltó la noche en que le propuse ver el Biava —en mi caso por mera curiosidad, no porque me hiciera falta, y para confirmar lo mal que habían añejado la película, los dos viejos conocidos que la protagonizaban y la combinación de crueldad, números musicales y aberraciones cromosómicas que la habían hecho famosa.

Yo podía haber leído esas cartas como un alarde de fatuidad. Quizá, con el pretexto de compartir su experiencia conmigo —lo que en la jerga bélica implicaba reconocerse vencida y renunciar a la lucha—, ella simplemente estuviera pavoneándose y, al revelarme algunas de sus armas, no necesariamente las más virtuosas, me enrostrara en el fondo todas las que se guardaba bajo la manga. Así leí las primeras cartas, en efecto. Y reconozco que lo que más me tentó, en el vértigo de comprobar que no había error, que la que me escribía era ella, fue deshacerme de ellas, destruirlas del modo más bárbaro, con la saña con que seguimos martirizando, después de aplastarlo, al bicho minúsculo que nos rozó el pie desnudo en la oscuridad de la cocina. Alguien a quien consulté sobre el asunto, escamoteándole desde luego la naturaleza del material y la identidad de las personas involucradas, me sugirió congelarlas, abrir el congelador, calzarlas de pie entre dos cubeteras y dejarlas ahí unos meses, muriéndose de frío. En la versión que yo le había presentado a mi asesora no se trataba de cartas sino de fotos, unos retratos de cuerpo entero, bastante impresionantes, dicho sea de paso, de un presunto ex *petit ami* que insistía en reintegrarse a mi vida, de la que había sido eyectado por motivos más que atendibles. Si funciona, me dijo mi consultora, y acá bajó la voz y se me acercó conspirativamente para agregar: y funciona siempre, el ardid hará con la persona de carne y hueso lo que el frío bajo cero con su doble fotográfico: cristalizarla, fijar su engorrosa energía en una lámina inocua, aunque muy apropiada para usos menores que no tardarían en ocurrírseme. Salvo uno bastante vulgar, que tampoco sé si habría sobrevivido a la escarcha, no se me ocurrió ninguno. Ya nada me convencía, ni los supuestos planes secretos de nuestra amiga ni las tretas para contrarrestarlos. Nadie que escribiera así, tan descabelladamente, podía abrigar segundas intenciones. Ni siquiera era seguro que tuviera primeras.

A la hora de recomendar era precisa en todo. Contaba cucharadas, gramos, horas. Daba siempre las temperaturas exactas. Los títulos aparecían completos, a veces con indicación de edición y —en el caso de la poesía— traducción. Los huevos tenían que hervir tres minutos y medio, el pan tostarse apenas, sin perder su color y consistencia naturales, la luz de la mañana entrar recién doce minutos después de despertar. Una locura. El resto estaba en el aire, flotando en una nube confusa, igual que en las fábulas tardías de Sances Teghi, donde las cosas existen en unos decorados que son puro boceto, sin detalle, o interactúan en el vacío. El jardín, por ejemplo, y la glorieta donde decía redactar las cartas, reaparecían más de una vez, nimbados del romanticismo enfermizo que campea en los novelones que sé que le gustaban, pero en una ocasión se trataba de un jardín aparentemente inglés, con estanque, ocas, rocas, senderos tortuosos, y en otra, tres renglones después, un mero tapete verde con manchas de color a los costados, más parecido a un minigolf o una cancha de fútbol, donde la glorieta *art nouveau* se suplía con un galpón de herramientas o una vieja reposera de playa encajada entre dos sombrillas. A veces, entre consejo y consejo, levantaba la cabeza y se preguntaba cuándo había caído la noche, dónde estaba todo el mundo, dónde su pañuelo (porque le goteaba la nariz). Y bruscamente todo tendía al frenesí: la alarmaba cualquier imprevisto, la menor agitación, ciertos movimientos que notaba de pronto a su alrededor, sombras sin rostro que pasaban a su lado huyendo de algo, gente a los gritos, perros, linternas. Escribía con un desapego afable, desde una impavidez de reina, de sabia, de muerta, aunque las aftas la tenían a maltraer, le dolían las muelas y se quejaba de lo que se empeñaba en no comer —budines, pasteles— por temor a que la envenenaran. Estaba en el cielo y sonaba feliz, liberada por fin de una carga abyecta, y se retorcía en el fondo de un pozo mezquino, llena de veneno, y hablaba mal de sus vecinos y se meaba encima a propósito, para calentarse y ahuyentarlos con su olor. Pero la agonizante maldita seguía escribiendo; no sólo cartas, no sólo el folletín por entregas en el que me cedía su legado y la palpitante gema que atesoraba adentro, protegida por dietas, precauciones, vicios impunes: un Bernal desvalido, pueril, de estómago hipersensible y casi sin párpados. "Una cucharadita y media de curry, ni una más, ni una menos, y acordate: sin fenogreco", me escribía. Y enseguida, sin siquiera un punto seguido: "A los tumbos, pero avanzo con Baldó. ¿Podés creer que el muy sorete no me contesta los llamados? Mientras él cesantea inútiles en la Naldoni, yo acabo de terminar el capítulo del Mirador Monegasco. Le puse Bajada Odorico, la hice intachable como una feligresía de atletas olímpicos. Pero todo puede cambiar, como mi humor y la luz de este jardín. Ahora te dejo, corazón. Vienen a buscarme. Cuidá mucho a ese bicho feo y alto y delatame sólo si es imprescindible".

Leyéndola se me ocurrió que estaría afuera, en alguna finca rural, venida a menos, que alguno de sus conocidos con dinero habría aceptado cederle para que escribiera tranquila. Eso explicaba la profusión de verdes que daba sombra a las cartas, no la variedad ridícula de tipografías, los disparates de la puntuación, los bloques de texto macizos, la manera abrupta de pasar de una cosa a otra sin cambiar de tono o de renglón, como si el mundo extraño en el que se había atrincherado se diera el lujo de ignorar el tiempo y el espacio y de no reemplazarlos por nada. La respuesta a estos misterios, desde luego, no me llegó por las cartas en sí. Me la dio uno de los encargados de hacérmelas llegar, el segundo o el cuarto, ya no recuerdo bien. Estábamos en la cocina, yo con la carta en la mano, él sentado en la silla fallada, lamiéndose parte del bigote blanco que le había dejado un trago de leche, con esa facilidad para abrirse de piernas que tiene esa gente. La insinuación me tentó, no digo que no, y mientras remábamos una conversación difícil el muy pícaro dejó caer dos o tres nombres que sabía que me sonarían, quién sabe para conseguir qué, porque la propina ya se la había dado. Yo estaba en una fase desalmada, y Bernal, algo acotado para apreciar los deleites de la crueldad, solía frustrar mis proposiciones de la peor manera, con ataques de risa o una pasividad vegetal, más insensible a una hoja de afeitar, un alfiler de gancho o los dientes de un peine de metal que al roce de la etiqueta de una camisa o la costura de una media. Al chico, por suerte, le daba exactamente lo mismo. Unas vistosas cicatrices que le trepaban por el pecho indicaban que no era un novato. Se limitó a tirar la cabeza para atrás y dejó colgar los brazos a los costados, como haciéndose el muerto o disimulando su hastío. Yo no quería atormentarlo, sólo aprovecharme de él, así que me aboqué a lo mío y le di un repasador y mientras se limpiaba le hice algunas preguntas sobre las cartas. No sé cómo porque no le tendí trampas, ni lo acorralé, ni le prometí nada que ya no le hubiera dado, terminó mencionando él solo la clínica Parque Facco. No dijo clínica exactamente sino una palabra más basta, más afín a su condición y también más específica, confirmando esa ley curiosa, tan relevante para quienes cultivan el vicio *très* Baldó de cambiar de mundo social sin cambiar de ropa, según la cual hay ocasiones, tan brillantes pero no tan raras como perlas, en que la indigencia en materia de educación engendra más felicidad expresiva que los títulos universitarios, y más belleza también. Por lo que me contó, mientras apuraba un segundo vaso de leche, se había anunciado en la recepción de la clínica y, después de esperar diez minutos, una enfermera con un cuello muy largo y unos zapatones pesados, como de buzo antiguo, le había entregado la carta y se había quedado de pie con el mentón un poco levantado, esperando algo, quizás una propina —es notable cómo ciertos mundos intermedios dependen del tráfico de esas minúsculas gratificaciones monetarias—, que él le negó poco menos que ofendido. Así que cruzó el bulevar Mastrángelo sin esperar el semáforo, otro placer peligroso que cultivaba con despreocupación, y se metió en el café Mombelio a tomar algo. Un rato después se subía al 142 y llegaba hasta mí con la carta en la mano, fresco como una lechuga.

33

Ahora entendíamos por qué la viuda de Chauliac se había visto con ella en esa estrambótica sucursal del Mombelio, un café de cadena que nunca me gustó, aunque siempre que voy, cuando no tengo otro remedio, me pregunto qué clase de desquiciado puede haber diseñado los uniformes que esa gente obliga a vestir a su personal. Digo entendíamos porque esa misma tarde compartí la revelación con Bernal. Había vuelto a casa con una sed de locos, como solía desde que hacía de cuenta que trabajaba, y con la noticia de que ya no trabajaba más, y tres sobrecitos transparentes con unas hebras finísimas, tornasoladas, distraídas de la provisión de Capirola en un arranque de despecho, que procedió a picar sobre una tabla de madera en la mesa de la cocina, sentado en la misma silla en la que unas horas antes yo le había sacado el jugo a mi pobre correo humano. La droga era buena. Yo tomé poco, como hago siempre que tomo algo que no sé qué es, con gente que no conozco o en un antro que piso por primera vez, pero supongo que me alcanzó, porque de buenas a primeras sentí entumecido todo el cuerpo, empecé a tartamudear y la voz de Bernal, a quien creo recordar en cuatro patas debajo de la mesa, lamiendo unas briznitas que se le habían caído, me llegaba lánguida, grave, luctuosa, como interpretada por un corno inglés, y el zumbido de la heladera por unos platillos muy tenues, y la radio —la espantosa canción de Bobó Pianetti que sonaba en la radio— por unos flautines locos, soplados por un trío de ninfas que se cortaban el pelo unas a otras mientras un viejo búfalo las penetraba con su sexo tricéfalo. Era como un cuadro de Gonglia, sólo que tridimensional y sobre todo auténtico, algo que Gonglia no conseguirá ser jamás, no importa a quién le robe ni cuán geniales sean los asistentes que hagan por él el trabajo que haría él si tuviera alguna idea de cómo hacerlo.

Los efectos de las hebras se disipaban, caía la noche, las ramas tintineaban. Cuánto mejores eran las cosas una vez que habían sucedido. No me pareció que Bernal se sorprendiera demasiado cuando le conté dónde pasaba sus horas nuestra amiga desde hacía un mes, mes y medio. Quizá tenía otras cosas en la cabeza. Después de todo, no cualquiera dejaba plantado a Capirola. Gossec, la última que se había animado, había terminado casi esclava, limpiando baños en uno de los saunas de Abattini, el más barato. Es cierto que Gossec era mujer, aunque quién sabe si eso para Capirola hacía alguna diferencia. Según Bernal, no. Le había tocado ir a un par de esos tugurios, siempre en plan mula, sin cobrar extra alguno, y podía dar fe de que el rumor que circulaba tenía visos de verdad: el personal hombre iba a menudo de mujer y el personal mujer de hombre, sobre todo cuando había visitas especiales, como en algún momento estuvo a punto de publicar el libelo del clan Barluzzi. Mal que me pesara, Bernal estaba en su derecho. Que lo explotaran no era de extrañar; tampoco que lo rondaran como moscas. Quizá las dos cosas juntas fueran un poco mucho. Bernal había redactado el catálogo entero de la subasta Porfirol en seis días, cuando a su antecesor, el inútil de Villegas, no le alcanzaron dieciocho para despachar una *brochure* —un compendio de epígrafes, en realidad— para una colección de alfombras del montón. Abattini, se supone que para darle las gracias, lo tacleó en un ascensor, le doró la píldora un par de pisos y le pidió un favor infame, insólito —para alguien tan alto como Bernal, en un espacio tan incómodo como un ascensor—, al que Bernal respondió con una amable reticencia, la máxima cortesía a que podía aspirar semejante dislate. Hubo muchos episodios como este, todos coronados por el destrato. Así que no lo culpé. Lo único era el *timing*, que tal vez no había sido el mejor: Bernal desertaba a mediados de mes, quedaba una quincena impaga, y después de habérsela cobrado por las suyas, a la mexicana, como se dice, era improbable que Capirola aceptara la deuda que tenía con él, ni hablar de que se la pagara.

Quizá no se sorprendió porque Parque Facco no le decía mucho. Quizá nunca había oído hablar de la clínica que ocupaba el ala este del predio, aunque ocupaba era una manera de decir, porque era más bien el parque en su versión más salvaje, más descontrolada, el que con los años había ido ganando terreno sobre la clínica, hundiendo buena parte de sus pabellones en el monstruoso yuyal que nuestra amiga llamaba jardín, rosedal, edén, etc. Era raro con la ciudad Bernal, una especie de falso provinciano. A veces daba la impresión de que acababa de llegar y había que explicarle todo. A veces salíamos y por esas cosas de la noche, con las instrucciones de alguien en quien confiábamos o siguiendo taxis donde suponíamos que viajaban amigos, terminábamos en barrios que yo sólo conocía de oídas, como puedo conocer parajes de El Cairo o de Colombo, por una tela exótica, un aperitivo a base de larvas o un puñado de escabrosidades de leyenda, y cuando llegaba el momento de la verdad y quienes bajaban de los taxis no eran los guías generosos que dábamos por hecho que eran sino unos perfectos desconocidos que, al toparse con nosotros, nos miraban con desdén, como si fuéramos pordioseros al acecho, y nos ignoraban, Bernal, para mi asombro, pagaba nuestro taxi desde afuera, a través de la ventanilla, como sabía que me gustaba verlo hacer, y pellizcando una de las solapas de mi abrigo negro de paño con anclas en los botones, el modelo capitán Haddock, como lo llamábamos, me arrastraba con él sin dudar, sin detenerse a mirar un cartel de calle o un número de casa, en una dirección que nunca, o casi nunca, nos decepcionaba.

Quizás a esa altura Parque Facco ni siquiera fuera una clínica, como lo daban a entender la dejadez, el estado deplorable de sus alguna vez suntuosas áreas exteriores, sino una versión empobrecida, casi suburbana, de esos establecimientos de descanso que, inspirados en los hoteles termales de principios de algún otro siglo, se vanagloriaban de retirar de la vista pública, con el pretexto de rehabilitarlas, a personas de buen pasar que por algún motivo colapsaban bajo la presión de ciertas aflicciones imprecisas, difíciles de diagnosticar y todavía más de poner en vereda, lo que explicaba la variedad de tratamientos que ofrecían, que iban del *black out* a la electroterapia pasando por el ayuno, la gimnasia sueca, el voto de silencio. No era la primera vez, además, que nuestra amiga optaba por esa clase de vacaciones. Como toda víctima del *syndrôme de l'escalier*, un desperfecto que exhibía más bien con orgullo, como si fuera una forma poética de procrastinación, es decir una señal de genialidad, Bernal no ató los cabos que pudo haber atado en el momento en que debió atarlos, el único en que la asociación hubiera tenido sentido. Pero semanas después estábamos en el Catriel, uno de esos tugurios que sacaba de la galera cuando nos aburríamos, fumándonos a un poeta que recitaba desde lo alto de unos zancos vestido de torero, y de golpe gira y me baña con el jarabe que acababan de servirle y se pone a escupir cosas, nombres, Servicio Laborde, Centro Suizo, Mutual Manfroggi, así, todos al hilo, como si hablara en lenguas, y yo —porque la escalera que él baja yo la subo— yo me doy cuenta de que por fin cayó, el milagro sináptico se produjo, y de que Parque Facco, más que una novedad, fue el broche de oro —una manera de decir, dado el estado de las instalaciones— de una cierta trayectoria, y que el recurso con el que pretendía conjurar la desazón comprensible que la afligía, borrarse de la faz de la tierra, nuestra amiga ya lo había implementado antes, más de una vez, para huir de inclemencias parecidas. (Ese poeta torero... Perdí su nombre y sus versos en alguna de las razzias que acomete el tiempo con mi memoria, pero no olvido los brillos de oro de aquel trajecito mágico, robado, según él, a un auténtico matador, ni el monstruoso colgajo veteado que desnudó al final para coronar su declamación, donde un artista del tatuaje ya fallecido había dibujado la catedral de Worms completa, antes del incendio).

34

Cómo hizo para escribir ahí adentro, cómo terminó en esa ruina la parte del Mirador, de las más exigentes del libro, para mí es un misterio. Y sin embargo, como todo espejo, aun el que no nos refleja, nos resulta irresistible, no pude evitar pensar que yo había pasado por una emergencia parecida cuando trabajaba en mis Stoppio. Dudo si tenga algún sentido dar el nombre de la responsable del colapso, que fue intenso pero breve, a fin de cuentas, y no dejó más secuela que cierta aversión por un tipo de monocotiledónea que nunca me interesó, por otro lado. Digamos que no tenía fuerzas para nada, salvo treparme por las paredes y correr al baño a vomitar cada vez que me enfrentaba con el escritorio y su fiebre de papeles, libros, fotos, y el monstruo de la máquina de escribir esperándome con su hambre de siempre. No entiendo por qué no la apagaba, al menos para que dejara de zumbar. Estuve semanas sin tocar el libro, con el episodio del ginecólogo alemán (que tanto me entusiasmaba) a medio escribir, y eso que lo peor había pasado. Para entonces, la yegua se había llevado todo, mapas astrales, sillas ergonómicas, todas esas orquídeas con que me había abarrotado la casa, que ella veneraba en voz alta y yo regaba, regaba, con el pánico de que un rayo de sol descarriado les pegara directo o unas gotas de agua —porque la regadera pesaba lo suyo— las salpicaran en su intocable, sagrado corazón. Lástima que no se llevara también el daño que me había hecho poniendo mi nombre real, con todas las letras, en el poema que le había publicado el mierda de Ralangué. En realidad, aun con sus espasmos de indecencia, el poema era sólo un bostezo más en el ronquido general de la selección y el suplemento todo, que ya venía en baja desde la salida de Da Ponte, tan buen lector, él, tan ciego para las trampas que le tendían sus subordinados, y era menos leído que el folletín sáfico de la Palissot, que Romberg, oh casualidad, había prologado con bombos y platillos, como sabía hacer cuando le ofrecían buen dinero.

El secreto, me contó Bernal, era que le daban lo que necesitaba: horarios fijos, pastillas, un tedio regulado, la comida insípida que ya no tenía fuerzas para hervirse sola y un cierto silencio, sólo violentado cada tanto por los enfermos que estaban peor que ella y aullaban, de modo que las interrupciones, aunque molestas, también la consolaban. Había también algo con una bata, creo, una de esas *robes de chambre* a la antigua, pesadas como tapados de piel, aterciopeladas, con gruesas rayas verticales color bordó y monograma en el bolsillo, que al parecer nuestra amiga había logrado agenciarse sobornando a una enfermera, la misma mujer con cuello de jirafa y botines de buzo que había mencionado mi correo humano en la cocina, después de terminar nuestra ejercitación. La bata, que no era nueva, aparece incluso en una carta. Se la había dejado Yuyi Falasca, habitué de la clínica en sus días prósperos, que decía adorarla pero nunca llegó a mandar al asistente que había prometido para recuperarla. Bernal, por una vez, pudo conectar y corroborar las dos cosas en el momento mismo en que las tenía a su disposición. Nuestra amiga llevaba puesta la bata cuando la visitó, y Bernal reconoció las iniciales bordadas en el bolsillo apenas las vio, pero ¿de dónde las recordaba? Desfilaron varias posibilidades, todas sin pies ni cabeza, hasta que la Falasca, entrando a escena como sólo ella sabía hacerlo, tropezándose con lo primero que encontraba, las desalojó de mal modo pero con cierto derecho, porque esa era la bata que lucía, a instancias del cipayo de su representante, en la *suite* más bien sombría del hotel la tarde en que Bernal la conoció, minutos antes de firmar el contrato de adaptación del *Derqui*.

Nuestra amiga se despertaba temprano, se ponía la bata, desayunaba con pastillas, un té, galletitas de agua y un jugo de naranja de bidón, intomable, que se bebía hasta la última gota, y se ponía a trabajar en el Baldó. Escribía todo lo que podía, acompañada, estimulada, decía ella, según Bernal, por el regusto amargo que le dejaba el jugo, y se iba mudando con el correr del día, a medida que el resto de los internos invadían los espacios comunes que elegía naturalmente para trabajar, la sala de la televisión, el comedor, el depósito de máquinas averiadas que llamaban gimnasio, una exoficina sin calefacción ni luz donde se suponía que había libros, lugares mortecinos con olor a lavandina, muebles de caña de segunda mano y viejos ceniceros de pie que algún gerente de la clínica se habría traído de otra empresa, donde ya no los querían, y que nadie usaba, desde luego, porque estaba prohibido fumar, salvo para deshacerse de chicles, fundas de dientes, uñas postizas, pero que nuestra amiga prefería a las cuatro paredes de su habitación. ¿Y quiénes somos nosotros para culparla? Daba a un pozo de aire; la compartía con una mujer sorda, adicta al licor de naranja y la ópera italiana, que escuchaba a todo volumen en una radio portátil cedida por un exresidente que la pretendía. La sucesión de migraciones, siempre más o menos idéntica, concluía en el jardín, donde por fin podía estar sola con sus papeles, protegida de sus perseguidores por el frío del atardecer y la hostilidad del paisaje. El resto del tiempo lo pasaba llorando.

35

Reconocí —confieso que con una pizca de satisfacción y la jactancia que dan esa clase de triunfos rastreros, por efímeros que sean— huellas de esas lágrimas en las cartas. Cada tanto, una especie de lunarcitos parecen aumentar como lupas un pedazo de palabra, un grupo de letras o parte de una letra, y la tinta, al crecer, estalla suavemente y se convierte en un racimo de pequeñas venas de agua, como ramitas de un árbol batik. No sé si el efecto era accidental o voluntario. En todo caso estaba muy logrado. En algún momento llegué a leer las cartas usando esos rastros como hoja de ruta, viajando de una a otra lágrima y sobrevolando lo que había en el medio con impaciencia, con la idea, descabellada para mí —no tanto para el criptómano siempre listo que había en Bernal—, de que si unía las partes marcadas reconstruiría algún mensaje cifrado, el sentido verdadero de lo que nuestra amiga quería decir, a mí, a Bernal, a Dios, a quien fuera que le escribiera desde su encierro en la clínica Parque Facco. Antes de mencionar el estado calamitoso del jardín, con su maleza indómita y sus escombros, Bernal, de regreso de la clínica, me habló de párpados al rojo, rímeles corridos, labios congestionados, ojeras. El *kit* completo del lloriqueo. Lo noté auténticamente conmovido, si es que la noción de autenticidad puede aplicarse a una materia prima tan sospechosa como las emociones. En todo caso yo le creí, quizá por la comunión que sentí que nos unía en una certidumbre de la que yo no recordaba haber hablado antes con él: no hay proeza de perfección cosmética que alcance la intensidad, la elocuencia, el estilo de los borrones negruzcos que deja la pintura en la cara de una mujer cuando la corre el llanto. Y creí también en las huellas de llanto de las cartas de nuestra amiga, aun cuando fueran fruto de la ingeniería y hubieran exigido el doble de trabajo que el obvio pesar.

Creo que fue a un modesto gotero de plástico, después de todo, originalmente destinado a una solución oftálmica para la alergia, a quien Mille & Maddaloni debieron la suma que terminaron sacando por el epistolario Canaletto, diez veces más alta que la que habrían sacado si a Rubbi, *soi-disant* albacea de Canaletto, experto, como se sabe, en artes del puño y sedaciones fuertes, no se le hubiera ocurrido la idea de sembrar de seudolágrimas saladas pero perfectamente fraudulentas ese compendio de cursilerías indolentes. Tengo entendido que nuestra amiga estuvo ahí la tarde de la subasta; era amiga de

Rubbi (si es que Rubbi toleraba a su lado algo que no fuera un esclavo) y había revisado estilo en el libro de sueños de Canaletto, que recién pude leer, y para mi sorpresa disfrutar, cuando hice que desapareciera de mi vista la ramera que me lo escondía.

36

No desprecié las instrucciones de nuestra amiga, pero sería exagerado decir que las seguí al pie de la letra. Cociné unos platos, compré ciertas sábanas, distribuí luces cálidas por la casa, desempolvé lo poco y malo que me había dejado un intensivo tomado en el Centro Italiano, todas iniciativas que dudo que habría acometido de no habérmelas sugerido ella, pero que también respondían a necesidades mías, o de la casa, o de una vida cotidiana quizá demasiado opacada por la desidia de la felicidad. La respuesta de Bernal —la verdadera prueba de fuego, a fin de cuentas— fue dispar, poco decisiva. Al principio se tomó el borscht con una avidez de náufrago, salpicándose la camisa blanca que acababa de regalarle, pero después no volvió a tocarlo, nunca lo mencionó y más de una vez lo sorprendí abriendo la heladera y cerrándola de mal modo al descubrir el fuentón medio lleno esperándolo. Notó la suavidad de las fibras de bambú enseguida y se contorsionó entre las sábanas con un deleite loco, como un perro restre- gándose la espalda sobre la arena, pero no me pareció que la novedad lo estimulara demasiado, salvo para hacerse el roma- no y usarlas a modo de toga —una ocurrencia que, al menos conmigo, nunca antes había tenido, y para la que carecía del *physique du rôle*— y también para dormir, cosa que esa noche hizo con insólita rapidez, aprovechando que me lavaba los dientes para cruzar el cuerpo en diagonal y ocupar toda la cama. Así más o menos con todo. No sé si Bernal fue más feliz, y yo, pasadas la sorpresa inicial, el ardor de descubrirme con una carta de triunfo inesperada, tampoco tuve la impresión de haber incrementado o consolidado mi dominio sobre él, si es que tenía alguno. Pero no era obvio que esa fuera la intención de nuestra amiga.

Quizás el efecto de aquellos raptos de altruismo epistolar no había que buscarlo en la disposición amorosa de Bernal para conmigo, ni en el grado de convencimiento con el que yo pudiera pensar que efectivamente había ganado la partida, sino en detalles menores, que en otro momento me habrían pasado inadvertidos, o en posibilidades hasta entonces inconcebibles, al menos en mi horizonte. No sé: todo era tan espasmódico, siempre... De pronto, Bernal se acordaba de tapar el tubo de pasta dental, ponía el grito en el cielo si yo me olvidaba de descorrer la cortina del baño después de ducharme y se pasaba diez minutos en cueros enumerándome las formas de vida tóxicas que incubaban los pliegues húmedos del plástico. Se encerraba en el baño para eructar; cantaba canciones que yo no conocía y que me gustaban; estornudaba menos, sin esa cosa fragorosa que tenía, y ya no se limpiaba con las mangas del pulóver o las servilletas. Dejaron de interesarle las mañanas, que siempre lo habían inspirado mucho, y se puso dócil por las noches, se dejaba hacer y se entregaba, frase que nuestra amiga usa en su libro palabra por palabra, creo, para hablar de Tilde o alguno de los perros que Baldó coleccionaba en Hurlingham. No eran cambios sino innovaciones modestas, que cualquiera recibe con divertida sorpresa y espera que pasen rápido, y que todo biógrafo atento sabe cómo transformar en señales significativas, indicios de milagros o conversiones, presagios. Por ejemplo, se puso a usar unos anillos de sello enormes, con piedras falsas, en algún caso medio de plástico, que llevaba a veces en el dedo meñique de a dos, en *brochette*, como me dijo un día mientras me los hacía probar en seco y sin avisar, el muy bruto. Pasó de la botella a la petaca, volvió a la boina, escribió porque sí un par de necrológicas hermosas —Clootz, D'Anduaga, qué mal gusto morirse al unísono— que quise ayudarlo a publicar.

Se las llevé a Tottola, que pensé que las apreciaría. Me sorprendió la reticencia con que las recibió. Me debía algún favor, y bastaba sobrevolar el mamarracho que publicaba para saber que un poco de estilo le vendría bien. Las tuvo un rato, como si las sopesara, en la mano que todavía no le tiembla, mientras se desvivía en ofertas distractivas: café, chicles, fotos lascivas que sacaba de cajones, un charuto mal armado que quiso convidarme y se le vació entero sobre el escritorio, que ya era un asco. Para que dijera la verdad me lo tuve que llevar a la whiskería de la esquina y pagarle uno de esos venenos que sabía que tomaba. Alguien, parece, nos había ganado de mano: un cuarto de hora antes de que yo apareciera con las joyas de Bernal le habían llegado otros dos obituarios, sobre los mismos difuntos, de puño y letra de nuestra amiga. No tuve que presionarlo mucho para que me los mostrara. El mismo papel barato de las cartas; no había señales de lágrimas, pero manchas sí: té, sangre, esmalte de uñas. Las leí muy por arriba, a vuelo de pájaro. Para alguien que se la pasaba llorando, dejaba pelo en las almohadas y no salía sola a la calle, no me pareció que estuvieran mal. Suntuoso, rectificación, quintaesencia: dos o tres palabras difíciles que Bernal usaba sin la menor gravedad, como bailando, reaparecían en ella con varios kilos de más, medio paquidérmicas, y no siempre en el contexto más apropiado. Lo que él leía en Clootz ella se lo achacaba a D'Anduaga, y lo mismo al revés. Telepatía quiásmica.

Forcejeamos con Tottola un poco. Él, supongo que para ablandarme, aludió al estado de nuestra amiga, su condición de reclusa, su bata famosa y sus tobillos también famosos, ahora hidrópicos. Sería una crueldad, dijo, que... Todo muy divertido, pero hasta cierto punto, y las whiskerías nunca fueron lo mío. En cierto momento creí oportuno recordarle lo que me debía. Le hablé de Versac, otro de mis deudores, también íntimo de él, que acababa de sufrir un accidente en un ascensor y necesitaba donantes. No era tonto, Tottola, sólo mediocre, y pescó la insinuación al vuelo. Terminó publicando todo, las cuatro necrológicas juntas, en páginas enfrentadas, con dos fotos grandes de los muertos y dos más chicas de la pareja improvisada de necrólogos, que se miran de una página a la otra, como desafiándose.

37

El escándalo que me hizo Bernal cuando las vio publicadas. Estuvimos dos días sin hablarnos, lo que tampoco era tan infrecuente, aun en épocas de concordia. Pero fueron dos días salvajes, poblados de relámpagos, rachas de una lluvia brutal y unos vientos diabólicos, en espiral, cargados de cosas muertas y olor a podrido. En la casa, para variar, todo empezó a romperse: enchufes, cajones, picaportes. Capitulaba todo lo que había estado meses en el límite, tecleando, sostenido apenas por la obstinación de nuestra dejadez, nuestras incompetencias. Una comedia de pequeños cataclismos domésticos, con chispazos y chasquidos, no del todo exenta de gracia. Bernal, encerrado en el cuarto, no la registró. Cuando se cortó la luz dormía, por ejemplo, y de la intervención del cerrajero, que estuvo casi dos horas para cambiar una puta cerradura, ni se enteró, blindado por unos tapones de cera que le había robado a Capirola. En momentos críticos recurría a esas mariconadas solipsistas: enclaustrarse, no hablar, cortar relaciones con el mundo, como una estrella de bajo presupuesto. No se emborrachaba; no tocaba las drogas, ni siquiera las que escondía en guaridas que sólo él conocía. (Hacía ya un tiempo que no tenía noticias de él cuando, en el trámite melancólico de cambiar el colchón, dejé al desnudo el elástico de la cama, tres de cuyos travesaños de madera, además, resultaron estar partidos, y descubrí un envase de las pastillas de mentol y naranja que le gustaban lleno de cristales de filafilina. Estaba embutido en un nicho que, supongo, había cavado él mismo en un lateral de la cama, con tesón pero sin las herramientas adecuadas, a juzgar por las terminaciones, que me costaron dos dedos astillados. Se lo di de propina al vecino que aceptó llevarse el colchón; supuse que lo disfrutaría más que yo). Sus ataques eran curiosamente abstemios, casi puritanos. Rompía cosas ya rotas, el envoltorio de celofán de un regalo que no me había gustado, por ejemplo, o una vieja lámpara de pie que nos sacaba de quicio pero no nos decidíamos a tirar, por miedo a que el vacío de quedarnos sin ella fuera peor, más aciago, que la irritación que nos causaba tener que eludirla.

La borrasca no pasó a mayores. Es cierto que con el tiempo el ritual de la reconciliación se complicaba, en parte porque algunos ingredientes no eran tan fáciles de conseguir, pero el ejercicio seguía divirtiéndonos y funcionaba, al punto de que ambos, me consta, ya paladeábamos sus deleites futuros apenas despuntaban las hostilidades. Me sirvió, sin embargo, para no cometer dos veces el mismo error, o para cometerlo sólo si tenía ganas de cometerlo. De modo que cuando me enteré de que había un cargo vacante en la Naldoni hice lo contrario de lo que sentí el impulso de hacer, y la verdad es que, para mi sorpresa, me costó menos de lo que habría esperado. Mantuve la información en secreto y así la guardé unos días, hasta que Bernal se calmó y, como estaba sin trabajo otra vez, empezó a aburrirse, a meter sus adorables zarpas en mi billetera, a recitar sus engendros rimados, a arrastrar mis pantuflas por el piso que yo barría, y hasta que yo, por mi parte, di con la manera apropiada de usarla, de modo que Bernal ya no tuviera argumentos de peso para resistirse.

No fue fácil. No tanto por lo que hubo que inventar, al fin y al cabo un juego de niños. Todavía hoy, en momentos de desasosiego, cuando no encuentro la calle o la cita que busco o me roza otra vez la infamia ridícula de un rumor que creí extinguido (no: nuestra amiga estaba demasiado atareada con las exigencias de su propia cabeza para buscarle trabajo a nadie, y más para encontrárselo), me acuerdo de la tarde en que di con la clave y el cielo de mi alma se despeja como por milagro. Dura poco, pero lo poco que dura vale la pena. Volvía no sé de dónde, algún sitio inhóspito, seguramente, porque me dolían los pies y un panal de abejas enfervorizadas me zumbaba dentro la cabeza, y acababa de entrar a casa cuando un flash verde aceituna me hizo señas desde un costado. Me detuve en seco, llaves en mano, con la estúpida alpargata de caucho que Bernal se las había arreglado para encajarme a modo de llavero. Había visto antes ese color, y yo detesto las aceitunas. Entonces vi los abotinados verdes de Bernal, los charolados, asomando sus puntas tímidas por el borde del tacho de basura (caros y todo, era hora de que se jubilaran), y vi el último sol de la tarde pegando y rebotando contra los empeines. ¡Dolce! Era perfecto: una nada sabrosa y asonante, como todo lo falso italiano, que ganaba mucho, además, con el pase de marca de zapatos a apellido, y mucho más si era el apellido del emisario de una noticia importante, alguien vital a quien Bernal no conocía ni conocería jamás. Ese fue mi plan, la telaraña de amor que me puse a tejer en ese mismo momento, mientras miraba la lengua de luz juguetear con el charol cuarteado. Eso es todo lo que inventé: un mensajero sin rostro, sin cuerpo, sin historia, con el nombre de una zapatería del microcentro que llevaba años cerrada. Me llevó media décima de segundo, lo mismo que le llevó al sol esconderse esa tarde y dejar en paz a los zapatos. Y después los novelistas se quejan de que sudan como demiurgos.

Claro que hubo que disponer, combinar, orquestar: hacer cosas con cosas ya existentes, dotadas de voluntad propia, deseos y planes que nada aseguraba que fueran en la misma dirección que los míos. Bastante trabajo y no necesariamente bien retribuido, como bien sabe cualquiera que lidie con vidas reales. Me ayudó el *timing*, debo decir. Yo no estaba escribiendo, hacía tiempo que sólo me acercaba a un teclado para llenar formularios, redactar informes y barrer las hebras de tabaco negro que Bernal se empeñaba en dejar caer entre las teclas, cosa que solía hacer con unos hisopos cuyas puntas humedecía previamente con la lengua, y algo de aquella maquinación menor, sibilina, urdida en la cara misma de su beneficiario, me hacía sentir ese *frisson* íntimo, único, que había experimentado a veces escribiendo la vida de las Stoppio, algunas páginas, quizás, el capítulo sobre el *affaire* con el peluquero, por ejemplo, o la excursión al zoológico de Glossop-Demeri, cuando acusan a la pobre *au-pair* paraguaya de envenenar a los chanchos salvajes.

Hice un repaso mental del elemento humano con el que contaba, elegí a un puñado de incondicionales —bribones de los que sabía demasiado para que no me obedecieran— y repartí papeles y tareas, cosas prácticas, simples, muy a la medida del tipo de inteligencia lento alojado por esas máquinas de músculos y ambición que tan bien me hace ver revolotear a mi alrededor. Los citaba siempre de a uno, evitando que se cruzaran entre sí, les describía la situación en términos elementales y les daba la información justa, ni una gota más, ni una menos, de modo que ningún malentendido, ningún cabo suelto pusieran en peligro el operativo. Me acuerdo cómo enrojeció el rufiancito arrogante a quien le confié el talento que Bernal escondía en sus dedos y lo lejos que era capaz de llevarlo, la clase de deleites que podía producir con él. Hundió la cabeza entre los hombros anchísimos, como una tortuga, y cuando osó mirarme de nuevo le ordené que me repitiera todo lo que le había dicho. No por morbo, o no sólo; por responsabilidad: tendría la misión de hablar con Baldó, convencerlo de que Bernal era el candidato y explicarle por qué, tomándose su tiempo, si era necesario, para entrar en esos pormenores sucios a los que se sabía que Baldó era susceptible. Se iba uno y entraba el siguiente, como en esos lupanares llenos de humo donde los anarquistas se juntaban a planear sus aventuras magnicidas, siempre malogradas a último momento por un despertador que se quedaba dormido o un gatillo necesitado de aceite. Nos veíamos en el estudio de una escultora amiga, vieja compañera de andanzas que insistía en trabajar con modelo vivo pero espantaba muy rápido a los pocos que, desconociendo su fama, aceptaban posar para ella. En teoría, era un arreglo inmejorable: yo gozaba de privacidad, discreción y el extra siempre bienvenido de los efluvios narcotizantes que emanan el aguarrás y esas porquerías de solventes que usan los artistas, vieja debilidad mía; ella de carne fresca, tendones griegos, corvas, torsos para su arte, que llevaba años sin una alegría. Por lo que sé, no le duraron mucho.

38

Todo salió bien. Mis brazos armados hicieron lo que tenían que hacer y se llevaron su parte, que pude desviar del remanente de un subsidio vencido. Esa noche Bernal volvió liviano y sonriente. Fogoneado por Dolce, promotor espectral, inasible pero muy influyente, el puesto en la biblioteca llevaba cierto tiempo goteando en su imaginación, pero ahora acababa de recibir el golpe de gracia: la invitación formal —si hay espacio para la formalidad en ese submundo de susurros y artimañas furtivas— a presentarse unos días más tarde en la Naldoni, ante el mismísimo director. El pintoresco desconocido que se la formuló lo había abordado en un bar de mala muerte, mientras Bernal, sentado en la mesa más oscura, luchaba por reintegrar un montoncito de rapé, *hélàs* ya humedecido, a la caja de la que él mismo lo había volcado tratando de capturar una aceituna reticente. No tuve nada que ver con el atuendo del desconocido (gorro de fieltro rojo estilo fez, tiradores, pantalones muy anchos), pero el tono con que le comunicó la invitación era el que yo le había pedido que usara, imperativo e implorante, bastante *risqué* pero, con un hueso duro de roer como Bernal, más efectivo que cualquier forma de amabilidad o seducción.

Bernal entró, se llevó cosas por delante, pequeñas, y empezó a tirar sobre la cama ropa que rescataba quién sabe de qué doble fondo del placar, porque yo no recordaba haberla visto: un pantalón de corderoy, un pulóver de cuello alto, un impermeable recto con forro escocés, todo dos talles más grandes, todo envuelto en una nube de naftalina frutada. Su *tenue* institucional, según me susurró un rato más tarde, cuando la ropa estaba en el piso y él intentaba acomodarnos en una contorsión un poco sufrida, supongo que india, justificándola con la promesa de algún paroxismo celestial. No fue por eso que no le opuse resistencia. Fue porque lo vi así, con esa inocencia, ensimismado en sus caprichos, sus ganas de explorar, y vi hasta qué punto ignoraba las maniobras de las que había sido objeto, lo lejos que estaba de la verdad de Dolce y todo lo demás, y esa desproporción me abrumó, me llenó de emoción, de tristeza, de culpa, tanto que me pregunté (mientras él me ataba los brazos con algo de lana, una media, creo) si era posible que no sospechara nada. Más de una vez casi abandono, a tal punto el dulzor de la ternura, al conspirar contra la tensión que exigen, va contra los ejercicios del amor. Pero busqué distraerme, me esforcé por seguir y creo que me salvó al fin la idea malsana, increíblemente excitante, de que si quería podía decirle todo, escupirle la verdad en plena cara y arruinarlo todo. *Dolce c'est moi.* Tengo presente la recompensa final, más abundante y cálida que lo habitual, y la sucesión de espasmos que la acompañaron, y el largo hormigueo de placer que seguía estremeciéndome cuando Bernal, como solía hacer, esclavo todavía de la rutina naval que lo había sacado de la cama durante años, se incorporó de un salto —una verdadera proeza olímpica, dada su estatura— y procedió a limpiarse con lo primero que encontró, la misma media con la que me había atado, que tenía el elástico vencido y no sobreviviría mucho en la casa.

¿Cómo caímos en la tortilla? Por necesidad, supongo. Por un mal chiste. A Bernal no le gustaba la acelga; a mí, ni las frituras ni la cebolla, ninguna españolada. Pero estábamos en la cocina en cueros y habíamos estado hablando mal de Collé & Dall'Occa, que acababan de publicar el primer tomo de su diario sáfico a cuatro manos, y acelga y cebolla y unos pocos huevos era lo único que había en la heladera —como solía pasar cuando le tocaba a él hacer las compras—, y los dos salíamos de nuestras escaramuzas con un hambre de lobos. A mí el amor me da hambre, pero el hambre me da rabia; no acepto que algo tan bajo saque de quicio a toda una especie. Así que estaba a punto de volver a la carga con mi alegato contra el hambre como condición humana, contra morder, masticar, los dientes, toda esa repulsiva farsa de animalidad a la que nos plegamos cada vez que nos sentamos a una mesa, y a vindicar la quimera de una alimentación desdentada, compuesta exclusivamente de sopas, pastas y compotas, cuando Bernal entró en uno de esos trances de histrionismo e hipercinesia a los que lo arrojaba a veces el placer y en un par de minutos, como esas diosas de seis brazos —que, a diferencia de los malabaristas chinos, que sólo tienen dos, nunca sé muy bien qué es lo que mantienen en equilibrio en el aire—, tuvo los huevos batidos, la cebolla picada, la acelga hervida, la sartén y el aceite al rojo y los platos listos. Era adorable cuando se ponía así, cuando se hacía el mago, el prestidigitador, el hombre orquesta para mí, y hacía mil cosas a la vez, con aquellos giros, pequeños saltos, reverencias de bufón, y las mil le salían mal de mil maneras diferentes —adorable incluso cuando se creía capaz de todo, fumar uno de sus charutos infectos y beberse un resto de vermut viejo al mismo tiempo, por ejemplo, o dar vuelta una tortilla cocinada en la sartén más grande con un plato de postre, para colmo rajado.

Alternativas teníamos: la tapa muy sucia de una cacerola que siempre nos olvidábamos de guardar, o el fuentón mexicano donde dejábamos pudrir las pocas frutas que tolerábamos. No nos dimos cuenta. Quizá la imprudencia fuera parte del número, una posibilidad más que autorizada por la cantidad y calidad de accidentes que ofrecía la vida de Bernal. Un tema del que no le gustaba hablar, pero cuando hablaba, generalmente arengado por mí, porque acababa de toparme con otra cicatriz que no conocía, no podía parar. Lo recordaba todo, con la misma precisión feroz, casi, que los peores versos de los poetas que odiaba, Devienne, Urrutia, Volnais, cuyas coplas sobre úlceras, entre paréntesis, no estaban nada mal. El muy idiota, para colmo, había echado aceite como para espantar a todo un regimiento de invasores armados. Increíblemente, no gritó, creo que más por asombro que por coraje. Le propuse que fuéramos a una guardia. Se negó, por supuesto. Tenía esa cosa de sufrir y atesorar el sufrimiento. Quemarse era un percance indeseado, pero apenas se quemaba, o cortaba, o golpeaba —me lo acuerdo en el baño, desnudo, mirándose embelesado el moretón que acababa de hacerle la esquina de una mesa que se la tenía jurada—, la huella del accidente pasaba a ser una especie de posesión preciosa, que no se dejaría quitar. El botiquín del baño estaba aún menos provisto que la heladera. Le puse hielo, dentífrico, unas rodajas de pepino que encontré en el fondo del cajón de las verduras, detrás de dos naranjas podridas, un resto de Caladryl que cierta becaria fanática del sol había fingido olvidar entre las cosas de limpieza, para que yo me lo encontrara cada vez que buscaba una bolsa de basura. No sé si el tratamiento surtió efecto, pero en un rato despachamos la tortilla, que estaba exquisita, hablamos por arriba de las cosas que habría que preparar para la cita en la Naldoni y Bernal, después de recoger y ordenar la ropa caída, se metió en la cama y se durmió, con la mano y el repasador que le hacía de venda escondidos bajo la almohada.

39

Son seis renglones; seis y medio contando la mención de pie de página, donde Bernal, codo a codo con dos empleados de maestranza, una contadora, un chofer y tres "elementos de seguridad" —reclutados en el semillero de sobrinos de Baldó—, integra de manera anónima las "nuevas incorporaciones" con que Baldó cubría los puestos vacantes de la biblioteca Naldoni y podía volver, por fin, a pasiones postergadas como viajar, las olimpíadas de versificación o el huerto de la finca de Hurlingham, tan castigado por las últimas heladas. Seis renglones, dos de los cuales describen la llaga que Bernal lucía el día en que se presentó en la Naldoni. El color: ese fucsia estridente que nuestra amiga, probablemente alucinando, dada la comida siniestra de la clínica Facco, goza traduciendo como *rosa roast beef*; la textura de la carne viva; la pequeña ampolla (que Bernal no aceptó que le pinchara con una aguja); el reguero rojo que el aceite, al deslizarse, había dejado en el dorso de la mano, como una vena suplente. He leído esa descripción miles de veces. Me la sé de memoria (y no puedo decir lo irritante que me resulta que haya dado en dos líneas lo que a mí me llevó siete y monedas). En ocasiones, por lo general en medio de un sueño paradisíaco, cuando consigo por fin pesar menos que una pluma y sentir el cuerpo entero abierto y curioso, como si la piel fuera una lengua y la lengua una alfombra de papilas en celo que intuyen todos los manjares espléndidos que acechan a su alrededor, a veces esa descripción entra por un costado de la pantalla y se queda quieta ante mis ojos un rato, lo suficiente para que yo no pueda evitar leerla, como esos avisos de sándwiches de miga o lociones para el sol que un viejo bimotor paseaba por el cielo de la playa en los días de verano, y la delicada armadura de mi éxtasis se derrumbe sin remedio.

¿Cómo llegó hasta ahí nuestra amiga? ¿Cómo pudo hacer ese zoom prodigioso? No habla casi de Bernal, no dice una palabra sobre su altura, el estado de su pelo o sus zapatos nuevos, no ve el ridículo paraguas cerrado —con el que podría hacerse una panzada— pero sí la mano que lo lleva, el dedo mayor de la mano que se mantiene tieso, un poco separado del resto, y el parche de carne despellejada que recorre el dedo de arriba abajo... El típico hecho que sacude y hace gritar a la vida real pero dice poco y nada en un libro, que por eso haría bien en descartarlo. Mal que me pese, doy fe de que esa mañana la quemadura estaba así, fresca y al aire, expuesta a polvo, a bacterias. Gasa, venda, curita, incluso un guante, la mano derecha de uno de esos absurdos guantes de ante (de *antes*, chiste tonto que nos encantaba) que guardaba pero no usaba jamás: todo lo que le ofrecí lo rechazó, así como un par de días antes me había rechazado el salón Leroi, donde le había sacado por las mías un turno con mi peluquero, por una covacha de venezolanos que había descubierto atrás de la estación Pistrich, baratísimo, con sillas de jardín de plástico y muy buena bachata, donde terminaron haciéndole lo que le hicieron, lo que nuestra amiga no registra.

Esa mañana. Desayunábamos viendo llover, indignándonos con la lluvia como con una estafa cósmica. Bernal, precioso aun con aquel corte horrendo, como de buscavidas, que le marcaba los músculos de la nuca como nunca, jugaba a agarrar su taza de café con la mano quemada, como entrenándose para alguna clase de examen, y canturreaba algo que yo no conocía, y cada tanto miraba el chiste dactilografiado que pretendía hacer pasar por su currículum, en el que también me había prohibido intervenir, y cada tanto, soltando un ¡ah! de sorpresa corto como un hipo, agregaba rápidamente algo a mano, con una de esas biromes con logotipos que se robaba quién sabe de dónde y casi nunca andaban. (La noche anterior, lo último que había visto antes de dormirme eran sus manos afiebradas a la luz del velador, volcando en unas hojas sucias las hazañas de su breve vida, y por un segundo no supe qué hacer, si dormirme o ponerme a llorar. Ganó dormirme. Me despertó en medio de la noche un temor, el presentimiento de que algo que había dejado en suspenso al dormirme pudiera haberse arruinado para siempre. Bernal, que había dejado la ventana abierta, no estaba; tampoco había rastros de su currículum. Lo escuché entrar dos horas después, cuando empezaba a clarear. Traía un cigarrillo entre los labios, apagado por la lluvia, y de la mano con el dedo quemado colgaba su vieja Meyerbeer, la máquina de escribir con la que había escrito el *Derqui* y, según me dijo, pasado en limpio sus dos paginitas de prontuario hasta recién, en un bar de taxistas al que nos gustaba ir de trasnoche, para no despertarme con el ruido).

Cuando llegó la hora no quiso que lo acompañara. Insistí. "Ni se te ocurra", me dijo, y giró la cabeza a un lado y al otro y su cuello crujió como una nuez. Había decidido ir caminando, con el bendito paraguas que nunca abriría, así que no tenía mucho tiempo. Nos pusimos de pie más o menos a la vez y cuando cruzábamos la puerta de la cocina nos chocamos, cosa rara, porque era una de las pocas situaciones en las que no nos daba vergüenza ser corteses, pensar en el otro y ceder. Un segundo después, no sé bien cómo porque a la secuencia le faltan unos fotogramas, estábamos en el piso, yo encima de él, como galopándolo, mientras él me apretaba el cuello con aquel horrible cinturón trenzado que usaba, y su dedo mayor, el dedo quemado, escarbaba en mis encías.

40

Lo tomaron, como creo haber dicho hace miles de años, en algún claro de esta selva que no deja de crecer a mi alrededor. Es un hecho, y consta también en el libro de nuestra amiga: Bernal se presenta en la biblioteca con su dedo llagado y treinta renglones después ya está adentro, ya forma parte del elenco de nuevos activos que Baldó anuncia, entre otras primicias, en la larga entrevista con Simonetta Tibaldi, fuente principal de información del capítulo doce del libro, aparentemente. Entre una cosa y otra, nada. O no, miento, algo hay. En el estilo de aparición invisible, volátil, que nuestra amiga se especializa en atribuirle, Bernal vuelve a aparecer.

En una de las rondas que hace para monitorear el funcionamiento de la biblioteca, Baldó pasa por la portería, la garita donde ha ubicado a uno de sus sobrinos —Martinengo no, otro, más reciente, un pendenciero incurable— para alejarlo de la quinta de Hurlingham, donde no lo quieren. El chico no está, como de costumbre, y tampoco es tan chico, por mucho que use tatuajes, hable con las guarangadas de moda y se vista con musculosas. En su lugar está el ajuar deprimente que suele rodearlo, sus revistas deportivas, sus peines, sus cigarrillos, sus fotos de familia —recortadas de las páginas sociales de las revistas deportivas—, sus lapiceros vacíos, su lámpara de escritorio —la segunda Baruzzi que aparece en el libro, que rescató muy maltrecha del depósito y él mismo entablilló— y un objeto que brilla y atrae la atención de Baldó, menos por su brillo que por el aire de tristeza general contra el cual se recorta. Es una petaca, una elegante petaca de peltre, ennoblecida por algunas contusiones heroicas, que Baldó, cuenta nuestra amiga, recoge con dos dedos, como haría con una evidencia frágil un forense irresponsable, que no lleva guantes, y sopesa en el aire para comprobar que está llena, llena, como se da cuenta apenas la abre, de un alcohol criminal. Cuando el sobrino vuelve (del baño, supuestamente, aunque siempre elige los baños más alejados de la garita), Baldó, dispuesto a defender su política de alcohol cero hasta las últimas consecuencias, lo encara, le muestra enfurecido la petaca. "¿Qué es esto?", pregunta a los gritos, y añade un apodo familiar, algo como Pipo o Pitto, con el tono de un César descubriéndose traicionado por sus íntimos. "Creo que pisco", contesta el sobrino. "Se la olvidó el otro día el chico alto que tomó para Manuscritos Raros".

O algo por el estilo. Reconstruyo la escena de memoria, que no es la más rozagante de mis facultades; una escena, además, que nuestra amiga cuenta sin decir de dónde la saca, que podría ser una exageración, un invento o una alucinación, dimensiones de las que quizá proceda en el fondo la gracia peculiar que tiene, esa mezcla de obsecuencia, moralismo y veneno que el libro todo nos induce a esperar a menudo pero pocas veces nos da, como si a su autora le gustara más hacer promesas que cumplirlas. Da lo mismo. Ella no estuvo presente. Entiendo que por entonces trabajaba en su libro como poseída, sin salir de su habitación, y que acababa de posponer por segunda vez, gracias a unos cheques que terminaron rechazándole, un alta que no todos los médicos de la clínica estaban dispuestos a firmar. Y a esta altura del partido, el libro ya ha probado con creces lo poco que le importa tomarse licencias que sólo jurados como el del Cannistrà podrían darse el lujo de desatender.

Mi caso es otro, por suerte. Yo estuve ahí. Yo estuve con el chico alto. Lo tuve en mis brazos antes y después de esa mañana en la Naldoni. Lo desvestí antes, más por cábala que por ganas, porque salvo la extravagancia del cinturón no llegamos muy lejos, y lo desvestí después, cuando apareció radiante y empapado en el marco de la puerta, para celebrar, supongo, porque haciendo una pirueta de comedia musical con el paraguas cerrado me dijo que todo había salido bien, y porque lo imaginé en la biblioteca con su delantal y sus guantes blancos, anotando cosas en fichas con su lapicito hb, y no pude hacer otra cosa que tirármele encima. No había llevado, no traía con él, que yo sepa, ninguna petaca. Y no tengo idea de qué sabor tiene el pisco, pero no había rastros de alcohol en su boca cuando se la besé.

41

Sí, sé lo que es la elipsis. ¿Quién querría verlo, escucharlo, saberlo todo? Damourette, cuando lo dejaban hablar, decía que sólo los filisteos, que creen que por la plata que pagaron siempre tienen derecho a algo más. Pero sin esos atajos, librada a su bovina continuidad, la vida sería tan insoportable como un invierno de insomnio o esas novelas del Vauxelbaum joven donde el narrador, para contar una mañana feliz en la vida de su héroe, cuenta en orden cronológico todas y cada una de las acciones que ejecuta, las más banales, las que podría ejecutar cualquiera —Ungher, el primero que se animó a publicar un Vauxelbaum, con todas las consecuencias del caso, o nuestra amiga, o el mismo Bernal, o incluso yo—, pero describe también todos los objetos involucrados en la serie, pastilla para dormir, despertador, funda de almohada con costura rugosa, unas sandalias curiosísimas, supuestamente de bambú, que aprietan los dedos como un cepo, cepillo de dientes, demorándose incluso en las marcas de cada objeto, de modo que muy pronto la novela, que no ha hecho más que empezar y es larga y bastante cara, parece de golpe frenar, quedarse sin aire y por fin paralizarse, como si los detalles en los que se ha venido extraviando, que por otro lado siguen acumulándose, siguen obligándola a moverse, aunque no sepamos bien en qué dirección, se hubieran desmoronado sobre ella.

Hablando de Vauxelbaum, lo último que supe de él es que estaba pelado como un huevo, gordo, y que había entrado en terapia de hormonas con Humpelmeier. Me lo contó medio riéndose alguien con quien, de haber tenido las defensas altas, jamás habría cruzado una palabra. Pero llevaba semanas sin salir, tenía puesta la ropa equivocada, todo el mundo estaba borracho y no se veía a dos metros. Era dar un paso y tropezarse con algo, un hacha vikinga, una roca de papel maché, un soldado persa rectificando a un jabalinero griego. Pensé que quedarme en la barra sería lo más seguro, al menos hasta que a alguien con sueño o dos dedos de frente se le ocurriera prender una luz, bajar la música, abrir una puerta. Ahí fue donde me emboscó. Me costó reconocerla tan pintada, con casco y todas esas coronas de flores. Eran tantas, y tan tupidas, que ella, pigmea y flaca, emergía entre el florerío como el cartelito con el precio. La misma ordinaria de siempre. Por enésima vez —señal de que también estaba acéfala la música— sonaba "Feo como un pecado" de Quero y Simón. Volcando sobre mi mano las pecas de una de sus pálidas pezuñas, me preguntó cómo estaba, y yo tuve la impresión de que se apiadaba de mí, que me daba una especie de pésame que no me convenía recibir. Amagué con irme. La vi revolear los ojos con cierta ansiedad, buscar algo capaz de retenerme entre las páginas de la agenda de temas que alguna vez, milenios atrás, habíamos compartido, y sacó lo peor, lo más previsible, Gainza, Codreanu, la perra Collie, fantasmas de una vida empolvada que no era la mía, hasta que de puro desesperada, de la nada radioactiva que siempre puede ser el pasado, repatrió a Vauxelbaum y lo trajo a colación, y el pobre sonó duro y seco, como suenan en las películas las armas que un pistolero planta en una mesa para amedrentar a otro.

Sus experimentos novelescos —Vauxelbaum lo sabía perfectamente— nunca fueron mi taza de té, pero también es cierto que el té, a diferencia de nuestra amiga, nunca fue mi taza de té. Me conmovía de todos modos el trabajo que se tomaba investigando todas esas ridiculeces para escribir novelas que no leía nadie, marcas de toallas, de alimentos para mascotas, de anteojos, de tocadiscos, todo mientras se lo comía por dentro la angustia espantosa de su mal. Y me gustaba mucho su falta de prudencia, esa cosa de aguafiestas que tenía, tan insolente. Y ya que estábamos con la elipsis, he aquí casualmente una prueba de su poder, del placer oscuro que es capaz de deparar. Cuando lo dejé, en el pasado, Vauxelbaum estaba entretenido arruinándole el cumpleaños de cincuenta a Cuzzoni: iba de cuarto en cuarto prendiendo las luces, preguntando a los gritos por una campera de cuero carísima que no podía encontrar y que por supuesto no había traído y ni siquiera tenía. Veinte años más tarde, cuando reaparece en esa noche de homenaje al despotismo primitivo, en boca de esa miniatura de golfa hawaiana, pesa 140 kilos, me dicen, y va rumbo a algo que, si sale bien, se parecerá bastante al hermafroditismo. Los dos Vauxelbaums, a simple vista tan distantes, están tan juntos como los labios de una herida.

Hubo sin embargo un tercero, uno a mitad de camino entre un labio de la herida y otro, que Bernal trajo una noche y dejó caer al pasar, como una ofrenda tímida, mientras se desvestía: Vauxelbaum encabezaba la lista de habitués del Mirador Monegasco. Bernal venía de la biblioteca, donde llevaba un rato forcejeando con su primera misión, la correspondencia Fattovich-Pezzotoni, uno de los desaguisados insignes heredados de la gestión Lanteiro. Viendo el caudal de trabajo que tenía por delante, Bernal pidió que le dieran unas horas extras; sólo así sanearía el descalabro con alguna seriedad. Pero sólo así, *entre nous*, podría dedicarse al acervo Chauliac, que era lo que en el fondo le quitaba el sueño. La solicitud fue concedida:

nadie en la Naldoni pedía hacer horas extras. Además, el estado del lote Fattovich-Pezzotoni era calamitoso: había cartas perdidas, otras estaban rotas, manchadas o comentadas en los márgenes con nombres como Yatasto, Filón, Embrujo o Doña Inés —muy probablemente caballos de carrera—, y carpetas enteras habían emprendido vuelo para vivir traspapeladas en otros archivos, no necesariamente del mismo lote. El plato que nos hacíamos con esos dislates. Una madrugada, por ejemplo —una de las pocas en que no me dormí esperándolo—, Bernal me contó que había encontrado la carta donde Fattovich le agradece a Zimmermann ciertas fogosas prestaciones —entre otras, el truco con cera de depilar que tanta cola traería— en el folio de los documentos póstumos de madame Fattovich, por lo demás conocida hirsutista. De modo que había mucho que hacer, en efecto, considerando que a la misión oficial, de por sí exigente, se sumaba la clandestina. Fuera del horario regular, sin la presencia vigilante de Baldó, y lejos del trajín que la Naldoni ofrecía durante el día, las trasnoches en la biblioteca darían para ocuparse de ambas. Pero había que moverse con cuidado. Nadie debía sospechar el doble cometido que explicaba las horas extras de Bernal; menos que nadie Baldó, que, alegando prioridades que evitaba detallar, había postergado indefinidamente la puesta en orden del acervo Chauliac. Con el tiempo, previsiblemente —yo vi crecer en sus ojos el brillo de la obsesión—, Bernal fue descuidando los cotilleos entre las dos tías menopáusicas y se zambulló en los papeles de Chauliac. No le costó dar con la lista. Y el nombre que la encabezaba fue el primero que logró descifrar. Vauxelbaum.

42

Yo no me lo esperaba. Aunque ¿qué valor pueden tener mis expectativas a la hora de juzgar la posibilidad de un hecho?

Por supuesto que conocía los gustos privados de Vauxelbaum. No eran muy distintos de los de buena parte de sus colaboradores en el centro de estudios de noche que dirigía, ni de los de los egresados que me tocó conocer, fueran exconvictos o no, ejercieran ya esos gustos antes de entrar al centro o los hubieran contraído después, en el ambiente más bien propicio que todo el mundo decía que patrocinaba. Yo francamente no lo hacía en el Mirador, y no por una cuestión de clase, escrúpulo moral o reflejo de autopreservación, porque ya entonces su reputación era una causa perdida, sino porque entiendo que la materia prima requerida por sus gustos, en ese punto bastante especiales, no tenía demasiada presencia en la oferta del Mirador, tradicionalmente más volcada a una venérea escultural, muy de zanjón, pero también de armonía, proporciones saludables y musculaturas marcadas. El punto débil de Vauxelbaum, que al Mirador le costaba perdonar, eran los defectos: una que otra mancha de nacimiento, alguna quemadura, rengueras leves, labios leporinos, orejas sin lóbulos o con los lóbulos pegados, problemitas de habla o de vista. Nada espectacular ni invalidante —tampoco era un depravado—, pero sí lo suficientemente ostensible para mancillar —el infinitivo era del propio Vauxelbaum— el conjunto apolíneo donde ansiaban siempre detectarlo sus ojos desorbitados.

Lo más cómico del caso, en realidad, fue que Vauxelbaum apareciera en la lista como Lucantoni, el *soi-disant* cronista social, a quien no podía tragar. Pero la criptografía, sobre todo la *amateur*, no sabe de emociones. (Alguien por lo general bien informado pero con poco sentido del *timing* me dijo después, cuando el tema ya no me movía un pelo, que Chauliac se había pasado los dos últimos años de su vida encriptando la lista y no traduciendo a Des Islets, como le gustaba ir diciendo por ahí a su viuda). Ya sabemos qué piruetas tuvo que hacer Bernal para descubrir un nombre en el otro. Y lo sabemos porque él mismo me las contó, contrariando, por una vez, esa propensión que tenía a no reconocer del todo las habilidades o talentos que demostraba tener cuando una situación específica se los reclamaba, ya fuera un capítulo especialmente brillante del *Derqui*, su asombrosa resistencia al dolor o la capacidad que tenía de recordar sin errores versos que detestaba. Me las contó y describió con cierto lujo de detalles y un entusiasmo infantil, probablemente excesivo, dada la precariedad del método de encriptado urdido por Chauliac.

La lista no era breve; algunos nombres me eran desconocidos. Transcribo —como en el programa de mano de una ópera bufa: de un lado los nombres de los *castratti*, del otro los *dramatis personae*, o viceversa— los que recuerdo que me sonaron cuando los escuché, menos de un tercio de los que me regocijó identificar en su momento. Vauxelbaum era Lucantoni, Laborda Onslow, Ottani Montané, Ranfagna Gebauer, Gnecco Ferlendis, Feddi Billington, Barbó Camporesi, Ciccimara Andrieu, Auletta Dalayrac... Con algunos nombres en clave me encariñé tanto que terminaron reemplazando a los verdaderos; en algunos casos, pasado cierto tiempo, ya era incapaz de distinguir el original del fraudulento. Bernal me leyó la lista con una grandilocuencia radial, como si anunciara algún rutilante elenco de campeones, quizá de condenados a muerte. Así como era un as del recitado, el pobre no leía bien, ni siquiera compadecido por la sintaxis austera de una lista. El menor ripio —un grupo consonántico inusual, cualquier incertidumbre tónica— saboteaba la fluidez musical que tanto me enamoraba cuando declamaba de memoria, y lo peor es que apenas tropezaba, avergonzado como una virgencita, reanudaba la lectura desde el principio.

43

¿Figuraba Baldó en la lista? No en la que vio y descifró Bernal, en todo caso, y las tachaduras, borrones y amputaciones que afeaban los documentos no tendrían por qué hacernos sospechar, a tal punto era *vox populi* la desidia con que Chauliac llevaba sus papeles privados. Bernal dijo que cuando las abrió, las cajas estaban precintadas, en efecto, como había anunciado Baldó al retirarlas de Tornquist, y precintadas por la mano del mismo Chauliac, lo que era más que evidente por la variedad de cintas de embalar utilizadas, la superposición de capas de cinta en algunas cajas (en muchos casos innecesaria), los errores en la numeración, etc. Sin embargo, gracias al *tour de force* maestro de nuestra amiga, Baldó lidera la de los saludables habitués de la bajada Odorico. En el capítulo que dedica a este templo del desarrollo corporal, mezcla de campo de entrenamiento deportivo y colonia nudista, los ex camuflados de la lista Chauliac reaparecen —todos— con sus nombres verdaderos y un aire de euforia desconcertada, como si emergieran por fin de la caverna donde estuvieron largamente cautivos. Vauxelbaum, Gebauer, Feddi, Ciccimara: no falta uno. Y la resurrección viene con algunas novedades. Barbó, que en el Mirador, dicen, planchaba de lo lindo, acá emprende maratones de meditación con temperaturas bajo cero, apenas protegido por un peplo de algodón y su clásica peluca color zanahoria, y Auletta recupera el apodo con el que solían solicitarlo sus pretendientes en las filas monegascas. (Tengo entendido que se lo puso —en un rapto poco inspirado— el mismo Baldó, que aprovechaba los raros lapsos de ocio que le dejaba su agenda en el Mirador buscando alias mordaces para sus compañeros). Ottani está dele saltar; junta los dedos de ambas manos entre sus omóplatos y anda y corre descalzo todo el día, a veces sobre escombros, cuando en el Mirador era famoso por remolón, todo le daba miedo y lloriqueaba al menor apriete, lo que enardecía doblemente a quienes lo apretaban. Y Laborda, el prominente Laborda... Qué raro verlo elongando, dando vueltas olímpicas y lanzando jabalinas, él, que se pasaba horas con su portento calzado en un agujero glorioso, esperando que algún hambriento sin rostro mordiera el anzuelo del otro lado.

Es otra vida, una vida enteramente nueva la que les ofrece nuestra amiga, no sólo una máscara para adecentar la existencia de desenfado y liberalidad que desplegaron en el Mirador. Y ellos la aceptan, como es lógico, y ahí van, frescos, rozagantes, como pícaros bendecidos por una sobrevida que les llega cuando menos se lo esperaban, o cuando lo que esperaban, en realidad —en las pocas ocasiones en que, sacando la cabeza del limbo lúbrico donde chapoteaban, se ponían a pensar, a esperar—, era una multa, una citación de la policía o directamente la cárcel, que es de hecho donde terminó Ranfagna. Al parecer, lo detuvieron unos días después de que Baldó asumiera en la Naldoni, en el área de ruinas del Mirador, que después de las redadas sólo seguían frecuentando los intrépidos y los desesperados. Fue a recoger el cuenco ese afgano, o iraquí, o chipriota, que dejaba por la noche al pie de los restos de las termas, con trocitos de pan, para que desconocidos al tanto de sus gustos los aderezaran con las ofrendas que eran su debilidad, líquidas y sólidas —era ambidiestro, no como Barbó—, y cuando llegó lo estaban esperando Testard y sus paladines de moralidad, bastante intrigados por el recipiente que humeaba pero reacios a entablar conversación. Ranfagna, para colmo, iba desnudo de la cintura para abajo, salvo por esos soquetes que usaba, transparentes y con volados. Todavía vibraba en sus nalgas el rojo vivo de los cintazos que un par de bestias le habían infligido un rato antes en uno de los piletones. En manos de nuestra amiga, en cambio, los libertinos brillan impunes y tienen poco que temer: algún retrato demasiado rápido, una atribución errónea de destrezas, dichos, injurias, la errata que desfigura un apellido. Los contratiempos menores que podemos sufrir cuando vivimos en las páginas de un libro.

Sólo nuestra amiga podía confiar en que su operativo de enmascaramiento se consumaría sin que nadie pusiera el grito en el cielo. Sólo ella podía tener razón. Cuando me enteré del procedimiento —si se puede llamar así a una tabla de equivalencias de lo más rudimentaria que convertía vicios en ideales, refriegas íntimas en proezas atléticas, alaridos de placer en himnos, susurros salaces en encomios rimados, juguetes de la impudicia en coronas de laureles, túnicas, carcajs, el látex, el cuero, el blanco leche de la carne ofrecida a la visita extraña en la vitalidad del nudismo al aire libre—, yo pensé, yo realmente pensé que el libro estaba condenado, que si no le ponía freno su propia autora, alertada por algún resto de escrúpulo, se lo pondrían sus editores, ya bastante endeudados por años de gestiones calamitosas para tener que afrontar un proceso judicial, y si no, los involucrados mismos, al menos los que estuvieran con vida y más o menos en condiciones de vivirla, que a esa altura, con Feddi hemipléjico, Gebauer y Auletta en coma en el Alzamendi y Ranfagna preso, tampoco eran tantos.

44

Nunca profeticé tan mal, tan a contramano. Y eso que me lo había anticipado ella misma por carta, desde la clínica Facco, procedencia que de algún modo relativizaba la sensatez de sus anuncios. Después me lo dijo en persona, en carne y hueso pero sobre todo en hueso, según la expresión que ella misma usó cuando nos encontramos. Acababa de dejar la clínica (más tarde me enteré de que la habían echado), con el capítulo sobre la Bajada Odorico terminado, media docena de frascos grandes de modafinilo robados de la enfermería y quince kilos menos. La pobre parecía una escultura de Wurlitzer, uno de esos espectros altos, finitos como agujas, que le comisionaron los Guidú para el patio de su *petit hôtel* y nunca le pagaron. Creo que ese día llevaba el capítulo encima:

unas páginas sobresalían del viejo portafolios de cuero que aferraba como un escudo contra el pecho. No me hubiera sorprendido que llevara otro tramo pegado al cuerpo, como hacen los indigentes con los diarios para protegerse del frío. Nos encontramos en D'Haussez, una tienda que yo visitaba a veces a última hora de la tarde, cuando Bernal se demoraba en la Naldoni y la negrura de la angustia me envenenaba la sangre. Ella no sé qué hacía, francamente. Estaba con alguien, me parece, un chico joven, bien hecho pero pelirrojo, que procuraba aliviarla del peso del portafolios, pero ella se resistía y él, apenas nos saludamos, se apartó y se mantuvo en segundo plano, leve y volátil como un duende, mientras su voz atiplada preguntaba los precios de las cosas más insólitas y ella y yo hablábamos. En menos de media hora me contó la redacción del capítulo entero, cómo había ido y venido del Mirador a la Bajada como una pelota de ping pong, lanzando gritos de felicidad cada vez que daba con una transfiguración satisfactoria. Y las había, las había. Que un chofer alcohólico con veleidades de chantajista pase a ser un *sprinter* vegetariano no tiene nada de extraordinario, salvo que la mutación no ocurre en el laborioso transcurso de los años sino en un abrir y cerrar de ojos, el vértigo de una imaginación o una página escrita. Lo mismo con ciertas secreciones corporales convertidas en bebidas isotónicas, o las contorsiones de la cópula que se vuelven llaves de lucha grecorromana. Pero hay cierto arte —no sólo vana aliteración visual— en el hecho de que la veta púrpura que recorre un mástil de carne alzado reaparezca en los bíceps de un supuesto gimnasta con el dibujo de una de esas venas palpitantes, nítidas como costurones, que sólo se obtienen al cabo de un entrenamiento concienzudo. Y cómo se eleva el arte, cómo accede al rango de invención suprema cuando otro mástil de carne, uno del diámetro de una lata de atún, que dicen que su portador metía en estado de flaccidez, debidamente lubricado, y se abría en su íntima prisión como un paraguas, se convierte en uno de los parasoles multicolores que los asistentes de palestra, exsoldados, extoreros, exmecánicos, sea lo que fueran de veras en el Mirador, mantienen abiertos en lo alto para proteger del sol, en la arena Odorico, los hombros transpirados de atletas y gladiadores. Y todo me lo contaba arrebatada, con esos ojos desorbitados, como de vidente en trance, que yo pensaba que sólo ponía en ciertas circunstancias. Hubiera hecho mejor en creerles, y aceptar la determinación que revelaban. La indiferencia que despertó ese capítulo à *clef* de su libro me habría desconcertado menos. En un momento (el altavoz anunció una oferta por la que nadie en la tienda pareció muy interesado) nos corrimos hacia el sector probadores y yo nos vi en el ojo convexo de uno de esos espejos de vigilancia que hay en esa clase de locales, y que deforman, y sentí un espasmo de terror. Le toqué suavemente la cara —no estaba maquillada pero tenía la piel resbaladiza, como recubierta de cera—, le ofrecí ayuda, le colgué del portafolios que todavía abrazaba unas medias de red que pensé que le quedarían bien, y ella me dijo que no me preocupara, que eran las pastillas, que extrañaba un poco algunas cosas, no muchas, el hedor dulce de la boca de Bernal, y su barbita ridícula, de lampiño tenaz, que le crecía de manera desigual por la cara, como matas aisladas, y sus recitados, y trascartón me arrastró hasta un probador y me amuró —otro verbo no se me ocurre— con la plancha de huesos que era su cuerpo contra el Durlock espejado.

45

¿Y Baldó? ¿Dónde está Baldó, haciendo qué, mientras toda esa caterva de libertinos abraza la causa olímpica? Al revés de esos juegos de mesa que nos piden que identifiquemos a cierto personaje en una playa, un transatlántico de seis pisos o un estadio llenos de gente vestida con ropa y colores muy parecidos a los que viste nuestro escurridizo blanco, aquí no hay mucho que buscar. Baldó, a quien vemos sorprendentemente en forma, con la piel tirante y las pantorrillas de un ciclista alemán, como si el reverso de la disipación fuera la juventud, no el aire más bien macilento que lucía cuando se hizo cargo de la dirección de la Naldoni, Baldó es el que reúne, orquesta, arenga. No da abasto, si le damos crédito a nuestra amiga. Los demás pueden estar ocupados brincando, tensando tendones, lanzando cosas a lo lejos o dormitando a la sombra de un árbol tras una carrera de fondo extenuante, pero él, ubicuo, incansable, es el motor que lo mantiene todo en acción, todo en pie, aun en el caso en que todo suceda en un plano horizontal, al nivel del suelo, entre matas que resguardan pero pinchan también. Arma equipos, elige deportes, decide qué se ejercitará y en qué orden; diseña las caminatas, las pruebas especiales, los obstáculos que habrán de sortear los viciosos; abre las sesiones de nudismo con versos que cantan al arroyo y al sauce, a la amistad viril y la tierra, y en las mañanas de invierno es el primero en cuartear la capa de escarcha y hundirse en cueros en el agua helada. Es el único que lo tiene todo en la cabeza: el cuerpo, sus propiedades y horizontes, desde luego, y la serie incontable de situaciones en las que un cuerpo puede encontrarse con otro, medirse, chocar, ponerse a prueba, dar todo lo que encierra y alcanzar su límite, pero también se ocupa de poesía, filosofía, música, dietética, aromática, disciplinas periféricas pero cruciales que hacen de la palestra un espacio de formación único, vital. Por nimio que sea, de la elección de los peplos a la de los discos, nada se le escapa, ni siquiera el aceite especiado con que atletas y luchadores se embadurnan el cuerpo antes de la contienda, que el mismo Baldó hace traer de una granja orgánica de Villa Madaloni, o el elenco de auxiliares encargados de embadurnarlos, reclutados por Baldó, al igual que los asistentes de palestra, entre los habitués más jóvenes de la Bajada.

Nuestra amiga menciona a menudo esa mano de obra lozana que se declina en edades dispares, tonos de piel, acentos, matices sutilísimos de acanallamiento, pero no da nombres. Aunque es obvio que le gusta retratar, sus descripciones, por gráficas que sean, nunca describen rostros —el cuerpo joven es algo que existe entre la línea de los hombros y las rodillas—, ninguna característica o seña particular que puedan poner en evidencia la identidad del retratado. Es difícil saber si lo hace por discreción, para protegerlos, o por desdén, porque las actividades subalternas que tienen a su cargo la agravian. Y otro tanto sucede con la crónica social de los banquetes, que da todos los nombres de los comensales conspicuos pero omite los de mozos, *maîtres* y chaperones. Como quiera que sea, están más o menos a salvo, y si no lo están no será por negligencia de nuestra amiga. En esta materia, como en muchas otras, rige el lema acuñado por Di Salsa el comisario (no el poeta): busca, busca y algo encontrarás. Si yo, que no tenía nada que ganar, sucumbí a la tentación, ¿por qué no habrían sucumbido otros? No puedo decir que haya encontrado mucho, y lo que encontré probablemente lo hubiera encontrado sin buscarlo, simplemente sumando dos más dos, atando cabos. Es cierto: el manchón púrpura que trepa por la clavícula del mocoso que masajea la espalda baja de Vauxelbaum tiene bastante del que vi asomando, una tarde en que visité a Bernal en la biblioteca, por el cuello de la camisa del sobrino que Baldó puso a atender unos meses la recepción. Otro, que le hizo de chofer hasta que lo echaron —robaba, creo, usaba el coche oficial para robar—, tenía dos dedos de una mano mochos y anillos en los dos, igual que el pícaro fibroso que lucha con Auletta, a quien le saca una cabeza y media, y se deja ganar, y suplica clemencia con unos gritos que no se cree nadie. Un par de cicatrices que me llamaron la atención, gracias al espacio y los epítetos que les dedica nuestra amiga, me hicieron pensar en otras, vistas en otros lados, y en el criterio de selección que es fama que Baldó seguía cuando enrolaba personal para la quinta de Hurlingham, siempre sensible —un poco en la línea Auletta, ahora que lo pienso— al efecto de perturbadora exquisitez que producen ciertas imperfecciones cuando aparecen en un cuerpo novicio. (Hay uno, un changuito morrudo y taciturno, con el que nuestra amiga se encapricha un párrafo largo sin dar otra razón, en principio, que el parche de vitiligo que le blanquea la mitad de la cara. Lo llaman Jano, apodo que prende rápido, como pasa en general, mal que le pese a Baldó, con las ocurrencias de Ciccimara, la verdadera máquina de bautizar del grupo, de donde salieron el Venadito, La Mundial, mi Pequeño Pony, Volteado, la perra Collie y otros alias que hicieron legendario al Mirador Monegasco. Todo lo que hace Jano lo hace un poco mal, a destiempo, de mala gana y con una pizca de rencor, como si frotar un gemelo con árnica, hidratar una boca sedienta o empacar provisiones para una jornada de senderismo fueran escollos que frenan la carrera brillante a la que estaría destinado. Pero lo apadrina Baldó, que es quien lo trajo, y eso lo blinda de algún modo. Hasta que algo pasa, algo de otro orden, que no tiene que ver con llenar cantimploras, tener cargados los carcajs o sobar con resina las barras paralelas: Feddi no encuentra su reloj, falta la billetera de Ranfagna, desaparece la tobillera de oro de Barbó y todos miran a coro en dirección al chango, y como no lo ven, salen a buscarlo. Al rato aparece, cabizbajo, con cara de haber llorado, huellas de fustazos en la espalda y un aliento a vodka que ahuyentaría a un cosaco. Viene de la mano de Baldó, que trae en la otra —y aquí nuestra amiga, tan poco dada a los sobresaltos formales, hace uno de esos zooms desprolijos con que la televisión solía abalanzarse sobre una cara o una mano sospechosas para poner en evidencia la amenaza que encerraban— algo que brilla mucho, casi que enceguece, y que los demás no llegan a ver, probablemente ansiosos por caerle encima al ratero. Es una petaca, una petaca de peltre que le robó a Baldó, con la que Baldó lo encontró emborrachándose abajo de un sauce, y es la única pieza del botín que conseguirán recuperar).

Vozarrones, vulgaridades, vicios venales con olor a ingle y textura de moco: todo nos suena de algún lado. Yo y algunos más sabemos de dónde. El resto no, y tanto no les debe haber sonado, porque salvo un par de rezongos que no prosperaron, por obra de su propia debilidad o porque alguien no perdió el tiempo y los amordazó enseguida, nadie pensó, aludió ni reveló nada del mundo de disipación y licencia del que esta arcadia deportiva era el sosías bizarro. El Mirador Monegasco —ya en franco declive, casi un páramo cuando Baldó se hizo cargo de la Naldoni— se desvaneció en el aire, sin dejar otro rastro que el saludable frenesí de la Bajada Odorico. Si hay algún mérito que reconocerle a nuestra amiga sería este, modesto y arriesgado: la invención, calcada de uno muy antiguo, poblado de adonis y efebos, higos y mirra, tobillos alados y pedagogía, de un mundo de mentira que dice la verdad.

46

Es un buen capítulo, mal que me pese, y sé que sobrevivirá. Ya sobrevive en el éxito incipiente de los seudónimos, las fiestas de disfraces y el anonimato, tres pasatiempos que una cultura como la nuestra, tan celosa de la autenticidad, difícilmente se habría permitido antes. Creo que nuestra amiga —esa partecita suya que es ese capítulo— no es ajena a este modesto furor. No hace mucho me contactó alguien a quien había perdido de vista. Estaba igual, sólo que sobria, y en vez de pedir cosas —el único arte en el que brilló alguna vez, al menos conmigo— me propuso escribir algo para *Dicho de otro modo*, la colección de relatos *à clef* que le había vendido a Terpsícore. Las condiciones eran óptimas: buen dinero, toda la libertad del mundo, *deadline* de hierro. Dije que no, por supuesto. Pero antes me tomé el trabajo de consultar los títulos previstos de la colección, que dudo que aparezcan, y me llamó la atención el *déjà vu*. En especial el de Sevesti, que planeaba evocar el burdel del clan Bonavena en modo sanatorio Sauberberg, y el disparate de Mendiburu, que replicaría en el desierto, entre dunas, dátiles y dromedarios, las partusas legendarias del segundo piso del spa Carcopinot.

No me extraña, pensándolo bien, que nuestra amiga escribiera el capítulo en la clínica Facco. Y da lo mismo que se internara por cautela, a sabiendas de lo que le provocaría escribirlo, o después, como un recurso de último momento, cuando la locura ya le había caído encima. Era uno de esos retos cuyas recompensas, suponiendo que las haya, representan poco y nada comparadas con los peligros de aceptarlos. Nuestra amiga tenía mucho que perder; si sale airosa incluso para mí, que no esperaba su libro sin recelo, no es sólo porque nadie consiguió leer en él lo que había que leer, lo que ella misma, desfigurándolo, se las ingenió para sembrar entre líneas, sino sobre todo porque el espejismo funciona —el Mirador Monegasco *es* la Bajada Odorico— y porque está escrito con perfidia y con fruición, dos virtudes de las que el resto del libro tiende a abstenerse. Salvo un puñado de momias nostálgicas, que contrajeron en sus frondas las plagas que hoy los tienen postrados, y media docena de eruditos que invierten en mantener viva la memoria del lugar el tiempo y la energía y la audacia que les faltó para atreverse a conocerlo, nadie recuerda hoy el Mirador Monegasco. En cambio, ya hay legiones de adelantados que establecen en la Bajada Odorico el cuartel general, el teatro, el laboratorio de sus vocaciones íntimas. Más de uno usará el capítulo a modo de bitácora. Yo lo usé, de hecho, una vez, cuando una serie de circunstancias ingratas me depositó a las puertas del lugar, y caía la noche y yo no llevaba la ropa adecuada, y una lamentable *mésentente* con alguien de cuya oferta debí desconfiar, aun cuando los anticipos hubieran sido más que auspiciosos, me había dejado poco margen para la paciencia. Necesitaba soluciones. Debía de estar en el ala este de la Bajada. Había un magnolio, en todo caso, y una planta de floripondio enorme, monstruosa, cuyos vahos siempre detesté y esta vez me reconfortaron. Sentí que la contrariedad decrecía, como atontada por el perfume, y me acordé de pronto de lo que cuenta nuestra amiga de Laborda el hercúleo, que tiene que probarse en velocidad y elige empezar a correr en la entrada este y, mareado por la planta, termina en la sur, la que da a los depósitos Arrúbal, pero después de dar el rodeo más largo y ridículo, porque para hacer los cien metros que Baldó estipuló para ese día rastrilla toda la Bajada, exhaustivamente, y pasa por la pista de arena, la plataforma, la columnata, el área de aparatos y los baños —donde se demora un tiempo que no tiene—, y en su descarrío dibuja el mapa completo del lugar, y es ese mapa, al final, el que me orienta, mucho mejor que las estrellas, en todo caso, cuyo lenguaje Bernal prometió enseñarme y nunca cumplió, creo que porque lo ignoraba, y termina salvándome. Salvo siluetas borrosas, algunas de pie, otras de rodillas, las mismas con las que podemos toparnos en un sitio intachable como el parque Igarzábal, y racimitos de chicos guarecidos entre arbustos, compartiendo toda clase de pipas, trompas de caucho y alegres juegos de manos, no vi nada que me impactara demasiado. Me acuerdo de que volví a casa y lo primero que hice, después de sacarme los zapatos sucios (había barro en la Bajada, todo el barro que nuestra amiga barre bajo la alfombra de su capítulo), fue ir a la biblioteca y buscar el libro, el bendito ejemplar que llevo páginas y páginas buscando en vano, con las notas manuscritas que tan útiles me resultarían ahora. Estaba donde tenía que estar, en el estante últimamente tan próspero donde se amontonan las vidas reales, entre la L de L'Hoste y la de Lipparini, que sólo los lentos pueden creer que son la misma letra. Llegué al capítulo sin consultar el índice, a tal punto mis dedos parecían conocer el camino. Ahí estaban, tal como los recordaba, el magnolio y el floripondio en flor, exuberantes como bestias de algún trópico órfico. Pero Laborda, perfectamente inmune a sus efluvios, corría sus cien metros en línea recta, como un alumno obediente, y batía —perseguido por Tilde y sus ladridos alarmados, babeantes— el récord que hasta entonces detentaba Ciccimara.

¿Lo habría inventado? Y sin embargo, con el libro contradiciéndome y todo, seguía viendo el mapa clarito, las sendas zigzagueando en el verde, los claros, las curvas, el atajo que juraría que copié del tramo final, disparatado, de Laborda, y que me dejó a salvo en el paseo D'Addario. Es algo que suele pasarme: tengo unos recuerdos, mejor dicho unas visiones, que veo y puedo describir con todo detalle, como un cuadro que tuviera enfrente, a medio metro de distancia, yo con los anteojos de ver a medio metro de distancia puestos y todo el tiempo del mundo para describirlo, y que sé perfectamente de dónde me vienen, de qué época de mi vida, de qué página de libro, de quién que me las contó, de qué película que vi cuándo, en qué cine, con quién, qué me estaban haciendo cuando las vi, si me gustó o no. Aunque es cierto que por con quién no pongo las manos en el fuego. He observado que caras y nombres y la relación que unas tienen con otros, tan complejas, poseen una tasa de volatilidad mayor, quizá por lo numerosos que terminan siendo con el correr del tiempo, quizá por lo inequívocos, que situaciones o escenas, que tienen más componentes y más diversos y pueden darse el lujo de ser más genéricas, de repartir entre sus elementos las características distintivas que un rostro o un nombre concentran en un puñado de rasgos o de letras. Caras, nombres y agregaría: libros, incluso la clase particular de libros a la que pertenece el de nuestra amiga, que no son hermosos ni verdaderos y a menudo parecen escritos con un manual de gramática en la mano, no necesariamente el más actualizado ni el de la lengua en la que dicen estar escritos, libros que enmascaran cuando no mienten y que hieren, sin embargo, como si nos conocieran, y nos persiguen como sombras, más fieles, más aviesos que los libros que alguna vez nos deslumbraron y a la vez más misteriosos, de alguna injusta manera. Quizá los leamos con otros ojos, no los que usamos para reconocerlos en la mesa de la librería o elegir al empleado a quien nos gustará comprárselos; ojos enfermos, estrábicos, tan poco confiables que aun para lo mínimo dependen de la pasión ociosa que esté más a mano, rencor, ansiedad, despecho, que es en verdad la que lee y lee siempre mal, inventando lo que lee.

Creo, para mi bochorno, que fue Irma Glitter la que me pasó en limpio el asunto. Yo había reseñado uno de sus últimos adefesios, uno muy folclórico, lleno de aljibes, yerras y travesuras en galpones de chapa, y para encubrir la razón venal de mi entusiasmo se me ocurrió aludir, casi transcribir, porque la alusión se llevaba tres cuartos de la reseña, el momento que yo consideraba cumbre de la novela, que es cuando un personaje secundario llamado Foppington, una especie de oftalmólogo o de óptico obsesionado con el paisaje rural —en especial con una raza rara de cardos y unos pastorcitos cantores muy poco tímidos, que conoce por azar, gracias a los retratos fotográficos que le hace llegar un corresponsal desconocido—, sale un atardecer solo a la llanura, atrás de lo que él cree son las huellas de los chicos, y se pierde, y cuando se quiere dar cuenta —es la expresión que usa la narradora de Irma— ha cruzado al país de al lado, una nación salvaje, sin ley ni vergüenza pero con puestos de frontera último modelo, con muy buen aire acondicionado y luz de tubo, donde después de interrogarlo a fondo lo tiran en una celda para que otro preso, igual de desconcertado que él, confundiéndolo con alguien, lo cosa a puñaladas.

Fue en un *thè dansant* de Ginevra King, uno de los últimos, porque ya sólo se veían guirnaldas de papel, el personal era escaso y la sarta de gnomos en suspensor que Ginevra había distraído de su séquito privado para suplirlo no daba pie con bola. ¡Ah, las noches idas del Pasdeloup, el Perlé, el Castelar, donde los mozos eran mozos y las encargadas del guardarropa amaban los abrigos ajenos más que los propios, y sólo se ocupaban de otras cosas una vez que la fiesta terminaba o fracasaba, cualquiera de las dos cosas que sucediera antes! Yo estaba detrás de una cortina, el único lugar donde de un tiempo a esta parte es posible aburrirse sin que te atosiguen, cuando descubrí que Irma estaba a mi lado sin que nada, ni pasos, ni voces, ni movimientos del aire, hubiera hecho prever su presencia. Me disculpé, le dije que no, que no bailaba en general y mucho menos aquella percusión con veleidades de africana que sonaba —otra prueba de que las *soirées* de Ginevra estaban de capa caída—, y ella se rio, y sus dientes resplandecieron como copas recién lavadas. No quería bailar; quería agradecerme la reseña, y no sólo porque era la única que había recibido. No pude evitar sonreírle: era el típico *quid pro quo* social al que mi sensibilidad mundana todavía respondía sin enfurruñarse. Reconozco que la miré con otros ojos. Ella debió darse cuenta, porque se acomodó la torta de pelo que le habían hecho en la cabeza y una tiara, o diadema, o peineta —nunca querré saber cómo se llaman esas bufonadas—, sobresaltada por el roce de su mano, tembló y se deslizó por una ladera hasta caer dentro de su copa, que por suerte estaba vacía. Le agradecí que me agradeciera y ella, acercándose un poco más, me confesó que le había llamado la atención que me detuviera en un personaje como Foppington, que también estaba entre sus favoritos pero no volvía a aparecer en toda la novela, y sobre todo la escena en la que me había detenido, muy vívida, plagada de posibilidades, pero que ella, hasta donde supiera —había revisado la

novela dos veces después de leer la reseña—, no había escrito.
No pasamos a mayores esa noche: algún besuqueo, mordidas
sin demasiada fe, manos que se atascaron en elásticos, todo
entre los pliegues del cortinado, que resultó útil pero olía a
nicotina y algo más ácido que no llegamos a identificar. En
cierto momento me dijo que la escena le había gustado tanto
que pensaba usarla para abrir la novela que escribiría a continuación, en la residencia de Puerto Martocchia, que acababa
(una primicia) de ganar. Sólo que al pobre Foppington no lo
mataba en la celda otro preso sino, durante el interrogatorio,
uno de los pastorcitos que tanto había admirado en fotos,
que resultó que redondeaba ingresos haciendo changas para
la policía. No tengo idea si finalmente la usó en su novela.
Tampoco si la publicó, si la escribió siquiera. No volví a verla, y las noticias que me llegaron de ella después —es cierto
que por gente que no la quería del todo bien— apagaron la
curiosidad que había sembrado en mí, leve pero viva, como
las diminutas estrellas de purpurina que nos pega en una fiesta un rostro desconocido, nuestro encuentro en la velada de
Ginevra.

47

Pero Tilde estaba. A Tilde no lo inventé, y si hay en el libro
de nuestra amiga un personaje que tenía todo para no existir,
todo para flotar en el limbo íntimo de mi imaginación, ese
era el perro. Qué calvario fue volver a recorrer el capítulo
buscándolo, y qué alivio toparme por fin con sus ojos de piedra negra, su frenética inquietud, sus pezuñas, su aliento de
cloaca, en la página donde hubiera jurado que lo había visto.
Es una nota al pie y no son más de tres líneas, la mitad de las
cuales se pierde señalando los ecos ambiguos que suscita el
nombre latino, tan Baldó, con que algunos círculos pedantes

todavía nombran su raza. Y ahí, de nuevo, se ve lo perspicaz que puede ser nuestra amiga cuando es lacónica, cómo gana en precisión y estilo si tiene que medirse con problemas de espacio. Un par de trazos sinópticos y es toda la vida del pobre monstruo baboseado la que se despliega ante nosotros, condensada en la yuxtaposición de dos únicos sucesos, cómo lo encuentra Baldó en la Bajada, muerto de frío, durmiendo en las termas —donde antes, en el Mirador, estaban los célebres chiqueros—, y cómo seis años después está velándolo con honores en la sala Píparo de la biblioteca, embuste solemne al que espero tener tiempo de volver.

Es cierto: las notas al pie siempre tienen algo triste, como de vagón de tercera clase, incómodo y frío. Pero sótanos más inhóspitos habría conocido el perro de la mano de Ottani, su dueño y enamorado devoto, que lo llevaba a todas partes, y cualquiera que conociera a Ottani sabía bien de qué clase de partes estamos hablando. El Mirador, sin ir más lejos, donde pasaba sus largas noches de desfogue con el perro siempre a un costado, suelto (Ottani era enemigo de las correas, salvo cuando las elegía él y cuando elegía también al encapuchado de nariz rota que se las ajustaba al cuello), mordisqueando unos huesos viejos, dormitando con la ropa de Ottani de almohada o contemplando a su amo aullar de placer con la cabeza ladeada y cierto aire de preocupado desconcierto. Un par de veces por semana, para variar, Ottani le daba comida premium y agua mineral importada, sobornos que pensaba que lo mantendrían entretenido y le permitirían moverse un poco solo, suelto, él también, ir de acá para allá picoteando, haciéndose picotear, mirando picotear a otros, y de tanto en tanto él bajaba o el perro subía (sin haber tocado el gulasch ni probado la Evian) y la saciedad desorbitada de uno se topaba con el hastío del otro en algún punto a mitad de camino, el viejo tinglado de chapa, la glorieta en ruinas, el sauce quemado, y el perro, borracho de felicidad, lo embestía dulcemente con su cabeza gigantesca. Era casi un monegasco más, Tilde, furtivo y discreto como el resto, salvo cuando aleteaba un tordo o un gordo gemía de más y se ponía a ladrar, no de guardián, porque no tenía la vocación ni orden de custodiar nada, sino de educado, porque interpretaba que el tordo y el gordo le hablaban a él y juzgaba descortés dejarlos pagando. Otro habitué, otro loco de los perros, sugirió una vez incorporarlo al plantel estable del Mirador, que, salvo alguna excepción nunca confirmada, no contemplaba la participación animal. Rojo de ira, Ottani se opuso, y el comité abortó la iniciativa en el acto, considerando que la indignación era legítima aunque algo exagerada, dada la intimidad extravagante que el mismo Ottani cultivaba con el perro o los peligros a que lo exponía llevándolo con él en sus aventuras, de las más temerarias del grupo. Tilde dormía, parece, cuando su amo acometió la última. Pisó un palito cualquiera, un par de jóvenes tobillos, unas pantorrillas tensas, unas nalgas pálidas y firmes que no recordaba haber visto antes, y acarició para despedirse al perro que soñaba y se lanzó cuesta arriba, gozando del martirio que las piedritas del camino infligían a sus pies desnudos, y cuando quiso darse cuenta —ahora la expresión es mía, pero de adorable no tiene nada— tenía una navaja en el cuello y una cascada de sangre bajándole por el pecho, sangre suya, sangre de su cuello, y ni una sola gota de la satisfacción que tanto lo había ilusionado. Oliera la sangre o no, Tilde abrió los ojos, no encontró a su amo y ladró, ladró y ladró, mientras el rufián que acababa de degollar a Ottani le revisaba los bolsillos —que Ottani, temerario pero previsor, siempre vaciaba antes de entrar en combate— y se daba a la fuga, y después de estar horas ladrando, exhausto, se quedó dormido de nuevo pero en los chiqueros, adonde lo había llevado su deambular de ciego y donde lo encontró a la mañana Baldó, cuando seguía las huellas de un matoncito prometedor pero muy falluto.

Y así podríamos seguir horas sin cansarnos. Pero me llama la camisa de fuerza de los hechos, como decía la mujer que amaba las plumas y los ríos fríos del invierno. Volvamos, ya que todavía podemos. Baldó se quedó con el perro y se lo llevó a la quinta de Hurlingham, donde pensó que le sería más útil. Ciego y todo, con sólo ladrar y parar de manos sus sesenta kilos contra el portón de chapa de la entrada disuadiría a los merodeadores, la especie más próspera de la zona. Baldó pensó también, ya en un escalón de inocencia superior, que la simple presencia física del perro impondría algo de la autoridad que Baldó se llevaba consigo cuando se iba a trabajar a la ciudad, de lunes a viernes, y la quinta quedaba librada a su séquito de sobrinos, que la apreciaban pero sin prestarle la atención que requería, lo que explicaba que faltara el agua, desaparecieran las cortadoras de pasto o que Baldó, llegando una noche de improviso, encontrara a un chancho durmiendo en la biblioteca del primer piso, abrigado por su alfombra favorita.

Así vivió Tilde unos años, alrededor de cinco, un poco a la deriva, ignorando olímpicamente las tareas que le adjudicaba su nuevo amo y cumpliendo a medias, en el mejor de los casos, las que le impusieron los sobrinos, pequeños desafíos, más bien, retos más o menos acrobáticos que, con promesas de premios diversos, un marlo de choclo, una vieja prótesis de pie de gomaespuma —material por el que Tilde sentía verdadera devoción, sobre todo cuando los sobrinos lo embebían en los jugos de un asado reciente—, invitaban al animal a dar espectáculos raros, siempre al borde del desastre aunque bastante populares, a juzgar por la cantidad de vecinos que aceptaban pagar para presenciarlos. Quizá porque lo extrañaba, quizá para evitar que la desidia o las licencias que se tomaban en Hurlingham con el perro pasaran a mayores, Baldó empezó a llevárselo con él a trabajar, primero —infringiendo normas estrictas en materia de animales— a la oficina que tenía asignada en la Academia, donde Tilde pasaba horas en la oscuridad húmeda de un patio interno, a merced de las porquerías que caían de los pisos superiores y los restos de un insecticida poderoso, perfectamente inocuo para los pulgones pero muy tóxico para los perros, más tarde, por suerte, a la biblioteca, cuyo reglamento, igual de severo en asuntos animales, Baldó podía darse el lujo de interpretar con elasticidad, como dice nuestra amiga que le gustaba decir. Fue ahí, en ese despacho monumental, de techos con molduras y paredes que se caían a pedazos, donde nuestra amiga lo vio por primera vez, echado como un cadáver suntuoso sobre una vieja alfombra con motivos otomanos, cuando fue a entrevistar a Baldó por el libro.

Quizá porque no hacía mucho que había salido de la clínica Facco, es una de las pocas ocasiones del libro en que nuestra amiga se atreve a decir yo, yo con todas las letras, y a contar la sarta de trivialidades personales que confieren realidad a dos de cada tres biografías, o al menos a la criatura siempre un poco inasible que las escribe: qué ropa elige para reunirse con su entrevistado, cómo llega hasta el lugar (apurada, como de costumbre, y con ese aire como de limpieza impura, desaliñada por un golpe de viento, que le quedaba tan bien), el forcejeo con el cinturón de seguridad (que encaja al subir en la ranura equivocada y ahora se le resiste), la charla banal con el remisero, el pie (estrena mocasines italianos con hebilla, una flaqueza que nunca entenderé) que se hunde en el charco de agua sucia, la espera infligida en mesa de entradas por el inepto de rigor, etc. Cuando entra por fin al despacho precedida por Martinengo, que ya ha dejado el conmutador, donde no sobresalió, y ahora oficia de secretario de Baldó, el perro levanta su enorme cabeza, alertado por el sonido de la puerta, pero dirige sus ojos huecos en la dirección opuesta, hacia Baldó, que deja los anteojos sobre el escritorio y empieza a incorporarse. Tal vez ya estuviera sordo, además de ciego.

¿Ya había entrado Bernal a la Naldoni para entonces? ¿Entró después? Típico dilema en el que podría quedarme pensando días sin llegar a nada, como no sea algún lamento patético sobre la degradación de la memoria, la rapidez con que cambia el color de los árboles o crecen las uñas, el modo en que juntan polvo los libros cuando se los olvida. A veces pienso que sí, a veces que no, como me pasa más o menos con todo. El detalle de los mocasines que aparece en el libro, por ejemplo, ¿no me lo contó también Bernal? ¿No me lo contó mejor, con más detalle, regodeándose, para fogonear la piedad y el desdén que sabía que provocaban en mí esos caprichos de nuestra amiga? No me sorprendería. Bernal podía estar en la luna, perdido en alguno de los bosquecitos oscuros donde le gustaba guarecerse, pero tenía una clarividencia rara, casi maligna, para detectar las debilidades ajenas, esos puntos donde la piel se afina peligrosamente y la vieja herida se niega a cicatrizar, y los sondeaba a menudo con una curiosidad de niño salvaje, torpe, violentamente, como sólo puede tocarlos alguien que los toca sin intención, sólo para ver, y que, al descubrir el daño que ha hecho, no puede reconocer haber participado de él, y se va dando un portazo, indignado. Sí, los mocasines italianos. Los tenía puestos la noche del premio Cannistrà; hacían juego con el mantel a cuadros que se había tirado encima a modo de vestido. ¡Disfrazada de mesa de *trattoria*! Lo pensé cuando la vi subir al escenario. pero no me animé a decírselo. No era la manera en que me hubiera gustado arruinarle la noche.

48

Lo cierto es que Bernal conoció a Tilde en la Naldoni. Eso al menos fue lo que me dijo, y la anécdota tiene su *charme*. ¿Por qué arruinar con suspicacias una piedra tan preciosa como el encanto? Trabajaba en alguno de los muchos pendientes heredados de la gestión anterior, los papeles de Samengo, creo, o el famoso *Cuaderno de ejercicios griegos* del duque de Picquigny —otro mérito de Bernal cuyo crédito, gracias al don de la elipsis de nuestra amiga, se lleva Baldó—, cuando oyó que golpeaban a la puerta. El antiguo salón de actos donde funcionaba Manuscritos Raros quedaba de camino a la entrada principal de la biblioteca; no era inusual que algunos visitantes, cansados de caminar en círculos o subir o bajar escaleras equivocadas, hicieran allí una parada para preguntar por la salida. Pero fue un golpe solo, fuerte, que no se repitió, de modo que Bernal volvió a su trabajo. Forcejeaba con el guante que quizá se había apurado en quitarse cuando el golpe se escuchó otra vez: una embestida sorda, casual, seguida de un extraño silencio. Bernal abrió la puerta y no vio a nadie, y en ese mismo momento sintió en las rodillas el suave embate de una mole obtusa, pesada, mullida, que lo hizo trastabillar y se quedó inmóvil, como petrificada, junto a sus piernas, como un bote huérfano junto al único muelle que no lo rechazó. Era Tilde. Baldó había salido de su despacho apurado, sin cerrar la puerta, y Martinengo, que tenía orden de cuidar que el perro no se escapara, estaba demasiado enfrascado en la contabilidad de unas apuestas —llevaba los libros de las carreras de galgos que organizaban mes por medio los sobrinos de Hurlingham— para cumplirla. No fue difícil reconstruir los vagabundeos del perro; bastó con seguir las estelas viscosas de su baba, que una hora después seguían frescas y brillaban bajo la luz fluorescente como largas costuras de silicona.

Fue un flechazo genuino. En la nota al pie donde lo presenta, nuestra amiga menciona la raza, la edad —quién sabe de dónde la habría sacado—, el pelo atigrado y la ceguera, la única particularidad que Bernal, por razones obvias, consideró importante compartir conmigo las primeras veces que me habló del perro. No se sentía en la obligación de describirlo, ni siquiera cuando yo, que aún no lo conocía, se lo pedía. (Mi interés por las descripciones de perros, género exigente, sólo para virtuosos, siempre fue inversamente proporcional a mi interés por los perros, especie insípida y demasiado humana para mi gusto). Se limitaba a nombrarlo; lo dejaba caer en medio de una frase con despreocupada naturalidad, como a cualquier conocido que tuviéramos en común, y así el perro hacía de las suyas, así bostezaba, tosía, se tiraba pedos, babeaba tapizados y alfombras, carcomía patas de sillas, regaba sus alrededores cuando vaciaba el bol de agua a lengüetazos, así resbalaba con sus viejas garras sobre el mármol de pisos y escaleras, hasta que sus cuatro patas se abrían al mismo tiempo y quedaba tendido panza abajo, chato como un murciélago.

Un día lo trajo a casa. Se vinieron caminando desde la biblioteca, porque los taxis veían el bozal de espuma que tenía en el hocico y seguían de largo. Cuando llegué —huyendo de la presentación de *Container*, otra fanfarronada del pesado de Scalabrini—, Bernal se cortaba las uñas de los pies en la cocina mientras apuraba, revolviéndolo con un dedo, uno de esos fernets eternos que tomaba. No era la bienvenida galante que paliaría el fastidio de una velada desperdiciada. Estaba a punto de tirármele encima, no sé si para sacarle el alicate de las manos o cobrarme en carne la tarde de tedio, cuando me choqué literalmente con el perro, con la masa inerte y dura que entendí en ese momento que podía ser un perro enorme si además era ciego. Tilde estaba parado en medio de la cocina, dándole la espalda a Bernal, digamos, quién sabe desde cuándo, mirando la menos interesante de las paredes con la fijeza hueca de una piedra. Tenía sobras de uñas de Bernal atascadas en el pelo del lomo, que —dicho sea de paso— no me pareció atigrado, como asevera nuestra amiga. Fue un flor de golpe, pero el perro no se movió: había desarrollado una insensibilidad sobrenatural, quizá por la ceguera. Tenía la inercia obcecada de esas criaturas que son elegidas por una fuerza superior y quedan como marcadas por el haz de luz providencial que se posó sobre ellas, condenadas a esperar inmóviles, indiferentes a todo, el próximo llamado. No esa vez, porque después de apartarlo como a un cajón de envases vacíos me dediqué a Bernal, a sacarle a Bernal lo que por entonces no le costaba demasiado darme, sino más adelante, menos para entender a Tilde que la devoción que Bernal empezaba a profesarle, se me dio por observar a la bestia con alguna atención y debo decir que me sorprendió; bastante más, en todo caso, que los pasos de comedia que Bernal me contaba que protagonizaba en la biblioteca, donde le gustaba mear el pie del busto de von Marée, ladraba a percheros y ventiladores de pie y cada dos por tres había que salvarlo de algún desastre, cables pelados, raticidas, el pozo de un ascensor fuera de servicio, la calle misma, en la que solían morir sus deambulaciones si no lo interceptaba nadie. La manera en que se quedaba quieto, parado sobre sus patas tiesas, ajeno a cualquier presencia o movimiento que hubiera en la habitación, con el hocico a cinco centímetros de un pedazo suelto del empapelado, todo lo que al principio tomé por una señal de disconformidad o de protesta —no le gustamos, pensaba yo cuando estábamos juntos, si la palabra tenía algún sentido en la cámara de vacío donde vivía— era en realidad menos simple, más difícil de reconocer y de evaluar. Porque protesta el que piensa, como dijo Hainhofer, y pensar piensa cualquiera, hasta Hainhofer, y lo que Tilde ponía en evidencia en aquellos trances de pétrea perplejidad era que no sabía qué pensar. Sin imágenes, sin olor, quizá sin sonido, el mundo seguía a su alrededor, se podría decir que existiendo, pero ya no le decía nada.

49

A diferencia de Bernal, yo sí tengo experiencia en bibliotecas. En general problemática, como es la relación que tenemos con cualquier cosa que se adecua mal a nuestras necesidades o las desoye. Me distraigo con facilidad, hago ruidos cuando leo —hipos, chasquidos, los rebuznos de los que tanto se burlaba Bernal. Pocas cosas inofensivas para cualquier persona normal me perturban tanto como un perfil pensativo inclinado sobre un libro abierto a la luz de una lámpara verde, con la mandíbula apoyada sobre la palma de una mano que pronto se cansará y, luego de un suspiro profundo, sabiamente sincronizado con un cambio de página o de capítulo, dejará su lugar a la otra, que recibirá el peso de la mandíbula y fruncirá un poco la piel de la mejilla, dejándola de ese color rosa intenso que las mejillas sólo adquieren cuando se exponen al frío de una mañana de sol de invierno. No sabría distinguir una biblioteca buena de una mala, salvo porque en la primera encuentro los libros que busco y en la segunda no, y en la primera hay máquinas de *latte machiatto* y en la segunda expendedores de agua pero no vasos, y olor a pis de gato en las salas, y empleados indolentes, y ratas, supongo, muchas ratas del tamaño de una pelota de rugby comiéndose libros con el doble de entusiasmo de los sonámbulos que ocupan las mesas de lectura.

Dicho esto, y conociendo su tendencia a la hipérbole cuando está en juego la reputación de su sujeto, dudo un poco de nuestra amiga cuando dice que hubo una Naldoni antes de Baldó y otra después, y que nadie que entienda algo de bibliotecas afirmaría que eran la misma entidad. Bernal, de hecho, conocía la biblioteca desde antes. Atando cabos, algo que, como buen agnóstico del pasado que era, no le gustaba hacer, llegamos a la conclusión de que la había visitado una vez en plena era Lanteiro, atraído por la fama de su hemeroteca, cuando intentaba rellenar unas lagunas del *Derqui* que no lo dejaban dormir. Después de tres horas de interrogarla en vano sobre cierto conato de motín, precursor rápidamente abortado del que encabezaría la Derqui unos meses más tarde, la chozna de la directora del penal de Orr, una sáfica con veleidades que puchereaba malvendiendo los *souvenirs* de la tragedia heredados de su antepasada, se había limitado a remitirlo a los periódicos del día, y recién le reveló que la Naldoni los tenía todos cuando Bernal aceptó comprarle las dos botellas de caña Sabaté que pedía por la información. Tener ese dato fue lo mismo que nada. La hemeroteca abría cuando quería, vale decir cuando Tortós y Toletino, por entonces matones plenipotenciarios, no la explotaban como garito, un uso que Bernal desconocía que le daban cuando la visitó pero que intuyó y hasta saboreó —él, único egresado del Liceo Naval que no distinguía una baraja española de una inglesa— apenas vio aquellas mesas redondas forradas de paño verde donde hacían que leían unos pícaros despatarrados, seguramente convocados por una partida de *chemin de fer* suspendida a último momento. La empleada que lo atendió le dijo que sí a todo, como si lo hubiera estado esperando. Volvió con una caja rectangular de cartón húmedo, con las esquinas de la base del típico color verdoso del moho, como reconoció Bernal apenas se la entregaron y el cartón hecho pasta se le pegó a los dedos. Adentro había páginas sueltas de pasquines amarillistas, algunas rotas, otras cubiertas de cuentas hechas a las apuradas y tablas de posiciones discutibles. Un tal G. ganaba todos los juegos seguido de cerca por B., que recién quedaba fuera de carrera al final, supongo que por desánimo, cuando los puntos que le habían hecho perder una serie de sumas sospechosas ya eran irremontables. A Bernal le llamó la atención una hoja que lucía dos quemaduras de cigarrillos a la misma altura, separadas por un espacio, como un par de ojos, que algún gracioso (quizá G., en plan festejo) debía haber usado de máscara. *Hélàs*, ninguna correspondía al diario ni a la fecha que Bernal había pedido consultar. Tampoco había pedido los restos de comida vieja que venían dentro de la caja, ni los pañuelos de papel en los que alguien se había librado de un catarro, ni la partida de condones, todos nuevos, de un color metalizado que nunca habíamos visto, brotados de esos dientecitos traviesos que no terminaron de ilusionar y ya están decepcionando.

Según Bernal, después de todo más confiable para mí que nuestra amiga, nada había cambiado demasiado cuando él se incorporó a la biblioteca. Salvo que la empleada de la hemeroteca había sido trasladada a la oficina de atención a proveedores (donde seguía alentando falsas expectativas), los condones eran extrafinos y alguna clase de amenaza o promesa vaga pero eficaz había puesto freno al imperio de Tortós y Toletino, ahora limitado al segundo subsuelo, donde había nacido y conservaba sus súbditos más leales. Le doy más crédito a Bernal por fidelidad a un principio que rara vez defrauda, sobre todo cuando leemos biografías, según el cual sólo son reales los hechos que suceden en la oscuridad, lejos de testigos; el resto es pirotecnia *pour la gallerie*. Nuestra amiga, abismada en su propósito de fabricar a un héroe cultural intachable, no dice una palabra sobre esas negligencias. Y también confío más porque Bernal, al fin y al cabo, se pasó cerca de un año encerrado en ese mausoleo: algo de todo lo que me contó o conseguí sacarle debió haber visto con sus ojos, y algo de todo lo que vio debe de haber sucedido. Es cierto que los horarios ganaron en regularidad, las salas de lectura ya no olían tan mal y las visitas de delegaciones escolares, con su bullicio, sus picos de vandálica curiosidad, el retumbe de sus risas y eructos, le transmitieron algo de color a la cripta. Tilde complicaba un poco la mejoría general. Un mastín ciego con la trompa llena de baba y el ladrido fácil era lo último que esperaba ver el público natural de la biblioteca, digamos el más fiel, el que ni siquiera había dejado de visitarla en lo más álgido de la era Lanteiro, la semana de invierno en que había dejado de funcionar la calefacción y unos parientes lejanos de Tortós, desafiando al mismo Tortós, que los había dejado afuera de algún negocio, ocuparon el hall de entrada con sus viejas carpas militares, y lo peor que podían oír quienes la frecuentaban por su oferta de silencio, lo único que la biblioteca podía seguir garantizando. Pero Tilde era dócil; su candor era tan impresionante como su envergadura. Superada la sorpresa inicial, una vez que lo amordazaban, dejándolo boyar por los pasillos solo con su bozal, no podía despertar sino ternura. Hasta Montesú, que hizo archivo en la Naldoni para su edición de los historiales psiquiátricos de Dalmau, hasta ese amargo contumaz tuvo que ablandarse y retroceder, y desdecir él mismo la carta de lector que había enviado quejándose del perro y sus ladridos con la publicación de una segunda, *chef d'œuvre* sentimental lleno de detalles inoportunos donde ponía a Tilde a la altura de Trompo, Manteca, Indigo, Cachafaz y no sé qué otros perros notables de ficción.

50

Entiendo que el perro pasaba la mayor parte del día en el despacho de Baldó, tirado en esa languidez egipcia más bien gatuna en la que nuestra amiga dice habérselo tropezado. De tanto en tanto se le daba por resoplar, y los chorros de aire que expulsaba eran tan intensos que formaban pequeñas olas sucesivas en la alfombra. Parece que también soñaba mucho, y su cuerpazo entraba en un trance de espasmos y contracciones y soltaba unos aullidos muy suaves, dolientes, que varios, nuestra amiga entre ellos, admiten que les costaba tolerar. Entonces Baldó despertaba al animal —con una técnica curiosa que el libro no describe— y ordenaba a Martinengo llevárselo. De ahí hasta que la orden se ejecutara podían pasar entre diez minutos y tres cuartos de hora, según el tipo de urgencia que hubiera distraído la atención del secretario, de por sí bastante volátil. En esos casos, Baldó, que no tenía paciencia, recurría a quien estuviera más a mano, bibliotecarios, ordenanzas, personal de limpieza. Más de una vez Bernal cayó en la volada. A diferencia del resto, que habría hecho cualquier cosa con tal de no ocuparse del perro, incluso limpiar los baños del segundo subsuelo, él acudía enseguida, como si hubiera estado esperando la misión, y se lo llevaba sin quejarse, sin ejercer fuerza alguna sobre el animal, salvo la que requería ponerlo en pie si seguía dormido, lo que no era fácil.

Entrando a la izquierda, separada de la recepción por una ridícula cortina de cuentas, había en Manuscritos Raros una sala sin uso, originalmente destinada a almacenar alguna clase de insumo vital que siempre estaba en falta por razones presupuestarias. Era una piecita sin aire, inhóspita, como todas las madrigueras que elegíamos, con los enchufes rotos y unos cables flacos que salían como ramas de la pared, a la espera de lámparas que nunca llegarían, pero dos sillones viejos —la parte más chic de las chucherías con que el tiempo había ido llenándola— demostraron ser particularmente útiles, sobre todo cuando los poníamos enfrentados, a la hora de aprovechar la pausa que Bernal tenía después del almuerzo. Ahí estacionaba Bernal al perro cuando le tocaba tenerlo. Creo incluso que le cedía uno de los sillones. Se ocuparía él mismo de acomodarlo, porque dudo que Tató pudiera hacerlo sin ayuda. Eso explicaría, entre otros misterios, el cinturón de ronchas que me descubrí rascándome alguna vez en la parte baja de la espalda —la zona que, dada la posición estrafalaria que habíamos improvisado, más en contacto había estado con el asiento del sillón— horas después de calentarlo con nuestras cabriolas. El dueño de la veterinaria que encontré abierta esa noche me regaló unas muestras gratuitas de una crema de calamina de última generación, carísima, que acababa de mandarle un colega de Rocha. Como no le gustaba hacer las cosas a medias, me dio el nombre, que olvidé en el acto, de la variedad de pulga que se había ensañado con mis lumbares, muy común en la zona de quintas del oeste de la provincia. Se entenderá, espero, el cariño doble, paradojal, que pronto les tomé a la pieza, al sillón (en cuyo tapizado tanto gozaban clavándose mis uñas) y sobre todo al perro. El veterinario me ofreció también un collar antipulgas, que me negué a comprar. Inventé que no llevaba plata encima.

Por esa época entretenida pero difícil, a Bernal se le había dado por circular por la biblioteca vistiendo un delantal gris hasta las rodillas, con una larga hilera de botones negros, gruesos como viejas monedas de cincuenta centavos, que se ponía no bien llegaba y recién se sacaba cinco minutos antes de irse. La confección dejaba tanto que desear como la tela, una gabardina tosca, áspera, que asocio sin pensar con la que visten en ciertas películas europeas los maestros de escuela durante la guerra, siempre atrabiliarios pero de buen corazón. Un diseño inmortal, que Bernal llevaba con un donaire bastante particular. Tengo la teoría de que la prenda, vista quizá de refilón aquella primera mañana de otoño, fue una de las razones por las que aceptó entrar en la Naldoni sin titubear. Nunca pude corroborarla, que es en general lo que pasa con las teorías que dan en el blanco. La aureola del uniforme de marino, tal vez... Pero no. El uniforme era blanco, blanco naval, blanco torta de crema, un blanco que Bernal no podía ver sin tener arcadas (y por eso aborrecía la crema). Este era gris, un gris artesanal, proletario, de taller o de ferretería, de instituto de menores, de penal, quién sabe... ¿No hay en el *Derqui* una carcelera que...? Una vez que lo visité, atrincherados como cachorros en celo en el anexo de Manuscritos Raros, Bernal se lo desabotonó en orden, de arriba abajo, a toda marcha, con la deliciosa torpeza del apremio. Estaba llegando a la altura del esternón, su precioso orgullo xifoideo, cuando lo frené en seco con la idea, casi la visión, de su irrigado portento asomando la cabeza púrpura de súcubo entre dos paños de aquella tela barata. Fue una imagen sublime, de las tres o cuatro que mi variado herbario amoroso no cambiaría por nada. Como la realidad, con su abulia habitual, tardaba en ponerla en práctica, mandé a mis manos a buscar lo que ya no tenía ganas de seguir esperando y las muy imbéciles, subyugadas por la textura del delantal, se toparon con el bolsillo de adelante, largo, vertical, muy profundo, donde encontraron una nueva razón para explicar el hechizo que ejercía sobre él: tres tristes tizas, dos blancas, una celeste, hundidas en su propia caspa perfumada. Parece que ya estaban en el fondo del bolsillo cuando Bernal descubrió el delantal en un locker del vestuario, colgando de una percha de plástico. Nunca las había usado y nunca las usaría, pero le pareció irrespetuoso deshacerse de ellas. Las había dejado ahí el portador anterior del delantal, uno de esos empleados mortecinos que costaba menos mantener que despedir, aunque ya no hicieran nada, y que, como averiguó después Bernal, mataba las horas dando clases de algo a los vagos del segundo subsuelo, historia de las luchas obreras, ajedrez, filosofía política, ese tipo de cosas.

51

Yo esperaba que viniera con el delantal y él se aparecía con el perro. Salvo por cierto matiz de gris, que, mirándolo bien, el pelo de Tilde había ensayado en una oreja y descartado, no se me ocurre un canje menos satisfactorio. Es bastante asombroso cómo los malentendidos más elementales terminan siendo la espina dorsal de una relación amorosa. Y no lo digo sólo porque en aquellos días la mía, mi espina dorsal, por obra del mismo disco pérfido de siempre, hubiera vuelto a darme dolores de cabeza, vértigo, náuseas, y la sensación general, ubicua y anónima como una niebla, de que de ahí en más no habría otra cosa que la cuesta abajo del dolor y la locura. Exagero, por supuesto. ¿Para qué recordamos, si no?

Cualquiera que haya sido azotado por el latigazo eléctrico del que estoy hablando, que después de recorrer la cintura y fulminarla, dejándola helada y dura, envía a su emisario más diligente a elegir una pierna (en mi caso, la derecha) para atravesarla de arriba abajo, íntegra, como un relámpago, sabrá hasta qué punto las víctimas de una hernia de disco decimos la verdad siempre, sobre todo cuando exageramos. Lo cierto es que ese gusto nunca me lo dio. Otros sí, y fueron muchos, y todos se fueron con él, como si los hubiera creado su milagrosa capacidad de saciarlos.

Me consoló, al menos, que dejara de traer el perro a casa. Mi indiferencia general, supongo, y la desidia con que suplía con restos viejos la comida balanceada que me olvidaba de comprar, habían terminado por enfriar la extraña fantasía doméstica con la que me di cuenta de que coqueteaba. Fue un alivio para todos; más que nada para Tilde, que en sus últimos tiempos en casa no había parado de aullar, toser, rascarse y lamerse por turnos los dos parches fétidos que le habían brotado en las patas, mientras nosotros —yo con lumbago, fuera de mí; Bernal como si nada, con la misma impavidez con que, por ejemplo, apoyaba la cabeza y se dormía en cualquier parte, el único de sus talentos que verdaderamente me enfurecía— fingíamos vivir una vida normal. Si quería mi ración de delantal tendría que salir a buscarla, sorprender a Bernal en la biblioteca, acariciando algún documento privado con las manos enguantadas, acorralarlo en nuestro sucio rincón, tumbarlo en nuestros sillones apareados y manosear hasta hartarme esa tela basta, exquisita. Haciendo de cuenta, naturalmente, que el perro —del que Bernal ya no se despegaba— no estaba ahí, a un costado, no estudiaba con sus ojitos secos las patas de hierro de una vieja mesa de coser, no nos apuntaba con sus ancas esqueléticas.

52

En el capítulo doce hay un delantal. La acción transcurre en la Naldoni pero no aparecen los frescos de Orrego, ni los bustos de los exdirectores de la biblioteca, ni el *Lector liliputiense* de Farnós, doscientos cincuenta kilos de puro quebracho blanco traídos de una aldea del Chaco paraguayo por el testarudo de von Marée. En un momento Baldó, que está bajando la escalera central a la carrera (el ministro Suzanni odia que lo hagan esperar), se frena en seco, como si recordara haber olvidado algo importante. Se da vuelta y, dándonos la espalda, el muy guarango sube otra vez apurado, y aunque subimos con él —es lo mínimo que le debemos al protagonista de un libro, incluso a un protagonista como Baldó, incluso de un libro como este—, una antena de nuestro radar, díscola, menor pero muy significativa, elige quedarse en la planta baja y seguir otra pista, para el caso la del empleado de delantal gris que empuja en el fondo su carro lleno de libros, su vagoncito amarillo, flamante, tan recién comprado —la opulencia de las gestiones que empiezan— como los zapatos que calza Baldó, en cuya suela rosado crepúsculo ya habrá clavado sus ojos el lector perspicaz.

Qué lindo sería que fuera Bernal. Qué lindo poder acompañarlo en su alegre reparto de libros, y oírlo tararear su canción favorita, y piropear a izquierda y derecha a las viejas empleadas que esperan verlo aparecer cada mañana, y estar a su lado cuando, completada la ronda, otra vez al pie de la escalera de mármol por la que vimos a Baldó subir, contrariado, a recuperar lo que se olvidó, apartara de sí el vagoncito amarillo vacío, lo alejara con un empujón delicado, sin soltarlo, para atraerlo luego de nuevo de un suave tirón, y el vagón volviera girando como un trompo hasta caer en sus brazos y juntos, como arrastrados por un torbellino, emprendieran una de esas danzas lunáticas en que los bailarines se trepan a cómodas, patinan en bañaderas, se deslizan por pasamanos, caminan por las paredes, se cuelgan de cortinas y arañas y zapatean sobre mesas de luz, hostigados por la consigna que les impartió el cerebro maligno en cuyas manos están: no dejar intacto ni uno solo de los componentes del decorado.

Sería lindo pero no. Bernal no repartía libros, ni tarareaba canciones, ni se conmovía con la castidad forzosa de un manojo de empleadas vitalicias. Y como bailarín no era de lo más recomendable. Yo no lo habría recomendado. Quieto o en pose era irresistible, pero bastaba que se pusiera en movimiento para que su encanto se cuarteara como un óleo seco, mal barnizado. Como muchos tímidos, que resisten durante horas las arengas con que el resto de la fiesta los insta a bailar hasta que, hartos, sólo para poner fin al tormento, dan el brazo a torcer y salen a la pista, hacía lo que hacía con un entusiasmo, una convicción, una fe ciegas, inmolándose para darle un ejemplo al mundo, como el fanático que entrega al avión colmado de pasajeros, la embajada extranjera o la estación de tren su cuerpo forrado de explosivos. No, ese no era Bernal. Bernal recitaba versos, copiaba dísticos procaces recogidos en el baño en las mismas fichas donde indexaba manuscritos, quemaba el café a propósito y repartía rapé, un tic inglés (un robo inglés, como le gustaba decir) que predicaba más a conciencia que la religión del paraguas. Con resultados inciertos, hay que decir: el atractivo exótico de la novedad solía sufrir con las explicaciones que se veía obligado a dar cada vez que alguien, con la lata abierta ante los ojos —una Wilsons dorada, muy hermosa, traída de Londres por una azafata que me debía favores—, hundía un dedo humedecido que luego procedía a chuparse, o llenaba con el polvo una cucharita que descargaba en una taza de té, donde quedaba flotando, o pretendía fumárselo en un cigarrillo. Previsiblemente, el único que captó el asunto al vuelo fue Toletino, que, tentado por el malentendido más obvio, zambulló la nariz en la lata y estuvo dos horas de reloj estornudándose la camisa, que era nueva. Ese era Bernal en la biblioteca Naldoni, el Bernal que ocupa menos del diez por ciento de una página de las quinientas cincuenta y pico que tiene el libro de nuestra amiga.

53

Así, mientras Baldó baja las escaleras trayendo en la mano lo que se había olvidado, una primera edición de los *Anaqueles absolutos* de Da Veiga, el lector —que a esta altura del partido algún lujo tiene que poder darse— se queda prendado de un detalle, una curiosidad menor, modesta, que si apareciera en un rincón de un cuadro —un cuadro donde un sujeto baja unas escaleras con un libro antiguo en la mano, etc.— pasaría tan inadvertida como cualquiera de las fibras de las que está tejida la realidad, por ejemplo, sin ir más lejos, el trémulo hilo de moco que cuelga de la nariz del guardián de la sala del museo provincial donde se exhibe el cuadro, que pronto cerrará sus puertas al público. Ahí se queda, cautivado por un delantalcito gris cualquiera, probablemente más barato —comprado en oferta, que es como debió comprar su partida la biblioteca— que el libro que tiene entre las manos, mientras lo que cierta inteligencia mediocre pero por desgracia influyente llama la acción sigue de largo sin mirar atrás, sin distraerse, con ese chucuchuc-chucuchuc continuo con que las insalubres locomotoras de otro siglo adormecían a los viajeros en los culebrones que le gustaba leer a la señora del ministro. De modo que Baldó entra a la sala de exposiciones —el único espacio decente que hay en toda la biblioteca para cónclaves formales— y sorprende al ministro con el ceño fruncido, comparando la hora que marca su reloj, un viejo Movado de bolsillo, con la del reloj de pie del salón, un Sciazza con movimiento silencioso, de péndulo, que atrasa veinte minutos y quince años, el tiempo que hace que lo mandaron del Archivo Central, donde estorbaba. Parafraseo a nuestra amiga: Baldó, que sabe que lo único que no tiene que hacer es disculparse, se sienta en la cabecera de la mesa, lejos, lo más lejos posible del ministro, y le lanza el Da Veiga, que viaja patinando por el largo rectángulo de vidrio y se detiene justo antes de impactar contra el anillo de sello que Suzanni lleva en el meñique de su mano izquierda, la que le está costando cierto trabajo mover. Oh, contrariedad, el ministro se ha olvidado los anteojos. Fin de la paráfrasis. Farfulla su contrariedad, no una disculpa, y achinando los ojos se pone a examinar el libro como si fuera otra clase de criatura, una caja, un aparato insólito que puede dar vuelta, poner patas para arriba, sacudir, hasta que entra un poco en razón y le estudia el lomo, lo abre, se detiene en una ilustración, una foto, un grabado —uno especialmente sabroso, con indias en paños menores y yacarés—, y tropieza con un viejo programa de mano de un cine de mala reputación, recuerdo traído por Baldó de una de sus expediciones etnográficas de suburbio. Es el turno del ordenanza, que entra tosiendo, como siempre, y sirve dos tés que nadie pidió, acompañados de los *biscotti* que Baldó compra por kilo en una importadora del barrio. Descubren alborozados que ambos detestan el té, que Suzanni tiene en vistas comprarse una casa en Hurlingham y agradecería mucho cualquier información sobre la zona, los precios, algún casero joven disponible, y que a Baldó, que ya está corto de presupuesto, no le vendría nada mal una inyección de dinero extraordinaria.

Salvo para algún asesor inmobiliario, un contable con ínfulas de auditor o de ventilador de escándalos, la escena no tiene el menor interés. Nuestra amiga la cuenta porque tiene que contarla, por lealtad al principio de continuidad, porque tiene lugar después de la regata senior en el Canottieri Italiani (donde Baldó termina séptimo) y antes de la visita a Popolizio en el hospital Salaberry (el mismo, por otro lado, donde atiende el reumatólogo del ministro Suzanni), que será la última. No la justifico, pero puedo entenderla. Entiendo ese prurito del biógrafo concienzudo que ha reunido todos los hechos y, teniéndolos perfectamente alineados, cada uno en su puesto, los escribe todos, no importa lo irrelevantes, lo tediosos que sean, en parte porque descartar alguno es despreciar el trabajo que le exigió dar con él, en parte por miedo a que alguna vez alguien, talibán improbable del club de amigos de Baldó, salido de la noche más imprevista, le toque el timbre y le enrostre el eslabón que olvidó u omitió, en ambos casos simplemente porque no valía la pena consignarlo.

Pero la escena es vívida, respira; tiene la transparencia (que agradecemos) de una de esas ventanas humildes que una mano escrupulosa acaba de limpiar a fondo y da a un paisaje prometedor, como todo lo que acecha del otro lado de una ventana, pero decepcionante, como tienden cada vez más a ser los paisajes. Quizás esa vibración inofensiva y sensible sea un requisito indispensable para que las rodajas de realidad que nos ofrecen los libros tengan la consistencia de rodajas de vida. Nada del otro mundo, en efecto. Pero quizás este mundo pocas veces nos convenza tanto de su existencia como cuando se presenta en estas postales superfluas, que no le agregan nada, ninguna gracia, ninguna particularidad llamativa, simplemente porque creen en el mundo que retratan y con eso basta. El hoy olvidado Giovanni Morelli nos enseñó, y bien que pagó el costo de enseñárnoslo, que es en el lóbulo de las orejas, las uñas, la forma de los dedos de manos y pies, mucho más que en la composición, los colores o el diseño de las figuras protagónicas del cuadro, donde debe mirar el ojo si quiere distinguir una pintura auténtica de su copia fraudulenta. Quizás en estas escenas que no dicen nada, que están ahí para dar pie a otra cosa, para ser relevadas por otras y archivadas, quizás allí, más que en la narración de los grandes hitos de una vida, se encuentre eso que en el fondo busca el lector: la evidencia no del talento o los métodos del biógrafo, que están por todas partes y hasta nos tienen hartos, sino de su presencia.

¿Estuvo ahí nuestra amiga esa tarde, en esa reunión? Las fechas dan. De esa época es la serie de entrevistas que tuvo con Baldó en la biblioteca. La muy descarada, contraviniendo todas las normas, escribía al mismo tiempo que charlaba cara a cara con él, lo trataba de noche como a un muerto y de día lo tenía a tiro, le veía los poros abiertos por la afeitada matinal, podía sentirle el olor a vetiver, sándalo, azucena, lo que fuera que usara Baldó entonces, comprado por algún sobrino en una de esas perfumerías rancias cuya devoción compartía sin saberlo con Bernal. Más o menos por esa época tiene su cuarto de hora de fama el delantal gris, prenda que nuestra amiga no parece valorar demasiado y adjudica en el libro a un empleado anónimo, como hace con el echarpe lila y ocre y la boina de tweed, dos bochornos que Bernal, contra mis ruegos, llegó a llevar alguna vez a la biblioteca. Quizá no fue deliberado ni hubo mala intención, y nuestra amiga simplemente vio mal, vio muy de lejos, y antes de dar un nombre y equivocarse prefirió dejar las cosas así, en estado de contorno vago. Por entonces, para disimular los estragos que le había dejado el paso por la clínica Facco, nunca salía sin esos lentes oscuros gigantes que usaba, que le hacían una cara como de mujer mosca. (Nunca entendí cómo podía creer que le quedaban bien, ni siquiera cuando se tomó el trabajo de explicármelo). Probablemente eso, más el velo que ciertos psicofármacos dejan caer sobre la percepción de las cosas, pudo haber explicado el desliz. Lo cierto es que bien pudo haber estado ahí, y acompañar a Baldó, ya de salida, cuando sorprendió a Suzanni en la sala de exposiciones. O se encontró con Baldó inmediatamente después, y oyó de su boca el relato de la escena que acababa de suceder. O se lo contó el mismo Bernal, nuestro testigo de delantal gris. O tal vez se lo contaron los dos —privilegio promiscuo de todo biógrafo— y ella combinó las versiones... De pronto todo es posible. Es lo que suele pasar con las oraciones que empiezan con "lo cierto".

54

Lo cierto es que yo llegué a la biblioteca unas horas más tarde y no la vi. El resto estaba todo igual: el reloj que atrasaba, las dos sillas un poco fuera de lugar, la bandejita, las tazas. Pero de los *biscotti* no quedaban más que migas, el té estaba frío y el programa de cine, solito, suelto, parecía algo desvalido lejos del amparo del Da Veiga, que sin embargo seguía también ahí, haciéndose el desentendido en una esquina de la mesa, confirmando el pálpito que había tenido Baldó al elegirlo como regalo de protocolo: que Suzanni, que no quería ver libros ni pintados, haría lo imposible por no llevárselo a su casa. No sé si vetiver, pero algo de madera ahumada flotaba en el aire. Y no olí rastros de Souci, el menjunje de castañas y kaki o kiwi que se ponía entonces nuestra amiga, dicen que para acallar cierta pestilencia propia de la medicación.

Francamente no me acuerdo por qué me encontré en esa sala. Tal vez había olvidado anunciarme. Era la regla y yo tenía la costumbre de respetarla, pero ya no me divertía tanto que el idiota de turno se tomara quince minutos para rastrear a Bernal y apretara todas las teclas equivocadas de un conmutador que fallaba cada dos por tres. O tal vez me anuncié y cuando vi que el portero, molesto porque un interno lo dejaba esperando, suspendía el rastreo para volver al solitario sibilino del que lo había distraído, decidí meterme sin esperar que me autorizaran. Era el tipo de infracción inofensiva que me daban ganas de cometer a veces, cuando caía en la biblioteca sin avisar. La sala de exposiciones era la primera después de la entrada, la puerta estaba abierta... De modo que entré —los muy derrochadores habían dejado las luces prendidas— y me puse a dar vueltas por el lugar, a hacer lo que hace la gente cuando llega a una escena del crimen demasiado tarde: arruinarlo todo. Rocé con los dedos el borde del respaldo de las sillas, la tapa de vidrio de la mesa —donde una franja un poco más oscura señalaba el camino trazado por la patinada del Da Veiga—, el filo de la bandeja, el asa apenas mellada de una de las tazas, que estaba a punto de vaciar de un trago —no me gusta el té, pero frío y de otro tiene lo suyo— cuando apareció Bernal con su delantalcito gris y su sonrisa de jadeante inocencia, y más atrás el perro, aturdido como nunca. Tilde había entrado en la etapa final, de incontinencia, lo que complicaba la tarea del personal de limpieza pero hacía más fácil localizarlo si se perdía, cosa que ocurría cada vez más a menudo. Sé que a Bernal no le gustó, pero el arrebato de inquietud que me había llevado hasta la biblioteca, admito que intempestivo, no incluía los efluvios de un intestino moribundo, así que mientras me abalanzaba sobre mi poeta y mis manos se perdían en las ranuras que se le abrían en el delantal, entre botón y botón, como vulvitas, miré una última vez a Tilde, lo vi absorto en algo que no era yo, ni nosotros, ni nada que pudiera verse en la sala, y le cerré de una patada la puerta en el hocico.

Ahora bien, ¿cuál era la escena que buscaba? ¿Qué crimen quería presenciar? No, no creo que la conversación entre Baldó y Suzanni. Vívida y todo, a duras penas pude leerla sin bostezar en el libro de nuestra amiga. Y sin embargo, pensándolo bien, la sensación que tuve al rozar los contornos de aquellas piezas de utilería no fue exactamente de indiferencia. Había algo más, una vibración especial, el eco que siguen irradiando las cosas una vez pasado el temblor que las sacudió. Yo sabía al llegar a la biblioteca que algo había ocurrido. No sabía qué, no sabía quiénes ni por qué habían ocupado esas sillas, despreciado esas tazas de té, olvidado aquel programa de cine. Pero era el rastro de esas presencias lo que quería recoger.

Algo parecido me había pasado escribiendo la triste, truculenta vida de las Stoppio. Promediando el libro se me había metido entre ceja y ceja ir, ver, estar ahí, repetir, *revivir*. Bajar al sótano de la casa y acostarme en el piso, bajo la misma viga donde había terminado por tenderse la gemela mayor cuando entendió que estaba atrapada, que ya no saldría. Trataron de disuadirme; el primero de todos Mussio, mi editor, con quien me veía dos veces por semana en el altillo que le prestaba Mongole para sus tropelías. Encontró la idea interesante pero cara, más que nada incómoda, porque nos separaría, y dejó en claro que no discontinuaría una dieta rica en satisfacciones por un escrúpulo biográfico vulgar, peligroso, para colmo, si no se lo ejecutaba con prudencia. Lo paré en seco cuando amenazó con darme ejemplos. Tedesco, biógrafo de Bogdan, aplastado por un cielorraso de la casa de su biografiado, que acababa de alquilar para terminar el libro envuelto en su aura; Violeta Dunkel, lanzada tras los pasos de Zumsteeg hasta el final, hasta Real de Catorce, hasta la misma disentería que se cargó en dos días al pobre suizo... Los conocía todos. Pero a Mussio, salvo excepciones, no le gustaba que lo callaran. Alegó que el drama Stoppio había sucedido años atrás, que la casa, arrasada por el fuego, había sido reconstruida de cero, con ese afán de pulcritud amnésica que parece animar a todos los museos, sobre todo cuando lo que atesoran son obras maestras de la tragedia. Lo escuché atentamente, con toda la paciencia que se puede tener con la cabeza envuelta en una especie de pasamontañas de látex de muy mala calidad y noventa y cinco kilos de peluda lujuria encima, y dos días más tarde estaba en camino. Manejé treinta y seis horas, sobreviví a dos pinchazos, un cuarto de hotel con una colonia de murciélagos y media docena de caminos atroces, y aunque llegué un domingo a la tarde en plena siesta, logré convencer al mormón del cuidador de que me dejara entrar, y apenas se dio vuelta para conseguirme un programa del museo pellizqué de un tablero la llave del sótano y bajé. Cuando se dio cuenta del truco ya era tarde: yo estaba en posición fetal, como la malograda difunta, y cerraba los ojos. Bajó hecho una furia, amenazándome con llamar a la policía. Yo, en un rapto de inspiración, no dije una palabra, pero tampoco me moví. Iba en serio. Simplemente le devolví la llave y le pedí que me encerrara un rato y él, después de un segundo de absoluto pasmo, subió y obedeció. Quién sabe si toqué en él una fibra secreta. Habrían pasado dos o tres minutos cuando sentí el olor del pelo chamuscado haciéndome cosquillas en la nariz. Fue mucho más de lo que esperaba, pero la epifanía no duró: enseguida oí la llave hurgar en la cerradura y la mujer del cuidador —una belleza de provincias típica, pechugona, con las mejillas paspadas, hoyuelos en los codos y un pañuelo a cuadros en la cabeza— bajó como una tromba, dispuesta, esta vez sí —al menos eso fue lo que anunció a los gritos—, a acabar con los recreos viciosos que parece que su marido llevaba cierto tiempo tomándose, siempre en domingos, siempre en el desangelado sótano del museo que le pagaban por cuidar. Pobre diablo. Le mandé en su momento un ejemplar del libro dedicado, pensando que acaso le sirviera para reducir la pena. Una semana después recibí el paquete de vuelta, sin abrir.

55

Tal vez lo que quería era ver a Bernal; sorprenderlo, irrumpir en medio de esos lapsos de vida que vivía sin mí, tan campante, y sorprenderlo tal como era a secas, no como era para mí; verlo sin mis ojos, con la misma ansiedad con que habría corrido a verlo en las imágenes de la cámara de seguridad de una playa de estacionamiento o de un banco, dos lugares que conmigo nunca pisó. Estuve un tiempo ensayando ese tipo de asaltos. No pensaba, eran como raptos que me daban. Estaba en casa, en medio de algo que no vale la pena recordar, y de pronto me encontraba afuera, en la calle, abortando el plácido almuerzo de un taxista con la dirección de la biblioteca dicha con mi voz más temblorosa, mientras uno de mis brazos luchaba por entrar en la manga del impermeable, esfuerzo completamente superfluo porque casi nunca llovía, y si llovía era casi cantado que el impermeable se lo había llevado Bernal.

Digo "me encontraba" no para satisfacción de pedantes como De Blest, cuyos personajes consideran que "estar" en un lugar es el colmo de la vulgaridad, sino en sentido literal, como cuando un cuerpo sumido en la ensoñación tropieza —se encuentra— con su sombra y pega un grito de alarmada sorpresa. Al día de hoy no podría afirmar que la persona que se zambullía en el taxi fuera la misma que un rato antes despellejaba en sesenta líneas la *memoir* alcohólica de Punzetto (en verso, para colmo), despachaba un par de informes de lectura lapidarios o paveaba en la cocina en pantuflas, las pantuflas borravino que Bernal había aceptado comprarse, de lana, llenas ya de agujeros, que ahora le robaba yo, porque eran el lugar donde su calor y su olor mejor se conservaban. Supongo que una extrañeza parecida sentirán los homicidas que matan como resultado de una compulsión súbita y se descubren —se encuentran— de rodillas en un charco de sangre fresca, con un cuchillo de cocina en la mano, cuando en el último recuerdo que tienen de sí mismos cantaban bajo la ducha o acunaban al bebé que ya no volverá a despertarlos. Lo habré hecho media docena de veces, siempre en estado sonámbulo, siempre el mismo recorrido, en dos ocasiones con el mismo taxista, que la última vez, antes de bajarme, se animó a darme su tarjeta y la tarifa fija, muy conveniente, dado el descuento, que me cobraría si acordábamos un plan de viajes regular.

Salvo por las veces que llegué a la biblioteca y no entré. de la vergüenza, y me volví, no puedo quejarme. Además de unos episodios de urgida lujuria, que compensaban la meseta de languidez a la que nos íbamos acostumbrando en la vida diaria, el plan de asedios me dio más de una satisfacción. Conocí, de la mano del mejor de los guías, regiones que el lector común ni siquiera intuye, rincones solitarios, el fragante tallercito de restauración, el box de enfermería, abandonado pero con su vieja camilla intacta, muy apta para usos no convencionales, el *glamour* enjaulado del montacargas, el baño de hombres del segundo subsuelo, con su sórdida hospitalidad, su barra abatible, tan oportuna, y aquel globo que se desinflaba en un ángulo del techo, rémora del cumpleaños de una prima de Toletino que no había terminado bien. Me sorprendieron algunas alfombras, desflecadas pero todavía cómodas, y el gemido particular que emite el roble de los escritorios de persiana cuando se los exige un poco, esa especie de llantito deshilachado con el que competían, y perdían casi siempre, los lamentos del pobre Tilde. Los guantes, que yo siempre había visto con fastidio, como obstáculos, resultaron una grata revelación, en especial los de nitrilo, sobrante de una partida mexicana cuyo contrato dio mucho que hablar, y los de látex, demasiado perfumados para mi gusto, pero con los que las manos de Bernal parecían tener una *entente* bastante milagrosa, muy apreciada por ciertas partes mías que no se conforman con cualquier cosa. Sería injusto decir que volví de esas excursiones con las manos vacías. De hecho, el Da Veiga que Suzanni despreció no deja de mirarme mientras me enredo en estas líneas, parado al bies en un estante del que no tardará en volar. Pero no volví con lo que buscaba, que es lo peor, lo más triste que se puede decir de cualquier asedio.

El error, por supuesto, era insistir en ver con mis ojos lo que sólo podía suceder sin ellos. Con aporías como esta Gorle y Ganzerla fabrican una filosofía completa, incluidos los bucles extraños, los paralelos de orden invertido, la ilusión del circuito cruzado y hasta el genio benigno que los desactiva todos con un solo estornudo. Yo, por mi parte, me fabrico una trampa. En eso estaba, tratando de aplicar a mi situación las dos o tres maniobras de escapismo que recordaba haber visto en un documental sobre D'Ortigue, el mesmerista apátrida, cuando caí en la cuenta de mi necedad. Era preciso tercerizar, conseguirme un par de ojos suplentes.

Toda una obviedad, por supuesto, que no estuve en condiciones de ver hasta semanas después, la noche de la inauguración del estudio Montrésor. Yo no tenía la menor intención de ir: hacía un frío de perros, un orzuelo dubitativo, de los peores, venía martirizándome desde la mañana y la invitación prometía más de lo mismo —retratistas de nombre, realismo escenográfico, variedad de disfraces y accesorios importados y una trastienda con un par de sorpresas razonablemente escandalosas—, sólo que con veinte años de retraso. Pero Bernal me había avisado que llegaba tarde, demorado esta vez por no sé qué conservador canadiense, o belga, o danés, traído del Cusco para darle el vistazo final al epistolario Pochet-Herdosia, y la idea de esperarlo esperándolo me descorazonó tanto que cambié de opinión.

Será la edad, pero pocas cosas me fastidian tanto como tener razón. La opaca campanada mental cuyo tañido hace diez años me alborozaba, confirmando que había dado en el blanco, una vez más, en algún asunto enojoso, ahora me deprimía sin consuelo, mucho más que la mancha color café descubierta en el dorso de una mano, la duración cruel de las resacas o el duelo estúpido, cada vez más frecuente, en el que se trenzaba mi memoria con todo lo que se le resistía, nombres propios, títulos de libros, marcas de ungüentos o de ropa interior. Apenas puse un pie en el Montrésor —un pie resuelto, muy bien calzado, porque ya que me había tomado el trabajo de ir hasta ahí, mejor que no fuera en vano— se me vino encima lo único que aquella invitación podía depararme: una porción de pasado, con todo su peso, su torpeza y su falta de modales, que es lo que menos soporto del pasado. La catacumba era la misma donde veinte años antes había funcionado el Salón Fantasio: la misma sordidez, el mismo tufo a humedad, habría jurado que la misma *moquette* sintética —con las mismas descargas de estática que las dueñas del Fantasio sabían aprovechar tan bien para los portfolios de desnudos—, salvo que el cartel de la entrada, una de cuyas esquinas, porque ya estaba flojo, tendía a apuntar hacia abajo, hacia la coronilla de los incautos que insistían en pasar por debajo, decía Montrésor en letras *art déco*, habían pintado las paredes de negro y atendía el guardarropas una pareja de mellizos con carisma pero menos interesantes que sus antecesoras, de una de las cuales conservo un recuerdo probablemente falso pero muy vívido.

Vi a Travierzo, evité a Lavié, confundí a Lobato con Betelú, y cuando estaba por saludar a Párraga me agarró del brazo una chica, una local —la identifiqué por el imperdonable disfraz que vestía, otra de las ideas comerciales de madame Trésor—, que me llegaba por el hombro y hablaba muy rápido, y me llevó a conocer el lugar. Me acuerdo poco de lo que me mostró, en parte porque había tanta gente que era difícil moverse, en parte porque habían inaugurado antes de tiempo para no perderse no sé qué prerrogativa fiscal, y la mayoría de las atracciones no estaban listas para operar, ni siquiera para ser vistas. Me quedé con ganas de conocer una, que mi guía llamó "el tallercito" y tenía una zanja o fosa perfectamente cómoda para albergar a una docena de clientes incómodos, con poca ropa, y, del otro lado de un cerco de bambúes mal cortados, una especie de galería de dioramas al parecer muy sofisticados, creo haber oído que interactivos, todavía a la espera de cierto permiso sanitario legal o el dinero destinado a sortearlo, que la chica no pudo mencionar sin ruborizarse, lo que le quedaba bastante bien. Confieso que por un segundo pensé en quedarme con ella. Después de todo era ahí, en ese sótano insalubre, donde había perdido la menos dolorosa de mis inocencias. Pero un segundo no es suficiente, siempre es demasiado o muy poco, sobre todo cuando lo que mide es el tiempo de pensar. Alguien la distrajo con alguna urgencia —es notable cómo se viene vomitando más temprano últimamente—, y de pronto la noche se puso estroboscópica; por error, porque no había música y lo que tocaba era luz negra. Ya era tarde, temprano para la farra maratónica que terminaría siendo pero tarde para mí, y empezaban a dolerme los pies, y cuando me duelen los pies no puedo pensar en otra cosa, y no hay nada peor que pensar en una sola cosa. Todo se fundió a negro. Un ejército de dientes flúo sonreía a mi alrededor. Me tomé una última copa que capturé al vuelo, ya buscando la salida, y la mitad del veneno verde que contenía se lo volqué encima al mozo que llevaba la bandeja. Fue una desgracia con suerte. Conocía al mozo, conocía esos dientes —en especial uno, el de la funda de metal, que con la luz negra, cuando me sonrió, se volvió un agujero—, conocía la lengua prodigiosa, como de dibujo animado, y el descaro con que se enjugó las salpicaduras del trago. Algo con eme: Murz, Murri, Muzzi... Ya había trabajado para mí. Si no me equivoco, la última vez que lo había tenido tan cerca estábamos en la escalera de servicio de casa, intercambiando nuestras cosas de pie, y su bestial cara de goce brillaba reflejada en el vidrio del gabinete del extinguidor de incendios.

56

Lo instruí, lo vestí, le di unos viejos anteojos de pasta que un farsante se había olvidado alguna vez en casa y una coartada más o menos verosímil que le permitiera maquillar, además de su calaña física, su poca familiaridad con el mundo de los libros, y le sirviera para fingirse ocupado, no llamar la atención. Pasaría un buen rato en las salas de lectura; en algo tenía que hacer de cuenta que trabajaba. Por una ironía del destino sin mayor interés, pero que me costó horas de penosa excavación en la baulera donde guardo esas chucherías, le encajé el borrador de un viejo proyecto sobre bibliotecas libertinas que me había tocado evaluar para la fundación Sterbini, una docena de páginas pretenciosas, redactadas con los codos, que le expliqué con cuidado cómo debía manejar si quería pasar por un frecuentador de bibliotecas, con qué aire de expectante confianza desplegar sobre la mesa, cómo subrayar, cada cuánto tiempo trasvasar sus falsos apuntes a una libreta (que también le suministré), y un sobre con grabados, planos de plantas, informes policiales y recortes de diarios, entre ellos uno sobre la redada que acabó con las *matinées* Remusat (que no lo impresionó), otro sobre los *tableaux vivants* montados por Morceaux en el Mondo del pasaje Paunero (sobre los que, inesperadamente, tenía información de primera mano). Metí todo en un viejo portafolios de cuero y se lo entregué. Por la manera en que lo agarró, en que lo dejó colgar, sosteniéndolo apenas del extremo de una correa, era obvio que nunca había tenido nada parecido en las manos. Le mostré cómo llevarlo con cierta gracia natural, dejando que golpeara rítmicamente contra un costado de la pierna, cómo posarlo sobre la mesa para abrirlo —la técnica Baldó, aparatosa pero infalible—, cómo destrabar sus broches de metal sin dañarlos. A todo decía que sí, como esos perritos que asienten en las lunetas traseras de los coches, impasibles, mientras la familia tipo de turno aprovecha el largo viaje a la costa para desintegrarse. Aceptó todo —incluso la goma, el lápiz hb y el sacapuntas— con una gratitud impaciente, atropellada. Sí, iría a la Naldoni un mes entero, tres veces por semana, y se quedaría ahí adentro todo el día, alternando salas y mesas de lectura, y deambularía por el edificio y se perdería, siempre en busca del baño, la oficina, la sección que los carteles indicadores omitían, y registraría en la libreta a quién recibía Bernal, con quién se veía y conversaba en los pasillos, cuándo salía y para qué. Esa mañana, la mañana del primer día de su misión, me prometió que lo haría. Pero no podía dejar de preguntarse, dada su experiencia en esa clase de asuntos, si una amenaza, una paliza prudente o un tajo rápido en una mejilla no me allanarían el camino hacia lo que me interesaba saber. Por un segundo —el tiempo que dediqué a imaginarla—, la idea del tajo me entusiasmó; sobre todo la herida, pequeña, fresca, del color rojo oscuro, casi negro, que tienen las heridas en las pieles muy blancas cuando se lastiman a la intemperie del invierno, si es en el campo mejor. Le di un dinero extra, un *per diem*, que no alcanzaría para que comiera pero sí, quizá, para disuadirlo de los atajos que me proponía.

Un mes después, dos cosas eran evidentes: mi informante (que se llamaba Murzi, como me lo recordó una agenda vieja cuando buscaba el teléfono de una masajista) no haría carrera en el espionaje; la vida de Bernal sin mí, lejos del ardor, la expectativa, la ansiedad carnívora de mis ojos, era tan disoluta o tan insípida como la que llevaba cuando lo visitaba en la biblioteca. El rufián me entregaba los informes en un pequeño supermercado chino, deslizándolos por los claros sincronizados que él abría entre frascos de desinfectante para baños y yo entre botellas de agua mineral. Eran confusos, desprolijos; dos por tres no consignaban fechas, y cuando lo hacían las fechas eran ilegibles, aplastadas como estaban por las huellas que las circunstancias de la redacción habían dejado en las páginas de la libreta: manchas verdes (mate, aunque mi informante juró y perjuró que lo detestaba, o espinaca), los clásicos lamparones del aceite (alguna de las fritangas populares del barrio), en alguna ocasión sangre (un corte feo que se hizo abriendo una botella de cerveza, que procedí a curarle con más devoción de la que merecía). Un verdadero asco, como por otro lado un buen porcentaje de los manuscritos raros que Bernal y sus colegas de sección —a veces dos, a veces cuatro, siempre sin cara y sin nombre— acariciaban a diario con las manos enguantadas y la consigna de conservarlos en el estado de chanchada en el que estaban, que centuplicaba su valor. Debo decir, nobleza obliga, que así como era descuidado Murzi era puntual, virtud poco común en su ramo. Sólo que ponía en ser puntual todo el celo, la atención y la responsabilidad que un agente más criterioso habría repartido entre las diversas obligaciones de la misión. Y ese no era el único problema de criterio que tenía. A veces, en los informes, pasaban más cosas en dos horas que en dos días, y las cosas que pasaban no siempre eran relevantes, y las tres apretadas líneas que dedicaba por ejemplo a cierto excamarada de armas de Bernal —no Tenreiro, el poeta, sino Sotolongo, el toxicómano que insistía, diez años después de que lo echaran del arma, en lucir su viejo uniforme y su birrete cada vez que lo visitaba en la biblioteca— resultaban algo pobres al lado del detalle con que describía los gorgoteos estomacales provocados por el guiso de lentejas de la fonda de calle Roseti (que por algo yo le había desaconsejado) o la prominencia de las nalgas de un sobrino de Baldó, muy parecida a la panza de cierta provincia papelera de un país vecino. Cuando le preguntaba qué había pasado en las dos páginas vírgenes entre el martes y el jueves —porque en vez de pegar un día con el otro, lo que habría hecho cualquier informante razonable, el muy canalla las dejaba en blanco, sabiendo hasta qué punto ese vacío, con su horizonte infinito de posibilidades, me hacía sufrir más que cualquier otra cosa, más incluso que la confirmación de la traición que temía, que acechaba, que desesperaba por descubrir—, Murzi se encogía de hombros, fingía hacer memoria y revoleaba los ojos o, en el peor de los casos, estallaba en una carcajada y me contaba cómo buscando el baño, haciendo de cuenta que buscaba el baño (cuando en realidad quería patrullar un rato el área de Manuscritos Raros), había terminado en el segundo subsuelo y caído en medio de una de las sesiones de bingo que Toletino, no se sabe si con la anuencia tácita de Baldó, seguía celebrando los miércoles a la tarde, cómo —tras un breve paréntesis de desconcierto— lo habían invitado a sumarse al juego, cómo había ganado tres rondas al hilo, cómo Toletino, un buen muchacho, después de todo, aunque por los gritos que pegó bastante más flojo de lo que parecía, lo había hecho pasar a su oficina...

Además de la visita del excamarada de armas, la libreta mencionaba a un hombre muy alto, tímido, vestido con una capa oscura y botas de cuero de víbora (supongo que Ondiviela, el editor del *Derqui*, con el bochornoso contrato de reedición del libro que Bernal, gracias a mi consejo, se negó a firmar); uno bajo, con aire de burócrata cruel, envuelto en una nube de clavo de olor (Boffoli, su último dentista, para reclamarle por una extracción que terminé pagando yo); un empleado de una mensajería privada (para entregarle un paquete que no era para él); y una mujer (paré la oreja) con ojeras (temblé), rastros descoloridos de belleza (¿era posible que...?), una voz hermosa (¡sí, sí!), todavía joven (dudé) pero medio calva (no, no, a menos que la medicación..)., con ropa muy cara (decididamente no) y un perrito largo y chato como una patineta, también muy caro (nuestra amiga aborrecía los perros tanto como los arándanos), que hizo buenas migas con Tilde, a esa altura un moribundo profesional. Como me lo confirmó el mismo Bernal, todavía en shock por el reencuentro, era Saint-Lô, la ex *fatale* de la revista *Karma*. Diez años después estaba en la ruina, tan ingeniosa y descabellada como siempre. Alguien íntimo, probablemente el mismo sinvergüenza que la había desplumado, le había sugerido aprovechar la posición de Bernal para colocar en la Naldoni —por una suma exorbitante— la media docena de ejemplares de la revista que se pudrían alegremente en el altillo.

La cosecha, magra, amarga, me produjo alivio, y el alivio dudas. Así que aplacé unos días el pago del saldo que tenía pendiente con Murzi y aproveché el catarro y el día lluvioso que habían postrado a Bernal en la cama para obtener de su boca las confirmaciones de rigor. Fui sutil, di las vueltas necesarias, fingí —para evitar que desconfiara— no saber lo que sabía y buscar lo que no buscaba. Le di todo lo que quería, que en su estado, con fiebre, temblores, llagas en la boca y expectoraciones verde flúo del tamaño de repollos de Bruselas, era mucho. Tenía los labios cuarteados, como de tierra seca, inútiles para besar pero no para ciertos servicios asociados —donde el roce rugoso siempre es bienvenido— o pasiones menores, para él vitales, como fumar. Puse el grito en el cielo. Si quería fumar, a la miseria como estaba, que se fuera al balcón, cosa que hizo en piyama y pantuflas para volver a entrar un segundo después, un poco mojado, en busca de fuego, porque su zippo no aparecía por ningún lado. Uno a uno, como por casualidad, le fui sacando los nombres de las visitas del mes, que encajaron perfectamente con la galería de retratados de la libreta de Murzi. No insistí. Después de la duda vino un segundo alivio, menos necio, más confiable que el primero. Llamé al médico, a uno que Bernal conocía y ya había usado antes, mucho antes del reinado de nuestra amiga y del mío y hasta de escribir el *Derqui*, durante las dos semanas que había trabajado en la librería de los negreros Dalaylac, para conseguir certificados de enfermedad que no merecía. Cuando el médico llegó, con el tufo a ginebra de siempre y los hombros nevados de caspa, los dejé solos —Bernal adoraba al personaje— y salí a reunirme con Murzi para arreglar cuentas. Lo encontré al fondo del supermercado, en la sección rotisería, estudiando inclinado una especie de presas de pollo a la laca que me dieron miedo. Le dije que no fuera avaro y no se arruinara el estómago y le di lo que le correspondía, con un extra que no sé si esperaba y que él, empujándome tras un cerco de paquetes de papel higiénico, retribuyó sin decir una palabra, con los bufidos y el fervor tosco y la vital precipitación de siempre. Algo de metal oí que caía al piso sucio del local mientras nos enzarzábamos. No era su reloj; había tenido la precaución, sabiendo para qué usaría la mano, de sacárselo antes. Vi que era un zippo cuando lo recogió, cosa que hizo sin dejar de moverse, con la misma virtuosa *nonchalance* con que el cowboy de cierta historieta de mi infancia, montado sobre su caballo fiel, prendía un cigarrillo con un fósforo y los dedos de una mano mientras disparaba con la otra contra el villano que pretendía matarlo por la espalda.

Era el más caro, no el único *souvenir* que se había traído de su mes pasado entre libros. También le habían interesado el rapé, del que Bernal seguía dejando regueros cada vez que se daba una dosis, la cajita de regaliz —sólo hasta que probó el primero y lo escupió— y unas láminas, cuadernillos o fascículos increíblemente obscenos que había ido encontrando en distintas secciones de la biblioteca, siguiendo las instrucciones que un Toletino exhausto pero satisfecho le había confiado la tarde del bingo a modo de recompensa, en su oficina del segundo subsuelo, un cuchitril que su inquilino sabía cómo transformar en un nidito de amor. Era uno de los pocos servicios informales que seguían en pie de la vieja era venal: por un abono razonable, que se podía pagar también en especies, el lector, provisto de un plano que le entregaban en mano —se supone que en condiciones de máxima discreción—, podía pasearse a sus anchas por una Naldoni paralela, *non sancta*, deteniéndose aquí y allá, alertado por ciertas coordenadas cromáticas (verde para "otras especies", violeta para "grupos", negro para "verdugos", rosa para "panas y lanas", rojo para "hemorragias", gris para "máquinas", etc)., para dar rienda suelta a la curiosidad, algún interés específico, erudito o lúbrico, o —gracias a unos confesionarios de dimensiones exiguas, como para pecadores pigmeos, pero para el caso más que funcionales, que la biblioteca había recibido en donación, junto con los veintiséis *Cuadernos de llanto y oración* del Seudo Sulpicio, y que Toletino, robándole la idea a Tortós, que cayó con Lanteiro y no llegó a verla realizada, había incorporado al ingenioso recorrido clandestino— a un desahogo urgente. Unas muy truculentas le llamaron la atención, pero ni siquiera poniéndolas cabeza abajo llegó a entenderlas del todo, y los textos que las acompañaban, que podrían haberlo orientado, estaban en idiomas desconocidos. Se las llevó igual, pensando que un cliente que lo había contactado días antes, papirólogo, profesor de sánscrito o algo por el estilo, lo ayudaría acaso a descifrarlas, pero el muy chambón se las dejó apoyadas sobre el teléfono público desde donde lo llamó para confirmar la cita, molesto porque la voz que lo atendió, con un falsete de eunuco, le dijo que no había ningún profesor de sánscrito en ese número.

57

Por supuesto, nada de este mundo paralelo, inesperado pero bastante inocente, a fin de cuentas, aparece en el libro de nuestra amiga, ni siquiera en el capítulo dedicado a la Naldoni, lejos el más extenso y entusiasta, que es cuando más podría permitirse aceptar que había paños menores y no necesariamente con aroma a gardenias, la única flor que Baldó toleraba en la biblioteca. Quizá no estuviera enterada. Quizá la biblioteca fue para ella un hallazgo escenográfico, el decorado ideal donde su personaje, después de años de suburbios, viajes provinciales, despachos compartidos, podía por fin desplegar el brío de su rancia *flamboyance* y sus gestos, sus modales, sus citas en lenguas extranjeras o muertas, que incrustaba como frutas abrillantadas sin discriminación, no importa la condición del interlocutor al que se las infligiera, brillar como lo que en el fondo eran, estelas de estrellas fugaces, cantos de cisne de un mundo ya extinguido, ni siquiera proféticos. De ser así, incumplió la regla de oro del buen biógrafo, del biógrafo *tout court*: saber, saber siempre, saberlo todo, saber incluso aquello que no aparecerá en la biografía. Quizá lo supo y lo omitió, consciente de que si la describía como el monstruo equívoco que parecía ser, con sus vetas de garito, salón libertino y teatro de furtivos chispazos carnales, la biblioteca, todavía en la órbita del bochorno de la era Lanteiro, le haría un flaco favor a la imagen de Baldó.

Según nuestra amiga, todo va viento en popa en la Naldoni, y el que sopla esos vientos es Baldó. No hay mayor precisión sobre el horario que cumple, su disciplina de trabajo o hasta qué punto lleva a la práctica la idea, lanzada con bombos y platillos al asumir el cargo, de recibir en su despacho todos los días de la semana, incluidos sábados y domingos, engrillado a su escritorio, un Ebeling-Klopstock con tapa de cuero del que se deshizo no bien aterrizó. Las iniciativas de Baldó son más del tipo conceptual, de las que se conciben en diez segundos, el tiempo que lleva revolver una taza de té negro y darse cuenta de que no se le ha puesto azúcar, pero cuyos resultados gozan de una larga vida. Incorporar nuevos públicos, por ejemplo. En apenas meses, dice nuestra amiga, moderando con alguna dificultad el tono triunfal, la biblioteca asiste a la aparición de unos personajes extraños, difíciles de clasificar, que poco a poco, con aire desconcertado, la clásica torpeza de los novatos y un estrépito de toses y estornudos, se animan a entrar, a entremezclarse —no siempre de la manera más civilizada— con el público tradicional, que sin duda no los esperaba y los mira de reojo. (Las palabras son más o menos de nuestra amiga).

Conozco a esa clase de gente. Cualquiera que haya pasado unas horas en una biblioteca la conoce (lo que demuestra hasta qué punto no es un fenómeno exclusivo de la Naldoni, como quiere hacernos creer la autora). Arrastran los pies, hacen ruido con las sillas, están demasiado abrigados, se escarban la nariz o se la suenan a todo volumen, comen —violentando el tabú capital de la institución— toda clase de chorreantes porquerías usando de mantel libros que no leen, se pasan una eternidad en la misma página atónita de la revista que traían consigo al entrar, enrollada en el bolsillo del saco, para evitarse la vergüenza de no saber qué ni cómo pedir lo que buscan, si lo que buscan es un libro. Y no, no es un libro; la mayoría de las veces han entrado en busca de calor o de fresco, una silla donde sentar un cuerpo cansado, y rascárselo, o silencio, o un baño más o menos limpio, o un vaso de agua (la concesión de los *dispensers* acababa de ser renovada), o pasar un rato en paz, a solas, donde no los conozcan, no los llamen, no les pidan nada. Murzi, a su manera fibrosa, impertinente, ¿no era acaso uno de ellos? Pensé en él apenas leí la descripción que el libro de nuestra amiga daba de esos advenedizos. Es cierto, hacía tiempo que no lo veía. Puede incluso que lo extrañara un poco. No me acuerdo ahora quién, qué suplente poco carismático se ocupaba entonces de prestarme los servicios por los que tanta gratitud le debí y le debo. Me hizo gracia reconocer su silueta en medio de esa muchedumbre de zombis desorientados, mal camuflado por los accesorios que le había facilitado para que no llamara la atención. (Me devolvió la bufanda y los artículos de escritorio, no los anteojos ni el portafolio, lo que habla bastante bien de sus gustos). Se me ocurrió que las hordas de lectores nuevos que el libro celebraba no eran sino la versión genérica, multiplicada, hiperbólica, de la figura de Murzi, y que quizá fueran él, su aire de estibador mal dormido, y la convicción con que asumía su rusticidad, y el efecto intimidante de sus malos modales, siempre preñados de una dosis de amenaza, los que habrían inspirado en nuestra amiga aquella ráfaga de optimismo sobre la ampliación del público de la Naldoni. Él, y por lo tanto yo, que lo había despachado en misión a la biblioteca; él, y por lo tanto Bernal, cuya presunta doble vida se había comprometido a corroborar.

Esas caras nuevas —tampoco tantas, no exageremos—, nuestra amiga las achaca a la gestión Baldó. No es de extrañar, dados los problemas que sabemos que tiene para establecer cadenas causales consistentes. Si le creemos, todas las novedades de la biblioteca pasan por él: compras, recatalogación, acuerdos de intercambio con instituciones gemelas del extranjero, pero también mejoras del edificio, el relevo de un proveedor deshonesto, los retiros trimestrales con el personal, la renovación del alfombrado, la fragancia de los desodorizantes de los baños, siempre lavanda, la misma que rige en la quinta de Hurlingham (a la que no tendré más remedio que dedicarme unas páginas más adelante). Un verdadero despropósito. Y no lo digo yo, ahora, cuando el tiempo ha forrado todo, hasta el furor, con el forro de la nostalgia. Lo dijo en su momento Doppodomani, en voz alta y con todas las letras, o casi todas, dado el estado de la máquina de escribir que le habilitaban de contrabando en el hospital, una Neukomm 32 con control táctil, la misma de la que dicen que salieron *Yo en tu lugar* y el *Calvario valkirio* de D'Empaire, que pasó también su temporada en el Puigbó pero dos pisos más arriba, en urología: "Desde el caso Popovici (un funambulista célebre, número estelar de un circo rumano, que resultó ser un holograma ruso) que un perfecto cero a la izquierda no hacía tan bien tantas cosas al mismo tiempo".

La frase me quedó porque es buena, por supuesto, porque era la que encabezaba su reseña y porque por entonces seguía lo que hacía Doppodomani con cierta regularidad, un poco como algunos siguen a ciertas flores condenadas por el solo placer de verlas cambiar de color, perder uno a uno sus pétalos y morirse. De hecho fue la última reseña que escribió; la última que le publicaron, en todo caso. Su mujer —la enfermera que lo tenía a cargo en el Puigbó, que renunció al hospital cuando lo dieron de alta, quizás un poco prematuramente, para acompañarlo en la última, breve etapa de su vida— comentó después que había otras dos inéditas, listas para la imprenta, igual de valientes, parece, que la que le había tocado a nuestra amiga. Nadie las vio; nadie supo a ciencia cierta a quiénes descabezaban. Yo me tomé el trabajo de viajar hasta Bustamante, donde la mujer vivía con una especie de prima renga y media docena de perros, para pedírselas en persona. Además de mi viejo y querido rencor, no sé bien qué tenía en la cabeza; compilar una antología póstuma, quizá, sólo para impedir que se olvidara aquella reseña gloriosa, la única que se atrevió a decir lo que había que decir cuando los demás, incluidos Gagliani, Rigalú, Jouet y Dartiguelongue, se hacían los osos, miraban para otro lado, silbaban "*Adesso tu*", "*Quello che fa male*" o alguna otra porquería de la época que estuviera sonando. El deseo de homenajear al crítico caído en cumplimiento del deber, el compromiso con la verdad, la necesidad imperiosa de justicia: todos los argumentos, todas las extorsiones que intenté se hicieron pedazos contra el muro de hielo de su cara, nada fea, por otra parte, que recién dio señales de resquebrajarse cuando le hablé de dinero, una suma simbólica que llevaba preparada. Se guardó los billetes dentro del puño del pulóver. Suspirando, dijo que iba a buscarlas y desapareció por un pasillo oscuro. La prima miraba algo atroz en el televisor, no sé si no su propia cara —eran las dos de la tarde, el duro sol bustamantino golpeaba contra la pantalla comba del aparato: con un poco de esfuerzo yo también habría descubierto mi cara ansiosa en aquel espejo lleno de dedos sucios—, que yo miré con ella durante quince largos minutos, hasta que la oscuridad del pasillo regurgitó a la viuda y por su expresión vi que no traía buenas noticias. Como ya me había anticipado —lo que no era cierto—, las reseñas habían desaparecido. Con la ilusión de que tenerlas cerca era estar más cerca de publicarlas, el pobre Doppodomani las llevaba siempre consigo, sujetas por la soga que usaba a modo de cinturón. Las tenía encima cuando lo emboscaron en la calle, saliendo de un sauna que seguía esperando su certificado de habilitación. Probablemente se las hubiera robado el sicario que lo golpeó, a quien nunca encontraron. Alguien, empeñado en desentrañar el identikit que hizo circular la policía, creyó reconocer a un sobrino de Baldó, uno especialmente impulsivo y versátil que había reinado unos meses en la quinta de Hurlingham como jardinero, asador y techista ocasional. Nuestra amiga declaró como testigo, cosa absurda, porque no había denuncia ni proceso alguno en curso, Baldó yacía bajo tierra y Hurlingham, vendida hacía tiempo, era una escuela católica muy cara, famosa por sus jardines, sus cursos de modales y sus techos de pizarra francesa. Enarbolando su libro, dijo que conocía el entorno de Baldó mejor que nadie y que nunca había visto esa cara en su vida, si ese manchón con protuberancias arcimboldianas era una cara.

Doppodomani había visto algo, no todo, como era previsible en alguien que ya no dormía, se negaba a comer nada que no fuera rojo, el rojo bermellón del plumaje del pájaro mosquero, y veía frases enteras, que se negaba a leer, si conectaba los lunares de luz que el sol, atravesando las copas de las tipas, proyectaba contra la pared de su cuarto en el Puigbó. Vio la idealización del mediocre, el insecto entronizado, viejo, sin una pata y aun así entubado por el sublime haz de luz cenital, celestial, destinado a *primadonnas* y místicos, pero no el cuadro entero, no sus rincones en sombra, sus depósitos, sus cuartos de esconder. No vio la leonera en la que confina nuestra amiga a quienes hacían las cosas que ella insiste que hacía Baldó.

58

Tilde, pongamos por caso. Murió a la madrugada de un martes. Terminó de morir, en realidad, porque llevaba dos semanas echado, como sobreimpreso en la alfombra que había adoptado a modo de cucha, y sólo se movía cuando un resto de olfato vivaz, pero poco confiable como brújula, le avisaba que entraban en el radio cada vez más restringido de su percepción las *friandises* con que Bernal, a espaldas de Baldó, había decidido alegrar un poco su agonía, unas albondiguitas pastosas que el perro, incorporando su cuerpazo por etapas, lentamente, como los dromedarios, buscaba siempre en la dirección equivocada. La tarde del lunes ni siquiera tuvo fuerzas para eso. Faltaban veinticuatro horas para la inauguración de la muestra homenaje por el centenario de la Casa Lamponi–Forné, uno de los pocos lastres heredados de la gestión Lanteiro que Baldó no había dado de baja, y el montaje tenía a toda la biblioteca enloquecida, en especial los dos salones del frente del primer piso, donde se exhibirían las *pièces de résistance* de la exposición y donde el perro, quizá por el fresco que hacía, transcurría sus días de retiro forzoso. Había que moverlo con alfombra y todo, como a una bolsa de papas, para que circularan vitrinas y anaqueles, y más de una vez, cegados por el apremio de la cuenta regresiva, casi lo atropellan los carros que pasaban cargados de libros, de cuadros, de bustos, de trajes típicos. Alguien que retrocedía moviendo un arpa tropezó con el cuerpo tirado y le pisó una pata, pero el perro ni protestó. Tampoco alzó una oreja cuando prendieron cerca un cortafierros. Entonces, según nuestra amiga, Baldó paró todo, se arrodilló junto al perro y tras una breve auscultación, entre lágrimas, lo declaró muerto. Fue como si le dieran el pie para su escena cumbre: estirando el cuello, Tilde soltó una especie de bostezo lastimoso y se retorció en una contorsión que lo dejó panza arriba, con las manos dobladas a la altura del pecho, como cuando se instalaba en una porción soleada de alfombra para entregarse a una sesión de cosquillas. Lo velaron ahí mismo, en la sala Píparo, a cajón abierto, aprovechando que había una vitrina recién lustrada, con hermosas molduras de hojas, donde el perro cabía entero. Medio tambaleándose, Baldó dijo unas palabras, algo en latín o griego, que un ordenanza medio sordo, de delantal gris, pidió que repitiera más alto y tradujera; sin éxito, seguramente, porque la traducción no figura. Hay en el libro una foto que se supone ilustra la escena, pero es de mala calidad, la impresión deficiente no ayuda y nadie en su sano juicio diría que ese bulto que aparece envuelto en una bandera es un perro.

No digo que no haya habido lágrimas. Digo que no las derramó Baldó sino Bernal, y no en la sala Píparo —de donde Baldó ordenó sacar a Tilde todavía vivo, después de que vomitara parte de la colección de mocasines bicolores de Lamponi, uno de los *musts* de la muestra— sino aquí mismo, en esta cocina, debajo de esta mesa que tan bien se ha ido acomodando a mi cuerpo cuando escribe. Fue aquí en realidad adonde lo trajo Bernal directo de la biblioteca, en un taxi, además, que no tenía cómo pagar, porque —como toda verdadera estrella— era raro que saliera con plata en el bolsillo. Fue acá donde vomitó de nuevo y donde finalmente murió, y, ya que estamos, fui yo quien limpió sus ya débiles hilos de baba y de bilis y metió su cuerpo en una bolsa de plástico, la última que nos quedaba, y enjugó las perlitas de humedad que las lágrimas habían dejado bajo los ojos de Bernal. Fue la primera y única vez que lo vi llorar, por suerte. Lloraba tapándose los ojos con las manos, como hacen los que no saben llorar, algunos niños astutos y ciertos farsantes con ambiciones que no están dispuestos a hacer ningún tipo de esfuerzo. Confieso que me enternecí, sobre todo al ver lo recatados que podían ser sus dedos, tan familiares para mí en otra clase de compromisos. Después, con el correr de los minutos, la ternura degeneró en impaciencia, en esa irritación culpable que pueden despertar los bigotes de espuma de leche, los granos de chocolate o mermelada cuando duran demasiado y siguen ahí, decorando como trofeos la boca de la pequeña bestia infantil, veinte minutos después de que arrase con la mesa del desayuno, incluidos los manjares destinados a los adultos. No conseguí descubrirle la cara hasta mucho después, y eso que forcejeamos. Se me ocurrió que desahogándolo se consolaría, cosa que hice con amor, paciencia y una lentitud de marcha fúnebre que me costó pero correspondía, con la solitaria respiración de la heladera a modo de acompañamiento. No sé si fue eso o los butalbitales que lo convencí de tomar, que —si eran de la partida que creía que eran— estaban vencidos, pero diez minutos más tarde roncaba en el piso al lado del perro. Al final me encontré en el baldío que una banda de vecinas enérgicas había reconvertido en huerta comunitaria, paleando para enterrarlo y rogando que tardara un poco más en amanecer, no fuera que alguna madrugadora, de buena fe, me sorprendiera en el predio y para chequear mi identidad me pidiera ver las semillas que no tenía. Cavé en cualquier parte, aprovechando el primer pozo empezado que encontré. Terminé cuando empezaba a clarear y vi —por la etiqueta, con su desliz ortográfico de rigor— que acelga era lo que había plantado más cerca, un detalle superfluo pero útil, quizás, para orientar a Bernal en caso de que se le diera alguna vez por hacerle una visita.

59

Alguien a quien le comenté cierta vez el episodio se rio como solía hacer hasta el síncope, volcando exageradamente la cabeza hacia atrás, y todavía riendo me miró muy de cerca y mientras apoyaba una de sus grandes manos peludas en mi antebrazo inocente, que por alguna razón, quizás el verano, llevaba desnudo, me dijo que era apenas un perro, un perro muerto, y que sólo casos de amor y fanatismo absolutos entre humanos y animales —un Blanghi, un Marrone: palabras mayores— exigían y podían justificar la escrupulosidad enfermiza que yo le reclamaba a nuestra amiga. ¿Calificaban Baldó y aquel mastín incontinente para la categoría? No. El roce de su mano me había erizado la piel, pero me pareció mejor no insistir. No sé por qué, buscando qué complicidad insensata, se me había ocurrido hablarle de esos rencores. No era alguien devoto de las biografías: le gustaba lo grande, el trazo grueso, la prominencia, y cualquiera con alguna llegada a su intimidad, que era ensortijada pero generosa, entendía perfectamente por qué, sentía incluso la tentación de complacer sus apetencias. Jamás se haría problema por un detalle. Los detalles le importaban de manera indirecta, como afeites o adornos de la eminencia que le tocara idolatrar, y ni siquiera así los recordaba bien. Detestaba los perros, además, cosa que yo debía de haber olvidado.

Le di el ejemplo de Tilde como podría haberle dado otro, cualquiera de los que nuestra amiga invoca en su capítulo para celebrar el vértigo de hiperactividad (otro de sus hallazgos lexicales) que se había apoderado de la biblioteca. El caso Pochet-Herdosia, sin ir más lejos, que había dudado en compartir con mi velludo amigo porque sabía que detestaba también todo lo que oliera a papel —incluidos los árboles—, y me acordaba perfectamente hasta qué funesto punto de sopor lo aburrían los *fait-divers* de Bibliolandia, como llamaba al ámbito en el que insistían en moverse sus íntimos, según él con el único fin de exasperarlo. Esto, y la sorna con que había desmerecido mi indignación por el caso Tilde, me envalentonaron para comentárselo de todos modos. A fin de cuentas no tenía nada mejor que hacer, y acababan de servirnos los tragos.

También ahí las maniobras de Bernal, tan decisivas o más que en el episodio de la muerte de Tilde, habían sido escandalosamente silenciadas. Sí, se hablaba del trabajo de la sección, del compromiso que su personal había asumido para tener la primera versión del epistolario lista en tiempo récord, para el centenario de los poetas (el mismo para los dos, sorprendentemente). Esa limosna vaga, sin destinatario concreto, era todo el reconocimiento que nuestra amiga estaba dispuesta a conceder. La única persona con nombre y apellido —además de Baldó, por supuesto— era Telesio Interlandi, el grafólogo que Baldó había mandado traer de Italia para dirimir ciertas inconsistencias, oscuridades, referencias contradictorias que dificultaban la clasificación del lote de cartas, cuando Bernal me contó que el italiano, un corresponsal divertidísimo, con un talento especial para los chistes de humor negro, nunca había salido en realidad del aeropuerto de embarque, Pisa, Pesaro, Pistoia, algo con pe, donde un oficial de Migraciones un poco más concienzudo que la media había juzgado prudente compartir con su superior las rarezas que le habían llamado la atención en la foto de su pasaporte, en especial una, un fuera de foco bastante sutil, con algo de aura mediúmnica, muy característico, al parecer, de cierta escuela de falsificadores de Montenegro, donde Interlandi había pasado el feriado puente de San Petronio con un par de discípulas muy jóvenes.

Esto último pareció despertar a mi amigo. Había estado en Montenegro una vez, de regreso de la feria internacional del sanitario de Varsovia. Aunque conservaba pocos recuerdos, a veces, en sueños, volvía a ver con alarmante nitidez el rostro lleno de ira del joven changarín al que acababa de recompensar con unas monedas polacas, y cuando alguien mencionaba la palabra baños —lo que en su entorno no era raro, sobre todo en verano, con unas copas de más— nunca pensaba en las referencias clásicas —Samirami, Trou Noir, el Mirador Monegasco, al que finalmente había asistido bastante poco— sino en el infierno burbujeante de cierto piletón de cemento mal alisado de las termas de Golubovci, adonde lo habían arrastrado directamente desde el aeropuerto, todavía vestido con su atuendo de invierno polaco y los cordones de los borceguíes sin atar. No le di calce, por supuesto: necesitaba su atención, no su nostalgia; no estaba en juego su vida sino mis migrañas.

Como esas viejas novelistas que nunca leyó, que me consta que envidiaba, nuestra amiga cuenta la presentación pública del epistolario con toda la pompa, como un cronista naval el bautismo de una fragata. No tengo sensibilidad para la descripción de ambientes, pero podría decir sin temor a equivocarme qué música sonaba, qué flores componían los centros de mesa y cuáles estaban prohibidas, cómo vestía el personal de la biblioteca, cómo habían retapizado el sillón victoriano donde se sentó Baldó, cómo la *chaise longue* que exigió la viuda y cómo la primera (sólo la primera) hilera de butacas del anfiteatro, reservadas para los invitados, Suzanni entre ellos, que avisó a último momento que no llegaría. Podría porque lo leí en el libro; de haberlo visto en persona, dudo que lo recordaría mejor, con más detalle.

(Uno de esos lugares de primera fila era para mí. Me enteré después, cuando ya no había nada que hacer. La tarde misma de la presentación nos trenzamos con Bernal en una discusión atroz. Fue raro, porque sucedió mientras nos vestíamos, un ceremonial que hasta entonces solía divertirnos y que ejecutábamos al pie de la letra, ateniéndonos a una estricta reciprocidad: yo lo vestía a él, él a mí, y mientras tanto nos íbamos emborrachando. Algo pasó con la hebilla de su cinturón, reacia a encajar en el ojal que Bernal había perforado en el cuero con la punta de una birome, y la ropa interior que yo había elegido para mí, nada del otro mundo, tampoco, no despertó en sus dedos sensibles otra cosa que fastidiada torpeza. —La tiré esa misma noche; a la madrugada, después de horas de llorar y comer, llorar y comer, creí ver al vecino del segundo piso recogiéndola de la basura y llevándosela escondida en una bolsa de supermercado—. Las cosas escalaron. Es lo que hacen siempre, más cuando las fogonean dosis y dosis de caña abominable como las que nos bebíamos con los brazos entrelazados, retrorrománticamente. Yo grité —yo, que no sé lo que es gritar— y casi le pego. Él rompió un par de cosas —nada de valor—, lanzó una amenaza ridícula y se fue dando un portazo. Todo fue infantil, grotesco. Pero a los cinco minutos, cuando volvió —se había ido sin zapatos—, yo estaba en el baño y no quise salir).

Nada de lo que acabo de contar, nada de lo que sucedió entre ese día funesto y hoy, por injusto, desgraciado o cruel que haya sido, impedirá que busque a Bernal en esa parte del libro de nuestra amiga y me indigne al no encontrarlo. Digámoslo así, para que lo entiendan los idiotas y, entre los idiotas, los cuatro representantes de la categoría que integraron el jurado del Cannistrà, cuyo veredicto ensalzó en particular (cito, con náuseas pero cito) la misión que se dio la autora, y que sobradamente cumplió, de pagar deudas pendientes, poner las cosas en su lugar y los puntos sobre las íes (dejo de citar): si Bernal no hubiera estado ahí, entregándole a la biblioteca Naldoni toda la energía, el tiempo y la atención que me quitaba a mí, el epistolario Pochet-Herdosia, lejos de ser el orgullo de Manuscritos Raros que es, seguiría juntando ácaros, semen y esmegma en el fichero donde lo tenía cautivo Toletino (que lo alquilaba por monedas como material para desahogos solipsistas), o vegetando sin pena ni gloria en el baúl donde lo encerró la viuda de Pochet apenas lo recibió de Bernal, que sabía que sólo devolviéndoselo primero —reparando la afrenta de haber sido despojada de él—, la biblioteca tendría una posibilidad de recuperarlo por las buenas.

Baldó va y viene como loco, perora, recibe a un embajador, suaviza una luz, devuelve un plato que se enfrió, apantalla a una vieja, alisa el pliegue de la alfombra que algún tarambana arrugó —probablemente él mismo—, manda a un sobrino a buscar más hielo, a otro a limpiar un enchastre, a otro a rescatar a la cronista —la chica De Roura, esa arpía mal hidratada— que quedó encerrada en el baño de la planta baja, cuya cerradura, como Bernal y yo bien sabíamos, siempre tuvo problemas. No sé qué hizo Bernal esa noche mientras Baldó, embutido en su *trois pièces* Tachinardi, de segunda mano, por las fotos que pude ver, enarbolaba exultante el primer gran logro de su gestión. Nunca se lo pregunté; ni siquiera cuando nos reconciliamos. Pero sé todo lo que hizo antes. Sé los pormenores estrambóticos de cómo dio con el material, sé cómo negoció con Toletino y desactivó sus promesas de venganza, sé el trabajo de hormiga que hizo con las cartas, cómo las limpió, restauró y ordenó y cómo se las restituyó a su insufrible pero legítima propietaria, que no las quería, porque eran la prueba de cuarenta años de deslealtad epistolar, pero tampoco soportaba no tenerlas, saber que su propio marido, antes de morir, había dispuesto de ellas con su típica, insultante discrecionalidad.

Meses de una dedicación demencial, que nuestra amiga omite o cree posible reducir a un puñado de frivolidades patéticas: una lista de invitados, un menú de canapés, dos o tres discursos soporíferos, una viuda acalorada que no da más, ordena que le llamen un taxi y huye antes de que llegue el segundo plato. De hecho, yo había seguido a Bernal en la fase decisiva de su asedio a la fortaleza Pochet. La viuda, no sé si con ánimo de dar por cerrado el asunto o posponerlo, lo había citado en el club municipal de golf (como previamente en una pista de patinaje sobre hielo, la sala de anatomía patológica del Museo Sztrum-Salucci y una confitería centroeuropea ostentosa pero en vías de extinción, donde Bernal probó —y dejó a medio comer— unos Zimtschnecken que estaban viejos y soportó impávido las miradas de lujuria con que lo flechaba la media docena de viejas endomingadas, todas más o menos coetáneas y amigas de la viuda, que se habían repartido estratégicamente por las mesas aledañas). Como nunca había tenido un palo de golf en la mano, Bernal era el candidato ideal: sería el contrincante de la viuda (y perdería) y sería también su *caddie*, palabra que al parecer pronunciaba relamiéndose, como una especie de mantra del esclavismo erótico. A las siete de la mañana (la cita era a las siete y media), Bernal estaba tan dormido que tuve que vaciarle una cubetera de hielo en la cara. Seguía fuera de combate (pero con las mejillas muy rojas) cuando lo metí en el taxi, así que terminé subiéndome con él y fui echándole tandas de mate cocido en la boca a medida que el coche bajaba por Orellana rumbo a los parques. Había una bruma misteriosa, azulada, horizontal, cuando llegamos, la bruma de los Faggiolos del último período, cuando tuvo que cambiar de mano y de medicación y Sandivaras, su último *marchand*, se lo llevó a vivir al campo. Un poco revivió. Por lo menos salió del taxi por su cuenta, se desperezó, pareció reconocerme. Se me ocurrió que a la viuda no le haría gracia verlo llegar acompañado, así que me quedé un poco atrás mientras desaparecía en la niebla. No tuve el valor de irme del todo, de modo que decidí seguirlos de lejos, aprovechando lo poco que se veía.

Nueve hoyos, nueve extenuantes y fértiles hoyos. Endulzada por el *score* (llevaba ella misma las dos tarjetas, que llenaba con un lapicito mocho y números muy estilizados: la enormidad de golpes que le exigía a Bernal el hoyo más fácil no entraba en ningún casillero), la viuda empezó a mostrarse más maleable, quizás a ceder, y eximió a Bernal de su papel de antagonista deportivo, más bien pobre, apenas vio los paños de pasto que arrancaba con cada golpe, el peligro que corrían sus palos en sus manos, lo lento que era todo, aun para ella, caracol septuagenaria, si seguía jugando contra él. El golpe de gracia, por así decir, fue el hoyo nueve, una exorbitancia de yardas en la que cabían todos los paisajes, climas y accidentes, incluidas la amenaza constante de dos lagunas laterales, paralelas, que acompañaban el trazado del hoyo, tres colinas no muy altas pero sí molestas, cuyas laderas morían en las fauces de unos cráteres de arena, y un monte arbolado muy tupido, del tamaño de una carpa de circo gigantesca, adonde fue a perderse la pelota de la viuda después de una serie de rebotes milagrosos, ya entrada la mañana. El sol disipaba los bolsones de niebla y los vi internarse en el monte a buscarla, él con las zancadas decididas del caso, después ella, algo desconfiada, espantándose de las pantorrillas los bichos que pronto la fastidiarían, hasta que la galante mano de Bernal emergió de entre las matas y la invitó a unírsele en la espesura. Salieron ocho minutos después —los conté—, sin la pelota, por supuesto: la viuda creo que con una sonrisa, apoyando su cuerpo aliviado pero maltrecho en el fierro tres con el que había pegado aquel último tiro; Bernal contrariado, tratando de sacarse de la boca algo que insistía en resistírsele y parecía picarle y que escupía sin éxito, como le pasaba a veces con las hebras de tabaco de sus cigarritos sin filtro.

60

Podría contar lo mismo (sin el golf, sin el monte, sin la viuda Pochet y su sed atrasada de ardores) de los demás portentos de la gestión Baldó que revisita nuestra amiga en su libro: la puesta en orden del archivo Samengo, el establecimiento del texto del *Cuaderno de ejercicios griegos* del duque de Picquigny, la resurrección del sello editorial (otro activo de la biblioteca hundido por la torpedera Lanteiro) y su primera publicación (las *Consideraciones sobre el furcio* de Bartolomeo Bimbi), la inauguración del pabellón Palumbo, las palabras de despedida del entierro de Popolizio. Ahí estuvo mi Bernal, el Bernal que yo perdía, infatigable, multiplicándose en el interior de aquellas paredes inhóspitas. Un día se quemaba las pestañas desentrañando el acertijo ante el que habían capitulado otros con más chapa, más años, más sueldo, ¡y eran tan lindas sus pestañas, incluso quemadas! Al otro redactaba contrarreloj, con el cortejo listo para salir al cementerio, la pieza fúnebre en verso que Baldó había soñado pero no había podido escribir, mientras con su ojo de lince detectaba el lapsus —"más o rnemos", "costurnbre"— con que la imprenta, quizá demasiado acostumbrada a los programas hípicos, negocio hacia el cual la había desviado Tortós con la anuencia de Lanteiro, pretendía arruinar las primeras galeras del primer libro de la editorial recién renacida —justo el de Bimbi, que llamaba a celebrar el pifie como una de las bellas artes. Qué no hacía, me pregunto yo. Recatalogaba las miniaturas de Staub, depuraba el archivo Covaci, prologaba a Bonhomme (prólogo que tenía prohibido firmar, según una disposición de la era Lanteiro que Baldó no había querido derogar). Si había un hombre orquesta en la Naldoni, era Bernal. Me consta que esa versatilidad no siempre fue interpretada con la mesura correspondiente. También oficiaba de chofer, les hacía los deberes a dos empleados que cursaban la escuela nocturna, barría. Admirable, enigmático Bernal. El día menos pensado me enteraría de que plantaba bulbos, era un mago del destornillador, se daba maña con los desagües. ¿Por qué no era tan versátil conmigo, con la casa donde vivía? La verdad es que nunca se lo pregunté. Tenía otras preocupaciones, y me imagino que él también.

Yo esperaba, supongo, y, como dice Herdosia en una carta, "son largas las horas en la estepa de la espera". La frase no es todo lo original que Bernal me dijo que era antes de leérmela —quizá, pensé después, para mostrarme qué clase de gema rara lo mantenía lejos de mí en aquella época—, pero es una de esas citas que siempre cumplen su cometido, como las mascotas, y eso se agradece. Es de hecho la frase que encabeza la carta-río (doce páginas) en la que Herdosia le describe a Pochet el ritual que sigue cada vez que despacha uno de sus envíos y se sienta a esperar la respuesta. Se sienta es un decir, una expresión de deseos, porque la ansiedad que la asalta es extrema y se desencadena muy rápido, cuando la tapa no se ha cerrado todavía sobre la ranura del buzón en el que ha echado la carta, así que Herdosia cruza la calle —el ingenioso tortura- dor que le redacta la vida le ha plantado un parque justo frente a la sucursal de correo— y se larga a caminar entre niños, vie- jos, bancos poblados de niños y de viejos, perros vagabundos, árboles cuyos nombres sabe que nunca aprenderá y si aprende nunca recordará, y se pierde en el bosque así como está, en bata y chinelas y con el turbante de toalla intacto en la cabe- za, atuendo que ha adoptado para escribir y salir a mandar su correo desde que la relación con Pochet levanta temperatura. Y así como está llega al lado oeste del parque, se mete en la fuente de Bruna Filippo y se queda hora, hora y media boca arriba contemplando nubes en el agua podrida, entre cadáve- res de sapos y nenúfares. Tocada, loca de remate. Nunca me gustaron las locas, toda esa cosa exoftálmica, de cine mudo, esa pasión por los camisones, bailar descalzas, no cuidarse el pelo. Supongo que a nuestra amiga tampoco. Aunque ce- lebra en su libro la resurrección pública del epistolario, rara vez condesciende a meterse con el material. Salvo las dos o tres ocasiones en que Pochet, superada por la situación —dos cartas por día, por épocas tres y hasta cinco—, le anuncia a Herdosia que la cosa no da para más, que dejará de escribirle, y le pide a la otra que haga otro tanto, se muestra distante, precavida, como si las volcánicas vicisitudes de la pareja no la conmovieran demasiado, pero a la vez tuviera perfecta con- ciencia del morbo que despiertan, factor clave para que ese tramo del libro eluda la languidez en la que naufraga el resto.

Cosa artera, esperar. Con el material que tengo podría es- cribir diez libros sobre el asunto y no llegaría a una conclusión definitiva. ¿Hay un bien esperar, un esperar sabio, inteligente, artístico incluso, o esperar es sólo una forma de sufrir, la más cruel, el sufrir absoluto, sufrir sin hacer nada, como quien se deja carcomer, y lo sabe, por un mal silencioso? Que lo digan si no Pastou y Ottani, que hasta pagaban por esa pesadilla en el Hotel Willkommen. A la espera de que le subieran a la habitación el trofeo que había elegido mientras cenaba, Pastou, recién bañado y perfumado, se hacía husmear —*ratificar*, como le gustaba decir a su corte— por dos pequeños roedores desdentados que le proporcionaba un ordenanza de la facultad de veterinaria. Ottani (en un cuarto más barato del piso de arriba de Pastou, que era quien le había pasado el dato del Willkommen) dudaba entre leer alguna de las porquerías que llevaba y controlar el paso del tiempo en su reloj, pero no se aguantaba, y el botones, maletero o ayudante de cocina al que le había echado el ojo siempre terminaba tropezándoselo en la escalera, él subiendo espléndido, sacando pecho, él bajando a los tumbos, enajenado por la impaciencia. A Gauna, cornudo ansioso, los primeros ejemplares de un libro nuevo nunca le llegaban; tenía que salir a buscarlos. La noche antes se instalaba en la imprenta de los Scoppa, donde contaba siempre con un catre, una mesa de luz, un termo con valeriana y uno o dos conscriptos que lo ayudaban a pasar el rato, hasta que la máquina escupía ante sus ojos la primera copia y se iba con ella. Balocchi charlaba con sus orquídeas. Escobar y Heute jugaban al ping pong, nadaban, comían ostras hasta hartarse. Sonia Dupont esperó al cirujano de nariz en su habitación, probando las ingeniosas perspectivas que ofrecía su cama de posiciones hasta agotarlas, hasta que averió el control remoto y se quedó dormida.

En cuanto a mí, no tengo un método particular. Doy vueltas mentales alrededor de cosas, cosas de cualquier tipo, en especial esos coágulos de incertidumbre y desasosiego que se instalan en el centro de la cabeza —por lo general a la madrugada, cuando el cielo se tiñe de un amarillo grisáceo y la última oferta de sueño se disipa definitivamente— y lo paralizan y ensombrecen todo. Baldó, que solía estar ya en el aula cuando llegaban los estudiantes, siempre tenía un libro en la mano, una de esas ediciones populares de Féréol, Galuppi,

Boxberg, de tapas blandas, rosadas, que solía imprimir la biblioteca que algún día dirigiría. No sé si lo leía, porque más de una vez notamos que sostenía el ejemplar al revés y que los anteojos que llevaba puestos eran los de ver de lejos. A su manera antipática, despiadada, la espera es una especie de droga. Nuestra amiga, de hecho, en otro de los raros momentos del libro en que se saca el antifaz y se hace presente y la vemos tal como es, de cuerpo entero —y una vez más, aun conociéndolo bien, es difícil o idiota no ceder al encanto de ese recato desaliñado, como de novicia sorprendida *in fraganti*, con la punta del delineador en el borde del ojo—, se desangra de tedio en una antesala ya no me acuerdo de qué, de dónde, esperando a quién, cuando sus ojos, que vagaban sin rumbo, odiando todo aquello que no conseguía atraerlos, tropiezan con la hebilla de su propio zapato y ella, con asombro, ve por primera vez el escudo que tiene grabado el centro de la hebilla, y la flor que hay en el escudo, y el planeta en el ovario de la flor, y los mares, islas, valles, cabos que hay en el planeta, y el regocijo espiralado con que se deja abducir por los detalles de la miniatura de mundo que ha descubierto podría recordarnos casos ilustres —el de Groebs con la etiqueta abismal de la lata de galletas, el de Caresse, absorto en el lunar de su cariñoso compañero de asiento en el tren nocturno—, casos que no tendríamos problemas en evocar si los zapatos no fueran tan feos y la escena tan breve, si no la arruinaran la aparición del testigo codiciado, exdiscípulo, colega, conocido de Baldó, y la sarta de estupideces con que contesta las preguntas de nuestra amiga, cuándo lo conociste, cómo, qué relación tuviste con él, contame dos o tres anécdotas que te parezca que lo caracterizan. Y ya dije, creo, cómo esperaba Tilde; cómo esperar no era el paréntesis que suspendía su vida sino su vida misma. En cuanto a Bernal, no sabría qué decir que no suene a despecho. Odiaba depender de las velocidades con que el mundo iba hacia él, variables, erráticas, pero más odiaba saber que alguien dependía de las suyas. Para él no había frases, sólo versos, y aun así tenía una favorita que era: *No me esperes*.

61

En algún momento, un punto de lucidez en el desierto del insomnio, por ejemplo, o bajo una de esas duchas heladas con que se azotaba a la mañana, Pochet entiende que es hora de pasar a otra cosa. Ya pidió que dejen de escribirse; no funcionó. Dejó él de escribir; no funcionó. Desde entonces, los envíos de Herdosia no hacen más que multiplicarse, le llueven a cualquier hora del día y de la noche gracias a la corte de emisarios jóvenes, bastante mal pagos, que reúne para garantizarse un asedio ininterrumpido. Aunque las escribe a máquina, con la misma Meyerbeer con que escribió *Parásita*, *Papel felpa* y *Titicut Loli*, son cartas de un apasionamiento lunático, tan descarriado que si se las lee a su mujer tiene que traducirlas, porque en el idioma original la pobre no entiende una palabra. Los sobres, en especial los nocturnos, también incluyen refranes, recortes de diarios, posavasos, hojas de árboles, fotos carnet de desconocidos, mechones de pelo, prospectos de medicamentos, entradas para la ópera y unos curiosos parches redondos, con el adhesivo inutilizado por el uso, con los que Herdosia combatía alguna de sus muchas adicciones, con pocos resultados. Son tonterías, pero también las tonterías ocupan lugar y terminan fastidiando. Meses después de no dar señales de vida, Pochet escribe —en mayúsculas: "No más cartas". Le propone encontrarse, una cita de carne y hueso, la primera en los largos años que llevan de amantes por correspondencia. Pochet ¿lo tiene todo planeado desde el principio o las cosas le van saliendo sobre la marcha, a medida que la decisión de cortar una aventura que se salió de cauce cede el paso a otra, más oscura, la de jugar con Herdosia y su corazón desollado como el biólogo con el sapo que tiene inmovilizado bajo el bisturí? Es sorprendente que nuestra amiga no diga una palabra al respecto. (¡Como si le sobraran historias jugosas!) Quizá le parezca que con el espacio que le dedica al epistolario —bastante insólito, es cierto, para un libro que rehúsa meterse con otros libros— ya es más que suficiente.

Bernal tampoco, curiosamente, y no porque le faltara tiempo. Después de aquella pelea absurda dedicamos todo un día a reconciliarnos. Él no olía muy bien y seguía un poco borracho, pero qué inspirado estaba, con esa galantería soez, como de profesional en mal estado, que sólo le afloraba cuando se sentía acorralado, y qué prodigio de invención sus dedos mágicos, eléctricos. En un intervalo, mientras nos hidratábamos, él, en vez de dormirse, me internó con la historia, cosa rara, porque si me participaba de lo que hacía en la Naldoni era en términos más bien generales, nunca con tanto pormenor. (De Samengo, por ejemplo, me dijo lo que era *vox populi*. Tuve que enterarme de todo —los supositorios de veronal, el famoso músculo retráctil, la cinta métrica, la hemiplejia facial, el *tête-à-tête* con Triptik en el camarote del ferry— leyendo, tiempo después, la reseña del rastrero de Ludueña, cuando ya nada de todo eso tenía la dosis mínima de vida para interesarme). Pero Bernal me contó los hechos puros y duros, sin aventurar si obedecían a la premeditación o al azar.

La cita era en el hotel Traful, habitación 323. (Nuestra amiga insiste con el Astrid, que según Bernal por entonces estaba cerrado por reformas). Pochet va entregando las instrucciones en cuentagotas, por carta, siempre con la condición de que Herdosia no vuelva a escribirle. Llega el día: un coche enviado por Pochet pasa a buscarla y la lleva al hotel. Un botones como los que le gustan, tímido, acanallado, la conduce hasta la habitación, que han decorado con peonías fragantes. Otro (quizás el mismo, más lento, con otro peinado) le hace llegar un mensaje, que debería ser el último, con la ropa que debe vestir y la hora de la cena, que es cuando se verán por fin. Herdosia se baña, escribe, ve un poco de televisión, bebe de más, ordena que silencien los martillazos que llegan desde una habitación cercana. A las ocho y media en punto está en el comedor, sentada en una silla que pide que le cambien, mientras los primos de los uniformados granujas que ya le tocó conocer mariposean a su alrededor ofreciéndole toallas de mano calientes, aguas, vinos, grisines con sal en granos, menúes grandes como pizarrones que le tiemblan en las manos y no sabe cómo leer. La mujer duda. Piensa si seguir esperando o pedir, pedir algo al menos, una copita de jerez, un espumante, algo que le alivie la sensación de arena que tiene en la boca. En eso el *maître*, un sujeto vivaz, de bigote, que se la pasa susurrando cosas al oído de su personal, se acerca y le entrega un papel doblado en una bandeja. Es un mensaje de Pochet, de su puño y letra. Dice: "No me esperes", con la caligrafía primorosa que Bernal retomó para identificar la caja donde se conserva la correspondencia. Herdosia posa la servilleta sobre la mesa, limpia la copa de *prosecco* y pide que le suban la comida que ordenó; no, no la comida: sólo el postre, y al levantarse el botón de una de las cintas de su vestido se engancha en el ruedo del mantel de hilo y lo arrastra al piso con platos y todo. Pasa tres días atrincherada en la habitación, entre flores que se pudren. Sólo saldrá cuando tiren la puerta abajo, en ambulancia y con chaleco de fuerza.

62

A su manera, con la intensidad solitaria de los fenómenos de nicho, Pochet-Herdosia es un acontecimiento, que Baldó celebra entregándose a una agenda infatigable. Nuestra amiga menciona adquisiciones, viajes, encuentros con directores de bibliotecas extranjeras, cónclaves con editores y, en términos más generales, la repercusión difusa pero marcada, hasta mórbida, que tiene ese despliegue de actividades en la prensa, que llevaba décadas ignorando el encanto de las cosas manuscritas. El libro dice que desde el panfleto ilustrado de Valerio Cavaletta; yo, desde el caso Leinauer. Da lo mismo. El diferendo daría para una discusión interesante si compartiéramos algunos acuerdos previos, imprescindibles para establecer cualquier comparación. Pero la idea de acontecimiento que tiene nuestra amiga no es la mía, me temo, y lo que su libro llama el gran hito de la gestión Baldó pierde algo de su artificiosa estelaridad cuando pasa a mis registros, donde figura como un caso más de cosecha de siembra ajena, vieja debilidad de los carcamanes que acceden tarde a algún tipo de trono, no importa lo apolillado que esté.

De la lluvia de entrevistas que le habría caído encima a Baldó, de hecho, me consta por Bernal que existieron sólo dos, y una fue cancelada de manera abrupta por el periodista que tenía la misión de hacerla, reasignado a último momento a un evento agropecuario. La otra es el chorrito débil, el indigente, agónico goteo que cita *in extenso* nuestra amiga en su libro para dar fe del momento eminente que atravesaba su biografiado. La hizo la chiquita De Roura —la misma a la que Bernal debió liberar de un cautiverio ridículo la noche de la presentación de la correspondencia—, y la cantidad de necedades que contiene es tal que no entraría en las páginas que me faltan para llegar al final de este descargo, tan desolador y tan necesario, al menos para mí. La infertilidad de Herdosia, el episodio del cartero que traspapela las cartas, el origen de las salpicaduras que enturbian la respuesta de Pochet al anuncio de la boda, el furor de los pececitos birmanos... Un festival del dislate; imaginativo, no digo que no, aunque muy probablemente fogoneado por la viuda de Pochet, porque no había uno solo que perjudicara a su marido. ¡De Roura! Una vez, matando con un amigo el tiempo para que le hiciera efecto cierto fármaco, creímos toparnos con ella hojeando uno de esos porfolios de ofertas con que un conocido común, exagente de cambios con oficina en el centro, solía tentar por entonces a algunos clientes selectos. Aparecía en la categoría *petite*, bajo una peluca que le quedaba grande, montada en unos zapatones de plataforma con aspecto vagamente ortopédico, y prometía cosas ricas y buena conversación, entre otras cosas.

Nada de extrañar, viniendo de quien venía. Después de todo, lo más cerca que esa bruja estuvo jamás de un libro fue el tronco del abeto del jardín de la residencia del embajador brasileño, donde el fotógrafo de un medio competidor que había salido a ventilar la borrachera la sorprendió en cuclillas, intentando en vano despertar —no tanto embadurnarla con el rojo guinda que usaba en los labios, completamente pasado de moda— la vitalidad del dueño de casa. Más asombroso fue leer esos disparates de boca de Baldó, a quien Bernal, encima, se había tomado el trabajo de armarle un resumen con todo lo que valía la pena que dijera. Pero el colmo es lo de nuestra amiga, que con la distancia y el tiempo y la sangre fría a su favor, pudiendo haber investigado y corregido esos disparates desde la calma de su escritorio, los refrenda sin una sombra de vergüenza. Alguien me dijo una vez que esperar vergüenza de nuestra amiga era como pedirle peras al olmo o una rima potable al árbol lírico de Vilardebó hijo. Doy fe de que es cierto —yo, que la vi sonreír, sonreír, taparse la boca con una mano y sonrojarse. Quizá la vergüenza fuera para ella una especie de lujo, algo que podía permitirse en el presente de la vida, cuando sabía que no duraría mucho, pero se prohibía si era posible que persistiera, que fuera firme y eterna, eterna como su libro, como la perfidia de su libro, que, aunque sigo sin encontrarlo, sé que está y me atormenta desde el rincón de la casa donde insiste en esconderse.

63

La reconciliación es un combustible traicionero. El primer efecto es de una intensidad portentosa, como el de una droga: todo parece posible, en especial la amnesia, la vuelta a la casilla cero, que es lo que los amantes más desean y el único milagro que saben que ni las proezas más sublimes del amor podrán conseguir. Después viene el cansancio; no sólo del cuerpo, bienvenido siempre, aun cuando duela, arda, anestesie músculos o partes, sino ese agotamiento particular que deja la marea de la desesperación al retirarse, cuando los amantes descubren que la playa donde quedaron varados, que creían intacta, está cubierta de conchas, restos de maderas y caracoles, algas fétidas, una zapatilla sin cordones, toda esa basura que hechiza a los idólatras de los balnearios en invierno. Es un cansancio triste, amargo, tierra fértil para la inquietud y la sospecha. De haber vuelto a la casilla cero estaríamos exhaustos pero eufóricos; nos haríamos cosquillas, nos atropellaríamos con planes, postres, piropos, correríamos desnudos a buscar algo para tomar, traeríamos frutas a la cama, nueces, chocolate, todos los libros que leímos mientras no nos dirigimos la palabra, para leernos los párrafos que, de no ser por el rencor, habríamos subrayado, porque nos hicieron pensar en el otro. Pero moverse es difícil, y el aire de la habitación nos pesa, y las viejas preguntas que no nos dejaban dormir, que la reconciliación parecía haber barrido, rebrotan ahora poco a poco, extendiéndose como manchas de moho en una terraza abandonada.

No sé en quién pensaba Cahier cuando escribió este dechado de cursilería. No en su venerado Destoc, que nada detestaba tanto como una cama con migas y creo que nunca se dejó tocar; tampoco en el venéreo de Grissini, a quien conoció ya de grande, cuando prefería gastar las pocas fuerzas que le dejaba el tratamiento en menesteres básicos como evitar chocar la silla con las esquinas de los muebles o tornear esas ánforas ridículas que hacía, símil griegas, tan *alla* Baldó, ahora que lo pienso, más que en reparar estragos sentimentales. Tampoco pensaba en nosotros, seguramente. No era santo de mi devoción, Cahier, y yo tampoco de la suya, y si Bernal lo leía era sólo de tanto en tanto, de puro provocador, para dejar sus libritos tirados por ahí y ver la cara que ponía yo cuando me los llevaba por delante. Sin embargo, erradicadas la pedantería, el amaricamiento y ese tonito de universalidad sabihonda que tenía, tan intragable como sus boquillas de carey, qué bien, con qué justeza describe el trance por el que Bernal y yo pasábamos entonces. Dos días estuvimos reconciliándonos después de la pelea de la tarde de la presentación, dos días que no terminaban nunca, como me gusta a veces —no siempre, no ahora, por ejemplo— que sean los días, atragantándonos con unos dátiles que yo había encontrado en el fondo de la alacena y unas bandejas grasientas, llenas hasta reventar de una porquería asiática, que Bernal se hacía traer de algún lado por un equipo de repartidores muy cumplidor, uno de los cuales juró que me conocía. Al final del segundo día terminé durmiéndome, más por agotamiento físico, creo, que por sueño, y pasé horas sin moverme en una reposera de madera, una de esas de tijera y lona azul eléctrico, del tipo de las que hay y se rompen todo el tiempo en el balneario donde transcurre la novela de Hittorf que me empeñaba en leer por entonces, mirando con asombro la estela de oro que dejaban media docena de soles móviles en el cielo con, a mi alrededor, una especie de vasto desierto atérmico que todavía duraba cuando me desperté, al punto que lo primero que hice cuando abrí los ojos fue el gesto de espantar arena de las sábanas, sucias, en realidad, de la savia sabia de Bernal, que no estaba a mi lado.

Comprobar esto fue lo segundo. Era de mañana. De qué día, no tenía idea, pero debía de ser de uno cualquiera, puesto que si tenía mañana tendría mediodía y tarde y noche y yo sabía que nada que valiera la pena vivir interrumpiría esa sucesión. Los dolores, sobre todo los recónditos, los mismos que me gustaba descubrir en mi cuerpo y atesoraba durante días, como medallas del amor, ahora me afligieron. Descubrí su ropa sucia en la silla, pantalón y camisa colgados del respaldo, ordenados con el esmero que jamás lo había visto dedicarle a la limpia. (Hacía juego, me di cuenta después, con los restos de desayuno, migas, cáscaras, semillas de fruta, que encontré en la mesa de la cocina alineados en dos hileras paralelas, con un pedazo de masa de pizza en el medio haciendo las veces de árbitro). Me llamó la atención tanto cuidado en gestionar las sobras de su mañana. De haber estado ahí, presente, y no soñando con aquella playa estúpida, yo lo habría tomado como una ofrenda, como una promesa, quizá. Visto ahora, tenía la inutilidad arrogante de los gestos solitarios, que no significan nada y apenas perduran en un reguero de huellas sin valor, para martirizar con la idea de un futuro dichoso a quienes ya no lo conocerán, porque no estuvieron ahí para presenciarlos.

64

Bernal desapareció un martes, Baldó murió el domingo siguiente y yo estuve toda esa semana escribiéndome con un editor de Budapest interesado en publicar mi libro sobre las Stoppio. Parece que el tópico de la gemelidad hacía cierto furor en Hungría. La tasa de natalidad monocigótica llevaba un par de años en alza, el primer ministro tenía una hermana gemela (que según Zoltan era un primor y movía los hilos en las sombras) y también eran gemelos los tres pares de víctimas del hachero de Harkány, el asesino serial que tenía en vilo al sur del país desde hacía meses. El proyecto era de una extravagancia lunática: incluía acortar el original unas ciento cincuenta páginas —los capítulos de las chicas en el internado, el de la boda fallida y el de la accidentada *tournée* con la compañía de Gianluigi Rucellai, que tanto trabajo me había dado— y adaptar las trescientas restantes al estado de situación local del fenómeno, operación que el editor decía haber practicado en media docena de libros anteriores, todos exitosos, y para la que contaba con un equipo de colaboradores muy bien adiestrados. Es raro cómo la saña, con la cuota de descaro adecuada, maravilla más que cualquier muestra de bondad. La propuesta era tan ofensiva que me hechizó. Hasta me animé a preguntar por la plata, un punto que en circunstancias normales habría omitido o dejado para el final. Dijo que no me daría cifras (cuando yo sólo quería una: la mía) pero que pagaban en moneda local, algo que, si la monja negra que seguía moviendo los hilos era la hermana del primer ministro, constituía toda una garantía. Me acuerdo de que me eché a reír, y que la risa repercutió en las paredes de la casa vacía como en las de la mente de un loco, donde nada las amortigua, y no sé cómo pero llegó hasta Hungría, lo suficientemente entera como para hacer recapacitar a mi corresponsal, porque a vuelta de correo recibí una invitación a pasar una semana en Budapest, una foto de una habitación de hotel en tonos rojo y dorado, con una gran cama con baldaquino y un cubrecama manchado (quemaduras de cigarrillo, probablemente), y otra de un vicioso muy flaco y elegante, de pómulos afilados y labios trazados con plumín, que miraba a lo lejos por una ventana deslumbrada por el sol mientras al pie de la foto, completamente olvidado, algo largo y paquidérmico que todavía parecía una verga de hombre colgaba de los labios de una bragueta. Tenía su gracia el húngaro. No fuimos mucho más lejos esa vez, pero el ida y vuelta sirvió para distraerme, y si Bernal hubiera estado visible le habría ofrecido nuestras cartas para Manuscritos Raros, presentadas y anotadas por mí, a cambio de una limosna aun menor que la que me proponía por el libro mi pretendiente centroeuropeo.

Nuestra amiga escribe que martes y miércoles Baldó estuvo fuera de la ciudad, capitaneando una nueva edición —la última, como anticipa con voz de melodrama— del retiro que solía hacer cada tanto con la facción civilizada del personal de la biblioteca. Comida sana, baños en grupo, rondas de lectura, reuniones motivacionales, caminatas, juegos de rol... Las tonterías de siempre, que Baldó usaba para darse corte y detectar probables abscesos en su equipo. Pero nuestra amiga las describe con cierto detalle, envolviéndolas en esa bruma matinal tan típica de las islas, y la cosa se pone tan vaporosa, tan *naïve*, que si nos dejáramos llevar veríamos a la *troupe* de pánfilos entera, sobrinos incluidos, corretear por el parque en pelotas, en cámara lenta, luciendo coronas de laureles, collares y hasta unas alas como de ángel, perseguidos por un Baldó que ruge disfrazado de sátiro feroz. Supongo que Bernal habrá sido de la partida, aunque me consta que odiaba los ejercicios de confraternización laboral, odiaba la naturaleza, odiaba estar en paños menores en la naturaleza, odiaba el Delta y las incómodas, húmedas, tórridas efervescencias que le estaban asociadas, y las dos o tres veces que lo llamé a la biblioteca me tuvieron quince minutos esperando en el teléfono mientras se suponía que lo buscaban, hasta que la musiquita mecánica que conocía de memoria me dio náuseas y colgué, y la verdad es que no tuve fuerzas para volver a llamar. En todo caso, su nombre vuelve a no aparecer en el capítulo, lo que a esta altura del partido no quiere decir nada, o puede querer decir todo lo contrario de lo que dice. Hay en la segunda noche, bastante tarde, cuando la tropa ronca en sus bolsas de dormir, una escena furtiva en el muelle, con Baldó que espera fumando y una lancha que se acerca en silencio —han tomado la precaución de apagarle el motor un rato antes— y amarra, y su pasajero, después de hacer equilibrio en el borde de la lancha, pega un salto hacia la escalera del muelle y resbala sobre la pátina de musgo que alfombra el escalón. No se cae al agua por muy poco, porque no hay como la torpeza desesperada para resolver los problemas que ella misma crea, y me gustaría mucho saber a quién le robó nuestra amiga la imagen de la brasa del cigarrillo de Baldó ardiendo intermitente entre las excitadas chispas de las luciérnagas, la única que atraviesa todo el libro intacta, tan bella ahora como la primera vez que la leí, y llega hasta mí y se queda conmigo, mientras todo lo demás puede volar por el aire sin que se me mueva un pelo.

¿Era Bernal ese visitante fuera de programa? La torpeza, el sobretodo y los zapatos abotinados —detalles preciosos que nuestra amiga da a entender cuando escribe que iba demasiado bien vestido para el precario entorno fluvial— indicarían que sí. Todo lo demás, que no. Baldó conocía el lugar; lo había visitado antes, en retiros igualmente cargados de actividades pero menos profesionales; incluso lo había considerado a la hora de mudar el Mirador Monegasco a una zona más discreta, proyecto que alentó unos meses con Auletta y nunca prosperó. Estaba al tanto de lo que el sitio podía ofrecerle para complacer ciertas necesidades con la discreción requerida. Quizás el visitante fuera un proveedor local de satisfacciones, y su atuendo incongruente algún requisito impuesto por los gustos de Baldó, pasados de moda pero nada obvios. Quizá —es otra de las tesis que nuestra amiga permite leer entre líneas, para los pocos que hayan llegado hasta ese punto del libro con la energía suficiente para ponerse a desentrañar sobreentendidos— fuera un mensajero, alguien enviado por alguien para comunicarle algo referido a un asunto que tal vez valiera la pena no postergar. Da igual. Sea quien sea el misterioso barquero, la visita es corta —el tiempo que le lleva a Baldó terminar su cigarrillo y usar la tuca para prender un segundo— y muy efectiva. No ha terminado de amanecer y Baldó ya está otra vez en el muelle, esperando ansioso la primera lancha del día, luego de poner las horas que quedan del retiro, y la cuenta, en manos de un súbdito poco confiable, el único en realidad al que consiguió despertar tan temprano. Puede que sea la luz lechosa del amanecer, puede que los ojos empañados del informante de nuestra amiga —supongo que uno de esos isleños capaces de decir cualquier cosa por unas monedas—, pero se lo ve desmejorado, como si hubiera pasado la noche en vela. De hecho son las cinco y veinte de la mañana y está fumando de nuevo, esta vez sin boquilla, y el modo en que le tiemblan las manos no promete nada bueno.

65

Me enteré de la venta de Hurlingham horas después de que se consumara, el viernes, y de manera casual, por boca de alguien que no era consciente de la noticia que me daba. Al mismo tiempo, por una de esas coincidencias que no significan nada pero nos encanta recordar, y contamos a la primera de cambio con inexplicable orgullo, como si el azar, aunque en una proporción mínima, respondiera a nuestra voluntad o nuestra imaginación, me llegaba el testimonio fotográfico de los arrugados encantos de Zoltan (que agradecí pero rechacé en los términos más corteses), y dos asistentes que había enviado en misión simultáneamente, aunque en direcciones distintas, volvían a mí con las manos vacías. Ni rastros de Bernal. Como si se hubiera volatilizado. Por supuesto, querían que se les pagara igual. Inexpertos y todo, había que ver lo rápido que progresaban en conciencia gremial. Así que los entretuve un rato con esto y aquello, *muffins* y alcohol, promesas y confidencias, ropas, poses, falsas cremas hidratantes, y veinte minutos más tarde, hechas las preguntas de rigor, ya tenía material de sobra para mandarlos presos con al menos tres de la media docena de clientes para los que trabajaban. Les perdoné la vida; ya vendrían al pie cuando los necesitara. Uno de ellos, de hecho, el más cachorro, empezó a pagar mi silencio en ese mismo momento, quizá sin darse cuenta. Se había demorado un poco tratando de encontrar el reloj, una media, algo de todo lo que lo había visto quitarse a una velocidad récord, y mientras se ajustaba el reloj en la muñeca y se guardaba la media en un bolsillo del saco —un blazer bastante digno, seguramente robado, con botones dorados y un prendedor, un simpático biplano amarillo en el ojal de la solapa—, como si irse sin decir algo fuera agravar su situación con una impertinencia, dejó caer el nombre de Murzi, mi informante dilecto, a quien yo había tratado de contactar cuarenta y ocho horas antes, en vano, para encargarle la misión que no habían cumplido él y el otro mocoso. Se lo había encontrado en Embrujo, cuando seguía una pista que resultaría ser falsa. Eran las once de la mañana, el lugar ardía. Al principio, por el vapor, el humo de máquina, el rocío de lentejuelas luminosas de la bola de espejos, no se reconocieron. Hasta que se encontraron espalda contra espalda bailando "Blanco talco", el tema que Edna Fania le robó a Vespa Tadei, y mi enviado, sacándole la ficha, le comentó que andaba atrás de Bernal. "¿Quién lo busca?", preguntó el otro, lustroso de estrás y vaselina. Contrariando mis instrucciones, el muy bambi me delató. Apenas oyó que me nombraban, Murzi acometió los *fouettés* que pide a gritos el estribillo de la Fania y cuando dejó de girar, sin siquiera tomar puntería, le embocó entre los dientes la pastilla corazón que había sacado de un blíster rosa. Y parece que recitó —me llevó un rato recomponer la cita con los escombros a los que la había reducido—: "Van a ser largas las horas en la estepa de la espera". Por mucho que me sorprendiera toparme con Herdosia en sus labios, el alarde de lirismo no me preocupó: hay ambientes en que circulan más los versos que los herpes, y si circulan menos quedan más, que es lo que importa. Me preocupó saber que ya no contaba con él, que algo más poderoso y atractivo que yo lo hubiera desviado de mi órbita, que ese algo fuera Bernal.

Fue una venta récord, en precio y en tiempo. A última hora de la tarde de ese mismo viernes, escribe nuestra amiga a veinte, veinticinco páginas de terminar su libro, el camión más aparatoso de la flota de Rovedino Hermanos cortaba Pizzurno a la altura del 109 con una serie de maniobras complicadas y cruzaba de culata el portón de hierro de la finca, rebanándole una mano y media siringa al pequeño fauno de yeso de la entrada con el canto de un estribo. (Me encanta la precisión arrogante de las biografías, en especial de las malas: no sirve para nada —salvo para ofrecer puntos posibles de peregrinación para masas de fanáticos que, como en este caso, nunca se congregarán— pero cómo rinde, cómo sentimos que ese 109, hermoso número, dicho sea de paso, pasa a significar algo, se carga de extrañas promesas, igual que las iniciales bordadas que luce en un costado del pecho la camisa que nos prestan o el número que encontramos anotado en la última página de un libro comprado en una librería de viejo). Un despliegue llamativo, lleno de marchas y contramarchas, frenadas, volantazos, pero completamente innecesario, porque una camioneta grande habría bastado para llevarse lo que quedaba en la casa, que era poco y nada —unas estanterías, un viejo ropero provenzal, una colección de espejos de toda forma y tamaño, media docena de camas de una plaza, tres o cuatro parientes del fauno mutilado por el chofer del camión, juegos de sombrillas y sillas de jardín y tres cajas de cartón corrugado grandes, muy incómodas, con la etiqueta de *juguetes* estampada en los costados— y de tan escaso valor que ni siquiera exigía mayores cuidados. Es cierto que el calendario no da y las horas tampoco cierran del todo, y que ni siquiera contando con el plantel de sobrinos en pleno y dos falanges

completas de rovedinos —como llamaban a los robustos peones de la firma, quienes acudían a ellos en sus horas libres,
preferentemente cuando empezaban sus horas libres y los efluvios segregados por la larga jornada de trabajo seguían inten-
samente vivos en ellos— es concebible que la casa se hubiera
vaciado en el lapso que propone nuestra amiga, y menos que
su contenido, ofrecido en un remate semipúblico en una sede
poco conocida de Brugmans & Introini, hubiera volado en
ese abrir y cerrar de ojos que inferimos que duró la subasta si
hacemos las cuentas como se debe. Nuestra amiga lo sabe, por
supuesto: la prueba es la cabriola que dibuja para distraernos
en medio del capítulo, interrumpiendo el relato en un punto
cualquiera —el traslado de una de las cajas de juguetes, por
ejemplo, que un rovedino fanfarrón, para alardear, sostiene
en el aire con la punta de un dedo y deja caer al piso, con la
consiguiente estampida de caucho y cuero— y zambulléndo-
nos por corte en la subasta fatídica, para posarse por fin en las
piezas que el rematador estrella de la casa presenta y vende,
presenta y vende, todo en modo máquina, como quien des-
cabeza patitos en un puesto de kermesse, esculturas, vasijas,
juegos de vajilla, bayuts, ropa de cama, mecedoras, combi-
nados, alfombras, joyas, en las que nuestra amiga, bastante
admirablemente, debo decir, se las ingenia para condensar el
tiempo y la vida que Baldó vive en la finca de Hurlingham,
quince o veinte años, según la página del libro que tomemos
de referencia para calcular.

Por qué vende Baldó esa quinta que al descubrirla, joven,
pobre como una rata, llama mi reino y tardará veinte años en
comprar, nuestra amiga no lo sabe, o no nos lo quiere decir.
La necesidad perentoria de dinero es toda la explicación que
suministra el capítulo, uno de mis favoritos, tan pletórico de
cosas, tesoros, primores personales, tan animado por la inani-
mación como un bazar, no, mejor: como un museo, el museo
húmedo y solitario del que está por morir y ya no volverá a

saludar. Baldó necesita plata rápido, ya mismo, plata en efectivo, y quizá sea esa premura misteriosa la que le da al episodio el suspenso, la zozobra que transmite, tan sorpresivas, y bienvenidas, en un libro por lo demás muy cómodo con andar al paso, como los percherones de las novelas de Mirambet. Hay algo conmovedor, una fruición delicada y amorosa, rara en los biógrafos, sí, salvo cuando les llega la hora de despedirse, en la atención con que nuestra amiga describe ese lote de chucherías vetustas y lee en la rajadura de una fuente de loza, la cara ciega de un espejo o un bibelot deshilachado el aliento secreto de escenas que son, a la vez, los cristales de una vida, la vida que hemos estado intentando entender en el curso de los últimos cientos de páginas, no siempre con éxito, rara vez con genuino placer. Sólo que ahora empezamos a preguntarnos por Baldó. Después de todo, la última vez que supimos de él huía del retiro del Delta como un criminal o un condenado. ¿Dónde está, dónde se esconde? ¿Dónde mientras rematan su vida y vacían su casa? ¿Dónde, si a la biblioteca no fue, no va, no irá hasta el domingo, día en que le toque morir? Se hace un silencio, como cuando un ejército de equipos de refrigeración enmudece de golpe en un teatro. La música se ha apagado, se prende la luz, cruje en manos del irrespetuoso de turno el papel metalizado que envuelve un caramelo de leche. Aquí, parece susurrar nuestra amiga, en el borde cascado de esta azucarera; aquí, en este perchero rengo; aquí, en este diván con los resortes vencidos, aquí, en este biombo chino, esta colección de abanicos, estas viejas hormas de zapatos de madera, bellas como prótesis de un mundo de muñecos mentirosos...

Por el resto del capítulo no pondría las manos en el fuego, pero doy fe de que acá nuestra amiga no tocaba de oído. Unas semanas después de la muerte de Baldó llegó hasta mí, ya no recuerdo cómo, la publicación que hizo las veces de catálogo de la subasta, una especie de *brochure* en blanco y negro sin numeración de páginas, con algunos errores de ortografía y las fotos un poco torcidas, que Bringmans & Introini aceptó imprimir con la condición de que el nombre de la firma no apareciera en ningún lado. Descuento que ahí estaban, desmejoradas por la estética mimeográfica, todas las piezas de la colección Baldó a las que nuestra amiga pasa revista en su libro. No quise confirmarlo. Tuve el catálogo en la mano, lo palpé, creo que hasta llegué a abrirlo, pero en ese momento algo me distrajo —todo me distraía por entonces: sobrevivía a base de interrupciones— y lo devolví, o lo apoyé de canto entre dos balaustres, como si pensara en volver a recogerlo una vez que terminara lo que tenía que hacer, que, si me guío por las fechas, no debía ser mucho más que tomar uno de esos cócteles de pastillas que me arruinaron los riñones. Me acuerdo de que me miré las yemas de los dedos y las vi negras, tan negras como me quedaban después de estudiar los apuntes de las clases de Baldó. Nuestra amiga sabría perfectamente de qué estoy hablando.

Sé que estuvo en el remate porque me lo confirmó una vecina suya. Quizá la anécdota sea demasiado larga, demasiado irrelevante para referirla aquí, pero llegó un momento ese día en que no aguanté más —llevaba demasiado sin saber de Bernal y ya había agotado todas las fuentes de información, todos los informantes, todos los paraderos imaginables, incluida la tapera a la que alguna vez lo había acompañado a visitar a uno de sus ex camaradas de armas, donde el tiempo, ahora, había instalado una agencia de lotería y despacho de bebidas, pantalla burda de un reñidero— y salí a buscar a nuestra amiga, con la idea de que si daba con ella daría con él y la ilusión, la superstición demente de que si lo encontraba con ella, por el mero hecho de encontrarlo y acabar de una vez con el tormento, se lo perdonaría todo, pero sólo si lo encontraba, sólo si volvía a verlo de pie en el mundo, ocupando con su cuerpo, que tanta falta me hacía, el espacio alto y fino que le había reservado la divinidad macabra que lo había creado, no sus toscos padres, a quienes nunca me presentó.

Salí como estaba, con el pelo mojado, los botones sin abrochar, los cordones desatados, y una vez en la calle me volvió a asombrar que la vida siguiera su estúpido curso, que hubiera moscas, baldosas flojas, gente en el café, y encontrar al dueño del negocio de reparación de electrodomésticos destripando una vez más aparatos en la vereda, al fresco de uno de esos ventiladores de bolsillo que los taxistas se empeñaban en poner de moda ese año. No me pareció que la temperatura lo justificara. Entre el apuro y la angustia, yo había salido sin abrigo y, como me di cuenta enseguida, apenas me subí al taxi, sin rumbo. Tenía todo: la habitación donde volvería a ver a Bernal, y el sillón donde me estaría esperando, encogido en un rincón, con las largas piernas cruzadas y el charuto hediondo temblando entre el dedo índice y el mayor —una idiotez que se le había dado por copiarle a un escritor búlgaro—, y la alfombrita como de salón de belleza donde se posaría un pie, desnudo, y el puf grotesco donde tendría clavado el talón del otro, mostrando una planta muy sucia y una ampolla en la almohadilla, y la bandeja recién servida, con la taza de té negro y el cantimpalo en rodajas en la mesa ratona... —Tenía todo menos una dirección. Yo sabía por Bernal que nuestra amiga se había mudado. Me pareció oírselo comentar una tarde que esperábamos el subte en la estación Pinedo, pero el tren llegó y tapó con su estrépito la frase y a mí no me dio para pedirle que la repitiera. Me lo confirmó después un conocido con el que coincidimos en alguna sala de espera, un traductor brillante pero lento que se da maña con la carpintería. Nuestra amiga le había encargado una biblioteca para su nueva casa, me dijo, una de esas plantas bajas de frente combado, estilo barco, simpáticas pero difíciles de amueblar, con las que unos ingenieros con ínfulas habían saturado cierto distrito tranquilo del sur, así que esa fue más o menos la indicación que di.

Lo que es vago exagera irremediablemente: más (o menos) que un distrito era una cuadra, uno de esos callejones estrechos, empedrados, que se vuelven peatonales por pura incomodidad, y el encargo de la biblioteca no había pasado de las dos páginas sucias, caras, que ocupaba el presupuesto redactado por el dolorido carpintero, que se cansó de esperar que se lo aprobaran. Desde la punta oeste del callejón, donde me dejó el taxi, lo que se veía era satinado y terso como un render. La misma serie de casitas panzonas se repetía en espejo en ambas veredas, sin nada a la vista que las distinguiera. Era como estar en un cuadro de Tisné, con la resolana cruda del mediodía en vez de los faroles de gas por los que suspiraba el pintor. Si ya era difícil entender que nuestra amiga hubiese canjeado su confortable covacha del centro por la modestia pretenciosa de una de aquellas maquetas de felicidad provinciana, más difícil para mí, en ayunas y sudando, sería deducir cuál de las catorce (las conté) le habría deparado el canje, a menos que un golpe de suerte —una de esas coincidencias farsescas, de último momento, que reúnen a amantes desencontrados, padres e hijos que separa una catástrofe natural, mascotas enemigas, en los dramones de Tarulli— me facilitara la pista que yo, a esa hora, bajo ese sol, no me sentía en condiciones de buscar. Por lo demás, no había un alma, ni siquiera esos figurines tiesos, siempre jóvenes, siempre bien vestidos, que pasan en los renders por delante de los edificios, ignorándolos, como propietarios altivos. Me di cuenta de que tampoco había árboles ni pájaros, ni por lo tanto sonidos, nada que afeara la imagen con la más mínima arruga, pero fue una constatación lógica, derivada de la inmovilidad y el vacío de la escena, más que perceptiva. Como en un poema malo, tuve un pálpito feo, una víspera de mareo. Ya estaba pensando en volver, odiándome por pensar en volver, cuando oí a mis espaldas un alboroto de ladridos. Me di vuelta: arreada por un paseador de overol y rastas, que la controlaba con una red de correas entrecruzadas, milagrosamente, una manada de perros enfilaba hacia el callejón, arrastrando a los dos camorreros que se desafiaban a los gritos en el centro del grupo. Salvo las que empiezan con B —bóxer, bulldog, bustrófedon—, que comparten también cierto fervor por la fealdad, no sé mucho de razas. Puede que Tilde (que era bastardo) y su agonía incontinente hubieran agotado el poco interés que me despertaba la especie. Pero los conté —eran exactamente catorce, como las casitas— y me puse a seguirlos, con la esperanza de que si acompañaba la devolución de cada perro tarde o temprano daría con la casa de nuestra amiga, con nuestra amiga, con Bernal, mi Bernal perdido, y toda aquella pesadilla terminaría de una vez (siempre y cuando, claro, ningún vecino hubiera tenido la descarada insensatez de convivir con más de un animal al mismo tiempo).

Esa fue la última idea que recuerdo que tuve, si se le puede llamar idea. Yo la hubiera llamado inquietud, nubarrón de pánico, pero la náusea que me asaltó fue tan súbita y tan fuerte que no llegué a una conclusión definitiva. Me desperté boca arriba en la vereda, con las piernas levantadas y los talones contra el frente de una de las casas, que resultó ser rugoso, mientras el paseador, en cuchillas, me cacheteaba una mejilla y un bulldog cachorro, con el pretexto cordial de lamerme, me llenaba la otra de baba. Es sorprendente todo lo que podemos llegar a deberle a un desconocido. El muchacho (recién pude apreciar su edad cuando lo tuve cerca, muy cerca, y las pequeñas agujas, perlas, anillos metálicos que le perforaban las partes más dulces de la cara me inspiraron un par de ganas locas que ojalá hubiera tenido fuerzas para llevar a cabo) se ocupó de todo: me ayudó a levantarme, me acompañó —sosteniendo la bolsa blanda de mi cuerpo— hasta la casa más cercana y me acomodó con especial cuidado en la esquina de un gran sofá tapizado de pana mostaza, muy cómodo, muy parecido, se me ocurrió entonces, al sofá en el que unas horas antes mi imaginación, en un exceso de confianza, había acomodado a Bernal, dejándolo listo para recibirme. El eco me entusiasmó, más que nada porque fue espontáneo y todo en la realidad lo desalentaba. ¿Era posible que una lipotimia y un extra rastafari me hubiesen dejado precisamente donde quería estar? Nunca he tenido esa clase de suerte. Adoro los accidentes, pero no porque me favorezcan. Hay algo de esa injusticia que me resulta agradable, como pasa con ciertos dolores sin causa evidente. El que me latía en un costado de la cabeza, por ejemplo. La dueña de casa, una mujer grande y huesuda que hacía juego con el sofá, me ofreció agua, un sobrecito de azúcar y uno de esos antifaces rellenos, congelados, que Nina Buber usaba en las fiestas para no gastar en disfraz. Ante mi asombro, ella misma me lo aplicó sobre el bulto que me había crecido en la sien, con una delicadeza de geisha. Era curiosa, también, y no sé si la porción de pecho que desnudaban los dos botones desprendidos de mi camisa no le interesaba más que el chichón. Le expliqué, mientras me incorporaba, cómo había llegado hasta ahí, buscando a quién, y al oír el nombre de nuestra amiga —que murmuré para mí, sólo para que la frase tuviera algo de donde agarrarse— sonrió y me dijo que se la había cruzado esa mañana, que iba preciosa, como siempre, con ese descuido tan chic, y que declinó su invitación a tomar el té —un eufemismo que compartían para designar vicios seguramente menos sobrios— porque pasaría la tarde entre cosas viejas, atareada con un asunto profesional de último momento. ¿Sola? Sí, sola. Bueno, dijo, tan sola como puede estar alguien que anda por la vida con ese destello de picardía en los ojos. Arremetí. Ya que estábamos, ¿no la había visto recibir visitas recientemente? ¿Un joven alto, chupado, flexible como un junco...? —¿vestido de negro y con dedos de vampiro?, completó ella. Hizo aquí una pequeña pausa, menos para afinar la memoria que para desentrañar mis intenciones. Supongo que lo único que encontró fue ansiedad, alarma, desesperación. Qué curioso, dijo por fin. Ahora que lo dice, anoche soñé con alguien así. Una especie de enterrador, o uno de esos predicadores que seducen viudas maduras y después de estrangularlas huyen a caballo de noche mientras cantan, siguiendo el curso de un río poblado de flores en celo y batracios. Quién sabe de dónde lo habrá robado mi sueño. Pero para su información, soy su vecina, en ocasiones dichosas pero raras una clase muy particular de amiga, no su guardaespaldas y mucho menos una arpía delatora, dijo, y recuperó el antifaz de hielo (a esa altura más molesto que el chichón) con un ademán brusco.

No aclaró que esa clase tan particular de amistad incluía o incluiría más tarde, cuando nuestra amiga hubiera puesto fin a la primera versión de su libro, tareas de mecanografía, revisión ortográfica y corrección de estilo, una infidencia que llegó a mis oídos tiempo después, cuando ya no podía afectarlos, de boca de una conocida muy diligente, no sin talento, que ya estaba harta de verme con la cabeza en otro lado, como le gustaba decir. Quizá no lo aclaró porque aún no desempeñaba esas funciones; quizá porque no le di oportunidad y me fui de golpe, ni bien me arrebató aquella máscara helada, dejando el vaso de agua sin tocar y una larga estela de azúcar en el piso, un gesto de desaire ocurrente pero confieso que cien por ciento involuntario. Es notable lo mucho que puede caber en un sobrecito de esos.

Volví a casa tarde, ya de noche, después de vagar por parques y probar largamente las escaleras mecánicas de un centro comercial, mientras en la otra punta de la ciudad la media docena de kimonos de Baldó que nuestra amiga describe con pelos y señales, como si fueran paisajes japoneses, era vendida a una astuta vestuarista de cine por una suma modesta, bastante inferior a la que le habrían pedido las tiendas de la calle Acevedo por una réplica barata del mismo modelo. Apenas entré a casa me di cuenta de que algo había cambiado. Todo estaba más como lo había dejado que antes, tan nítido, tan elocuente como las identidades que se inventan los impostores aficionados, que temen que no sean todo lo sólidas que deberían y se la pasan subrayándolas. Me pareció incluso que las medias de Bernal, unas medias de lana gruesas, con agujeros, que usaba sobre todo en verano y dejaba tiradas en los lugares más inverosímiles, como si un ardor, un sarpullido imperioso, insoportable, lo obligara a deshacerse de ellas, mostraban una insolencia demasiado explícita, que no había notado a la mañana al descubrirlas, cuando decidí —en un rapto de anticipada nostalgia— dejarlas a la vista, por mucho asco que me dieran. Salvo las medias, se había llevado todo: la ropa, los *foulards*, el piloto, las boinas, los guantes, los zapatos, el paraguas, los cuadernos, las carpetas, la caja de rapé, los cartones de cigarrillos. Todo, hasta el cepillo de dientes, que era mío y casi no usaba.

66

Se había ido. Se había ido de acá, de mí, de la conejera malsana en cuyas ruinas monologo desde que se fue. Pero si yo digo que se fue es porque alguien sin duda debió poder decir que vino, que llegó, que volvió, que abrió la puerta con su llave (porque era obvio que a esa altura ya tenía su propia llave), que se descalzó como le gustaba hacerlo, sin usar las manos, ocupadas en desabrochar cintos, botones, puños, liberando cada talón con la punta del otro pie, y se deslizó alto y silencioso entre las sábanas y se quedó dormido en la primera posición confortable que encontró, dormido como un tronco, como una piedra feliz, porque nada ejercía sobre él un efecto más hipnótico que la bienvenida de una cama lista, entibiada por el cuerpo que se había apagado esperándolo y ahora, rozado por el suyo, que traía el frescor del mundo y la vigilia, volvía a despertar en una explosión de dicha.

67

Baldó murió a primera hora de la tarde del domingo, mientras sacaba la basura, como creo haber dicho hace años en alguna parte de este interminable lamento. Tras lanzar una serie de advertencias que fueron desoídas, los grumos de grasa que habían estado flotando en su sangre, alegremente dispersos, optaron por estrechar filas y, encantados con su flamante identidad grupal —un coágulo del tamaño de un grano de pimienta negra—, cortaron el tráfico de la arteria descendente y privaron de alimento vital al ya crispado corazón por unos segundos breves, cruciales. Baldó no sufrió. (Es lo que dice nuestra amiga, lo que dicen todos en estos casos; habría que ver qué dicen los muertos). Pero para la pareja de turistas que lo encontró no fue lo que se dice una sorpresa agradable. Trataron de reanimarlo; ella, más bien, que todavía tenía fresco el curso de primeros auxilios exigido por cierta oficina de tráfico alemana para tramitar la licencia de conducir; a él le bajó la presión. No hubo caso. Nuestra amiga remata el episodio transcribiendo el apunte con que el lipotímico, se descuenta que ya recuperado, consignó el hecho en el anotadorcito que lo acompañaba en sus viajes por el mundo: "Muerto atlético cuerpo en la calle, entre papeles, el domingo de mucho calor, encontrado. Vecinos, policía, muy tardía ambulancia, perros. Cuánto vagabundo perro hay en esta ciudad. Nuestro testimonio es requerido. Reluctancia de Doris. Protestas. El cónsul interviene, seguimos camino. A la noche, tango". Descuento que la traducción es de nuestra amiga.

Yo me había despertado hacia el mediodía con fotofobia, una sensación pastosa en la boca y el mismo agujero helado que venía taladrándome el pecho desde el día de la subasta, cuando descubrí que ya ni siquiera tenía las cosas de Bernal para recordarme que él no estaba. A primera hora de la tarde, cuando Baldó se desplomaba en la calle, lo único que había mejorado en mi día era la música que llegaba de algún departamento vecino, que no había cambiado de género pero casi no se escuchaba. No voy a decir que intuí lo que había pasado en la vereda de la Naldoni —los únicos fenómenos paranormales en los que creo son íntimos, carnales, y no viajan bien en el espacio ni el tiempo—, pero me cuesta no pensar que hubo algo más que una coincidencia en el hecho de que a esa misma hora se cortara la luz en toda la cuadra —el "mucho calor" que menciona el turista bávaro— y que un rato después, cuando la electricidad volvió, y con ella la bachata en sordina, los chillidos de la televisión, el soplido de los ventiladores, a mi desairado editor húngaro se le diera por reaparecer de la nada, sin asomo visible de rencor, para pedirme que reconsiderara mi actitud. No me llamó tanto la atención la irrupción en sí (lo poco que había vislumbrado de Zoltan en nuestro módico epistolario hacía prever que no se rendiría tan fácil) como su retórica libertina, más inflamada que nunca, y las fotos con que la apuntalaba esta vez, primeros planos en blanco y negro de algo que parecían hoyos, ojales, alguna clase de fruncido y sucio agujero, tan borrosos y abstractos que podían ser cualquier cosa, de anos a cráteres lunares, de fosas nasales a desagües. Supongo que eso era lo que quería decir cuando me invitaba a considerar el lado B de la situación (tan desalentador, por cierto, como el A). Pero me sorprendió la sincronización que parecía haber entre su segunda arremetida y mi desolación. Quizá sea así, a fin de cuentas, como se enamoran las personas desdichadas, así como debe entenderse el dicho según el cual el amor es ciego. No es la imagen, no es la belleza lo que importa; es la oportunidad. Ni siquiera revisé los nuevos términos del contrato, que decía haber mejorado y juraba que ofrecía privilegios de los que ningún autor o autora —el escrúpulo me arrancó una sonrisa escuálida, lo único de lo que mi boca era capaz en el harapiento estado emocional en el que estaba— de la casa podía jactarse de disfrutar. Le agradecí, por supuesto. Le pedí que no volviera a escribirme, y que si no podía evitarlo mejorara al menos la ortografía.

Así, mientras los enfermeros cargaban a Baldó en una camilla y lo llevaban a la clínica Elustondo, donde pasaría una hora y media en un pasillo hasta que lo declararan muerto, yo ¿cómo decirlo? yo raspaba con afán y furia el fondo de la olla, como quien, a merced del sol del desierto, exprime la vieja cantimplora que conservó de sus días de *boy scout* hasta arrancarle las tres o cuatro gotas de jugo de óxido que lo envenenarán. Bernal se había llevado todo. Los vestigios que odiaba encontrarme cuando tenía a mi disposición su cuerpo entero, y que ahora, que no lo tenía, buscaba enloquecidamente, uñas, pelos de barba, algodones con rastros de sangre, hasta restos de comida y esas huellas de mermelada digitales que estampaba por todas partes, todo eso había sido limpiado, borrado, cruelmente obliterado para siempre por la mujer del encargado del edificio, que en los seis años que llevaba trabajando en la casa nunca había dado pruebas de un celo higiénico parecido.

Pero los cajones de mi memoria estaban intactos y era de presumir, porque sólo yo tenía la llave, que su precioso contenido también. Recité, intenté recitar en voz alta las estrofas que sabía que le gustaban, con las que le encantaba martirizarme, que recordaba a dúo, sin fallar un solo verso, con sus compañeros de armas. No llegué muy lejos. Algún verso suelto, un dístico, en el mejor de los casos, siempre y cuando procediera de uno de esos clásicos (Gobbo, Zanzarola) que se venden como *posters* en los kioscos: sólo en una escala tan vulgar podía tener la sensación de no estar diciendo cualquier cosa, de no traicionar la lealtad en la que mi dolor necesitaba refugiarse. Y ni siquiera en esos casos. Por momentos, los versos encajaban en el molde de la melodía perfectamente, como la mano en un guante diseñado a su medida, pero la euforia duraba poco y la decepción subsiguiente era insoportable, porque algo, una voz mía, surgida de mí, me decía con despiadada autoridad que esas no eran las palabras verdaderas, que todo era un fraude, que entre el poema original que yo había oído una y otra vez de labios de Bernal y el que yo me jactaba de resucitar había tanta relación como entre el mar real, el que aloja medusas venenosas y se traga nadadores y chisporrotea a la luz de la luna, y las torpes telas metalizadas donde navegan lentísimos los transatlánticos de madera balsa en las películas de Cocozza. Me pasó con el poema de Suárez, un *must* de Bernal. Buscándolo en la memoria me topé con esto: "Mi dueño tiene un disfraz". La evidencia con que el verso se me impuso, la naturalidad con que ocupó su lugar en el intervalo ajustado de la métrica, sin encogerse, sin plegar las piernas, me produjeron una especie de éxtasis, el mismo que probablemente me habría producido escuchar, superpuesta con la mía, la voz de Bernal recitando el poema mientras entraba en la casa, tiraba el manojo de llaves sobre la mesada de aluminio, se sacaba los zapatos y venía patinando sobre el esquí de sus agujereadas medias de lana hasta el dormitorio, hasta la cama, hasta el amasijo de sábanas, sudor y sangre donde yo lo esperaba... Demasiado perfecto para ser cierto. Una fracción de segundo después, cuando el fuego del reencuentro estaba en su cúspide, el verso original se presentó, tímido, inamovible, con la modestia humillante que tienen los damnificados a la hora de reivindicar lo que es de ellos, lo que les quitaron, y el dueño ya no era un dueño sino un cuerpo, y lo que tenía no era un disfraz sino un imán, y la puerta seguía tan cerrada, tan muda como diez minutos antes. *Mi cuerpo tiene un imán.* La poesía me interesa poco —Bernal lo sabía—, pero me habría gustado mucho escribir un verso así.

Me quedaban las medias, que la mujer del portero, en un rapto de clarividencia, había olvidado en el canasto de la ropa sucia. Es curioso lo serviciales que pueden resultar esas prendas, lo maleables, elásticos, versátiles que llegan a ser sus servicios. Por qué ese par de soquetes de tosca lana soviética diezmada por el uso y una relación muy esporádica con los alicates era el único sobreviviente de la erradicación berna-liana, eso no lo sé. No lo supe entonces y sigo sin saberlo ahora, cuando a menudo, buscando alguna otra cosa, me las encuentro en los lugares menos pensados, como si aprovecha-ran que me olvido de que existen para mudarse. Yo confieso que llegué tarde a las medias. A apreciarlas, quiero decir; a verlas como algo más que la vaina profiláctica, la funda de pies —aislamiento y abrigo— por las que siempre las tomé, que reducían su valor a una dimensión funcional. No voy a decir que el tiempo amplió y refinó ese concepto; los cam-bios siempre han sido para mí meros pretextos para templar mi capacidad de resistirlos. Pero sí, quizá, que toparme en ese momento con aquel particular par de huérfanas marcó una diferencia, uno de esos umbrales que separan el antes de la pura barbarie de un después civilizado; o, más modestamente, que encontrarlas, recogerlas, arder en el nido perfumado que formaban en mis manos y meterme de nuevo en la cama con ellas, donde pasé horas arrancándoles todos los ecos de Bernal que pudieran atesorar, hasta que las dejé caer a un costado de la cama, reducidas a una húmeda, exhausta pulpa venérea, fue para mí la única excepción, la única isla de felicidad y gratitud que me ofreció el océano atroz de la desdicha.

Sé que si había alguien que no tenía derecho a formularlas era yo, pero de golpe, en medio de aquel domingo tórrido, ya saciadas mis necesidades más dramáticas, se me venían encima todas las incertidumbres que nunca me habían atormentado estando con él, cuando hubiéramos podido disiparlas juntos, o burlarnos de ellas, o decidir —con la misma displicencia arrogante con que descartábamos *vernissages*, presentaciones de libros, recitales de poesía, entregas de premios— que ni siquiera valía la pena considerarlas. Preguntas de amantes longevos, abrigados con viejos pulóveres raídos, envueltos siempre en el mismo nimbo de olores, espasmos, gruñidos, capaces de leer las arrugas del otro como un dendrólogo los anillos de una ceiba, un ébano, cualquier árbol acostumbrado a mentir. Por ejemplo, ¿quién moriría primero? ¿Bernal? ¿Yo? Yo, por supuesto. Yo empujaría su silla de ruedas, le cortaría la carne en pedacitos, le leería y cambiaría los pañales, pero el primer cuerpo que sacarían con los pies para adelante sería el mío, aun cuando, como hasta ahora, lo haya mantenido relativamente a salvo de la profanación médica.

¿Quién era mejor que muriera primero? Yo otra vez, mil veces yo. Porque ¿en qué abismo de tedio intolerable y eterno quedaría yo si él se iba antes? ¿No era acaso aquel domingo siniestro el ensayo general de ese horizonte de espanto, con un fantasma esquivo en el papel de Bernal y un alma en pena con olor a sudor y a media de hombre en el mío? ¿Y de quién se enamoraría él una vez que yo fuera cenizas? ¿A quién le permitiría yo entregar su corazón? Juro que no era por despecho ni por afán de posesión, pero era una pregunta a la que no podía dar una respuesta verdadera. A menos, claro, que la malinterpretara torpemente, sólo para mantener a raya la amenaza que representaba su sentido genuino. Había cientos de candidatas competentes para el tonteo, la escaramuza fortuita, el picotazo de una noche, incluso la reclusión de fin de semana en una habitación de residencial de dos estrellas con toallas ásperas, medialunas secas y chifletes de viento colándose por todas partes. Bastaba con darles un suave empujón a cosas que ya habían pasado, conatos, chispas, y autorizarlas a ir más allá, para convertirlas en la traición que no habían sido. Candidatas como la chiquita de Roura, por mencionar un caso fresco, si le bajábamos dos tonos al *make-up*, le borrábamos la sombra de bigote y la bañábamos un poco (aunque es probable que limpia Bernal la hubiera rechazado). O la Saint-Lô, con sus ex millones, sus botitas Cauchemar y sus fragancias añejas. O la asistente medio india del único dentista que Bernal, ahora empezábamos a saber por qué, había aceptado ver más de una vez, que le untaba la xilocaína en la encía con la yema de un dedo dúctil y concienzudo. O la sonidista de la película del *Derqui*, torta fibrosa, muy observadora, con la que nos topamos en un privado especialmente sucio del Sirocco, que insistía con que Bernal, si quería drogas —y las quería, cómo las quería esa noche—, las buscara él mismo con sus dedos genios en la media docena de bolsillos de sus pantalones cargo. O cualquiera de las decenas de rameritas de ocasión con las que lo había visto hablar, reír, arreglarse el pelito sin motivo, ruborizarse: jóvenes jefas de prensa, editoras voraces, poetisas, libreras, traductoras, ilustradoras, una que otra enfermera, por no hablar de sus empleadoras maduras, rubro efímero pero rico en opciones.

Si no me costaba imaginarlas, si me divertía incluso pintar el cuadro hasta el último detalle, con los protagonistas en celo y sus ropitas, los decorados de la traición, el guion pueril de las conversaciones preliminares, los susurros, las propuestas procaces, era, supongo, porque no me cabía duda de que eran improbables, y de que ni al Bernal prófugo, ni al canalla ingrato que había vuelto a casa no a llorar sobre mi hombro, pedir perdón, dar explicaciones o embutirse en mí, sino a recuperar su ajuar de miserables posesiones, ni a ninguno de todos los monstruos que era y que yo adoraba por igual, se le habría ocurrido concebirlas y mucho menos protagonizarlas. Algún impedimento misterioso le vedaba ese tipo de travesuras, de las que sin embargo, cuando involucraban a otros, podía hablar y regodearse interminablemente. Una vez se pasó una noche entera —quizá más, porque yo me dormí cuando empezaba a clarear y Bernal recién iba por la parte en que el cornudo, en medio del cóctel, con dos copas en las manos, se preguntaba dónde se habría metido su mujer— reconstruyendo la felonía con que una escritora del montón había adornado la frente de su marido, editor de una página cultural pésima pero bastante leída que llevaba tres miércoles seguidos cajoneando una reseña de la *nouvelle* de su mujer. Bernal lo recordaba todo: formas de botones, hebillas de cinturón, modelos de ropa interior, colores de esmalte de uñas, excusas; detalles increíbles, de detective o de forense. Quizás esa especie de fruición morbosa fuera la prueba más cabal de lo ajeno que era a ese teatro de tretas y de trampas. Salvo que lo acomplejaran su altura, su trato distante con la higiene, la catástrofe que era su boca, y rehuía por eso cualquier tentación que pudiera ponerlas en primer plano. Cachorro mío. En todo caso, no era algo que pareciera afligirlo. Quizá nada de todo eso le interesara lo suficiente para afligirlo.

En cuanto a entregar su corazón... Dudo que Bernal se planteara el asunto en términos de generosidad. Los corazones no se entregan; se roban, se arrancan, se calcinan. La idea, tampoco tan original, es de Brulotte, pero una vez lo vi a Bernal anotarla en una de esas servilletas que siempre estaba llevándose de los bares y que después, cuando el bulto que le hacían en los bolsillos era grotesco, descargaba en la cama o la mesa de la cocina con un brillo ilusionado en los ojos, como un ladrón el botín de sus excursiones nocturnas, para separar las escritas de las que seguían en blanco y pasarlas en limpio en libretas que no tardaba en perder. El corazón. Me hacía gracia que le llamara la atención cómo ignoraban la pieza nuestras sofisticadas carnicerías, donde si aparecía aparecía siempre en segundo plano, nadando en sangre en un plato hondo en el piso, entre restos de huesos recién aserrados y grasa, como alimento para gatos decorativos. Y él, con toda su vanidad de artista del ayuno, ¿no se jactaba acaso de que el único atracón verdadero que se había dado en la vida era de anticucho, en un puestito en Polvos Azules, en Lima, siendo joven, todo él un apetito joven? Pero ¿cuándo? ¿Joven cuándo? ¿*Más* joven? ¿Más joven que la noche en que me besó por primera vez y dejó en mis labios el regalo divino (que entonces no supe apreciar, idiota de mí) de las hebras de tabaco que habían quedado adheridas a los suyos? Era domingo, tenía tiempo. Se lleva bien con el tiempo el desasosiego. Así que busqué el corazón de Bernal, de ese Bernal, en el último cajón que me faltaba revisar, el más íntimo, confiando en que las erráticas florescencias del pasado lo habrían preservado, le habrían impedido escapar. Era más grande de lo que recordaba, el cajón, y mi mano se abría paso a ciegas, atraído por el eco de una pulsación lejana... Habría seguido buscando, tanteando entre ramas, zarzas, larvas, si a media tarde, cuando la transmisión del fútbol empezaba a desalojar a la música de las radios, no me hubiera sobresaltado el berrido del portero eléctrico. Quedé en un estupor furibundo unos segundos, hasta que un veladorcito con pantalla de vidrio verde —una lámpara de lectura, en realidad, como las que había en la Naldoni, una debilidad de Bernal— se prendió en cierto rincón de mi cabeza, iluminando la página de la agenda que siempre me prometo empezar a llevar y, en la página, el nombre de cierta vieja amistad a la que había dado cita unos días atrás, supongo que en plena crisis de despecho. La hice subir. La recibí tal como estaba, descortesía flagrante que tuvo el mérito de abreviar ciertos trámites para los que ya no tengo paciencia. Había olvidado el rango amplio de sus habilidades, en especial su destreza —ímproba pero estimable— para operar con miembros y áreas distintas de manera simultánea. Como dicen los personajes de Máspoli, que siempre que están sin fuerzas dicen algo lindo, me abandoné, aun cuando los efectos —como suele pasar con los bálsamos destemplados, que reclamamos en pleno furor y nos llegan en pleno desaliento— no fueran gran cosa. En algún momento vi que se engolosinaba y, desafiado por mi desgano, cediendo a la tentación de incluir más variedad en la variedad, se puso a revisar el baulcito donde sabía, porque los habíamos compartido antes, que yo guardaba algunos trastos útiles. Lo oí revolver, gruñir, descartar bártulos que no venían al caso y por fin lanzar un par de chillidos de alegría que pensé que se debían a cierto artilugio especial, importado, regalo de una amiga tóxica pero muy *à la page* en materia de juguetería, que aquella vez había sabido darle un uso muy personal. Me equivocaba. Sacó la pieza, sí, del montón de baratijas de colores con que volvió a la cama, pero sólo para mostrarme que estaba rota, rajada de cabeza a cabeza (era doble, podía ser cuádruple también si se apretaban un par de botones bien disimulados), y cómo el rojo húmedo de su cavernoso interior asomaba por la rajadura. No, no era ese capullo estropeado lo que lo había exaltado sino una lámina a todo color, grande y cuadrada, que yo veía por primera vez pero, como ciertas melodías, me sonaba de algún lado. La imagen, de una belleza extraña, pasada de moda, mostraba una especie de confesionario donde se entrelazaban unos cuerpos (estaban tan trenzados que era difícil contarlos) en paños menores, con, en el fondo, un cortinado color obispo muy parecido al que Baldó había hecho colocar en todas las salas de la Naldoni, incluso las que no estaban abiertas al público.

68

Estamos cerca del final. Nuestra amiga, como de costumbre, capta bien la situación, condensándola en unas cuantas coordenadas elegidas con cuidado. El *élan* poético del nombre del cementerio ("Colinas del Tiempo"), apenas contrariado por la botella de vodka vacía que alguien dejó, envuelta en una bolsa de supermercado, en el hueco de la última O de yeso de la entrada; el cielo, el cielo de esa mañana desolada, que brilla y luego se nubla y termina encapotándose; la música funcional (órgano desafinado, altavoces precarios); dos puntas de zapatillas que asoman bajo la sotana, blancas, con una sombra de polvo de ladrillo a los costados; el mar de pasto suavemente ondulado por el que cruza cada tanto un carrito eléctrico increíblemente discreto... La escena transcurre entre susurros. El grupo, de por sí no muy numeroso, tiende a disgregarse, se dispersa en pequeños racimos dubitativos, como sucede a menudo en esa amplitud ostentosa de los cementerios privados. A pesar de la profusión de citas (Calcidio, el abad Benozzi, Lamberto de Ardres, San Ataniano, Platón de Tívoli, nombres que desconocía hasta que los leí en el libro de nuestra amiga), el elogio fúnebre es íntimo y conmovedor, casi tanto como los sollozos de Martinengo, único miembro presente de la casta de sobrinos, y la juventud del cura, un chico de provincias que hizo de ángel de Baldó en un retiro de calistenia y lectura silenciosa en San Luis. Coronas: de la biblioteca, del Rotary, del club de remo, del municipio de Hurlingham, de la dirección de archivos. La más grande y aparatosa —crisantemos amarillos— es del ministro Suzanni, ausente por razones de fuerza mayor (comillas de la autora que omití: extirparía esas pestañas inmundas de todos los teclados del planeta), que también envía condolencias por escrito y al funcionario de segunda con la misión de leerlas. Hasta que de pronto el tiempo apremia, la hora del próximo servicio se acerca (un tal Calcáneo, médico o abogado), y el cortejo sale tras el féretro a paso lento, por un camino de piedra que serpentea entre árboles enanos. Hay algún titubeo en las cabezas de la caravana: una duda sobre el número de parcela, quizás, o la dirección que hay que seguir para encontrarla. Caen las primeras gotas, pero será una falsa alarma.

No hay rastros de mí en la escena. La omisión, y esto que escribo, naturalmente, y todo lo que me pasó y vi esa mañana que nuestra amiga no consigna en su libro —el altercado entre coches en el estacionamiento del cementerio, el perro que rondaba entre la gente cabizbajo, como buscando algo que se le hubiera caído, los *dispensers* de agua fuera de servicio, el dobladillo descosido del pantalón del enviado del ministro— quizá sean la mejor prueba de que estuve. La verdad, si es que tiene alguna importancia, es que preferí quedarme un poco al margen, no hacerme notar. Después de todo, yo nunca había formado parte del círculo íntimo de Baldó; mezclarme con el grupo me hubiera exigido sobreactuar o fingir, dos reflejos a los que habría cedido con gusto en otras circunstancias, con más y mejores horas de sueño y un corazón menos apaleado y ansioso que el que tenía esa mañana. Había ido para ver, no para que me vieran. Opté en todo caso por que me vieran de lejos, a través de velos, anteojos oscuros, ojos hinchados, como se ven o se recuerdan esas caras extrañas que nos obligan a preguntarnos de dónde las conocemos, por qué no se acercan a saludarnos, cómo es que se mantienen tan jóvenes, que fue en rigor —ironía obliga— lo que me pregunté cuando haciendo tiempo, porque había llegado demasiado temprano, bordeaba un cantero de hortensias, si las hortensias son como gorras de baño antiguas brotadas de pequeños cuernos carnosos muy codiciados por insectos zumbones que supongo serían avispas, y me distrajo el sonido de una puerta de coche que se cerraba, y me di vuelta y ahí estaba.

No él, no, no Bernal, que era lo primero y lo único que hubiera querido ver, sino nuestra amiga. La vi no completa, no de cuerpo entero, sólo su cara, primero de frente, ofreciéndose a la luz como si emergiera de un largo, lóbrego cautiverio, enseguida de perfil, con una mueca contrariada en los labios, porque la llave con la que trataba de cerrar el coche no entraba o no giraba o simplemente era otra, la del tanque de nafta, la del baúl. Qué hermosa estaba en su papel de biógrafa viuda. Por alguna extraña razón me tomó de sorpresa. Retrocedí, un zapato se me quedó atorado en el barro, me escondí. Detrás de la misma columna que me amparó seguí sin moverme toda la ceremonia, salvo cuando el regador giratorio reanudaba su acoso periódico sobre las hortensias y amenazaba con mojarme. Ella, como si fuera yo pero en el mundo, en el borde del mundo donde escribía las últimas páginas de su libro, la siguió desde la punta de la última fila de bancos de la capilla, la espalda muy recta, con ese envaramiento un poco monjil que cultivaba tan bien, tan oportuno para la situación. Se había recogido el pelo, pero un mechón le colgaba suelto a lo largo de la nuca y temblaba con cada respiración. Varias veces, como si algo muy leve y muy insistente la rozara, el vuelo de un insecto, un soplido, dos ojos porfiados como los míos, se exploró la zona con los dedos y yo, desde mi escondrijo, palpité el momento de terror y de gloria en que se daría vuelta buscando al culpable y se toparía conmigo. Pero la ceremonia terminó, Martinengo estalló en un aplauso fuera de lugar y el joven cura con ínfulas de tenista invitó a la concurrencia a acompañar al prócer difunto hasta la morada desde la que, con un poco de suerte, seguiría iluminándonos. Yo dudé. Fue el único momento en que temí perderme algo. Vi al grupo salir, deshacerse un poco al aire libre y rearmarse detrás del ataúd, que habían montado sobre un carrito rodante, y por fin alejarse disciplinadamente, al compás del chillido desagradable que hacían las ruedas. Nuestra amiga cerraba el pelotón. Puede que me equivoque, pero me pareció que tomaba notas en una libreta diminuta de tapas amarillas, muy parecida a una que yo le había regalado a Bernal en la terminal de ómnibus de Garay Norte, poco después de perder el coche cama que debía llevarnos a Comodoro Vinter, adonde nunca llegamos, por suerte. Así que dejé mi madriguera y salí, y apenas estuve a la intemperie sentí el impacto sordo, casi cómplice, de las gotas de lluvia contra el ala de mi sombrero, que me convencieron de desistir y buscar refugio, esta vez en la capilla. El cortejo Baldó se alejaba; la familia Calcáneo —viuda madura y contrita, dos hijos varones de aire deportivo, bien entrenados para lidiar con un mundo sin padre— ocupaba su sitio en el altar de la muerte.

Sí, se me había dado por salir con sombrero esa mañana. Una atención, supongo, o una especie de ofrenda. Me llevó su tiempo encontrarlo en el desastre que era la casa, un tiempo que por otra parte no tenía, porque ni bien me desperté y abrí los ojos tuve la certeza de que era tarde, de manera que hice todo a las apuradas y los cincuenta minutos que duró el viaje los pasé torturando al pobre remisero, instándolo a que desoyera barreras, cruces peatonales, semáforos en rojo, cuando él lo único que quería era un autógrafo (me había confundido con alguna celebridad que usaba sombrero), que no tuve más remedio que darle, y yo en realidad tenía tiempo de sobra, como me hizo ver él apuntando un dedo bastante sucio al reloj del tablero del coche. De hecho, llegué antes que todo el mundo. Falsos impuntuales: un tipo de cronopatía menos raro de lo que parece, bastante común, según la psiquiatra, en espías, personas con insomnio, en proceso de duelo o con astrocitomas avanzados.

Pensé en irme, por supuesto. Probablemente lo habría hecho si los pies no hubieran empezado a dolerme, algo que se les daba por hacer cada vez más temprano, obligándome a tomar asiento en el banco de la capilla, en la punta del último banco, donde se sientan los mal dormidos, los genios, las biógrafas viudas. Era de madera, estilo reclinatorio, pero tenía respaldo. Además de aliviarme, la severidad del asiento me reconfortó, probablemente por cómo seguían entibiándolo las nalgas de nuestra amiga, y hasta me alentó a declinar el almohadón que me acercó un esclavo del cementerio, el mismo que un rato antes, instruido por el emisario de Suzanni, había repartido copias del elogio del ministro, una de las cuales se arrugaba en uno de mis bolsillos. ¿Irme? En rigor, si estaba ahí era sólo por Bernal, porque en un rapto de inspiración loca, como cuando un rayo de sol desgarra de golpe el cerco de nubes que lo amordazan y nos ciega, se me había cruzado la idea de que el entierro de Baldó, con toda su solemnidad, su irónica pesadumbre, quizás haría con él lo que yo, por muchos derechos o talentos que tuviera, ya no era capaz de hacer: atraerlo, lograr que apareciera, repatriarlo de la cueva, el sótano, la orgía innoble que lo tenían abducido desde hacía casi una semana. Pero eran las once y veinte de la mañana y eso no había sucedido. No sucedería.

De modo que me quedaba nuestra amiga. Mi segunda idea, mejor dicho mi consuelo, por segunda vez, era que ella me llevaría hasta él, porque si Bernal no estaba y nuestra amiga sí, era evidente que Bernal estaba con ella y que sólo por ese motivo no estaba aquí, sonriéndome con su enorme boca arruinada en esta cancha de golf para cadáveres, bajo una tormenta que no terminaba de decidirse. Sé lo mucho que hace agua, si se la pone bajo un paño frío, la lógica del razonamiento. Lo sé, lo sé y me lo repetí mucho durante mucho tiempo, con la misma insistencia —en cámara lenta, deletreándolo— con que de joven, una semana antes de dar un examen, me recitaba los escabrosos accidentes filológicos que Baldó sostenía que todo estudiante debía grabarse a fuego en la cabeza si aspiraba a ser algo parecido a un sujeto letrado, exhortación que me gustó ver citada, casi con estas mismas palabras, en el libro de nuestra amiga.

Así que el banco era bienvenido no sólo para mis empeines, donde el dolor empezaba a ceder, sino también para esperarla, única carta a la que me quedaba apostar antes de agachar la cabeza y reconocer la derrota. Me vino bien también para comprobar con calma, y una animosidad que me sorprendió hasta a mí —dado el apego más bien tibio que me unía al último jefe de mi amante evaporado—, cuánto más popular era la ciencia médica que las lenguas clásicas. La capilla se llenaba de deudos, sobretodos, relojes, chales tejidos de color arena, verde salvia, verde musgo. El degradé era tan sutil que uno color terracota fulguró entre la gente con la obscenidad de un capote de torero. Cubría los hombros de una arpía enjoyada como un árbol navideño que en un momento, bruscamente, como si la hubiera escupido, se volvió hacia mí y, sacándose el chambergo ridículo que llevaba, apuntó a mi sombrero con su imperioso, exasperado mentón, y enseguida, dada la impasibilidad con que la miré, con su bastón, cuya punta de caña impactó contra una oportuna cadera ajena. No le di el gusto y dejé mi sombrero donde estaba, pero lo tomé como una señal, una de las pocas que me había dado aquel día irritante en que tanto las necesitaba, y me levanté con cierta desafiante parsimonia, justo cuando sonaban los golpecitos de prueba en el micrófono, la chica que había ocupado mi lugar en el banco juntaba sus rodillas pálidas y una horda de viejas lágrimas atrasadas golpeaba la puerta de mis ojos.

69

Un rato más tarde vi volver al grupo en bloque, lento pero con algunas señales de reanimación. Una anécdota languidecía, se comparaban modelos, tacos, precios de zapatos, alguien desestimaba la tapa escandalosa de un diario. Martinengo, algo retrasado por la gravedad de su papel de deudo central, y porque sonarse la nariz le llevaba su tiempo, promocionaba el menú de una parrilla de la zona que decía haber conocido gracias a Baldó, gran admirador de sus achuras y, como afirma nuestra amiga más de una vez, vegetariano de la primera hora. Pero los zapatos eran feos, la parrilla había cerrado por oscuros motivos de higiene y nuestra amiga no venía en el grupo. ¿Era posible que...? Localicé a lo lejos el punto donde habían inhumado a Baldó, luego la playa de estacionamiento y triangulé. Calculé distancias, tiempos; los calculé incluso suponiendo que hubiera preferido un atajo en línea recta antes que las curvas del camino oficial. Los números daban. Pero ¿en qué momento...? No sé si hubiera soportado otra decepción. Saludé de lejos, desde el bastión de mi columna (no creo que nadie me reconociera y no me importó) y enfilé sin perder tiempo hacia el ala donde estaban las oficinas. Conociéndome —ni el sentido común ni la orientación fueron nunca mis fuertes, mucho menos en momentos de desesperación—, podría haberme lanzado a buscarla en aquella oceánica extensión de verdor fraudulento, a tal punto la situación era crítica. Pero recordé, quizá por mímesis profesional, las necesidades minúsculas que urgen al biógrafo cuando el objeto de sus afanes, en este caso de manera inesperada, deja de ser un ser viviente, capaz de confirmar sus hipótesis pero también de refutarlas, o de serles olímpicamente indiferente, para ser un pedazo de materia muerta envasada, es decir: esa densidad inerte que toda biografía que se precie debe darse la misión de devolver a la vida, aun al precio de mentir sin descaro, y me pareció que era ahí adonde habría acudido a satisfacerlas. Nimiedades suculentas como cuánto había costado la parcela y quién la pagaba, por ejemplo, que entiendo que recabó pero no incluyó en el capítulo ni en nuestra conversación, y qué otras celebridades integraban el catálogo de huéspedes del cementerio (de las que menciona sólo a dos, un nadador olímpico y una cantante lírica de origen croata). Ahí estaba. La sorprendí saliendo de una oficina, absorta, con el ceño muy fruncido y el capuchón de la lapicera entre los labios, en algo que terminaba de escribir en su libretita, mientras retrasaba un poco un pie para evitar que la puerta se cerrara de golpe. Me impresionó la deferencia, que el gerente del cementerio seguramente no merecía, pero más su capacidad, ostentosa aunque encantadora, para hacer dos cosas tan distintas al mismo tiempo. Hasta que alzó los ojos y los clavó en mí, y así los mantuvo los dos segundos que duró para mí esa eternidad, sin pestañear y sin mirarme, usando mis ojos y mi cara a modo de descanso, de manera de capturar eso que estaba a punto de escapársele, y tan pronto lo tuvo en su poder volvió a la libreta, donde lo anotó con esa letrita de niña aplicada que tenía, y en una maniobra rápida, sorprendentemente coordinada, como de carterista brillante, el capuchón volvió a la lapicera, la lapicera desapareció entre las páginas de la libreta y todo fue a parar a la pequeña cartera que le colgaba de un hombro. Ya pasó todo, dijo, forcejeando con el cierre. No se perdieron nada. Luego alzó los ojos otra vez y miró atrás de mí, a mi alrededor, más allá, y con aire decepcionado preguntó: ¿Y Bernal? ¿Dónde está Bernal?

70

La libretita era suya; la había comprado de apuro unas semanas atrás, para cambiar un billete grande que no le aceptaban en la farmacia. Y no, Bernal no estaba con ella. De hecho no lo había visto desde la velada Pochet-Herdosia, en la biblioteca, y ese día apenas se habían saludado. Le creí. Tiendo a creer en todo lo que me dicen cuando me lo dicen de muy cerca, y supongo también que porque me alivió, y me alivió tanto que ni siquiera atiné a pensar en el oscuro racimo de posibilidades que se abrían ahora que la única que me atormentaba quedaba descartada. Me preguntó si tenía coche y enseguida, como si la avergonzara no haberlo tenido presente, ella misma se contestó: Ah, no, cierto que no manejás, aunque yo no recordaba que hubiéramos tocado el tema. Tal vez Bernal, en cambio... Desparramar pavadas sobre otros como si fueran secretos de Estado era un deporte muy de él, que él, además, como todos los deportes, detestaba pero podía practicar sin darse cuenta, como quien respira, aunque no con los mejores resultados. Me ofreció llevarme. Por supuesto, acepté. Por supuesto, manejaba mal, una flaqueza a la que soy especialmente sensible, quizá porque nunca la padeceré. Aceleraba y desaceleraba sin razón, obedeciendo quién sabe a qué misteriosos impulsos de osadía y arrepentimiento. El cuentakilómetros no funcionaba; una luz muy fija lanzaba su rojo presagio desde una esquina del tablero. Andaba en una misma marcha más de la cuenta, y sólo pasaba a la siguiente cuando el motor llegaba a una especie de cima agónica, y ya en la marcha nueva, como si se asustara, tarde, de la torpeza que acababa de cometer, reducía la velocidad demasiado, más de lo que toleraba la marcha, de modo que el coche tironeaba y se resistía como un chico arrastrado hacia algún ominoso calvario, cosa que ella aprovechaba para hablar pestes de su mecánico, un profesional intachable que había heredado de su padre pero que, postrado por una enfermedad superflua, había cometido el error de dejar algunos de sus clientes en manos del incompetente de su hijo menor. Y todo esto sucedía en el carril izquierdo de la autopista, el de máxima velocidad, mientras bólidos enormes como tanques nos pasaban por la derecha regándonos de insultos. Ella —talento envidiable— no se daba por aludida. Registraba los percances pero a destiempo, cuando ya habían sucedido y no estaba en ella resolverlos, o se los atribuía a algún otro inepto que intentaba localizar en las inmediaciones, apoyando su pecho suave sobre el volante y mirando a todas partes, y nunca encontraba, y del que se burlaba con exquisita crueldad. Hablamos de ella, de mí, de bueyes perdidos, mientras dos frascos de pastillas vacíos rodaban alrededor de mis pies y una música sonaba muy bajito, como amordazada por la radio, donde probablemente llevara semanas sonando. Hacía retruécanos soeces con los nombres de las localidades por las que pasábamos. Me dijo que no estaba segura de seguir amándolo, pero que extrañaba a Bernal. Eso la llenaba de odio. Eso y seguir tropezándose con cosas de él en la casa nueva, biromes secas, pelotas para relajarse, llaveros, cubos de rubik en miniatura, toda clase de porquerías que se traía quién sabe de dónde y de las que ella creía haberse despedido para siempre al mudarse. Omitiendo ciertos detalles privados, que intuiría de todos modos, supongo, le conté un poco nuestros últimos días, con la esperanza de que si uníamos fuerzas daríamos con la respuesta que se nos escapaba. Pareció asombrarse al oír la nómina de informantes que yo había movilizado en su búsqueda, así que agregué un par más que no habían sido de la partida. Algunos nombres —Salumé, Arzola— la hicieron sonreír, arquear las cejas, señales de un pudor que quiso disimular o explicar con el relato de ciertas intimidades que en principio no la involucraban pero parecía conocer muy bien, y en el que los nombres de los demás participantes eran reemplazados por un chasquido cada vez que le tocaba pronunciarlos, un equivalente no del todo logrado de los puntos suspensivos, que entiendo eran su *bête noire* en el rubro puntuación. Nombre que eludía (chasquido), nombre que yo me apuraba a reponer, ribeteado de cómicas truculencias. Una cosa llevó a la otra, como pasa siempre que hay disposición y tiempo para la malicia, y de mi galaxia de sabuesos pasamos al universo Baldó, tanto más pintoresco. Volteado, el Venadito, la Mundial, la Perra Collie... Yo sacaba motes de la galera y ella reía, reía, y el fogonazo del sol, que había vuelto a salir, pegaba en el retrovisor de su lado y le encendía la mitad de la cara. Pronto, agotados los informantes, pasamos a los secretarios, los choferes, los mecanógrafos, los conscriptos, los masajistas, los mozos, los jardineros; hicimos una pausa corta para desollar a los dos que se turnaban para mantener a raya el yuyerío de Hurlingham, uno más inútil que el otro, ahora desempleados, aunque nuestra amiga dijo que se postulaban para celadores en el colegio católico que había comprado la quinta. Algo pasó cuando mencioné a Murzi, por supuesto que para defenestrarlo, porque se había borrado del mapa cuando más lo necesitaba. Me pidió que se lo describiera, cosa que hice con la mayor imparcialidad, aunque le costó creer que no estuviera exagerando. Pensó un poco. ¿No podía haber visto a una criatura parecida vagando por la biblioteca? No tuve más remedio que confesar. Le gustó, la estimuló un poco, creo, enterarse de que ya entonces me rondaba el presentimiento de que estuvieran viéndose, en especial por lo lejos de cualquier apetencia sensual que la mantenía el falifenol, la única droga del paquete de la clínica Facco a la que seguía fiel. Fue ahí cuando comentó la inquietud, el escozor que le producía cierto exceso de recato que imperaba en los cementerios, sobre todo los privados, que obligaban a sus empleados a caminar muy erguidos, a vestirse al estilo mormón, con trajes mal cortados y uno o dos talles más chicos, a hablar en voz baja y evitar las miradas frontales, a cultivar esa torva, amenazante timidez. Pasamos revista al personal que nos había tocado esa mañana. Ella quiso incluir al cura. Le expliqué por qué no y lo entendió, pero lo incluyó igual. Chequeamos al chico del estacionamiento (que ya habíamos plebiscitado al irnos, a la hora de decidir qué propina darle), al alfeñique de relaciones públicas, eyaculador precoz cantado, a los dos de administración, que se miraban entre sí antes de contestar cualquier pregunta, a los sepultureros, que nunca defraudan, y hasta al jardinero, aunque quedaba tan fuera del espectro como el cura, deteniéndonos en puntos cruciales como unas mangas demasiado cortas, un botón que falta, la tela gastada de los codos, los cordones de los zapatos desatados, hilachas de un medio pelo para el que descubríamos que teníamos un olfato y una aversión muy parecidas. Y por un momento, justo cuando el coche pasaba arrastrándose bajo el cartel que anunciaba un kilómetro y medio para Villa Poblete —me acuerdo por la rima obvia que le inspiró la localidad—, nos vi más jóvenes, nos oí más bien entregarnos al arrullo de las afinidades fútiles y hablar hasta por los codos, igual que aquella mañana en mi cama, cuando nacía un libro y Bernal no había entrado en mi vida y nadie había desaparecido ni muerto todavía. Le costaba reconocerlo, pero se sentía aliviada. Todo había sido muy abrupto; primero la venta de Hurlingham, después el infarto. Hasta la vida más aburrida tenía sus sorpresas. Apenas si había atinado a meter dos médicos que conocía para que confirmaran la causa de la muerte de Baldó. Desde entonces no había escrito una línea, pero una presión antigua, invisible y constante a la vez, como un gorro que abriga pero aprieta demasiado, la había dejado ir por fin. Ahora entendía por qué los biógrafos con alguna experiencia huían de los biografiados vivos como de la peste. Era como si tuviera tiempo por primera vez. Sentía la euforia del horizonte despejado, esa especie de amanecer del mundo que Tramezzani dice que asalta a los que terminan de escribir un libro largo y costoso, lleno de arenas movedizas. ¿Qué haría con todas esas horas que se abrían ante ella? ¡Escribir!, grité, y a modo de remate mis manos ejecutaron un redoble en el tablero que desprendió una pequeña nube de polvo. Pero mal o bien ya habíamos hecho unos cuantos kilómetros, y no me pareció mala idea invertir diez minutos en complacer al punto de roja cólera que seguía amenazándonos desde el panel. Nuestra amiga golpeó el volante con la almohadilla de la mano, que vi que viraba a un rosado intenso y luego al violeta. Había olvidado lo susceptibles que eran sus vasos capilares. Después del amor, aquella mañana, se le había puesto roja la punta de la nariz y una especie de rubor dulce, hecho de tenues raíces venosas, como el que producen las mañanas muy soleadas y frías en la piel del viajero que no ha dormido, cubría sus mejillas. Está bien, dijo de malhumor, como cediendo ante una extorsión, pero tendría que pagar yo, porque con el apuro de la mañana se había dejado la cartera en casa, y con la cartera la billetera, y ahora que lo pensaba también los documentos y el registro, así que —y acá pegó un volantazo hacia la derecha, en dirección a la salida que acababa de brotarle a la autopista, con el natural beneplácito de los coches que rodaban junto a nosotros— haríamos muy bien en no desafiar a la ley en los próximos diez minutos. Si lo decía por mí atrasaba: hacía rato que los uniformes no me llamaban. Pagaría la nafta, por supuesto, pero ¿qué me daría ella a cambio? La vi sonreír, mirarme con una incredulidad traviesa, dañina, y creo que fue entonces, ya en tierra firme, lejos del infierno de la autopista, cuando aceleró y siguió derecho, ignorando el desvío y el túnel que nos llevaban a la estación de servicio. Tardamos un cuarto de hora largo en retomar el camino correcto, que apareció, con ella encantada y yo al borde del desaliento, después de atravesar a paso de hombre un laberinto de puestos de venta de camisetas deportivas, cuyos colores y escudos no parecían tener secretos para ella. La noche del túnel la hicimos en silencio. Fueron segundos, y veíamos a lo lejos el redondel de luz del final, pero volvimos al terror de no saber qué puede pasar, terror exquisito, de infancia, que nunca sucede dos veces. Hasta que nuestra amiga paró el coche junto al surtidor (creo que aplastando el mango de un limpiavidrios caído), tiró del freno de mano y me tendió una mano abierta, imperativa, en cuya palma empezaba a borrarse un número de teléfono y yo puse los billetes necesarios, calculé, para volver a la ciudad sin contratiempos. Dijo que me incluiría en la lista de agradecimientos del libro. Me sorprendió, no lo voy a negar, pero no tanto como el hecho de que me lo hubiera prometido con los ojos clavados en la plata, como si fuera la suma, no su deseo personal, no su ilusión, la que le dictara la contraprestación a la que yo tenía derecho de aspirar. Se me ocurrió ponerla a prueba y agregar más billetes. Lo hice: los puse de a uno hasta duplicar la suma. (Hay una escena así, si no me equivoco, pero mucho mejor escrita, en la primera novela de Orsini, la de la mujer enferma que deambula por la ciudad convertida en un gigantesco lupanar, tratando de vender los últimos secretos que le quedan). Cuando la pila creció lo suficiente, nuestra amiga, sin sacarle los ojos de encima, recordó cierto hotel o parador cercano del que le habían hablado mucho, el Royale Cacadú, legendario por su diseño —una caracola de mar acostada—, la versatilidad juvenil de su personal y sus excéntricas *amenities*, en cuya suite Ceilán podríamos continuar con nuestra conversación y quizá, quién sabe, ¿llevarla a un plano superior? Le dije que me interesaba, aun con lo risible del nombre y la evidencia (esto lo pensé, no lo dije) de que la digresión se pagaría también de mi bolsillo, pero que me dejara pensarlo. Mueca de decepción (mientras su puño se tragaba los billetes). Le pedí que me diera dos minutos, tiempo suficiente para cambiar el agua de las aceitunas —expresión que siempre adoré y raramente uso— y contestarle.

Qué cosa incorregible los baños de las estaciones de servicio. Entiendo su uso recreativo, al que alguna vez también sucumbí. En algún rincón de su libro, nuestra amiga —que ahora rumia qué hacer sentada en el coche, mientras los brazos de luchador del playero hacen círculos sobre el parabrisas— cuenta que fue en una de estas fétidas letrinas del cordón industrial, para colmo de noche, donde Baldó desculó un pasaje de la traducción de Publio Estacio que lo tenía a maltraer. Pero ¿usarlos para mear? ¿Usarlos para ganar tiempo, como yo, insensatamente, pretendía hacer? ¿Usarlos para pensar? Es cierto que para llegar a los baños había que dar toda la vuelta a la estación. Nuestra amiga no podía verme; no podía saber si hacía lo que había dicho que haría. Podría haberme quedado afuera, dando vueltas por el patio trasero, con la compañía desanimada de tres grandes tachos de chapa medio calcinados, un lavarropas sin tapa y un perro bastante majestuoso que yacía tumbado de lado en el pavimento, probablemente muerto, porque ni siquiera levantó la cabeza cuando la piedrita que pateé sin pensar, acto reflejo del modo meditabundo, le pegó en un anca, o como se llame esa parte en los perros. Pero sucede que no sé mentir, de modo que cuando miento tengo que hacer exactamente lo que mentí que haría, sin saltarme un solo paso, porque sólo la ejecución escrupulosa, exhaustiva, del plan anunciado le dará a mi mentira la verosimilitud necesaria para ser creída, y sólo así mi mentira será eficaz y me saldré con la mía (si pudiera saber cuál es la mía). Así que arremetí contra la puerta, que se me resistió, y por poco piso el condón tirado entre charcos oscuros, que también evité, y habría meado si hubiera habido dónde, si después de empujar una puerta con un codo y luego otra no hubiera comprobado que no estaba en el baño, por mucho que el olor y las paredes dibujadas me lo hicieran creer, sino en una especie de cuartucho de máquinas donde algo no del todo amistoso hervía en unos tanques panzones y unas zapatillas blancas marcaban las diez y diez al pie de un racimo de caños que se hundían en la tierra. Sirvió igual, aunque no fuera el baño. Dejé pasar los minutos estipulados por mi farsa y salí. La buena noticia fue que el perro esta vez reaccionó, sobresaltado por el chirrido de la puerta. La mala, que cuando volví a la zona de surtidores el coche de nuestra amiga, como en un cuento de hadas de suburbios, se había transformado en una camioneta vieja, con la caja hasta reventar de muebles viejos atados con correas. Se había ido. Se estaba yendo en ese mismo momento, porque vi al playero contando dinero —dinero mío— y me bastó seguir la dirección burlona de sus ojos para reconocer el coche que, saciado y todo, tironeaba de nuevo, esquivaba por muy poco a dos motonetas quietas que charlaban a un costado y salía de la playa rumbo a la autopista, con la puerta del acompañante sin cerrar.

71

No volví a saber de ella hasta el premio Cannistrà. Ni de ella ni prácticamente de nadie, la verdad, porque fui entrando en una especie de hibernación tibia, indolora, que sólo interrumpían cada tanto, supervisados por la doctora a la que había tenido la prudencia de confiarme, un par de asistentes con rostros y voces más o menos intercambiables, todos vestidos con el mismo uniforme, camisetas blancas muy ajustadas, pantalones amplios, medio japoneses, también blancos, y esos zuecos de plástico agujereados como coladores, obviamente blancos. Los días luminosos enceguecían como espejos cuando entraban, y la casa se llenaba de ese olor delicioso que emana de la ropa de cama de algodón lavada con un buen jabón cuando se ha secado al sol de una terraza a cuyos bordes no conviene mucho acercarse, no por ahora, al menos.

En cuanto al premio, tengo recuerdos confusos. Sé que pese a todo quería ir, y que me las ingenié, mediante expedientes que no pensaba que todavía estuvieran a mi alcance, para conseguir la invitación que por vías oficiales no me había llegado. Según adujo la idiota de prensa para disculparse, se le habían traspapelado (no sólo la mía, también las de Taube, Duncan y un par de finalistas más, a quienes vi deambular muy cabizbajos esa noche) a un pasante nuevo, muy entusiasta aunque algo sobrepasado, que las había adjuntado por error a la tanda de *newsletters* con que la editorial solía aplacar la sed de libros de una serie de bibliotecas provinciales. Pero bien puede que las cosas hayan sido de otra manera. A la distancia todo se estira y se curva, y si dejo de mirarlo se vuelve sombra, un bosque de sombras que mueven sus copas al unísono y me hablan en un idioma que ya no entiendo. No recuerdo que la doctora alentara mi decisión de asistir, pero tampoco que la prohibiera. Ya no nos veíamos, sólo hablábamos por teléfono, y siempre que la conversación se empantanaba en algún tipo de desinteligencia, más por su terquedad que por un desplante mío, algo pasaba en la línea: o se empezaba a escuchar mal, o se cortaba, o —como me dicen que sucedía en un pasado que codiciaré siempre, sin consuelo— se ligaba, es la expresión que se usaba entonces, y de pronto oía a la doctora fuera de sí, conminando a colgar al intruso que se había puesto a galantear conmigo, o una vieja canción salida de una radio eclipsaba el nombre de la droga con que la doctora, siempre a la moda, planeaba reemplazar la que ya no me hacía efecto. Me acuerdo bien de que tomé las pastillas de la mañana en ración reforzada, previendo la exigencia emocional que me esperaba, y que una vez en el lugar, pese al ruido, la profusión de dorados, los fastos, la manía de alfombrarlo todo —un clásico del pabellón Olloqui—, mantuve la sobriedad con una dieta a base de agua mineral y diversos jugos de fruta que, si bien de bidón, eran preferibles al alcohol que repartía —otro Olloqui típico— una legión de mozos fibrosos, de pómulos afilados y nalgas extraordinariamente firmes y prominentes. Hasta que en algún momento algo pasó, alguien me pisó, pronunció a mis espaldas una frase que no debí escuchar o me preguntó por alguien cuyo rostro y nombre trataba de mantener lo más lejos de mí posible, lo más vendados y amordazados posible, o quizá fue simplemente que vi a nuestra amiga, que la vi pasar, o brindar, o reírse, o sacudirse unas pelusas del vestido, y entonces intercepté una bandeja que pasaba y descolgué —porque el bailarín que la transportaba era alto, tan alto como la persona cuyo rostro y nombre etc. etc.— una copa, una sola, del tosco espumante que patrocina el premio, y me la tomé entera de un trago.

Todo se demoraba, como es habitual en esas situaciones, y nada se desfigura tanto en una memoria que ya no es joven como los momentos de espera. Quizá porque prevemos esa distorsión y porque, sabiendo que no está en nuestras fuerzas impedirla, lo único que se nos ocurre es llevarla al extremo, como si de ese modo pudiéramos sentir que somos responsables de ella, nos entregamos a la vida social: hablamos con cualquiera de cualquier cosa, y bebemos, y cuando queremos darnos cuenta, lo que hemos hablado y bebido ha fermentado en nosotros como un veneno rápido, violento, y una especie de fiebre nos hace arder. Me llevó dos copas más (y el considerable capital farmacológico acumulado en mi torrente sanguíneo) entrar en ese jovial embotamiento. Veo un alud de rostros muy maquillados avanzando hacia mí y a mí, que soy sólo eso que mira, avanzando hacia ellos, eludiéndolos con un virtuoso zigzag, como una cápsula espacial a un chaparrón de cascotes marcianos. Espero no haber desairado a nadie. (En todo caso no llamé al día siguiente para disculparme, como hacía siempre, por las dudas, el borracho de Capponi después de sus memorables *black outs*). La llama de un encendedor, el rebote de la luz en un reloj o un anillo, cualquier fulgor más o menos abrupto me obligaba a cerrar los ojos y apretar los dientes, a veces en medio de un trago, con la peligrosa copa de plástico en la boca, o de una frase, alarde de glosofagia que más de uno habrá confundido con un eructo reprimido. Hay personas con las que llegué a hablar, supongo, o ante las que acepté demorarme unos minutos, inclinar la cabeza y ofrecerles una oreja, la deferencia de mi sordera, de las que conservo una imagen parcial, una corbata colgando de una papada, unos labios que brillan, dos dedos en tijera con un cigarrillo en el medio, la mitad de unos lentes oscuros. Un señor muy amable, médico, al parecer, y amigo, cliente o proveedor de nuestra amiga, intentó convencerme de que un infarto como el que había pulverizado el corazón de hierro de Baldó sólo podía deberse a un shock de estrés extremo —fue el tecnicismo aliterado que usó, creo—, rupturas amorosas, bancarrotas, algún chantaje especialmente cruel, pero yo no conseguía sacar los ojos de la mancha creo que de aceite que me saludaba desde su camisa, entre dos botones. De otras me queda un perfume, un timbre de voz, la insistencia con que una mano enjoyada se posaba y luego oprimía un poco mi antebrazo, como si su dueño no estuviera recibiendo de mí lo que esperaba. El pobre Taube, tal vez, que quería que le firmara algo denunciando la venalidad de un premio cuyo ganador se conocía de antemano. Pero traté de leer el brulote y las frases bailaban, y cuando me puso la lapicera entre los dedos —una de esas biromes que se compran en los kioscos, enemigas primordiales de toda motricidad fina, en especial la caligráfica— no supe qué hacer, cómo agarrarla, y terminé dejándola caer dentro de una copa que pasaba. Por momentos no había nada que temer; el rumor de voces y trajes que me rodeaba operaba como un colchón, una especie de anestesia. Pero bastaba un contratiempo menor, un simple imprevisto, para que unas púas feas atravesaran el capitoné y me buscaran con vengativo afán. Cada tanto me tocaba darle la mano a alguien torvo o apenas reservado y una descarga de estática (las alfombras, las alfombras..). desnudaba toda la precariedad de mi escudo defensivo. ¿Qué podía hacer sino beber, sino seguir bebiendo? El espumante se había acabado; una mezcla espesa de sidra sin gas con néctar de ananá o de ruibarbo viajaba ahora inmóvil en el fondo de las copas, que los invitados rasqueteaban con las cucharas de la torta. Entre risas que traía de otra conversación, con espectros mucho más despiertos que yo, un viejo amigo muy achispado me cubrió con su capa, me arrastró al hueco de una escalera y metió una mano fría y ansiosa entre mi ropa, como si buscara algo que había perdido, hasta que, desilusionado, me insultó en una lengua ignota pero muy expresiva, que mi amigo nunca habría hablado, ni siquiera de haberla conocido. No pasaba nada; pasaban una vez, y desaparecían, cosas que hubiera querido que duraran, mientras que otras tendían a repetirse como un mal sueño. Varias veces me emboscó la misma mujer con la misma proposición: llevarme —con el oscuro pretexto de un coloquio, un par de eminencias olvidadas y pensión completa— a cierto refugio de montaña. Otra, que temí que fuera la misma, me abordó invocando mi libro sobre las Stoppio y apenas vio que no me escapaba bajó la voz y me comentó ciertos pasajes muy específicos en tono confidencial, como haciéndome saber que había descifrado el mensaje satánico y estaba lista para entrar en el delicioso averno que yo reservaba para las criptógrafas despiertas como ella. No retuve sus nombres. Sí, en cambio, el de Ottabiano, un muchacho especial, de una locuacidad indiscriminada, que la idiota de prensa me presentó como a un gran corrector de estilo, el más implacable que hubiera trabajado en la editorial. Bastó que la chica se fuera para que su protegido le devolviera las flores, confiándome algunas de sus inexplicables propensiones privadas. Parecía muy bien informado, además de escrupuloso. Estaba con él, enterándome del mucho trabajo que le había dado el libro ganador, cuando las luces se atenuaron y unos trajes oscuros subieron al escenario, mientras un fragor de circo estallaba por los altavoces del salón. De aquí en más, los hechos se ponen un poco estroboscópicos.

Sé que nuestra amiga ganó, y la felicito y quise felicitarla entonces por eso, pero toda clase de fastidiosos obstáculos se interponían. Localizarla no era un problema. Había elegido, no sé si bien o mal aconsejada, un vestido a cuadros rojos alegre, aniñado, tan poco nocturno como un mantel de *trattoria*, que no pasaba inadvertido. Pero estaba siempre demasiado lejos o en algún entrepiso de difícil acceso, o bien hablaba con alguien a pocos pasos de mí, a tal punto que podía leerle esos labios preciosos que tenía, pero entonces yo era incapaz de librarme del pánfilo de turno que me quemaba la cabeza, y cuando lo lograba, después de pretextar no sé qué colapso inminente, no muy alejado de los que me había augurado la doctora si no seguía sus instrucciones, por supuesto ya era tarde, se había ido, y ya no quedaban de ella sino las rayas, las cruces, los rombos rojos de su vestido flotando como hologramas entre la multitud. Y además estaba el cordón de aduladores que la rodeaba, que había que atravesar a los gritos para llegar hasta ella. Y ni siquiera así, porque el estrépito se lo tragaba todo, y otra vez me dolían los pies, y Duncan y Taube habían aprovechado para huir y yo, a punto de desmayarme, ni siquiera había conseguido lo que había ido a buscar: un libro. Era peor, el mismo sueño de antes pero peor, más despiadado, porque miré a mi alrededor y de pronto me pareció que todos tenían un ejemplar del libro ganador, el libro de nuestra amiga, que hojeaban, hacían de cuenta que leían, blandían con vehemencia en el fragor de la charla o simplemente llevaban en la mano —todos menos yo. Nada despierta tanto como una inyección de furor. No sé si la idiota de prensa tenía la culpa, pero era la candidata ideal para echársela, así que la intercepté, casi me le tiré encima, y mientras luchábamos para no irnos al piso le dije que quería mi ejemplar. Debo haber puesto una cara especial, no sé si convincente, porque la idiota me miró con cierto espanto y balbuceó sus explicaciones: ya habían repartido todos los ejemplares, se habían quedado cortos al calcular, la demanda los había superado, pero que no me moviera de donde estaba, que ya me conseguiría uno: la Foxá estaba pasada de *bliss*, la metía en un taxi antes de que llegara la policía y me traía mi ejemplar. No le creí, por supuesto. La Foxá en *bliss* no era un asunto policial sino circense y no había taxi con el tamaño para transportarla; no entera, al menos, no en este mundo.

No tengo claro qué pasó después. Entiendo (combino lo que sobrevivió al estado de intoxicación en el que estaba con lo que publicaron en los días subsiguientes sobre el evento) que nuestra amiga subió al escenario varias veces, a recibir su premio (*in memoriam* Baldó, cuyo fugaz retrato agradeció desde el más allá pixelado de una pantalla) pero también, más tarde, a compartir los restos de emoción que la emoción había excluido de su discurso original, o los que la iban asaltando a medida que se emborrachaba, y luego, con el vestido un poco desaliñado, a cantar, creo, a cantar *a cappella*, cosa que resultó que hacía bastante bien, cosa que me habría gustado saber que hacía bastante bien en otras circunstancias, con menos testigos y menos ropa, en el cálido caos de aquel coche suyo, por ejemplo, cuyo tapizado de cuerina italiana, gastado pero todavía fragante, sigue misteriosamente vivo en las yemas de mis dedos. Todo eso pasaba en alguno de los mundos extraños que existían junto al mío, y el hecho de que no necesariamente pasara en ese orden no hace que pasara menos sino más, más rápidamente, de la manera espasmódica y como entrecortada en que pasan las cosas en las pistas de baile, las tormentas eléctricas y ciertos gabinetes de experimentación sensorial. Yo, en mi mundo, donde las mismas caras del principio se alargaban en retorcidas placas anamorfósicas y nuestras amigas de cartón atravesaban el salón con gigantesca delicadeza, sin aplastar a nadie, yo buscaba un libro, el libro que tenía más derecho de tener que todos esos imbéciles juntos, y no sé si lo busqué diez minutos o dos horas, si me lo dio un detractor instantáneo, para sacarse un peso de encima, o si lo robé, pero de pronto mi mano llevaba uno, uno real, robusto, que me hacía transpirar, mientras el resto de mí avanzaba dando tumbos entre la gente, guiado, remolcado más bien, por el más permisivo de mis enfermeros, con quien habíamos tenido la precaución de acordar que subiera a buscarme si no me veía salir del pabellón antes de cierta hora. No sé qué hubiera sido de mí sin ese ángel tatuado. Fue él, cuando ya estábamos en la ambulancia que había dejado estacionada en doble fila, con la sirena luminosa prendida —detalle que daba al rescate cierto halo de farsesca galantería—, quien, después de ajustarme el cinturón de seguridad (creo que también había dejado prendido el motor), me entregó el ejemplar que había juzgado oportuno llevarse para mí, por las dudas. El gesto me conmovió. Le agradecí, le dije que no se hubiera molestado. Al parecer no había sido ninguna molestia: olvidado en la baranda de la escalera, con dos copas, un cenicero lleno y un plato con restos de torta encima, parecía estar esperándonos.

Ahora tenemos dos, le dije, uno para cada uno, y cuando fui a darle el mío —extraño intercambio de rehenes— me sorprendió ver que era otro, una breve historia del terciopelo, el satén, la organza, alguna mariconada por el estilo, de un tal Verpré, autor pensativo y estrábico, según la foto de solapa, cuya cabeza afeitada, pensándolo bien, puede que hubiera visto relucir esa noche loca en el Olloqui.

72

Se llamaba Soria. Apenas vio mi biblioteca me confesó que no leía. Sin embargo, en los días de lenta recuperación que siguieron, pude comprobar que, como algunos con las cerraduras, los mapas, los cierres relámpagos delicados, mi enfermero tenía con los libros una relación de curiosa empatía, rara incluso en los profesionales más experimentados del ramo. Hay que ver las cosas que sacó, con sólo hojearlos, de los dos libros que nos habíamos llevado del premio, nuestra modesta biblioteca común, hoy dispersa. Del Verpré, por ejemplo, mientras lo mirábamos, captó al vuelo un detalle que yo y mis mareos habíamos pasado por alto: el dibujo, colgado de la esquina de una de las primeras páginas, de un corazón, un pequeño corazón roto, de una de cuyas numerosas heridas brotaba un hilo de sangre que recorría en sentido vertical toda la página y llegaba al pie, donde se transformaba en una gota y luego en un par de letras más o menos sangrientas, iniciales, probablemente, del pobre dedicatario que acaso seguía de rodillas en la alfombra del Olloqui, buscando su preciado, perdido regalo debajo de las sillas, vigilado de cerca por el personal que limpiaba el salón. Ese mismo talento —la misma perspicacia iletrada— fue lo que lo llevó a detectar mi nombre en la lista de agradecimientos del libro de nuestra amiga.

(Ahora o nunca, dos palabras sobre los agradecimientos en los libros. Nunca los soporté. No hay página de agradecimientos en mis Stoppio, y eso que tenía escritas dos: una formal, un dechado de sensatez altruista, otra franca, espontánea, que descarté también pero no sin dolor y reclutaba a una serie de actores de reparto —mozos, floristas, ascensoristas, osteópatas, peones de mudanza, incluso uno o dos informantes que enmascaré con un par de alias ingeniosos— no directamente ligados al libro pero bastante indispensables en determinados momentos de mi vida personal. Me incomoda tanta gratitud; me provoca la misma irritación que esos bultos mal puestos o demasiado grandes que nos bloquean el paso cuando estamos apurados o nos impiden acceder a un dormitorio anhelado. Supongamos que el autor servil los inserte al principio. Yo quiero leer, quiero entrar al libro ya. ¿Por qué perder tiempo en esa antesala sin gusto, mal amueblada, llena de nombres propios, ofrendas, señales de un reconocimiento demasiado ostentoso para ser fruto de la abnegación? Supongamos que nos los topemos al final. Ya terminé, ahora quiero salir, irme del libro. ¿Qué hacen todas estas pruebas de genuflexión interponiéndose en mi camino? Básicamente nunca les creo. Pienso que mienten —en el peor, el más común de los casos— o que no saben lo que dicen —en el mejor—, y si dicen lo que dicen es para saciar alguna necesidad informulada, y por eso *non sancta*, no para honrar a los acreedores "sin los cuales nada de esto hubiera sido posible", ni para confesar que de ellos "procede lo mejor de este libro", mientras que "todos los errores son míos", etc. Prefiero cien veces la verdad del sátrapa que saquea por lo bajo, que usa y abusa en silencio, a la del escritor que se prosterna ante los editores, dactilógrafas, agentes, fundaciones, abogados, esposas, niños y mascotas pacientes que le permitieron escribir el bofe que escribió. En el primero hay un don verdadero, verdaderamente costoso; en el segundo sólo presunción, el espectáculo de un reconocimiento inspirado por el temor —la represalia del acreedor defraudado— o la jactancia —"debo todo lo que tengo"—, no por una gratitud genuina. Por lo demás, nunca sabemos qué le debemos a quién, ni cuándo fue que contrajimos la deuda, ni mucho menos cómo podríamos pagarla, ni por supuesto en qué plazo, con qué, en qué moneda).

Pero ahí estaba yo; ahí estoy, de hecho, dondequiera que haya ido a parar mi ejemplar del libro, entre Ottabiano y Viajes Carboné, escoltas imprevistos que no habrá manera aquí de atribuir al orden alfabético, como hacen muchos autores para disculpar la butaca detrás de la columna o el incómodo, crujiente estrapontín que les tocó a sus acreedores en el teatro de su libro. Supongo que descubrirme en la lista me paralizó. Sólo después de unos minutos me acordé del corrector de estilo que me habían presentado la noche anterior, tan indiscreto y agradable, y entendí el servicio valioso que podía prestar una agencia de remises al trajín de una investigación biográfica, sobre todo cuando la investigadora a cargo tenía diferencias importantes con la caja de cambios y la costumbre de manejar sin haber cerrado las puertas del coche. En cuanto a los hermanos Carboné, no los conozco en persona, pero yo también tengo algo que agradecerles. Si ese día, en cama los dos por una fiebre súbita y doble —consecuencia, me enteré después, de libar ambos la misma flor—, no hubieran cancelado el viaje de nuestra amiga a las Colinas del Tiempo, yo no habría pasado con ella la media hora de zozobra y revelación que pasé, y quizás hoy ese capítulo de mi vida no tendría el aire inofensivo y folclórico que tiene para mí, cerrado como está para siempre, igual que su libro premiado.

De modo que el pacto del coche —unos litros de embriagadora nafta nacional por la sobria, ecuánime gratitud— se había cumplido. Estábamos a mano. Era un cierre limpio, prolijo. Es cierto que yo había puesto dinero de más, no sé si por vanidad, para sentir algo de lo que debieron sentir los mercaderes de esclavos en la época disoluta que Baldó reverenciaba o porque me gustó ver cómo los billetes se apilaban en la palma de su mano, simplemente. Pero ella parecía haberlo previsto todo, consciente, tal vez, del daño que cualquier cabo suelto podía infligirle a la paridad de nuestro acuerdo. Así al menos interpreté el hecho de que incluyera en la mención la inicial de mi segundo nombre, que nunca usé ni creí que nadie conociera (y que me negué a confesarle a Soria, pese a lo mucho y lo bien que insistió). No tengo nada contra esa letra. Al contrario: me atrae su ondulación, ese aire viperino que fue sin duda lo que llamó también la atención de nuestra amiga; y no tendría problemas en reivindicarla si el nombre que encabeza, tan vulgar, no neutralizara tristemente ese atractivo.

Mi paciente, saludable, intenso enfermero. Aprendiz, en realidad, porque estaba a sólo una materia de recibirse y parece que la despechada titular de Parasitología no pensaba hacérselo fácil. Fue él, una vez más, el que vio lo que yo no veía; él notó la inicial, la pestaña en el ojo del libro. Me la señaló con un dedo, el dedo coronado por la uña partida en dos, muerta, negra, que yo no podía dejar de mirar y cuya historia él se negaba a contarme. Apuntó a la letra, que bailaba su danza descarada, y su voz ronca de falso tabaquista me preguntó qué era eso. Contesté que se lo diría si él me contaba la historia de su uña. Ahí quedó el asunto. Sigo esperando que se lleve sus cosas, en especial la caja de guantes de látex sin usar, que me traen recuerdos encontrados, y los zuecos de plástico blanco que lo obligaban a arrastrar los pies.

Fue una suerte, con todo, tenerlo a mi lado en esas postrimerías difíciles. Me costaba mucho dormir. El simple hecho de tirarme en la cama activaba toda una red de corazoncitos ubicuos, inquietos, que se ponían a latir en mi pecho al unísono pero no al mismo compás. El resultado —un reguero arrítmico masivo— no era agradable. Me ardían los ojos, llorara o no llorara, pero el alivio que me producía cerrarlos era rápidamente interrumpido por unas puntadas malignas que los martirizaban desde adentro, como alfileres epilépticos. Sentía los músculos agarrotados o demasiado laxos, aunque no siempre distinguía un estado de otro, y algo tan elemental como levantarme de la cama o poner a prueba la elasticidad de mi enfermero se volvía una fuente de peligros o cómicas decepciones. Una sola idea, resplandeciente y ciega como una misión, iluminaba ese calvario: leer, leer las quinientas, seiscientas, setecientas páginas que nuestra amiga había escrito sobre Baldó —la imprecisión habla menos de la obra de nuestra amiga que de mí, de las pocas fuerzas con que contaba para leerla. ¿Me asustaba el libro? No, no me asustaba. Me asustaba que leerlo fuera lo último que hiciera, como el que, ignorando que está condenado, pierde el tiempo en estupideces y se da cuenta demasiado tarde de que esas horas que dilapidó eran las últimas y ya no tendrá otras. Sólo las atenciones de mi cuidador me alejaban de esas conjeturas funestas, que volvían a asediarme, sin embargo, apenas se apartaba de mí para ducharse, cosa que hacía con alarmante frecuencia, o cuando se dormía, y roncaba, y yo me quedaba mirando lo poco que tenía que ofrecerme el techo mientras el fragor de sus tuberías respiratorias me llenaba la cabeza. Son tonterías; nada que nadie medianamente razonable confundirá con ingratitud. De hecho el insomnio, incluso en la versión atronadora que me tocaba padecer a veces, era casi una bendición: en los casos en que nuevas raciones de pastillas, pases de hipnosis (uno de los pocos feudos alternativos aceptados por la escuela que le negaba el diploma) o una intensa, sostenida, reconfortante actividad física me empujaban hacia el territorio del sueño, dos de cada tres veces me aguaban la fiesta unas bestias inmundas, de una grosería inenarrable, provistas de colas o tentáculos pero no de la habilidad para manejarlos, que en unos pocos de esos extraños segundos que duran los sueños hacían pedazos la galería de espejos en la que transcurrían los míos por esa época, no sé si por problemas de imaginación o de presupuesto. Así que nos pusimos a leer, y este plural está lejos de ser mayestático. Si algo romántico queda para mí de esos días de convalecencia son esas sesiones de lectura a cuatro ojos, normalmente en la cama, con las persianas bajas y Soria adherido a mí, a mi espalda, como una cáscara benéfica, una musculosa y blanda caparazón, capaz de envolverme cuando la oscuridad me hacía temblar de miedo y activar nódulos de deleite impensados, secretos incluso para mí, cuando me urgía la necesidad.

No es raro que el libro pasara para mí como pasó, sin pena ni gloria. Algo de esa insensibilidad se filtró ya antes en estas páginas, a menudo bajo la forma inversa de la reacción ardiente, la objeción, el reparo indignado. Quien tenga el valor, la insensatez, el morbo de releer esto sabrá apreciarlos. La vida de Baldó, que sin conocerla en detalle sonaba sosa, apagada, un poco rancia, no mejoraba mucho cuando la iluminaba la linterna empedernida de nuestra amiga, y menos narrada por el tipo de prosa administrativa que parecía ser su fuerte, y mucho menos con las omisiones, artimañas cosméticas o falacias con que la autora trataba sus dimensiones menos diáfanas. Me da la impresión de que algunos de esos ardides tenían su gracia, aunque sólo sea como cortinas de humo, alardes de una laboriosa ingeniería del encubrimiento. Quién sabe si rústicos sagaces como Soria no eran en realidad sus verdaderos, sus mejores destinatarios. Puedo olvidarme de todo, no de cómo disfrutó el capítulo sobre la Bajada Odorico, con qué clarividencia y precisión reponía él, sin tener ninguna información previa sobre el asunto, las licencias, los vicios, las verdades de la carne que nuestra amiga hacía pasar por devociones saludables o entusiasmos deportivos, y con qué fidelidad y delicada imaginación, enriqueciéndolos a veces con aportes propios, aprovechó algunos ejercicios de la monegasquia profunda para recrearlos conmigo entre las sábanas de mi cama, que quizá tardáramos demasiado en cambiar. La parte del Baldó profesor podría haberme reconfortado, y no sólo porque estaba fundada en mi testimonio. Leernos más jóvenes nunca nos deja del todo indiferentes. Pero qué decepción cuando esa juventud, que fue bien singular, aparece en el texto diluida en un alumnado sin rostro, meramente generacional, uniformado por la edad, el turno del cursado y las lagañas matutinas. Además, poco (o quizá demasiado) receptiva a los chispazos lúcidos de mi evocación, nuestra amiga había reproducido sólo las impresiones obvias, las que habían sobrevivido, al parecer, a ciertos procedimientos de verificación exigentes, muy complicados, que había sacado de un viejo manual de interrogatorios del ejército. No voy a negar que mientras bostezaba con todos esos lugares comunes golpearon a mi puerta un par de viñetas vívidas de la mañana que nuestra amiga había pasado en casa cosechándolos. Podrían haberme afectado mucho, dado lo bajas que tenía las defensas, pero Soria lo impidió. Me vio vacilar, vio en mí las señales de una zozobra nueva, y en vez de pedir explicaciones, cosa que habría hecho cualquier imbécil sin noción alguna del arte del cuidado, las aprovechó al vuelo y las incorporó, para que las compartiéramos juntos, a su ya fértil repertorio de recursos amatorios, igual que un músico vuelca en la partitura que escribe el llamado de la madre que agoniza en el cuarto de al lado, la bocina insolente, el gorjeo del pajarito primaveral de turno que podrían arruinarle la mañana.

A medida que me mejoraba leía más rápido, sobrevolándolo todo, y más disposición mostraba a dejarme consolar por mi compañero. En todo caso, la lectura no importunaba al placer, ni el placer a la lectura. Ojalá la vida fuera siempre así de estúpida, de inequívocamente satisfactoria. Sí, como no pude evitar comentarlo antes, quizá con una vehemencia que no se merece, la mención mezquina de Bernal del capítulo doce me impactó. Pero después del escándalo inicial, una vez que recapitulé, a modo de desagravio íntimo, todas y cada una de las intervenciones de Bernal que nuestra amiga confinaba a algún sótano tenebroso de su texto, donde las mantenía amordazadas, yo, digan lo que digan los carroñeros de siempre, no la tomé como algo personal sino como la prueba, una más, de un *modus operandi* general, indiscriminado, fundado en la omisión y la deslealtad. Algo extraño pasó, encima, que yo no podía prever, tan sorprendente como el tono de aprendizaje melancólico, casi de epifanía, que el capítulo final del libro le da al viaje de regreso de nuestra amiga de Colinas del Tiempo. Lo hace sola, en el mismo cochecito que yo conocí, escuchando una y otra vez la misma canción de Noirette y, a juzgar por lo borroneadas que ve las cosas, llorando. Lo que pasó, que atenuó en cierto modo el impacto de la lectura, fue que la ausencia del Bernal real, que era inconmensurable, suplantaba a la de todos los otros, empezando por la versión jibarizada, casi espectral, que nuestra amiga había dado de él en el capítulo doce de su libro.

73

Fueron esos cinco renglones mezquinos, sin embargo, los que hicieron que mi enfermero parara las antenas. No sé cómo los interpretó; no me lo quiso decir, y yo tampoco le di tiempo para explicármelo. Tal vez la emoción que yo creía anestesiada o extinguida siguiera más viva de lo que parecía, y lo que él interpretó no fueron tanto esas líneas como el efecto que me provocaron, y eso lo sacó de quicio. En todo caso, sin interrumpir la extraña maniobra a la que estaba abocado en ese momento, una presión suave, concéntrica, a la vez paciente y decidida, que yo, que la había tomado por una especie de masaje preliminar, agradable pero sin consecuencias significativas, sentía ahora abrirse paso y llegar *ad portas*, como habría dicho Baldó, el enfermero detuvo mi mano, que pretendía dar vuelta la página, y, a la vez que señalaba con su uña fúnebre el nombre de Bernal, se burló en términos muy generales de los topónimos usados como apellidos, una sandez atendible en alguien que se movía entre cánulas y papagayos. No me cayó bien pero se la perdoné. Lo que no le perdoné fue la rima que improvisó después con Bernal, fea, innecesaria, de una procacidad rastrera aun para mí. Otros veinte segundos y me vería llorar, vería mi corazón en carne viva. Aduje unas molestias repentinas, evidentemente falsas, que sirvieron sin embargo para poner fin a la lectura, a la rima (que el infame repetía ahora en voz alta, como un estribillo marcial) y a las embestidas, y lo mandé a buscar comida, único recurso que se me ocurrió para sacármelo de encima. Hacía veinte horas que no probábamos bocado, y él había gastado el triple de energías que yo. La orden lo sorprendió, pero no estaba para objetar nada. Salió enseguida, a medio vestir, y yo hundí la cabeza entre las sábanas que hedían y lloré y grité bajo las almohadas, mordiendo lo que creía que era la costura de la funda, como en la oscuridad de la infancia, hasta que vi sangre y mi antebrazo herido y las muescas, regalos rupestres, que le habían dejado mis dientes. Media hora más tarde, secadas las lágrimas y la sangre, lo tenía en la puerta tocando el timbre como un desesperado. Todavía me visita a veces la imagen que me hice de él mientras lo dejaba esperando: de pie en el hall, tapando la tortuga del techo como una nube el sol, con mi impermeable y mis pantuflas (que le quedaban chicas, que confieso extrañar más de lo que pensé y pienso reclamarle cuando venga a recoger sus cosas), enchastrándose los dedos con las bandejas de cartón metalizado. En un momento, previsiblemente, mi renuencia a abrirle colmó su paciencia y, con las mismas manos de ogro con que me había hecho crujir a lo largo de tres días, la emprendió contra la puerta. Sólo lo disuadió una advertencia (que creo que robé de una película mala y le lancé a través de la mirilla): a mi psiquiatra, que había apostado por él confiándole mi delicada salud —una temeridad que sus antecedentes no justificaban—, le haría muy poca gracia enterarse de las muchas, variadas secreciones que muy a mi pesar había descargado en mí en el lapso en que se suponía que debía cuidarme; y un poco también el portero, que subió a ver qué pasaba con una llave inglesa en la mano; y también la policía, que nunca llegó pero siempre disuade.

74

Reaparecieron juntos, tan juntos como habían desaparecido. Juntos quiere decir el mismo día y para mí, que —aunque los había experimentado por separado— ya no podía evitar considerarlos en tándem, como una especie de aberración bicéfala. De las otras dos personas en quienes esa mala yunta habría tocado alguna fibra sensible, una, la más sensible, sin duda, estaba muerta, abonando las colinas del tiempo, y la otra, que había reanimado al muerto de manera fugaz, las dos o tres semanas que se tomó su libro para triunfar y ser olvidado, gastaba el dinero del premio en el centro Bohórquez, un establecimiento famoso por sus termas, su biblioteca, su casino al aire libre y un bungalow lleno de encanto y alimañas a orillas del arroyo Tagarita, donde veinte años antes habían encontrado muerta a Lila Lafée, la mezzosoprano.

Murzi resucitó un jueves a última hora de la tarde. Llevaba uno de esos trajes oscuros muy entallados que usan los muñecos de torta y los matones de los jefes de la mafia cuando están en funciones, y que no ven la hora de sacarse. Saltó con bastante gracia del último escalón de la entrada de la embajada y, deslizándose sobre el ripio de perfil, como un esquiador, una proeza que sigo sin explicarme, llegó hasta mí, hasta la puerta del coche que me llevaba, que acababa de frenar, y la abrió, y cuando me bajé, con alguna sorpresa, porque lo había reconocido, él, instado por alguno de sus jefes, ya estaba en otra cosa, mirando en otra dirección, creo que al convertible color petróleo que franqueaba el portón detrás de nosotros, con el que mi taxi había tenido una acalorada diferencia de opiniones a la salida del túnel San Ardengo. Fue una velada larga, quizá demasiado. Era mi regreso al *grand monde* después del episodio Cannistrà, y aunque volvía con un propósito puntual, muy específico, del que me había comprometido a no dejarme distraer por nada, sobrevivir tres horas sin flaquear en un chiquero estimulante como aquel me exigió fuerzas y un temple sobrehumanos. Fiel a la receta de un *bon vivant* injustamente olvidado, hablé poco, me moví mucho, casi no bebí y mantuve ocupada la boca con cuanta aceituna negra pude encontrar, y si me sentía a punto de sucumbir, porque el malestar o las tentaciones eran grandes, salía a dar un paseo por los jardines, bellos como nunca con todas aquellas esculturas de luz, o esperaba a que se me pasara encerrándome en alguno de los baños de la embajada, donde admiraba las molduras del techo, me cepillaba los dientes o descubría con qué bibliografía estrafalaria acompañaba el personal de la delegación sus desahogos fisiológicos, todo mientras unos puños golpeaban a mi puerta con creciente frenesí, urgidos por necesidades más recreativas que las mías pero que yo conocía bien. Pero también comí, muy bien, y contra mis propios, sombríos presagios, disfruté del programa musical —una selección de canciones premiadas en cierto festival maspolitano— y logré lo que me proponía: convencer al nuevo agregado cultural, un farsante adorablemente desconcertado, con pies de geisha y un sospechoso resfrío, de que nadie haría por él y su gestión y su inserción en los círculos locales lo que haría yo si el selecto comité de ociosos que él presidía elegía mi candidatura para la residencia literaria del próximo semestre en la Villa Montelatici, un *básico* del eremitismo melancólico que siempre había querido conocer y que confiaba me aportaría el cambio de aire, la dosis de lejanía y desapego y las caras nuevas que estaba necesitando. Murzi tampoco me defraudó. Sólo tuvimos contacto una vez, brevemente, pero a lo largo de esas tres horas se las arregló para pavonear —ante mí, me gustaría creer— la novedad de su versátil abanico de identidades. Además del Murzi *valet parker*, eficiente pero poco caballeroso, hubo un Murzi mozo (por el que temí un par de veces), un Murzi escolta, un Murzi traductor (de una intrepidez desvergonzada) y un Murzi encargado del guardarropa, que fue finalmente el que decidí abordar, aprovechando que a nadie se le iba a ocurrir recuperar su abrigo mientras la Rotiroti hacía su versión de *"Suonerai il campanello e non ti aprirò"*. Exhausto y todo, con el maquillaje un poco corrido, Murzi era bastante más atractivo que la chirusa que lo había precedido en el puesto, linda pero sin el menor modal, que me arrancó la capa de las manos sin siquiera mirarme. Mi viejo informante me vio aparecer, abrió una boca grande y ansiosa de pez recién arrancado del agua y miró a su alrededor buscando una salida rápida, algo que no fuera el batallón de percheros vestidos de piel que le cerraban el paso. Me reí. Le dije que una embajada llena de gente no era el mejor lugar para pasar inadvertido. Se rio también (me pareció ver que le faltaba un diente, el mismo que había conocido días dorados). Luego hizo aparecer una gastada petaca de peltre y bebió un trago largo, ávido, y recién después, avergonzado de su propia descortesía, me la ofreció, y apenas le dije que no con la cabeza, como le hace Fels al baboso de Darrigol en la ópera de Venezia Boli, me ofreció atropelladamente otras cosas, tan sórdidas y malas como la que debía de estar tomando él. Entonces, como si estallara, se deshizo en explicaciones que yo no le había pedido, muchas de las cuales ni siquiera se me habían pasado por la cabeza. La magia de perseverar en el silencio, a la que los amos de las vidas ajenas harían bien en estar más atentos: basta con mantener la boca cerrada para obtenerlo todo, todas las respuestas, pero también todas las preguntas que les dieron origen. Me dijo que había vuelto a trabajar por necesidad, porque no tenía un centavo. Porque el de la idea del chantaje había sido él (se le había ocurrido al descubrir los confesionarios en las salas de lectura de la Naldoni), pero Bernal, así, lento y colgado como parecía, lo había madrugado (verbo que me encantó) y se había quedado con todo. Bueno, agregó con una sonrisa amarga, de payaso sin trabajo, mostrándome la petaca: casi todo.

Al final me quedé sin Villa Montelatici. Una lástima. Prefirieron darle la beca a otra persona —poeta, creo, muy menor pero de un suburbio difícil, bastante fotogénico. Hoy pienso que los versos que le habrá inspirado el paréntesis montelaticiano —ese triste trastero centroeuropeo, como dijo alguien para consolarme cuando me enteré de la mala noticia— pueden ser buenos, incluso muy buenos, pero nunca serán tan desesperadamente necesarios como el jugo que soñaba con sacarle yo, cualquiera fuese, porque el proyecto con el que me había presentado era una especie de pesquisa sobre la malograda Heriberta Bix, pero todo lo que yo quería en realidad era olvidar, olvidar y perderme, ahogar en un mar de dialectos, de turistas, de barracones militares reciclados en salas de masajes al poeta que me había dejado por nadie, por nada, por el botín miserable de una extorsión, y al esclavo que ahora resultaba que había sido su cómplice, cuando todo lo que yo sabía de él era que bastaba una orden mía para verlo arrastrarse como un perro, ladrar, lamerme los pies, cosa que hacía, debo decir, con un talento bastante único.

Y Bernal, el poeta, a quien conocimos en el bendito capítulo doce, reapareció a la mañana siguiente de la velada italiana. Tocaban el portero eléctrico. Yo ya había dejado la cama y estaba sin resaca, toda una novedad a la que me costaba acostumbrarme, pero lo dejé sonar igual, siempre con la idea de que dos de cada tres avisos de esos más vale perderlos que encontrarlos, y de que aceptarlos, encima, puede acarrear toda clase de contrariedades irremediables. Como insistían, atendí. Apenas escuché la palabra fatal —¡Correo!— se me cruzó por la cabeza el pobre Zoltan, de quien no había vuelto a tener noticias y cuya obstinación probablemente había subestimado. ¿Con qué cebo se descolgaría ahora? ¿Una cueva, una terma, una dieta a base de mazapán? ¿El museo del látigo, de donde Pipe Márquez me había traído un llaverito precioso? Me gustó imaginarlo buscando en un puñado de folletos mustios el menú de atracciones que me hechizarían, y abrí, y cuando las delicias de la imaginación se apagaron, muy pronto, *hélàs*, porque la membrana que protege la órbita en la que viven es tan fina como una burbuja de jabón, del jabón de lavanda, ya que estamos, que insistía en comprarle a Bernal y que él se negaba a usar, me descubrí de pie en el pasillo del ascensor, al que sin duda había salido a recibir lo que tuvieran para darme, con una tarjeta postal en la mano, donde el canto afilado del cartón dejaba ya una muesca rojiza, mirando un pie, un torpe pie del cartero, supongo, que tropezaba y desaparecía en el ascensor con la satisfacción de la misión cumplida. Del lado de la foto había una selección de monumentos irrisorios, una carreta de hormigón, un pony de troncos, una pirámide con un avioncito incrustado donde tendría que haber estado el vértice, una pareja de teros de caña, todo en el estilo aniñado de Pambianco. Di vuelta la postal para chequear si era y me encontré con la letra. Conocía esa letra, esas efes, las pes trémulas como banderas, la manera caprichosa en que los trazos se encimaban, necesitados de calor, o tendían a separarse ofuscados. La había visto a menudo en todos esos desechos de papel donde sobrevivía componiendo estrofas, aforismos, fragmentos de diálogos, unos silogismos sin pies ni cabeza que empezaban como axiomas filosóficos y dos líneas después terminaban en un chiste, que me asombraba siempre entender de manera instantánea, con sólo mirarlos. No era la letra de Zoltan.

75

Corazón,

Habrás escuchado muchas cosas sobre mí. Todas son ciertas. Ninguna tiene la menor importancia salvo una: la plata de Hurlingham se la quedó Murzi. Me dormí, me madrugó, como quieras llamarlo (y vos vas a preferir madrugó, lo sé). Se ve que no nací para estas cosas. Si me preguntás, entré en el asunto porque me intrigaron las fotos de los confesionarios, esa cosa medio neoclásica que tenían, toda esa cosa de las togas, los pliegues, el mármol, toda esa carne vista a medias, no sé si llegaste a verlas. ¡Porno grecorromano! Por lo menos pude vender bastante bien las pocas que me quedaron. Así que acá me ves: además de pobre, prófugo. La casita en la playa desde donde te escribo la pago con monedas variadas, a una landlady *que no está casi nunca y tiene una buena biblioteca de clásicos (¡está la versión de Baldó de* Los establos!*) y media docena de perros que necesitaban cuidado. Por lo demás, el viento insoportable de siempre. Te ahorro el nombre del lugar para evitar tentaciones que no sé si nos harían bien. Sueño mucho, mayormente pavadas. Le puse tu nombre a uno de los perros, mi preferido, el último en llegar, que la dueña no había tenido tiempo de bautizar. Me la paso llamándolo pero no hay caso. Ojalá sea sordo. Ojalá no me guardes rencor. Salvo la del premio, que vi de reojo en el diario en el bar de la terminal de ómnibus, no tengo* noticias de nuestra amiga. ¿*Vos*? Habrás leído el libro, supongo. Sabrás si vale la pena. Contame si aparezco, si salgo bien parado. Me apenó lo de B, no te creas. No lo hacía tan frágil, con toda esa calistenia que hacía. Más alimento para la maldición de las biografías en vida. ¿Me creés si te cuento que me lo crucé a Martinengo en un tren? No me reconoció, por entonces yo viajaba disfrazado, con un bigote manubrio que te hubiera encantado. Lo vi muy perdido. En un rato viene un amigo a comer, trae unos hongos que cosecha él mismo. Larragarri, lo conociste: un compañero de armas que nos encontramos una noche durmiendo en un cajero automático, que contaba chistes de judíos. (No te enojes, pero tengo la boca que es un horror, y eso que me hice sacar dos muelas por un bañero que supo ser enfermero). Trabaja en una base de acá cerca, la misma de donde lo echaron hace diez años por robarse un par de garrafones de gas. Dice que puede conseguirme algo. ¡Marino otra vez!, imaginate. Si se me da te mando una foto con el uniforme. Por lo demás, todo normal: engordo, envejezco, sigo exagerando. Pero ¿a quién le gusta exagerar solo? Escribo, sí, con la mente, donde los errores no duelen y todo suena mejor. Te pediría que me cuentes de vos, cómo estás, a qué dedicás tu tiempo libre, pero quizá sea mejor imaginármelo. Imaginar que me lo contás a solas, de noche, en el silencio de la cocina, como si rezaras. Hablando de pedidos, ya pasó un tiempo, habrás limpiado todo lo que hable de mí y no soy quién para culparte. Pero por si las moscas: fijate si entre mis paperolas no quedaron unos versos que me gustaría recuperar. Unos sobre una cápsula, una sílaba en el pecho... Son viejos, y no gran cosa, pero hace rato que los vengo corrigiendo y me gustaría echarles un vistazo antes de que se pierdan para siempre. Deberían estar donde los escribí, en el dorso de algo, un aviso de un curso de francés, el flyer de un sauna. Pero si

*es mucho pedir no hay drama, nadie se va a morir. Ahí
está llegando Larra. Aprendí a reconocer el sonido que hace
cuando se limpia las botas en el porche. Ahora te dejo. No
me esperes, pero sabé que el secreto de tu corazón siempre
estará a salvo conmigo.*

tu B.

76

Era un día bueno, una buena tarde, soleada y diáfana, con
la gente justa en la calle y una pátina de buen humor general, como el que brota y brilla después de una larga noche de tormenta. Yo volvía de una reunión de trabajo con
Bobèche, la segunda que tenía en una semana, y ese simple
recuento bastaba para animarme. Los alcohólicos, los adic-
tos, los deprimidos saben de qué hablo. Lo primero que hay
que abandonar, si queremos seguir viviendo, es la fe en la
espectacularidad: los grandes gestos, los saltos acrobáticos,
las proezas, la altisonancia en general. Hay que bajar la voz.
Fue así, bajando la voz, de hecho, como había conquistado a
Bobèche en la presentación del último de sus libros, cuando
le susurré que este tendría menos éxito que los anteriores y
que yo sabía por qué, y ante su cara de pasmo —estaba más
rojo que su célebre boina— pasé a enumerarle la runfla de
amanuenses que los habían escrito, cuyos nombres no aparecían en los libros pero eran obvios para cualquier ojo avi-
zor, y sin darle tiempo a reaccionar, con el hilo de voz más
afelpado que me salió, le auguré que sólo saldría de la meseta
en la que su prédica y su reputación estaban estancadas si
redoblaba la apuesta, es decir si escribía su autobiografía, un
desafío para el que yo, que venía soñando con él desde hacía
tiempo, tenía algunas ideas que podían interesarle. Bobèche,
sólo para no ser menos, me preguntó qué tenía que ver yo

con la alta cocina. Le contesté que poco, pero que nada me daba más odio que ser testigo de una gran oportunidad perdida, y le escupí una receta de *risotto all'aringa* que por alguna razón recordaba de mi paso, fugaz pero muy divertido, por una revista de viajes. Congeniamos, lo que para mí era vital, sinónimo de una nueva vida. Sería un fantasma, un fantasma a sueldo: lo mejor, supongo, a que podía aspirar dadas las circunstancias. Además de algunas secuelas del almuerzo —Bobèche me había recibido en la cocina de uno de sus restaurantes, entre sus fuegos, como le gustaba decir con una sonrisa satánica, y esta vez me había usado de cobayo para poner a prueba el ghee que una azafata amiga le traía de contrabando de Pakistán—, esa tarde, cuando me fui, yo llevaba encima un cheque, una hora y media de conversación grabada en un aparato del tamaño de una caja de cigarrillos largos, que apenas sabía manejar, y los dos tomos previos de su obra completa, tan coloridos y plúmbeos como el último, con la misma dedicatoria en ambos y dos lonjas de piel de salmón deshidratada a modo de señalador.

Tenía planeado depositar el cheque, volver a casa y, con ese envión tan especial que dan las prosperidades súbitas, desgrabar las fanfarronadas de Bobèche de un tirón, como supuse que encararía un *ghost writer* sensato esa fase particularmente penosa de su misión. Pero me fui quedando en la calle. Una cosa llevó a la otra y todas se encadenaron con una fluidez líquida, como de sueño apacible, con la salvedad discordante de las botamangas de mis pantalones, que, al retraerse con la marcha, insistían en atorarse en las lengüetas traseras de mis botas, lo que me obligaba a detenerme cada tanto para destrabarlas. De alguna manera extraña pero sagaz, porque aunque no conocía bien el barrio del restaurante del cocinero y hubiera sido incapaz de elegirlas, recuerdo las calles por las que se paseó mi espectro como largos invernaderos abiertos, galerías llenas de sol, aireadas y al mismo tiempo protectoras, flanqueadas como estaban por aquellos árboles, especies insólitas que imaginé que habría importado unos siglos atrás algún paisajista extranjero. De alguna extraña manera terminé en un bar, el Doré, que tenía unas mesas en una plaza, entre aquellos mismos árboles, a una de las cuales me senté, y apenas me senté, mientras me bajaba el cansancio de la caminata, se me ocurrió pensar que ahí, en esa silla —y miré la silla de al lado, en el centro de cuyo asiento una paloma había dejado caer su carga de mierda—, me dejaría olvidados al levantarme los dos bodoques que me había encajado el fatuo de Bobèche. Pedí un café, el más simple de la exótica lista que ofrecía la carta, el único que conocía. No hice los cálculos idiotas que hacemos cuando estamos cansados, con la esperanza de que un número, una cantidad cualquiera de calles, pasos, minutos, les den a nuestras piernas la satisfacción orgullosa que les hace falta, pero noté en cambio que Doré se llamaban también la plaza, una mercería con la cortina baja y el modesto cine que había enfrente, encajonado entre un garage y una veterinaria, con el nombre en grandes cursivas rojas ocupando toda la marquesina.

Por lo que podía ver desde mi mesa, si sorteaba una fronda de chicos jugando, viejos inmóviles, perros, daban varias películas en continuado, una costumbre antigua que empezaban a reflotar salas de barrio como aquella, precarias, improvisadas por jóvenes más o menos intrépidos en los locales que sus tíos, amedrentados por vagas incertidumbres financieras, no se decidían a explotar ni a vender, y que languidecían juntando mugre, humedad, facturas impagas. Me tentó. Me tentó despilfarrar la tarde tan linda en las fauces de un tugurio mal ventilado, aun cuando las razones que hasta no hace tanto me empujaban a esa clase de antros se hubiesen apagado bajo un manto de relativa castidad. Me tentaron las imágenes y la promesa, que en otro momento me habría escandalizado, de entrar en la caverna de día, a pleno sol, y que al salir fuera de noche, y dejarme estremecer por la suave hostilidad del aire, y dar esos primeros pasos inseguros, curiosos, que da el que se libera de un yeso cruel, un coma, una prisión. Así que dejé mi café por la mitad y una propina generosa, que el mozo agradecería sin entenderla, porque no premiaba tanto su atención como la cercanía fortuita del bar con el cine (es decir mi alegría), y con cierto disimulo deposité los dos tratados bobechianos en la silla cagada y me despedí, dándole una palmadita suave al de arriba, el de las salsas, como si fuera el mayor de dos hermanos a los que se abandona en un bosque para que se hagan hombres. Crucé la plaza. Todo muy bien, sin tropiezos, con el aplomo hasta para hacer callar a un perro desquiciado y parar con el pie una pelota perdida, pero no la rapidez suficiente, *hélàs*, para evitar que el mozo, tras una carrera frenética, sin duda alimentada por la propina que acababa de guardarse —los dos dedos seguían hundidos en el bolsillito de su chaleco—, llegara hasta mí y, con el aire exultante de un rescatista, me hiciera entrega de los tesoros que me estaba olvidando.

Lo odié, por supuesto. Sin la obnubilación del odio (y la mala iluminación del hall) no habría pagado de más por la entrada ni enfilado hacia la sala como una tromba ofuscada, sin reparar en el extinguidor de incendios (del que mi hombro sigue acordándose) ni en la pintoresca cartelera, que anunciaba las películas del día con una docena de tipografías diferentes. ¿Habría entrado, de haber leído los títulos? Quién sabe. Es una de esas preguntas enojosas, imposibles, que todos nos hacemos alguna vez y los biógrafos serios más de una. Lo cierto es que ya estaba adentro, algo que creo haber dicho antes hablando de otros, de las encrucijadas que enfrentan a veces las vidas de los otros. Y la verdad es que no era desagradable. El piso crujía, los indicadores luminosos parpadeaban y un obstinado filón de humedad palpitaba en el mar de lavandina y desodorantes con que habían intentado aplastarlo. Apenas me senté, el asiento se hundió casi hasta tocar el piso; una especie de escalofrío recorrió toda la fila de butacas y pareció sacudir al espectador sentado en la otra punta, que se levantó de un salto y se fue. Pero la butaca, aun desvencijada, tenía algo cálido y acogedor, como hecho a la medida de mi cuerpo por alguno de esos artesanos viejos, con las manos deformadas por la artrosis, casi ciegos, que hacen en secreto los pulóveres, los guantes, las frazadas, los zapatos, los sombreros, todas las fundas en las que nuestro cuerpo calza de un modo milagroso y se siente seguro y feliz. Quizás el respaldo de la butaca de adelante me había quedado un poco alto. Pensé en moverme, en usar a Bobèche de almohadón y ponérmelo bajo las nalgas. Pero temí que el menor cambio, por razonable que fuera, destruyera el extraño, satisfactorio, casi voluptuoso equilibrio al que había llegado, y no me animé. (Aproveché el impulso de la idea y dejé los libros en la butaca de al lado). Por lo demás, veía bien: el filo del respaldo mordía apenas la base de la pantalla. No había subtítulos, todo parecía suceder en la mitad de arriba, así que no se perdía nada. Tampoco sé en realidad si había algo que perder. Durante unos segundos, mientras me entregaba al amparo de mi pobre nido desfondado, estuve mirando la pantalla y no entendí nada. Siempre desconcierta llegar con las cosas empezadas; hay que volver a afinar, recalibrar, ajustarse a las formas y colores de un mundo que no nos esperó, que ni siquiera reparó en que no estábamos prestándole atención, un poco como cuando nuestros ojos pasan de una página de libro a una ventana, a lo que está detrás de la ventana, al espacio mayor, cielo, balcón, calle, donde el pájaro traza sus círculos, el vecino cuelga ropa, el repartidor de comida patina con su moto y por poco se mata. Era una fiesta, creo, y había música, y gente que saltaba o bailaba, y cada tanto, desde abajo, del respaldo de la butaca de adelante, brotaban unas alegres salpicaduras de agua. Alguien chapoteaba en alguna clase de pileta. Decidí que eso era lo que pasaba, esa la acción de la película, al menos la visible, y pensé que con esa sola información me sería imposible determinar en qué punto estábamos, cuán empezada estaba la película, cuán cerca del principio o del fin, y me despreocupé, y terminó tragándome el dulce letargo de la hospitalidad.

Cuando volví a abrir los ojos tenía encima la cara inmensa, patética, de Yuyi Falasca. Aun desfigurada por el llanto, por un maquillador incompetente, más bien, la reconocí en el acto, entera, como si hubiera estado soñando con ella y su imagen en la pantalla no fuera más que la proyección de mi sueño. Sus párpados caídos, la línea irregular de su pelo, cortado por las tijeras brutales de la cárcel, los dientes podridos, los labios cuarteados de sedienta profesional, hasta su nombre se me impuso sin que tuviera que hacer, recordar, pensar, asociar nada, simplemente exponer mis ojos a su emanación. Sólo unos segundos después, quizá porque la cámara había empezado a retroceder, reconocí, a medida que se iban formando, las borrosas líneas verticales de las rejas, y la puerta de la celda, y la minúscula ventana en la pared del fondo, tapiada por sus carceleros para que ni la luz del sol pudiera darle esperanzas. Recién entonces, como si fueran parientes lejanos de la Falasca, la nota de pálido color que condimenta la foto de familia, pensé en la Derqui y en Bernal.

Yo no había visto la película, pero conocía bien el libro, que debo tener, muy manoseado, en alguna parte, y sobre todo el vacío de lastimado rencor en el que la había envasado Bernal. Estábamos por la mitad, un poco pasados de la mitad, digamos, cuando la heroína, hasta entonces una rebelde, una aguafiestas, un alma litigiosa, se convierte en una bomba de tiempo. Su némesis, el torvo Requena, acaba de sacarla de la celda en la que él mismo la encerró, aprovechando de paso para toquetearla un poco (lo que le valió la pérdida de una falange, que la Derqui le corta en seco con los dientes y se traga entera), y le ofrece un trato: reducirle la pena, reducírsela mucho, a cambio del nombre de sus cómplices. La Derqui se niega; mucho peor: se ríe, se ríe con las carcajadas limpias de una demente —y por un momento tuve el impulso de levantarme, ir corriendo hasta la cabina de proyección y pedirle al proyectorista que rebobinara la película hasta esa escena magistral—, y la risa multiplica sus ecos de desprecio entre los muros del penal, y luego, cuando vuelven a encadenarla, le zampa a Requena la filípica que todo el mundo conoce, modelo inmortal de todas las diatribas producidas por los últimos cien años de este país. Ahora, de vuelta en su celda (a la que un asistente de producción ha añadido un par de ratas), llorando de odio, la Derqui entra en su destino de mártir. Y mientras la cámara retrocede (o la celda se aleja, quién sabe), una voz venida de otro mundo, dulce y profunda, recita muy despacio unos versos, y es ella, la voz, son ellos, los versos —no el director con sus ideítas, no el editor y sus dedos ansiosos— los que nos transportan con su hechizo de la celda a la capilla de la cárcel, donde está el paje que, de espaldas a nosotros, los compone y dice mientras lee, se hurga las uñas o cose.

Dijiste algo
una vez —
apenas una grieta en la tarde.
El aire no lo oyó,
ni el perro,
ni la hoja que se movía cansada.
Sólo yo,
que no soy aire ni perro ni hoja.
Hice con tu palabra
una cápsula de silencio.
La llevo bajo la lengua,
donde los sueños se disuelven sin testigos.
Si algún día me abren el pecho,

encontrarán sólo eso:
una sílaba tuya,
viva todavía,
la brasa que queda
necia
cuando ya no hay fuego.

O alguna cursilería por el estilo.

El paje cose, y el paje es Bernal.

Creo que dejé de respirar. Fue un segundo, pero juraría que todas las funciones vitales de mi cuerpo suspendieron sus actividades, un poco como cuando alguien en una reunión pide un minuto de silencio y todos se callan y pasa una eternidad en que sólo se oyen el zumbido de la heladera, el goteo de una canilla, el disco que sigue sonando muy bajo en la habitación de al lado, todos los estúpidos signos del mundo que los muertos ya no habitarán. Pero todo se reanudó y yo solté un suspiro muy largo, y entonces fui capaz de *verlo*. Qué hermoso estaba con su tonsura, su túnica de lana, sus sandalias franciscanas, demasiado chicas, me pareció, para sus pálidos pies. Qué joven, dios mío. Estaba más joven que cuando lo conocí, que era como decir más helado que un bloque de hielo polar, más ardiente que el fuego, más antiguo que el primer fuego hecho por mano humana en la tierra. Era un ángel, un ángel poeta. El paje cosía. ¿Qué cosía el paje? Una cosa plana, pequeña, con forma de... No sé, no se veía bien: la luz de la escena era tenue, la copia de la película dejaba bastante que desear y a mí se me había dormido un pie. Siempre que se me duerme una parte del cuerpo tengo un sobresalto de pánico, como si fuera el principio del fin. Era algo para la Derqui, supongo, de la que estaba secreta, terca, locamente enamorado. O cosía la poesía, los versos que decía mientras los decía. Yo no quería llorar. No estaba despilfarrando la tarde de sol en un cine para eso. Pero los versos, la voz, la cara blanca, casi transparente de Bernal, con sus pómulos duros, y el aire de recién nacido, de niño expósito recogido en las aguas de un río que le daban los pedazos de tela austera que le habían puesto encima, el niño más alto del mundo... Así que lloré, otra vez. Al final, estas páginas no serán más que la historia de alguien que no quiere llorar y llora. Pero ¿por qué? ¿Por qué alguien no quiere llorar y llora? Quizás ese fuera el secreto de mi corazón, el que Bernal me había jurado por escrito que estaba a salvo en sus manos. El que me había robado antes de que yo pudiera descubrirlo.